超機動音響兵器ヴァンガード

アレックス・ホワイト

西暦2657年、地球人類は滅亡の危機に瀕していた。深宇宙から突如あらわれた巨大人型ロボット・先兵《ヴァンガード》たちにより、各植民惑星やコロニーは殺戮され、太陽系統合防衛軍最後の希望だった秘密兵器もあっけなく破壊されたのだ。ついに地球に来襲したヴァンガード二体を前にして、ジャズピアニストのガスはロックスターのアーデントとともに、人生最後のジャムセッションを敢行する。するとそ

あい、
して、
人類
!

JN138376

登場人物

オーガスト（ガス）・キトコ……ジャズピアニスト
アーデント・ヴァイオレット……ロックスター
ニシャ・コーリ……バングラミュージシャン
ヒャルマル・シェーグレン……メタルドラマー
エルザヒア・タジ……星際連合情報局《UWI》局員
ダリア（ダール）・ファウスト……アーデントのエージェント

超機動音響兵器ヴァンガード

アレックス・ホワイト
金　子　　　浩　訳

創元ＳＦ文庫

AUGUST KITKO AND THE MECHAS FROM SPACE

by

Alex White

This book is published in Japan
by TOKYO SOGENSHA Co., Ltd.
Published in agreement with the author,
in association with the author,
c/o BAROR INTERNATIONAL, INC.,
Armonk, New York, U.S.A.
through Tuttle-Mori Agency, Inc., Tokyo

超機動音響兵器ヴァンガード

ルノに
ベアに
そして、より愛にあふれた世界に生きるべきすべての人に

第一部　ジャイアント・ステップス

第一章　最後のとき

ガスことオーガスト・キトコは――まもなく訪れるはずの――世界の終わりを見たくないと思っている。

ガスは石造りの手すりに身を乗りだし、崖の下のほうに見える岩棚までの距離をおしはかる。荒海から突きだしているふたつの鋭い岩が挨拶してくる。

おれたちがここにいるぞ。苦痛なく一瞬であの世に送ってやるぞ。

ガスは顔をしかめ、岩たちに手を振りかえす。

ガスはエリサ・ヤマザキ卿《きょう》の屋敷の敷地の端に立っている。この記念すべき機会に招かれた幸運な数十人のゲストのひとりなのだ。ガスの背後には名高い〈電気果樹園《エレクトリック・オーチャード》〉が広がっている。そこには、贅沢サクランボ《チエリーラックス》や光輝梨《ペアシャイン》のような、藻類《そうるい》を組みこんだ果樹が数多く植えられている。ペアシャインは夜になると古いダイオードのように揺らめく。風が強く吹いて大きく揺すられると落ちてしまうこともある。落ちた実は、何時間かたつと内なる光が薄れ、草の上で石のような灰色になる。

味はたいしたことがない。なにしろ光る梨なのだ。味は問題じゃない。

ガスは、この屋敷の、クリスタルランタンがとりつけられている長い石壁、崖の上からの眺め、やわらかい人工芝が敷かれている一画に惹《ひ》かれた。このあたりは中世のままのようだが、ランタンは明らかに最近のものだ――遺伝子組み換え藻類、プラントゥス・グロウナメが瓶に大量に詰めてあるのだ。

卿がゲストたちを案内してくれたとき、その藻類の分類についての説明を聞きとれなかったので、ガスは聞きかえした。それでも聞きとれなかったし、気まずくてもう一度繰り返してほしいとは頼めなかった。

最後の安息の地としては、ここは悪くなさそうだ。高台になっている屋敷の敷地の東からは絶景を見おろせるので、最高の夕日を堪能できる。モナコが面しているあたりの地中海は、月明かりで宝石のようにきらめいている。ごつごつした山肌から、無数の氷柱《つらら》のように突きでている街並みは、丘陵地から湾内にひろがっている埋立て地まで続いている。巨大な支柱に載っている馬鹿でかいチューブ、新海上道路《ヌーヴエル・コーズウエイ》は海の上をえんえんとのびており、その下側には、大昔のピクセルのような、特徴的な箱形のアパートメントがびっしりと張りついている。カジノ・ド・モンテカルロのサーチライトは港付近のラ・コンダミーヌ地区を煌々《こうこう》と照らしている――もちろん、そこには一生に一度のこの夜にギャンブルを楽しみたがる人々がいるからだ。ガスは疑問に思う。連中は、どうしていまさら金を巻きあげたがってるんだろう？

スーパーポート・エルキュールはモナコのふたつの人工の山のあいだにひろがっている、単一地形対応車両が一般的だった前時代の遺物だ。富裕層はいまも水上にしか対応していないヨットを保有していて、乳を吸う子豚のように、白い船が埠頭《ふとう》にずらりと係留されている。そんなエキゾチックな骨董品《こっとうひん》の向こうに、睡蓮《すいれん》の葉の群れのような離着陸パッドが見えている――いまは使われていない宇宙港だ。宵闇《よいやみ》に、エンジンの冷えた宇宙船がそびえたっている。

最後に宇宙船が地球から飛びたったのは三年前――つまり、銀河系に〈ベール〉がかかる前だ。

ガスは目をしばたたきながら波を見おろす。どっちにしろ、飛びおりれば間違いなく死ねるのだが、ガスはなぜか、岩ではなく海に落ちたいと願う。理由はもっぱら、どっちに食われたいかだ――カモメにか、海洋生物にか。

そしてカモメはくそったれだ。

そろそろけりをつけなければならない。やつらが来たときにここにいたくはない。以前に希死念慮《きしねんりょ》に駆られたときは、もうちょっと迷いがなかった。ガスは、土壇場でのこの生への執着をうとましく思う。

死ぬ間際になって人生がこんなに楽しくなるなんて不公平に思える。ガスは、楽しいというのがどういうものかをすっかり忘れていたので、ほんのちょっぴり楽しさを味わっただけで、おぞましい作業を完遂《かんすい》できないほど疲れてしまった。

手すりによじのぼれさえすれば、次の一歩を踏みだせるのはわかっている。

近くで〝浮かれ〟騒ぎをくりひろげている連中がいる。手に手に酒を持っているし、ぎくしゃくと体をまさぐりあっている者までいる。ガスは背筋《せすじ》をのばし、感慨にふけっている表情をつくって海を眺める。いまにも飛びおりそうな暗い雰囲気を漂わせるわけにはいかない。だれかがガスを止めようとしたら、その人の人生最後の数分を、ガスを説得するために無駄づかいさせてしまう。

いや、だれも止めてくれないかもしれないな。

そうなったら、ガスは最後の数秒で、その人たちに腹をたてるはめになる。

もしかしたら、ロックスターの恋人のもとへもどって謝罪し、抱きしめて、文字どおりの最後のキスをするべきなのかもしれないが――アーデント・ヴァイオレットはベランダで崇拝者たちの謁見《えっけん》に応じている。人々とホログラムが、うっとりした顔でアーデントをかこんですわって、魅惑的な声に耳を傾けているに違いない。アーデントには、ガスに話しかけるどころか、賛辞を浴びて気分を昂揚《こうよう》させられる今宵《こよい》のその場を離れるつもりすらないだろう。

ガスがすべてをぶち壊しにしたせいだ。

酔って騒いでいたやつらが、そばの芝生に倒れこみ、ボタンやホックに手をのばして体をまさぐりあう。またひと組、欲情した愚か者たちがいちゃつきはじめ、くすくす笑ったりあえいだりしだす。ガスが冷たい目を注げば、その連中に冷や水を浴びせられるかもしれない。だがそいつらはガスの視線を気にもとめない。

心の平安を保てる場所がどこかにあるはずだ。ガスは両手をポケットに突っこむと、母屋《おもや》をめざして屋敷の敷地をもどりはじめる。人気《ひとけ》のない小道は、さまざまな色や形があって太古のサンゴ礁のように派手な珍植物やデザイナー植物のあいだを、曲がりくねりながらのびている。デイル・チフーリのガラス彫刻から想を得たのだとヤマザキ卿はいっているが、実際のところ、彼女はたんにクラゲが好きなのだろうとしかガスには思えない。

〈八つ星楼《ラ・メゾン・デ・ユイット・エトワール》〉が〈エレクトリック・オーチャード〉から、まるで魔法の城のようにそびえている。その八本のつややかな青の尖塔《せんとう》が、ぐるりと巡らされた古風な壁とあざやかな対比をなしている。尖塔のてっぺんに明るい光がともっているが、それはヤマザキ家の人々が……なにをしていることをあらわしているのかはわからない。ここの案内ツアー中にその説明を聞いたときも、ガスはうわの空だった。ほかのこと、たとえば世界でも指折りのミュージシャンたちにかこまれていることに気をとられていたのだ。

今宵のモナコ湾の海風はびっくりするほど心地いい。窓をあけ、酒を飲みながらピアノを弾《ひ》くのにうってつけの夜だ。ピアノはまだあるが、酒はもうない。どんちゃん騒ぎをしている連中やスタッフやタレントたちが飲みつくしてしまった。スタッフは責められない。彼らにも彼らのパーティーがあるし、ガスは自分の仕事をさぼっている。仕事をしている人はまれだ――特段の事情がある人だけだ。世界の広範な地域が放置され、崩壊しかけているが、たいした問題ではない。

著名なジャズピアニストであるガス・キトコは、祝勝パーティーで演奏するためにここへ飛んできたのだが、パーティーは二日前に中止になった。

より正確には、ガスの出番は祝勝パーティーのアフターパーティーだった。ガスのスタイルはヘッドライナーとして何百万人もの観客を集められるようなものではない。ガスは玄人《くろうと》受けするミュージシャンなのだ。ガスのファンのなかには、ガスよりずっと有名なミュージシャンもいる。

広壮な邸宅が近づいたところで、アーデントの音楽的な笑い声に気づく。ガスは——心臓が止まってしまうから——見たくないのに、純然たるマゾヒズムから、笑い声が聞こえたほうをちらりと見てしまう。

テキスタイルLEDが極楽鳥のように輝く華麗なローブをゆったりとあでやかにまとったロックスターが立っている。今夜は、金属光沢のある赤の髪を、ばっさりとショートにしている。アーデントは、その美貌を宝石のような色でペイントし、白い肌に目を惹く形を描いている。アーデントのエレクトリックブルーの唇の口角は上がっているが——ガスと目があったとたん、笑みが消える。

アーデントは怒りの形相《ぎようそう》にも、しかめつらにもならない。無表情でガスを見てから歩きだす。アーデント・ヴァイオレットは満員のアリーナやスタジアム、パパラッチや厳重な会員制クラブでの夜遊びからなる別世界で生きている。ガスがモナコ後にアーデントとまじわることはない――天上界の住人のアーデントとは。

だが、〝モナコ後〟などというものは存在しない。今夜、ここで全員死ぬからだ。アーデント・ヴァイオレットのような華やかな麗人を含めて。

やれやれ。顔をあわせたのはまずかったな。

どうやら、ガスは長いあいだ落ちこんだままでいずにすみそうだ。白っぽい筋が空を二分する――超光速制動噴射が閃光《せんこう》を生じさせる。炎の尾をひく彗星《すいせい》が落下し、スーパーポートの港内で水しぶきが、間欠泉のように高々と上がる。この落下は全員の視線を惹きつける。アーデント・ヴァイオレットの強烈な魅力ですらあらがえない。

巨大な外骨格が波間から立ちあがる。連結されている装甲板はつやのある紫。そいつは長い両腕を広げる。両手の装甲は象牙《ぞうげ》色だ。二本脚で立っている。人型で、左右対称だ。顔のない頭部は核分裂の光で包まれていて、プラズマの火花を四方八方に散らしている。胸郭《きょうかく》から突きでたふたつの銀色の把手《とって》状の部分が、突き刺さったナイフのつかを思わせる。目はなく、のっぺりした紫のドームに風景が映りこんでいるだけだ。

この途方もない災厄は地球上のどこにでも降りかかる可能性があった。終末が似あう場所も、悲劇の開幕にふさわしい大規模宗教施設も世界各地に存在している。しかし、ガスがみずからの凶運にけりをつけようとしているまさにその場所にこいつが出現したのは必然だった。

先兵《ヴァンガード》のジュリエットは六つのコロニーとふたつの惑星を滅ぼした。

滅ぼした惑星の数はもうすぐ三つになる――地球が加わるからだ。

二日前、ガスには希望があった――この五年間ではじめての具体的な希望が。太陽系統合防衛軍の生き残りが、〈断言《ディクタム》〉というひどい名前がつけられた、〝ヴァンガードによる滅亡の解決策〟を配備したのだ。斬新な大型巡航戦艦〈ディクタム〉は、ハイパースペースを移動中の標的をひきずりだして射線にとらえることができた。ガスには意味のない成果に思えたが、人々のあいだに希望が湧き起こった。

この作戦は間違いなく成功する、と星際連合《UW》指導部は断言した。現存する最強の粒子砲でヴァンガードをことごとく撃破できると。防衛体制がととのえば、太陽系――つまり人類最後の砦《とりで》――は、ついに攻勢に転じられると。

その日の朝一番に、〝ゴーストの大群とヴァンガードが来襲するも、〈ディクタム〉が太陽系で粉砕する〟というニュースを見たとき、ガスはトーストを落とした。

人類絶滅の先触れが迫っているが、超兵器が阻止する――それが決定事項になっていた。ニュース記事を読むかぎり、万が一にも失敗する可能性があるとは思えなかった。どのニュースサイトも、〈ディクタム〉がもう、全十五体のヴァンガードを蒸発させてしまったような記事を掲載していた。戦果がそれ以下だったら、地球は滅亡だった。

ガスは、問題があるときは必ずそうするように、このニュースを見たときも、やはりピアノの前にすわって弾きはじめた。鍵盤がやさしい雨のように神経を静めてくれたので、ガスは地球上の全員が直面している死の恐怖と戦った。老いも若きも全員が、明日をばっさりと断ち切られるかもしれない運命をともにしていた。

そのとき、ホロコールがかかってきた。ランドリー将軍と慰問協会《USO》のコーディネーターたちが、来たるべき初のヴァンガード撃滅を祝賀する、スターだらけのコンサートへの出演を依頼してきた。彼らはガスに、モナコへ直行する足とヤマザキ卿の屋敷での宿泊を用意するから盛大なパーティーに出席してほしいと求めた。

ガスが同意して通話を終了したときには、モントリオールのアパートメントの前で高級車ブリオXRがアイドリングしていた。その塵《ちり》ひとつないナノブラックの車体は光を完全に吸収し、反射面になっているのは銅色の窓とクロムのラインだけだ。笑顔のアシスタントたちが、必要なものはすべてモナコに送ると約束し、ガスを急《せ》かして家から連れだした。さらに、数千ユニクレッドをガスの口座に振りこめるカードもガスに渡した。前もってリラックスしたい場合のためだそうだった。

役所仕事とは思えない、至《いた》れりつくせりの対応だった。

成層圏をひとっ飛びしたあと、ガスはチャートのトップを飾っている有名ミュージシャンたちとヨットでブランチをとった。ガスには、サンプリングされ、リミックスされてヒットしたピアノ曲が一曲あるので、そうした神々《かみがみ》に軽い親近感を覚えた。ミュージシャンたちは士気を高めるべく各国政府によって招かれていたので、〝例のサンプリングの元曲〟をつくったオーガスト・キトコと会えて喜んでくれた。

だれもが、その夜、参加することになっているさまざまな観戦パーティーについて話した。そしてみな、ガスもそうしたパーティーに参加するのだと思いこんでいた。ガスは喜んで、ベッドルームで足の爪を切り、もの思いにふけりながら窓の外を眺めるという忙しい予定をあけただろう。

ところが、だれからも招待されていなかったし、恥ずかしくて頼めなかった。だれかが情けをかけてくれ、そのおかげで人生でもっとも緊張するニュースをひとりで見ずにすむようになることを願うしかなかった。〈ディクタム〉は二十時間以内に阻止攻撃を実行するはずだが、午後十一時ごろの可能性が高い、と専門家は推測していた。

祝勝イベントの詳細はのちほど、ってわけだ。

友達がいないガスも退屈しないですむように、政府担当官たちがさまざまな活動や出会いの場を用意してくれていた。この日は、夜までお楽しみが満載だった。シャンパンを飲んだり、クロワッサンをつまんだり、カジノを巡ったり、ポイント・ハミルトンの小さな公園で夕日を眺めたりできた。

そこは、彫像が何体か立っていてちょっとした低木の茂みがあるだけの、二棟の高層コンドミニアムにはさまれている緑道にすぎなかったが、おちつける場所だった。ガスが連れだって散歩していた、メディシンハットという町から来たふたりのロックミュージシャンが、ワインを持ってきてくれるように友達に頼んだといった。その友達、途方もない売上を誇るアーデント・ヴァイオレットは、ブロックパーティーをひき連れてやってきた。食べ物と酒とドラッグがついてきたので、ガスはいつのまにか、公共の公園で開かれているワイルドなレイブに巻きこまれていた。

人込みに疲れたので、ガスは新鮮な空気を求めて通りへ出た。アーデントのファンの群れから距離を置こうと、やや離れた裏道まで歩いていった。

ところが、そこでアーデント・ヴァイオレット本人と出くわした。

アーデントは深緑色のピンストライプの服を着ていた。裾が動物の折り紙のようにていねいに折りこまれていた。つば広ハットには生花が何本かついていた。いかにも大金がかかっていそうな身なりだったので、古ぼけた縁石にすわりこんでブレスレット式のガングリオンUIをフリックしているアーデントを見て、ガスはびっくりした。

ガスはアーデントのファンではなかったが、ポップミュージックの王族の一員なのはひと目でわかった。ガスはアーデントのようなメジャーリーガーと話すのが苦手だった。悪夢じみたぞっとする心根の持ち主だとわかることも少なくないからだ。

「だいじょうぶかい？」とガスはたずねた。

アーデントは立ちあがって尻の埃《ほこり》を払った。「うん。ひと休みしに出てきただけなんだ」

ガスは振り向いて、緑豊かな公園で開かれているパーティーを見やった。ふだん、静かなピアノバーで活動しているガスにはにぎやかすぎたが、アーデントにとってはあれが日常のはずだった。このロックスターは、ありとあらゆるホログラムやらドローンやらストロボやら、牽引《トラクター》ビームやら耳をつんざくブラスやらが付き物のサーカスじみたステージを定期的にこなしていた。

　ガスは思案顔でたずねた。「きみがパーティーをひき連れてきたんじゃないか」

「いつもそうなっちゃうんだ」アーデントの声には苦い響きがあった。

「それは大変だろうね」ガスは停めてある自動制御飛行車両《CAV》に近づいてもたれた。ＣＡＶがかん高い警報を発したので、アーデントは跳びのいた。ありがたいことに、ふたりで笑った。

「ええと、ごめん……」ガスはあらためて、二一五〇年代にまでさかのぼる歴史を解説する案内板がそばにある古びた壁に寄りかかった。その建物のいかにも金がかかっているつくりは、典型的な〈無限拡張〉期建築だった——たとえば、流線形にプリントされた簡素な敷石には、貴金属や宝石のかけらが埋めこまれていた。

「ガス・キトコだ」ガスは片手を上げてひらひらと動かし、腕を組んだ。

「キトコね」とアーデントは繰り返した。

　ガスは壁から体を起こした。「そろそろおいとまするよ。きみはひと息つきに来たんだからね」

「気にしなくていいんだ」

「だめだよ！　きみをひとり占めするわけにはいかない。アーデント・ヴァイオレットでいるのは、ええと……」

　風に乗ってパーティーの騒ぎが聞こえてきた。

「疲れるんだろうね」とガスは締めくくった。

アーデントに見つめられたガスは、まるで太陽を直視してるみたいだ、と思った。アーデントは瞳を、服の濃い緑色の補色である、人間離れした赤にしていた。いったいなにを考えてるんだろう？　差しでがましいことをいっちゃったんだろうか？

沈黙が耐えきれなくなったガスは、ポケットに手を突っこんで使い古したミント缶を出した。ガスが缶をあけるとき、ジャラジャラという音が響いた。アーデントは即座に関心を示した。

「どんな効果があるの？」とアーデントはたずねた。

「ミントの味がする」とガスは答えた。「食べるかい？」

「このあたりで、ドラッグじゃなくお菓子を持ってるのはあなただけだろうな」

「じゃあ、ぼくはきみのそばにいたほうがいいな。きみがおだやかでやさしいものを食べたくなったときのために」

「あなたもそうなの？」とアーデントは、赤い瞳でガスをじっと見つめながらたずねた。そして、ガスに歩みよって缶からミントをひと粒つまんだ。「おだやかでやさしいの？」

「友達はそういうだろうね」

アーデントは手袋をした手を丸めてキャンディを載せ、ガングＵＩを操作した。その手を握ると、手袋の内側が光った。化学分析をしたのだ。

「悪く思わないでね」とアーデント。「わたしは誘拐の標的になってるんだ」

「思わないさ。そんなことを気にしなきゃならないなんて大変だね」

アーデントがミントを口に放りこむと、ガスもひと粒つまんで、古典的な分子調理学《ガストロノミー》のシュワシュワが生じ、スペアミントの触手が口のなかにひろがるのを楽しんだ。

アーデントは幸せそうにため息をつくと、両手を腰にあてて丘を見おろした。「おいしいミントだね」

「モントリオール旧市街で買ったんだ。地元の名物なのさ」

「ほんとに？」

「いや。ほんとはトルドー空港で買ったんだ。こんなものが名物なわけないじゃないか」

アーデントはくすりと笑った。「あなたたちカナダの人はプーティン（フライドポテトにチーズとグレービーソースをかけたカナダのジャンクフード）を誇りに思ってるんだろうね」

「で、きみはどこの出身なんだい？」

「アトランタ」とアーデントは答えた。そういわれると、なまりがあるような気もした。

「ああ、名物はビスケットだね。単純だけど文句のつけようがない」

アーデントは片眉を吊りあげた。「ビスケットが単純だと思ってるなら、キッチンへ行く必要があるね」

何人かの賛美者が角を曲がって公園からあらわれ、リーダーに気づくなり、「アーデント！」と叫んだ。ガスにもファンはいるが、ほとんどはテレパーティーに参加して、ガイ・キーツの〈トゥー・ブルー・ア・バード〉の終わりを解決するにはセブンスとナインスのどっちがふさわしいかを議論するようなタイプだ。

テレパーティーなら簡単に逃げだせる。リアルなパーティーの参加者は追いかけてくる。このファンたちが、不運なアーデント・ヴァイオレットを見つけたように。

「あなたも参加するんだよね？　今夜の大公《たいこう》の会に」とアーデントがたずねた。「秘密の軍事観戦会に」

「招待されてないみたいなんだ」

「わ、わたしが招待するよ」

「そうか！　それはうれしいな。きみと一緒じゃなかったら、どうやって会場に入ればいいかな？」

「離れなければいいんだ。ずっと一緒にいなよ、キティ・キトコ」

アーデントはついてくるようにと身ぶりでガスに示した。そしてガスは――この手の騒々しいパーティーは好きではなかったが――ついていった。

その夜、ガスとアーデントは戦況を見守るために大公宮殿に入った。中庭はまさに不思議の迷宮で、角を曲がるたびに新たな興味深い植物を見られた。陰気に押し黙っている行列の上でたいまつがゆっくりと揺れていた。ガスはアーデントから離れなかった。とうとう、ふたりは広々とした円形劇場にたどり着いた。大公と友人たちのための小さめなスタジアムのようだった。

見あげると、浮遊場で国章がはためいていた。国旗をホロ投射するのは野暮《やぼ》だと考えた大公は、いたるところに自動的にはためく本物の旗を浮かせ、風の音の録音を流していた。

ガスは魔法っぽい仕掛けはどれも馬鹿ばかしいと思ったが、大公家は何百年も前からずっと魔術に入れこんでいたし、それが変わる見込みはなかった。それが自分たちの居場所を確保するための手段なのだろうが、よくて秘教的だったし、下手をするとあやしげだった。どっちにしろ、ガスは、最新技術をもうちょっと控え、動く絵や魔法のシャンデリアをもっと少なくするほうが好みだった。

揺れるクリスタルのしずくにかこまれている中央の壇上で、すっきりしていて趣味のいい数字がカウントダウンしていた——人類最後の審判のタイマーだった。

ガスはふかふかの発泡素材の椅子に腰をおろした。大公が快適さを重視するタイプでありがたかった。アーデントも隣の椅子にすわった。椅子はいったん大きくなり、ふたりの体形にあわせて小刻みに縮んだ。

ぴったりになった。体にしっくりなじんだ。

会場は高官や要人であふれていた。

「間違いなく、ぼくはここでいちばんの小物だろうな」とガスはささやいた。

「ここを出る？　わたしが一緒でも我慢できない？」アーデントはほつれ毛を耳にかきあげた。「ここにいるだれの隣にでもすわれるとしたら、だれを選ぶ？」

「もちろん、アーデント・ヴァイオレットさ」

全員が待っているあいだ、大公の噴水はマディ・ウェストの〈文明の罪〉にあわせて感動的な水上バレエを演じていた。噴水のあいだでホログラムのダンサーたちが軽やかに舞った。現実と見分けのつかない幻想が、ガスを作品のテーマにどっぷりと浸らせた。その作品は、この世界を形づくった悪をかえりみて、この現実がそれを修正できるだけ続いてほしいという願いを表現していた。全員が死んでしまうなら、失われる正義が多すぎる、と訴えていた。涙を誘われる四十五分が過ぎてバレエが終わると、〈ディクタム〉がいきなり宙に出現した。白い船体が太陽光線を受けて輝いていた。この超兵器は人類にとって唯一の救いなのだから、せめて、ちょっとしたファンファーレ——ロゴとか気のきいたジングル——があってもいいのに、とガスは思った。

藪《やぶ》から棒に——宇宙船があらわれるだけだなんて。

〈ディクタム〉は、人類唯一の希望にはまったく見えなかった。大砲の端に制御のための宇宙船がちょっぴり付属しているだけだった。推進機関は壊滅した艦隊から回収した二基のエンジンだし、護衛についているのは反撃よりも曳航《えいこう》や救助に向いている太陽系統合防衛軍艦だった。

だが、いずれにしろ、これで人類の運命が決するのだから、全員が畏敬《いけい》の面持《おもも》ちで見つめた。

涼しい夜気のなか、アーデントが手をのばしてガスの手を握った。アーデントは、親指でガスの指の関節をなでながら身を乗りだした。この五年間、人類は銀河系の各所で蹂躙《じゅうりん》されつづけてきたが、きょうを機に、ガスは再生するかもしれなかった。

〈ディクタム〉は、もくろみどおり、地球を滅ぼそうとしているジュリエットを木星近傍で艦隊の中心にひきこむことに成功した——ところが、逆に罠にはめられた。

ジュリエットの超光速制動軌道から、輝くタンポポの種のように金色のロボットの群れが湧きだした。よりすぐれた反射神経と意識と機動性を備えているロボットたちは、太陽系統合防衛軍のわずかばかりの星間戦闘機を圧倒し、人間のパイロットたちを殺戮《さつりく》した。ガスは詳細を見分けられなかったが、たくさんの小さな爆発音や群衆のざわめきが聞こえた。

ジュリエットは復讐《ふくしゅう》の天使のようにキルゾーンから飛びだし、輝く鞭《むち》で地球艦隊をずたずたに切り裂いた。〈ディクタム〉は一発も撃てなかった。

艦隊は、ヴァンガードとその手下の金《ギ》ぴ《ル》か《デッド》のゴーストの群れに、一分三十八秒で全滅させられた。観測船は最後までとっておかれた。ヴァンガードが折りたたみ《フォールディング》反応炉を再充電するまでにはある程度の時間がかかるが、そのあとは——

——地球に望みはなかった。

事態を把握すると、ガスはアーデントを見た。観衆は全員、ホロプロジェクターに目を奪われていたが、ガスは知りたかった。いまこの瞬間、これまでに出会ったもっとも美しい人がどんな表情をしているかに興味があった。

アーデントの白目は桜の花のようなピンク色になり、涙が血の気のうせた頬を伝っていた。薄明かりのなかでかすかに輝いている、メイクをほどこしたこの世ならぬ美貌のなめらかな曲線が、ぎこちなくゆがんで怒りの表情になっていた。アーデントは隠しポケットからハンカチを出して目と鼻をぬぐった。ハンカチに蛍光のきらめきがついた。
「わたしは横になる」とアーデントが、うつむいたまま小声でいった。
ガスはうなずいた。
「部屋まで……送ってくれる？」
ガスはふたたびうなずいた。

ふたりはアーデントの部屋に入ると、あと二日しか残っていないかのように情事にふけった。

翌日には捨てられるだろうとガスは覚悟していた。そうなったとしても、アーデントには行かなければならない場所、寝なければならない人がいるのだろうと納得して、恨んだりしなかっただろう。実際、ロックスターは日常的に大勢の人たちから必要とされていた。

だが、ありがたいことに、アーデントはガスと一緒にいてくれた。ふたりの相性は抜群で、それから三十六時間、なにやかやと楽しく過ごした。アーデントは会話上手で、ガスに気持ちよく長々とピアノの話をさせてくれた。ガスは、好きな楽器のことばかりしゃべって申し訳なく思ったが、この五年間、アパートメントにこもって音楽サイトを眺めて過ごしていたのだ。アーデントは少なくともそれについて寛容だったし、質問もしてくれた。

人生の終わりをどう迎えるかについて話すまで、ふたりの意見は一度も食い違わなかった。

アーデントはファンに別れを告げながら最期を迎えたがった。ガスは特別な人とふたりきりでいたかった。仮定の話からはじまったが、いつのまにか、実際の予定についての話しあいになった。ガスに興奮するつもりはなかったが、どんなふうに死ぬかの問題なのだ。安易な妥協はできなかった。

　議論は白熱し、ついに決裂した。

「あなたはファンパーティーの最前列にすわればいい」とアーデントはいった。「少なくとも、そういう形でわたしと一緒にいられる」

　それがアーデントの提案だった。

　完全に答えかたを間違えた。「だけど、ぼくはきみのファンじゃない」

「〝ファンじゃない〟？」

「いや、ただ……最後の何時間かをゲームをして過ごしたくないんだ。セレブっぽいことはしたくないんだ」

「じゃあ、セレブとして生きてきたわたしがどう過ごすかはわかってるはずだよね」

　アーデントはミラーカメラに視線をもどし、すでに完璧なメイクを直した。

「アーデント、きみとのあいだには本物のきずながあるってぼくは感じてる。だけど、きっとぼくは場違いだ。ぼくは……ポップス畑の人間じゃないんだ」

　アーデントは、このときはエメラルド色にしていた目を細くした。「一夜にして恋に落ちたからといって、キトコちゃん、わたしはあなたのものになったわけじゃないんだからね」

「ただのファンじゃないっていいたかったんだ。ぼくたちの関係はそれ以上のものだって」

アーデントの表情は、悪い知らせから、やかましく鳴り響く警報に変わった。

「わたしの芸術と人となりを愛してくれてる人たち以上だっていってるの？　わたしが自分の人生をどう過ごしたいかっていう希望以上だって？」

「そんなことは――」

「あなたがなにをいおうとしたかはわかってるし、そういう人たちの一部は、この五年間を、わたしのキャリアのために費やしてくれた。そういう人たちは、いまじゃ、わたしの友達なの。わたしを崇拝してくれてるけど、わたしもそういう人たちを崇拝してるの。これまでのところ、わたしたちの関係については、ふたつのことがわかってる。あなたはわたしと寝るのが好きだっていうことと、あなたはピアノについてちょっぴり話しすぎるっていうことが」

「ぼくは……ただ……」

だが、まさにそのとおりだった。

アーデントは短い質問でガスを告発した。「アーデントの曲であなたが好きなのは？」

「ふだん、ポップミュージックは――」

「わたしが好きなのは〈ゲット・ザ・ヘル・アウト〉。聴きたい？」

「ぼくは――」

「出てって《ゲット・ザ・ヘル・アウト》」

アーデントのもとを去ってから、ガスはその曲を探した。実在する曲かどうかを確認するために。間奏にすばらしいピアノソロがあるキャッチーな曲だった。意外にも、凝ったつくりだった。

ガスは敷地内にとどまることを許されていたが、アーデントの関係者に、彼をロックスターに近づけるつもりがないのは明らかだった。生きていられるのはあと数時間だったので、ヤマザキ卿の客として死を待つしかなかった。

巨大ヴァンガードのジュリエットが発している音叉《おんさ》のような音を聞きながら、ガスは悔やんでいる。

ガスは、庭園の小道で突っ立っているのではなく、アーデントと手をとりあいながらベランダで並んで最期を迎えるべきなのだ。アーデントはガスが出会ったなかでおそらくもっとも魅惑的な人物だが、そのアーデントが、スーパーポート・エルキュールの、ばらばらに壊れ、ぼんやりとかすんでいるホログラムに包まれて不死鳥のように立っている。その背後で世界を滅ぼす巨人が暴れているにもかかわらず、ガスは目をそらせない。こんな出会いかたは不公平すぎる。もっと時間がほしかった。

アーデントが人波に呑《の》まれる——地球の死刑執行人を見ようと急ぐ群衆に。

ジュリエットは立ちあがる。ガスには、紫外線並みに激しく振動しているように見える。目を凝らさないとよく見えない。ロボットは白い装甲がほどこされた片手を上げる。すると、倍音の多い音でガスの頭がいっぱいになる——人間の可聴域を超える倍音も出ているのかもしれない。ガスの全身の原子が見えない振動にあわせて音をたてる。なにかにあわせられている――調律されている。

　ガスのまわりで活動がゆっくりと停止する。ほかの人々は両手をわきにだらりと垂らし、エネルギー場《ば》を発生させているジュリエットを、目を見開いて凝視している。脈打つように踊っているあまたの光は美しい。

　なんてきれいなんだ。ぼくは――

　意識的な思考が薄れはじめる。

　またも超光速制動噴射による過熱が発生し、象の鳴き声のような音が空気をつんざく。今回は、太陽粒子による色彩豊かなオーロラが大気圏で波打つのが見えるほど近い。衝撃波はヨットを係留区画の岸壁に叩きつけ、丘を駆けあがって鉢植えやパーティー参加者たちをなぎ倒す。

　ガスにはなにもできない。

　ガスは吹き飛ばされ、ヤマザキ卿邸の芝生にあお向けに倒れる。ほかの人々はそんなに幸運ではない。大勢が同時に恐怖の悲鳴をあげる。骨を折った人もいれば、打った頭がスイカのように割れた人もいる。怪我をした箇所を押さえている人々の苦痛の叫びが不協和音に加わる。長年コンサートをしてきたガスも、聴衆がこんなに騒ぐのを聞くのははじめてだ――もっとも、爆弾の爆発半径内にいたのもはじめてだ。

　地球の大気圏のあんな近くでジャンプするのは違法もいいところなので、その意味はひとつに決まっている。ヴァンガードがもう一体、来襲したのだ。

二体目の巨大ロボットが火の玉となって天から落下してきてジュリエットに激突し、暗い海に叩きこむ。だれかがホロプロジェクターをサーチライトがわりにするという妙案を思いつき、高層ビルのてっぺんから湾内を照らす。新顔は海中でジュリエットと取っ組みあい、白波を立てる渦巻きを生じさせる。

衝突は事故ではなかった。

二体のヴァンガードは格闘している。

市街から、競技場の観客があげるような歓喜の声が湧き起こる。クラクションが鳴り響く。花火が上がる。だれもが大喜びしている。

だが、すらりとした真っ黒な体から、ガスはそれが魔猫《グレイマルキン》だと気づく——七つの惑星を滅ぼしたやつだ。このくそヴァンガードはジュリエット以上の人命を奪っているのだから、たとえグレイマルキンが仲間を倒したとしても人類は助かりそうにない。

グレイマルキンの体は漆黒《しっこく》となめらかなラインの交響曲だ。頭頂から水がなだれ落ち、目があるべきところに一対《いっつい》、縦に刻まれている緑色のスリットにそって流れる。指先は鋭い鉤爪《かぎづめ》になっていて、各指関節にエンジンノズルがある。それらからのかん高い噴射は、閉じこめられて怒っている何頭ものクーガーが吠《ほ》えているようで、ガスは思わず両手で耳をふさぐ。

グレイマルキンはこぶしから炎を発しながら襲いかかってジュリエットを波間に沈める。蒸気の柱が何本も上がり、雲にまで達する。ジュリエットが海中からアッパーカットをくりだし、襲撃者を吹っ飛ばす。一瞬、雨が降りそそぎ、紫のヴァンガードは立ちあがる。グレイマルキンは回転しながら攻撃するが、今回、ロボット同士の戦いはほぼ互角だ。

それでも、周囲の人々はいっそうの希望をこめて歓声をあげたり息を呑んだりしている。ガスには、どうしてみんなが興奮しているのかわからない。

やつらはたぶん、どっちが人類を滅ぼすかで争ってるんだろう。

ヴァンガードたちの音楽的な吠え声がガラス張りだらけの通りを満たし、ガスの意識を惹きつける。その声は音楽だ。なにをいいあっているにしろ、ガスはほぼ理解できる。その音はガスの骨のなかで反響している。神々たるロボットたちは、無限の合唱で会話しているのだ。

ガスは一瞬でスケールを判別する——Fドリアン、全世界のジャズミュージシャンお気に入りのスケールだ。

ジュリエットが痛めつけられているさまがよく見えるベランダには、大勢が詰めかけている。有名人や大金持ちのエリートや成りあがり者——つまりそもそも思慮深いとはいいかねる人々——が、二体の怪物の格闘を見ようと押しあいへしあいしている。ガスは参加しない。最期のひとときにすることの選択肢に、ぽかんと見物するというのは入っていないからだ。

いつだってピアノがある。いまはだれも弾いてないはずだ。

ガスは屋敷から続々とあふれだしてくる、どんちゃん騒ぎをくりひろげていた人々に逆らって進む。まさに苦行だ。倒れたら踏みつけられるはずだし、だれも気にもとめないだろう。高級な靴のかかとにへばりついたガムのようになって死にたくはないので、どうにかかわしつづけて豪邸内にたどり着く。

〈水晶の間〉に向かう。内部では、はじまることのないパフォーマンスの演出だったホログラムが映写されている。ぎざぎざのパターンが、すべての壁で、ゆるやかに脈打ちながら演奏の開始を待っている。会場を満たしているインタラクティブな仕掛けやライトショーをモントリオールでのコンサートで再現したら大評判を博するだろう。プロモーターの知りあいなら何人もいる。うまくしたら、クラブを立ちあげられるだけのベンチャーキャピタルを集められるかも――

最期を迎えようとしているのに、ガスはすぐに自分には未来がないことを忘れてしまう。ネオンで飾られたステージには、ヤマザキ卿が雇った四人組バンドのためのグランドピアノとアップライトベースとエレキギターとドラムが用意されているが、だれもいない。卿のプライベートパーティーで演奏するはずだったミュージシャンたちの姿はなく、楽器が置き去りにされている。

みな、あわてて飛びだしたらしく、グラスとボトルが床に散乱している。いまいましいことにピアノ椅子にウイスキーがこぼれているが、ガスはかまわず腰をおろす。拭いている暇はない。

Ｆ０キーを叩くと、指の下に天国が生じる。ずっと聞こえているヴァンガードたちが戦っている音にローランド・グランド・アルファをあわせる。ガスは五度の和音をやわらかく鳴らす。軽やかなグリッサンドがガスをひきあげ、ひきおろす。そしてガスは新たな遊び仲間たちにモードをあわせつづける。

あのモンスターたちとダンスをするのは気が進まないが、それ以外の選択肢はない。ヴァンガードたちと向きあい、可能なかぎり音楽をつけて命果てるまでパーティーを続けることもできる――それとも、座して死を待つこともできる。

さあ、弾きはじめよう。

ガスは鍵盤を力強く乱打する。ヴァンガードたちの眠気を誘うメロディに甘い調べをからみあわせる。ヴァンガードたちの声を思うままにくつがえし、三重奏に仕立ててあげる。〈水晶の間〉がよみがえり、照明のもとで仕掛けが踊りだす。ガスはこの部屋がヤマザキ卿の屋敷でいちばん気に入る――自分の曲にあわせて呼吸しだしたように思えるこの部屋が。壁面が平らになり、空間が拡張して虚空《こくう》が現出したかのようなありえない幻想を覚える。ガスが偽終止《ぎしゅうし》を奏でると、電子偏向ガラスが反応して調性を色彩に変換する。部屋は、ガスの遺作を形にした大聖堂と化している。

ガスは自分の音だけでなく、ヴァンガードたちが発している音にも乗って舞い踊る。精魂《せいこん》をこめた演奏で攻撃者たちを攻撃し、ヴァンガードたちのコード進行でつくった三連符で彼らに逆襲する。世界を滅ぼしたいなら勝手にすればいい。少なくとも、ガスは滅びをキャッチーにできる。

だれもガスの視界を邪魔しない。みな、湾内で大立ち回りを演じている悪鬼のごときロボットたちに夢中なのだ。ガスはひとりきりだし、だれかのためにピアノを弾いているのではない。そして、それこそ、ガスが最期にやりたいことだった。

巨大ロボットたちは何度も転調するが、ガスは必死でついていく。思わず口角が上がる。これは、ガス・キトコ・トリオのメンバーを失って以来、いちばん楽しいジャムセッションかもしれない。

ガスはメンバーたちのためにも弾いている。

ベーシストのリセルとドラマーのゲルタ——ふたりはすばらしいカップルだったし、ガスの親友だった。ふたりは、乗っていた巡航救出船〈パラダイス〉が攻撃を受けて死亡した。秘密が保たれていて安全なはずだったが、シップハンターに見つかった。邪悪な巨獣どもは、結局、宇宙船を一隻残らずつかまえた。

ガスはヴァンガードのコード進行にあわせて非難する。よくも友達を殺したな。

たもとを分かってわざと不協和音を鳴らし、ゲルタがおはこにしていたビートに乗せ、リセルが気に入っていたベースラインをぶちこむ。リセルとゲルタは死んでしまったが、ふたりはいまもガスの頭のなかにいて、いつでもジャムに応じてくれる。ふたりにもこのヴァンガードたちにいいたいことがあるし、ガスはその声をはっきり聞きとれる。ガスが転調してハーモニーをふたたびヴァンガードたちにあわせると、アクセルをぐいと踏みこんだようになる。トリオがついに復活したような気になって、ほほえみながら首を振る。

光り輝くローブをまとったアーデントがアーチをくぐり抜けると、鏡張りのホールが歓喜の吐息をつく。アーデントのきらめきが振動しつづけているクリスタルをかき乱すが、すぐにまたきちんと曲に調和する。

　アーデントは無言のままピアノを通りすぎるとギターの前で立ちどまる。白いきらきらがちりばめられている赤のメタルフレーク塗装のストラトだが、アーデントの服と比べたらはるかに地味だ。アーデントがギターのネックをつかむと、テキスタイLEDがギターのボディの色を盗み、一瞬で真っ赤に輝く。

　アーデントがあらわれたせいで気が散るどころか、ガスは必要としていたものを得る。心が満たされ、すっかり解放されて、人類を送りだす演奏ができるようになる。

　アーデントはストラップに頭を通すと、手首の隠しポケットから銀色のピックを出す。具合を試すかのように上体をそらしてギターのボディを腰におちつけてから、背筋をのばして弾きはじめる。絢爛《けんらん》たる爪が弦にそって弧を描き、フレットボード上で手が機敏に動いてギターに上昇する持続音《ドローン》を奏でさせる。アーデントはガスと顔を見あわせてうなずくと、パームミュートで速いビートを刻みながら飛びこむタイミングをうかがう。

　ガスはこの即興演奏にひとかたならぬ感動を覚える。もしもこれが客前の演奏だったら、デビュー以来指折りの名演になっていただろう。リンカーンセンターで披露するべき演奏だ。そうでなくとも大きなアリーナで。

　めいっぱい楽しむんだな。

　ガスの手の動きがどんどん加速する。外から人々の悲鳴が聞こえている。アーデントは手を高々と上げ、はじめてロックなカッティングをとどろかせる。ピックがギロチンの刃のように輝く。

「行くよ！」というアーデントの叫びが稲妻のようにガスの魂《たましい》に突き刺さる。漆黒のロボットのこぶしが部屋の一面を貫いて飛びこんでくる。血糊《ちのり》と石のかけらでおおわれている。こぶしはアーデントに激突し、あいていた窓のほうへ弾き飛ばす。手はガスの直前で止まり、小型グランドピアノをドールハウスの家具のようになぎ払う。ガスはあとずさって逃げようとするが、手はさらに奥へとのびて、逃げる害虫のようにガスをつかまえる。

ガスは揺るぎない指で包まれ、グレイマルキンの濡《ぬ》れている装甲板を叩いてのがれようとする。自分は死を前にしても取り乱したりしないだろうと思っていたが——なにしろ、ずっと前から死をまぬがれないことはわかっていたのだ——やっぱり怖い。体を締めつけられる。息ができない。

こぶしはガスを〈ラ・メゾン・デ・ユイット・エトワール〉のくすぶっている残骸からひきずりだす。ガスは血でいろどられた惨状を目《ま》のあたりにする。世界が傾き、ガスの頭がぐらぐら揺れる。視界がもとにもどると、ガスはグレイマルキンに正対している。

縦に刻まれている一対のスリットが放つ毒々しい緑色の光がずぶ濡れの夜を染めている。間近にいると、ヴァンガードが発している低いうなりに全身を包まれて、ガスの髪が逆立つ。このヴァンガードは大勢の命を奪った。なんだってそいつが、宇宙の闇からやってきて、わざわざこのぼくを怖がらせてるんだ？

グレイマルキンの胸部装甲板が開き、結合組織にそってエレクトリックブルーの筋肉がちらちら光っているのが見える。グレイマルキンの胸の真ん中には隙間がある。チューブがうごめき、光が鼓動している巣がぽっかりと口をあけている。入口付近ではプローブとケーブルが這《は》いまわっている。ガスは恐怖の悲鳴をあげながらそこに突っこまれる。

ガスはどろどろに包みこまれ、世界が暗く静かになる。身もだえがことごとくぶよぶよの物質の抵抗にあうが、たちまち全身の筋肉が燃えあがる。ヴァンガードはガスの息の根を止めようと、窒息させようとしている。

その意図は実現するに違いない。

粘液でおおわれた壁がガスの体に吸いつき、残っている気泡を吸いとり、髪をべとつかせ、顔を汚す。ガスはなにかしらをつかもうと両手を握りしめるが、ゼリー状の物質が指のあいだからぬるりと押しだされるばかりだ。

肺が焼け、目の前で星が踊る。もうだめだ。ガスの体は、彼が望もうと望むまいと、息を吸わざるをえなくなる。

おまえはここで死ぬんだ。

二本の突起部が鼻に滑りこんできたので、ガスは手を上げてひき抜こうとする。チューブではない。粘液状の物質が鼻孔に入りこんでいるのだ。

頭のなかで弾けるような音が響き、冷たくて新鮮な空気が鼻孔に流れこむ。ガスは口を閉じ、むさぼるように呼吸して、息を吐くたびに咳《せ》きこむ。気圧が平衡《へいこう》してシューッという空気の音がおさまり、ガスは奇妙な安息を覚える。

ガスはもがくのをやめる。無駄なあがきだからだ。ひょっとしたら、ここは来世で、ゆったりとくつろいで寝てしまうべきなのかもしれない。

そのとき、頭皮がむずむずする。

脳ドリルのせいだとわかる。

強い痛みが激痛に、正気を保っていられないほどの激痛にまで高まる。ドリルの先端が皮膚と骨を貫くと視界が真っ白になり、虹の匂いがする。体のなかで溶岩が噴出し、背骨にそって上昇する。あまたのプローブが全身に突き刺さり、ガスは早く終わってほしいと願う。この苦痛も、命も、なにもかもが。

首のうしろから湧いたひんやりする霧が体内にとりこまれると、恐怖はすっかり消えて手足が心地よくうずく。異質な、だがなじみ深いなにかが心に忍びこんでくる。さまざまな思考を押しつけられる。

夢のパラメーターを学んでいるような、世界の真実を変更しているような感じだ。痛みとは肉体が危険を知らせるためにつくりだした幻影であることを、ガスは突然、理解する。視点を適切に調整すれば、幻影を打破できるのだ。

痛みが消える。それどころか、気分がよくなる。

ちょっとよくなりすぎているかもしれない——体内に薬物が投与されたに違いない。

「どうなってるんだ?」

概念が浸透してくる。高度な知性の言語が。ガスの心はもう、彼だけのものではない。グレイマルキンとガスはつながっている。

視界が光で満たされ、海とヨットの残骸がくっきりと超鮮明に見える。ガスはグレイマルキンの光学センサーを通して見ているので、かつて目にしたことがない千もの色がガスの神経系になだれこんでいる。放射熱とガンマ線が蛍光に見えている。ヴァンガードの外殻にちりばめられている超強力なセンサーを通じてみずみずしいあざやかさで表示されている。その気なら、海中に魚が何匹いるかも数えられる。モナコは以前よりもさらに美しく見えているが、宇宙を見あげたとたん、ガスは驚愕《きょうがく》する。

頭上には無数の目的地がひろがっている。星天《せいてん》に可能性の雲が散らばっている。背景放射まで、彼方《かなた》の虚無へとばらまかれているビッグバンの残滓《ざんし》まで見分けられる。星雲が宇宙の随所で渦を巻き、濃くなって天の川銀河の壮観な腕となっている。興味深いことに、闇のなかでそれらとは異なるふたつの光がめだっている。

あのふたつはほかの人類だ、とグレイマルキンが説明し、さらなる思考をガスの頭に送りこむ。人類は全滅したわけではない。

ジュリエットのこぶしがガスの視野に飛びこんできてグレイマルキンは後方に吹っ飛ばされ、スーパーポートの宇宙船発射台に倒れこむ。整備中の、おそらく現存するもっとも豪華な星間定期船、〈そよ風の憩い《ゼファーズ・レスト》〉にぶつかる。グレイマルキンは鉤爪をのばして体を支えようとする。するとガスの腕も、彼の意志にかかわりなくのびる。爪が銀色の船体に食いこんで大きなひっかき傷をつくる。配線の束や金属やナノ複合材、それに無数のなにかが、鯨脂《げいし》のように〈ゼファーズ・レスト〉からぼろぼろとこぼれ落ちたので、この宇宙船はもう飛べないだろうな、とガスは確信する。

「おっと！　失礼！」

さっきのパンチのせいで顎がずきずき痛む。あることも知らなかった骨が顔のあちこちでぶつかりあったのだ。グレイマルキンの——かすかな振動も敏感に感じる——装甲板は極超音速ミサイルを食らったに等しい力を受けた。ヴァンガードがセンサー入力を絞っていなかったら、すさまじい衝撃で、ガスはちっぽけなヒューズのように溶けていただろう。

ジュリエットは四つん這いになってグレイマルキンに突進する。星間定期船の上部によじのぼってさらに六つの穴をあけると、ガスの宿主になっているヴァンガードに飛びかかる。ガスはジュリエットの装甲された象牙色の両手を喉に感じ、またも顔面にパンチを食らう。

グレイマルキンはガスに、このような打撃を三度も受けたら彼は生きのびられないことを知ってほしい。また、グレイマルキンは首に大きなダメージを受けていて、再生には時間を要する。

ガスはグレイマルキンに協力して優位に立たなければならない。

「ぼくが操作するのかい？」

瞬時に答えが返ってくる。ガスは導管《コンジット》であり、グレイマルキンは収穫した人間の記憶がすべて記録されているユニバーサルデータベースである源泉《ファウント》を内蔵している。

グレイマルキンがファウント内の知識にアクセスすることをガスが許可する、というのが取引の内容だ。グレイマルキンはガスに操作をゆだねる。

「ほかの人たちの考えを……ぼくの心に読みこむってことかい？」とガスは、ジュリエットが迫ってくるのでたじろぎながら問う。

ガスの腕がまたも彼の意志に反して動き、山にクレーターができそうなパンチをブロックする。グレイマルキンは倒れこみながらジュリエットを燃料貯蔵庫のほうへ投げ飛ばすが、ヴァンガードは管制塔につかまって、蜘蛛《くも》のように側面を這いおりる。

ファウントとの接続に同意すれば、ガスは重い傷で死ぬ前に人類に貢献することができる。

「待ってくれ、なんだって？」

速度を優先するため、グレイマルキンは麻酔なしですべてをガスに詰めこまなければならなかった。このあと、ガスが死亡する確率はかなり高い。ガスの体は多大な外傷を負っている。

ガスは狼狽《ろうばい》で頭が真っ白になるが、グレイマルキンが彼の心をいじる――とりあえずおちつかせる。ヴァンガードにはガスの明確な同意が必要だ。死んだほうがましかもしれない、とグレイマルキンはいう。ガスが協力を拒んだら人類は滅びるだろうが、理解はできる。ほとんどの人間は心をあやつられることを好まない。

グレイマルキンはジュリエットに肩から体当たりされ、浅瀬から地中海の深みへと滑り落ちる。ヴァンガードはどんどん沈み、モナコの街明かりが届かなくなる。背中の装甲が着底し、沈泥《ちんでい》が湧きあがる。レーダーで、付近に二万三千百六十八匹の魚サイズの生物がいることがわかる。

「痛いのかい？」ガスはごくりと唾《つば》を飲む。

人類を救えるんだぞ。自分の命など気にしてる場合か？

ガスはうなずいてこぶしをぎゅっと握る。「わかった。やってくれ」

表示領域にでかでかと〝深層同期進行中《ディープシンク》……〟と表示される。

かすかな光線がガスの頭のなかに差しこみ、あまたのノードとサブシステムに散乱する。

グレイマルキンの精神がガスと融合する。ふたつの水滴がひとつになったかのように一瞬で接続する。

まず、ガスが子供のころに弾いていたピアノの真ん中のドがその接続を通過する。きらきらする音が曲の骨格を形成し、ガスのかぎりない想像力が数十もの枝分かれを提供する。架空のドラマーによるスウィングマーチのスネアが続く。ホーンセクションが緊張感のあるドローンのあとに特に強く《スフォルツアンド》を奏でる。

ガスの心のなかでフルオーケストラが鳴り響く。鮮明で心を揺さぶられる。記憶がガスのなかにしだいに強く《クレッシェンド》で流れこむ。ガスは多数になる。

電撃を受けたかのようだ。肌の色もジェンダーも生い立ちも信念もさまざまな無数の戦士たちが、鬨《とき》の声をあげながらガスを満たす。ガスはめんくらい、目を丸くして荒い息をつく。あまりにもやかましい――思い浮かぶ考えはどれも他人に属しているように思える。ガスは人々の人生と動機を、彼らに戦うことを決意させた核となるものを感じとる。この人たちはヴァンガードたちの進撃をはばむためにすべてを捧《ささ》げ、結果としてヴァンガードたちに吸収されるはめになったのだ。

グレイマルキンはガスに、一度に五分間しか耐えられないと告げる。

「五分を過ぎたらどうなるんだい？」

ガスの人格はほかの全員の重みで溶解する。ガスはただのよだれを垂らす混合物になりはて、思考したり自分の主張を述べたりできなくなる。そうなったら、グレイマルキンはガスの命を絶つという慈悲をほどこす。

「ふうん。ありがとうよ、相棒」

ガスが上体を起こすと、グレイマルキンも上体を起こす。海底でかがんで反撃の準備をととのえる。

「ダンスは五分しか続けられないってわけか」

ガスは両こぶしを打ちあわせると、大陸棚をのぼりはじめる。海面に出ると、ジュリエットがいつでも鞭を振るえるように待ちかまえている。ジュリエットは鞭を振りかぶって打ちかかるが——

彼女はわくわくしながら機先を制して師範の懐に飛びこみ、彼の手首をつかんで畳に投げ飛ばす。

一瞬、別の人生の記憶がガスという存在を乗っとり、彼は完璧な跳腰《はねごし》を決める。ジュリエットは手足をじたばたさせながら空中で一回転する。そして地面に激突するが、大きなダメージは受けない。ジュリエットはガスに飛びかかってきて――

ラインバッカーを受けとめるべく足を広げる。あのくそ野郎に慣性を教えてやる。

グレイマルキンは姿勢を低くしてジュリエットの腰をつかみ、相手の勢いを利用して陸の突端の断崖のほうへ送りだす。紫のヴァンガードが海へ転げ落ちたので、ガスにひと息つく余裕が生まれる。

ガスはみずからの黒い鉤爪を見おろす。シューシューと音をたててジェットが噴出している鉤爪を。ガスの肩には地球を救う責任がのしかかっている。あのくそったれなヴァンガードをやっつけるために必要な記憶はそろっている。

あとは幸運を祈るだけだ。

第二章　最前列

バスにはねられたかのようだ。

服にエアバッグが装備されていなかったら、魔猫《グレイマルキン》のこぶしはアーデントをこなごなに砕いていただろう。アーデントはエージェントから、変質者が一線を越えたふるまいをしたときのためにストーカーシールドを装着するのを忘れないようにと、いつも注意されていた。巨大ロボットのパンチというのは、間違いなく一線を越えている。

ギターがアーデントの体にあたって——肋骨《ろっこつ》何本かとともに——壊れ、アーデントはストロボに照らされたポップコーンのように窓から飛びだす。落下中に全ボキャブラリーが青方《せいほう》偏移《へんい》を起こし、アーデントはオペラチックな金切り声で、立て続けに悪態《あくたい》をつく。

人工芝に激突する前に木の枝によってふるいにかけられる。破裂したテキスタイLEDがアラームをひらめかせ、当局に自動的に通報しようとするが、ネット接続は途絶している。

こんなに激しい衝撃を受けたのは、最後のツアーのリハーサルでバク転を失敗して以来だ。息が止まって肺が震え、赤い目のなかで光が踊る。上体を起こそうとしたのは大失敗だったので、ふたたびあお向けになって息をととのえる。頭がくらくらして世界が回転する。

手首を何度か弱々しく振ってガングリオンUIを呼びだす。震える指でメニューをたどり、腰の痛みをやわらげるように指示する。ボディスーツが脊柱《せきちゅう》と肋骨に電磁パルスを照射して痛みがおさまると、ためていた息が唇から漏れる。

石造りの噴水の横の前庭に倒れているという状況を瞬時に把握する。腹這《はらば》いになると、顔にかかった髪を払いのけて目の焦点をあわせる。落ちた場所がちょっとでもずれていたら命はなかっただろう。

頭上で、グレイマルキンがヤマザキ卿《きょう》邸の残骸からこぶしをひき抜く。屋敷が崩壊する。黒い鉤爪《かぎづめ》にだれかがとらわれている。人差し指のあいだから頭が突きでている。サーチライトが、一瞬、癖毛の黒髪の頭を照らしだす。

ガス？

グレイマルキンが胸のプレートを開くと、プローブの群れがガスの体を、タコがイガイをひきこむように体内におさめる。

「ガスを食べるな！」とアーデントは叫ぶ。

グレイマルキンはガスを食う。

「よく聞け、でかぶつ――」アーデントが見あげると、空はアリーナの観客席のようになっていて――聴衆が踊っているかのごとく機械の群れがきらきら光りながら揺れていて――その数が猛烈な勢いで増殖する。歓声が聞こえるように思える。スピーカーを、足元のステージを感じられるような気がする。星空全体が痙攣《けいれん》しだし、ぐんぐん明るくなって、目を細めざるをえなくなる。あまたの虹が天空にかかり、地球全体にひろがる。さらなる制動噴射が惑星を包んだのだ。

また折りたたみ《フォールド》？

だけど、だとすると地球の磁場の端に、数えきれないほどの宇宙船が出現したことになる。

来訪した船団は空に炎の線を刻んでからさらに多くの宇宙船に分かれる。分裂は続き、小型船の大艦隊となって星々をかき消す。宇宙船は編隊を組んで飛行し、平行な線が一本の枝から分かれ、羽軸《うじく》から羽枝《うし》がのびている羽毛のようになる。

アーデントはホロを見たことがあるので、それらの筋の意味に気づく。金《ギルデッド》ぴかのゴースト、つまり殲滅《せんめつ》戦の歩兵だ。先兵《ヴァンガード》はかならずギルデッド・ゴーストの大軍をともなっている。ギルデッド・ゴーストは地球を滅ぼすウイルスだ――ただし、力ずくの戦闘などという泥臭いやりかたでではない。ゴーストたちは、その気なら、大気圏に飛びこんで全人類を火あぶりにすることだってできた。

彼らは放射線被曝《ひばく》よりもひどいことをもくろんでいるのだ。

この五年間、あの日のことがアーデントの脳裏から消えることはなく、音楽に、人間関係に、さらには夢という安全地帯にまで影を落としていた。この運命からのがれるすべはない。地球を脱出することはできない。恒星間宇宙船は一隻残らず破壊された。アーデントが知るかぎり、ほかの惑星に、ヴァンガードどころかギルデッド・ゴーストの襲来に耐えたシェルターもない。

港では、グレイマルキンが深みから勢いよく飛びだしてきて、ロケット推進の鉤爪をライバルに食らわす。紫のヴァンガードの腰に両腕をまわし、うしろそり投げ《スープレックス》を決めて陸の突端の岩山に叩きつける。

アーデントは歓声をあげるが、〈電気果樹園《エレクトリック・オーチャード》〉の陰に隠れて戦いが見えなくなる。結末まで見届けたければもっとそばまで行くしかない。

金色の光が頭上を通過する。アーデントが見あげると、突入船が天を横切っている。何千ものスターメタル製胞子ポッドが分離する。ぐんぐん明るくなって――近づいてくる。

光り輝く物体のひとつが雲から飛びだし、高層アパートメントをきれいに貫通し、公園に落ちて穴をあける。ベランダから悲鳴があがるが、戦慄しながら見ている暇はない――十数機の新たな飛行体が市街に突き刺さり、傷から炎が噴きだす。

ほかのゲストたちがヤマザキ卿の屋敷からよろめき出てくる。グレイマルキンによる第一撃の生き残りたちだ。たがいに支えあい、泣きながらあたりを見まわして安全な場所を探す。だが、外は終末《ラグナロク》の日の様相を呈しはじめているので、安全な場所などどこにも見つからないだろう。

アーデントはつねにファッションに気を配っているが、激変を前に、動きやすさを最優先して服を決めた。破裂した服のあちこちの留め具をひっぱってはずし、ちぎるように脱いで、その下に着ているぴっちりしたボディスーツをあらわにする。この色あざやかなボディスーツは、ヘルビッチツアーで着用したステージ衣装だ。それ以来、通気性のある多層構造でど派手なこのボディスーツがお気に入りになっている。アーデントはピンヒールの側面をぽんと叩いて形状記憶ゴム製のヒールを軟化させ、地面を強く踏んでかかとをつぶす。もう一度触れると、歩きにくいヒールはぺちゃんこで固定されて全力疾走できるようになる。

アーデントはほかの人たちに手を振る。終末が訪れたいま、集団で行動するべきだろう。

「ねえ！」

生き残りの一団がアーデントのほうに近づいてくる——だが、ロケットが落ちてきて彼らとのあいだに穴をあける。土の塊《かたまり》がアーデントに降りそそぐ。アーデントは手で頭をおおって鋭い石を避ける。砂の雨がおさまると、全員が首をのばして出来たての穴をのぞきこむ。

煙をあげている穴からマニピュレーターがあらわれる。いかにもロボットっぽい鋭角的な指が穴のへりをつかむ。鉤爪のつくりはヴァンガードに似ている——動きがなめらかでよどみがなく、生物的だ。もうひとつのマニピュレーターが続く。二本の腕が体をひきずりあげる。機械の体がぬっと出現する。パラジウム製プレートが多関節ワイヤーでゆるやかにつながっている。網目状だが、平らな表面はマントのようだ——それが悪夢をおおい隠している。そいつは猫科の動物のように変形する。まるで獲物に忍び寄る金属の猫科猛獣だ。機械獣の〝頭〟であるレンズ集合体が、冷ややかな光で周囲をねめまわす。その不自然な目の下で白熱した牙がむきだしになっている。アーデントの前腕ほどの長さがあって、悪意に満ちた弧を描いている。

ほとんど美しい。

ほとんど。

ひとりの男が恐怖の叫びをあげながら走って逃げだす——猛獣がそばにいるときはそんなことをするべきではない。ゴーストはその男を追いかけ、数秒でとらえる。ゴーストのワイヤーでつながれたプレートが男の脚にからみつき、男は悲鳴をあげて倒れる。

「助けてくれ！　助け——」

ロボットは男におおいかぶさり、金色の網ですっぽり包んでから、二本の牙を男の頭のてっぺんに突き立てる。閃光《せんこう》が走り、ポンッという音が響くと、男の体の動きがいきなり止まる。ゴーストが頭を振って獲物を放すと、男は目と口から湯気を出しながら地面に倒れこむ。男の脳天にあいた大きなふたつの穴から血が流れる。機械は男をまたぐ。

「いい気分だ！」とゴーストが死んだ男の声でいう。「絶好調だよ。きみたちはどうだい？」

アーデントは一歩あとずさる。

「ああ、なんてことだ」


画質が粗《あら》い。

紫の巨大ロボットが、光り輝くイナゴの群れをともなって空から降ってくる。

風が市街に吹きつけ、遠くで建物が何棟も倒壊する。

手前にいる男がカメラの外にいるだれかに「ジュリエットだ!」と叫ぶ。

ロボットがなんらかの場《ば》を発生させ、イメージセンサーがホワイトアウトする。


その、〝ジュリエット動画〟としてひろく流布《るふ》しているファイルで、アーデント・ヴァイオレットははじめてヴァンガード——人類をはるかに凌駕《りょうが》する技術でつくられた巨大ロボット——を知った。ペルセフォネの二百二十万人の植民者が十分足らずで皆殺しにされたが、なにがあったかを銀河系のほかの場所にいる人々が知ったのは数週間後だった。

九時間後、ふたたび映像がネットワークに流れた。来襲を記録した動画には、そこまでひどくない殺戮《さつりく》と、その後の奇跡的な復旧の様子がおさめられていた。ペルセフォネから実家に通話がかかってきて、涙ながらに無事を喜びあった。彼らは恨みを水に流した。確認された死者を悼《いた》んだ。アーデントの大ファンの四人がその星系から通話してきた。四人とも元気だった。

なにもかもが非の打ちどころのないリアルタイム・フェイクだった。

被害者たちのすべてが、話しかたや個人的な秘密から――ネットワーク資格情報や重要なインフラについての知識にいたるまで正確に再現されていた。

ペルセフォネからの救援要請に応じて、星際連合《UW》は五十隻の主力艦を派遣した。その勇敢な救援部隊からの音信は途絶え、貴重な艦船を喪失したことは、その後の戦況で人類にとって大きな痛手となった。

悪意ある信号のせいで、最終的に、すべての惑星と前哨《ぜんしょう》基地が鎖国状態になり、ハッキングと確実に虚偽の情報――それに、亡くなった家族による死へのいざない――を恐れて通信を遮断した。このあらゆる恒星間通信のゆるやかな崩壊は〈ベール〉と呼ばれるようになった。

ギルデッド・ゴーストは全宇宙で惑星とステーションを襲撃し、その住人の知識を吸いとった。さらに十のコロニーが一夜にして消えた。〈ベール〉が銀河系にかかる前に、新手《あらて》の巨大ロボットたちが襲来する動画が送られてきた――どれも一分以下で、どれも恐ろしかった。

ある人物が、がぶりと食われる前にゴーストによる消去《ワイプ》を動画におさめた。その映像が本物だとは、だれも信じたがらなかった。なにしろ、ゴーストたちは人類の死亡した身内を捏《ねっ》造《ぞう》していたのだ。これも、生き残りの士気をくじくためのフェイクに決まってるじゃないか。

アーデントも、きっと本物じゃないと確信した。

だが、アーデントはいま、ヤマザキ邸の敷地内で震えおののきながら立っている。そのワイプは、その男は、その湯気をたてている死者の目は――十数歩離れたところまで臭いが漂ってくるほどリアルだ。

ロボットがグループの残りに襲いかかったので、アーデントは小道を反対方向へ走る。ここで死ぬわけにはいかない――まだ。ジュリエットとグレイマルキンの戦いは最後の見物《みもの》だし、アーデントにはそれが終わる前に死ぬつもりはない。

ゴーストは続々と落ちてきて、いたるところで瓦礫《がれき》と岩のかけらを盛大に巻きあげている。周囲の豪邸からあがっている恐怖の悲鳴が夜気を窒息させる。怪物どもは混沌《こんとん》のなかをのし歩いて四方八方へひろがっている。この地上に、いや宇宙のどこにも逃げ場はない。

巨大ロボ同士の海中での戦いからのがれようと、人々が通りにあふれだしてくる。スポーツ自動制御飛行車両《CAV》や風変わりな航空機がそこかしこの建物の屋根から飛びあがっては、降下してくるゴーストたちとぶつかって落ちる。乗り物が墜落すると、ボットたちがこじあけて、悲鳴をほとばしらせているドライバーをひきずりだす。昔ながらのホバーカーもたいしてましではなく、ぴかぴかのロボットたちにとっては格好の餌食だ。街の外へ向かう道路は殺戮がくりひろげられている修羅場と化している。二体の超強力な巨大ロボットによる最終決戦が続いている港へはだれも向かおうとしていないからだ。

でも、世界が終わるなら、いちばんいい席で見届けたい。最前列で。モッシュピットで。

港をめざして坂をくだっているとき、ジュリエットがグレイマルキンに船を投げつける。

グレイマルキンがはねのけた船が市街に落ちる。落下地点で炎があがり、そのブロックが壊滅する。そこには――つい最近まで――アーデントのお気に入りのチョコレートショップと、いい靴屋があった。アーデントがモナコで過ごすことはもうないだろうが、そんなことは関係ない。

グレイマルキンはどうしてほかの人を〝食べ〟ないんだろう？　ひとりの男を食うためにだけ、はるばる宇宙を旅してきたなんてありえない。たとえそれが、オーガスト・キトコのようなおいしい男であっても。ジュリエットと戦ってるのはどうして？　ヴァンガードがこんな――ピアニストを胸に詰めこんで仲間を殴るなんていう――ふるまいをしたという報告は一件もない。

そんなのはヴァンガードのやりかたじゃない。

港に近づくにつれて人影がまばらになる。マリーナの周辺では、少数のゴーストがうろついている人々を狩っているので、充分に気をつけなければならない。群れを離れたひとりぼっちのポップスターはちょろい獲物だ。

ポッドが前方の道路に落下したので、アーデントは脇道にそれ、緑道を抜けて高層アパートメントに入る。警備員は不在だ。どこかで家族ともども殺されたのだろう。アーデントも殺されて当然なのだ。それについてはいまだに罪悪感を覚える。アーデントのきょうだいたちは、シェルターに避難して助かるかもしれない。銀河系のほかの場所の――ゴーストが子ウサギでいっぱいの巣穴のように掘りだせる、強化された軍用施設ではない――シェルターとは違うからだ。

アーデントはダッシュして膝でスライディングし、ロビーのデスクの陰に隠れると、体を小さく丸めて息をするときもなるべく体を動かさないようにする。バレエを十一年間習い、熱狂する観客で満員のアリーナで七年間パフォーマンスを続けたおかげで、アーデントの心臓はいたって健康だ。ゴーストから逃げるくらい、祝勝会で披露するはずだったダンスナンバーと比べたらなんでもない。

ロビーは静かなままで、外から響いている、遠雷のようなヴァンガードたちの戦いの音と、ゴーストたちが地面に激突する鈍い音しか聞こえない。玄関ドアが開く音がし、アーデントはますます体を縮める。金属の鉤爪が大理石にあたるカチカチという音が玄関ホールに響く――外に落下したゴーストが追いかけてきたのだ。

胸が痙攣しているように激しく痛むが、たぶん肋骨が折れているのだろう。立ちあがったら、間違いなくゴーストにつかまる。だがここにいたら、ゴーストはスキャンして、たちどころにアーデントを見つける。そのとき、アーデントの体を青い光が照らす。石づくりのデスクを貫通した光がアーデントの肌をも貫く――多重スペクトルスイープだ。

見つかった。だけど、語り草になるような最後だよね――ロボットのパンチを食らっても死ななかったんだから。

ところが、ゴーストはデスクをまわりこんで襲いかかってきて、アーデントの記憶を吸いとろうとしない。どうして？　ゴーストを妨げるものはないのに。

　その疑問に答えるかのようにチャイムが鳴る。

「ついてきて《スイヴェ・モワ》。ゆっくり《トランキルモン》」という女性の切迫したささやき声がエレベーターホールのほうから聞こえてくる。ゴーストが乗客のいるエレベーターに躍《おど》りこみ、その女性の声は何人もの悲鳴によって断ち切られる。

　怪物は忙しい。いまが逃げだすチャンスだ。

　アーデントは立ちあがると受付デスクの陰から出て走りだし、ドアが開いているエレベーターの前を通りすぎる。通りすぎるとき、ちらりとなかをのぞく。この惑星の残り時間は少ない。目をそむけても意味はない。

　ゴーストは——いまや猫というよりも網のようになって——届く範囲にいる人々をとらえようとひろがる。網のような体で人々をからめとり、その人たちの首にケーブルを巻きつけては、集めた死体の山のほうにひきずっていく。犠牲者たちの頭部は、あっというまにグロテスクなプローブでおおわれる。

　犠牲者のなかには子供もいる。

　アーデントは助けたいと願うが、いったいなにができる？　地球全体が死に絶えようとしている。だれもが、これが最後の夜明けだと知っていた。アーデントは祖父の声を聞いたような気がする。

　このまま進まないと、次はおまえだぞ。

「いやだ」

アーデントは手首を振る。ガングUIがボディスーツを対ストーカーモードに切り替える。アーデントがゴーストを平手打ちすると、五十万ボルトの電撃と電磁パルス《EMP》ループが人々のあいだを走って痙攣させ、すべてのウェアラブル端末を再起動させる。ゴーストはシールドされているが、確実にダメージを受ける。怪物は犠牲者たちを放して壁を駆けのぼり、かん高い警戒の声を発して全員の上に大理石の粉塵《ふんじん》を降らせる。

ゴーストはレンズをアーデントのほうに向ける。長い牙からはまだ血がしたたっている。逃げようが逃げまいが、機械獣は襲ってくる。

アーデントはくるりと向きを変えてホールの反対端のほうへ走りだす。回転ドアをすり抜けて通りへ出る。そばにゴミ容器があるので、回転しているドアのなかに放りこみ、ひっかかって動かなくする。

ゴーストは回転するドアを一度だけぐいとひき、全体を反対方向に押す。回転ドアの安全フレームが注意をうながす黄色に変わり、その窓には黒い×印が浮かぶ――〝使用できません。十秒間お待ちください〟

「アーデント！」とゴーストが、聞きなじみのある熱狂的なファンの声で叫ぶ。「行かないで！　痛くないから！」

あれはナリカだ。アーデントのソーシャルチームの元リーダーで、アボードコロニーの攻撃に巻きこまれて命を落とした。彼女が死んだと聞いて、アーデントは一週間泣きつづけた。

アーデントは青ざめる。「悪い子猫ちゃんだな」

アーデントは逃げる手段を探す。近くに〝チャオ！〟レンタルスクーターが何台かホバリングしている。ネットはダウンしており、支払いを受けつける可能性は低いが、試してみる価値はある。アーデントが一台に飛び乗ると、次のようなメッセージが表示される。

明日はありません。このスクーターを使って大切な人と一緒に過ごすことをお勧めします。
思い出をありがとうございます。それでは
チャオ

「へえ、気がきいてるじゃん」とアーデントはいいながらスロットルを吹かし、終末の無料スクーターで大通りを疾走する。嘘偽りのない企業からのお知らせを読んだのははじめてかもしれない。

上空は混沌としている。そこいらじゅうでCAVが墜落しているし、乗客は落ちるあいだずっと叫んでいる。グリマルディ家がモナコ岩から発砲し、金色のボットたちの大群が空から大公《たいこう》宮殿に襲いかかって防衛を圧倒する。この瞬間、モナコ公《こう》が、おだやかな殿下《ヒズ・セリーン・ハイネス》という称号にふさわしいかどうかは疑わしい。

アーデントは有名なヘアピンターンを何度か曲がってポルティエ地区に出ると、左に急カーブを切って、猛スピードで新海上道路《ヌーヴェル・コーズウェイ》のスカイラインブールバードをめざす。アトリウムの屋上道路には、いつ見ても驚かされる。なにしろ、古いガラス瓶のような青緑色に染まった透明アルミニウムでできているのだ。アーデントの百メートル下では、法外な値段の住宅地がぐんぐんうしろへ流れている――モナコにあるからという理由だけで高速道路の下で生活に大枚をはたくような連中がいるのだ。

グレイマルキンとジュリエットのパノラマじみた戦いがあたり一帯でくりひろげられている。二体がくりだすパンチとキックの一撃ごとに大地が揺れ、スターメタルの四肢がぶつかる音がアーデントの骨にまで響く。

波しぶきが痛いので、アーデントは目をぬぐう。人類最後の戦いを一分でも見逃すのは罪だ。ヴァンガードのそれたパンチがあたったり、ふらついた足に踏まれたりして海の底にめりこむはめになっても悔いはない。

ちらりと振り向くと追っ手の群れが見える――三体のゴーストが、文字どおり知識に飢え、牙をむきだしにして迫ってくる。アーデントは低く身をかがめてアクセルをひねり、ドライブアシストのおかげで巧みに障害物をよける。残念ながら、ゴーストのほうがレンタルスクーターよりも速く、刻々と距離を詰めてくる。

進みつづけろ。生きのびろ。できるだけ多くを見るんだ。

ヴァンガードたちの歌は音の全領域を至福の音色で満たし、アーデントの神経を強烈に刺激する。グレイマルキンはロケット鉤爪をジュリエットの肘関節に突き立て、千台のスロットマシンが華々しくジャックポットを達成したような音をたてる。ロボットの目のスリットが暗い甲殻を背景に歓喜でひらめく。

「もう一発パンチを食らわして！」とアーデントは、もっとよく見ようとスクーターのシートの上でほとんど立ちあがって叫ぶ。安全システムが、「あと二回、危険行為を検知したら停止します」と警告する。

「うるさい。非常事態なんだぞ！　オーバーライドしろ！」

「ネットワーク活動がありません」とスクーターは応える。理解できないのだ。

ジュリエットは象牙《ぞうげ》色の腕を交差させて胸郭《きょうかく》のなかに手をのばす。二本の光る鞭《むち》をひき抜いて夜を切り裂く。ボットが鞭を強く振ると稲妻が走り、火花の雨が降りそそいで周囲の丘陵を荒廃させる。

グレイマルキンは非人間的な重心を利用して巧みな跳躍でかわす。衝撃点から球状のプラズマが生じて豪邸を破壊し、高層ビルを倒す。よけつづけながら港の海底から海藻でおおわれた巨岩を拾いあげ、ジュリエットの顔面に叩きつける。その一撃は強烈で、街じゅうに低い音が響く。

金色のぼやけた影が横からスクーターに飛びかかってくる――ゴーストが襲ってきたのだ。アーデントは急カーブを切ってかろうじてかわす。殺人ボットはガラスのような道路に着地すると、爪から火花を散らしながら方向転換し、スクーターを追ってくる。またも躍りかかってくるが、アーデントは再度かわす。ゴーストが車線分離帯にひっかかったので、多少の余裕ができる。

スクーターのコンソールがまたも危険行為の警告音を発する。二度目の警告だ。

しかし、ゴーストはあきらめておらず、体を平たくし、のこぎりの刃のようになって追ってくる。仲間たちも同様の変形をし、すぐにアーデントは機械獣たちから逃れるために道路上を激しく動きまわる。アーデントはゴーストたちの攻撃を回避するのに精一杯で世界の終わりを見逃してしまう。ゴーストの一体がアーデントの腕をつかみ、ひどい切り傷を負わす。「放せ！」アーデントはストーカー防御を発動するが、ゴーストは電撃が生じる前に離れる。

新たなゴーストの集団が前方からアーデントに迫ってくる。それはほとんど賛辞だ——だれもがゴーストに襲われているが、アーデントは何体ものゴーストに襲われている。ところが、その新手は、スクーターをとらえてアーデントの脳をワイプする代わりに、追っ手の群れに突撃する。ゴーストたちはワイヤーとプレートがぶつかりあう金属音を響かせながら取っ組みあい、歯と爪でひき裂きあい、感電させあう。強力な溶接レーザーが死の渦のなかで点火し、乱戦からスクラップが、煙を吹きだしながら高速で散乱する。

ヴァンガードばかりか、ゴーストまで同士討ちをはじめたのだ。まさに願ったり叶ったりだ。

ゴーストたちが公然と争っているとしたら、それはいったいなにを意味してるんだろう？　街のいたるところで緑色の溶接ビームが夜を切り裂いている——あちこちで起きているボット同士の戦いの流れ弾だ。

人類に勝機はあるのかな？

ジュリエットの核融合鞭が、アーデントの背後に、どんなビームスポットよりも明るく輝きながら振りおろされる。蒸気が噴きあがり、アルミニウムガラスのパネルが吹っ飛び、鞭が切り裂いたところがオレンジ色の鉱滓《スラグ》と化して光る。コーズウェイがアーデントのスクーターの下で暴れ、反発装置《リパルサー》の回転を妨げる——どんな安全システムでも修正しきれない。乗り物は前傾し、アーデントに来たるべき結果を悲しめるだけの時間を与える。

「いや、いや、い——」

ポップコーンスーツがないため、今回の路面はずっと硬い。アーデントは二回弾んだあと、滑りながら止まる。顔と肩と肘と膝が恐ろしい激痛に襲われているが、意識はあるし、まだ生きている。

スクーターは舗装道路をこすりながら進み、三度目の危険行為警告を鳴らしたあとでシャットダウンする。

アーデントが見あげた直後に、グレイマルキンがジュリエットの両腕をつかんで船の舵輪《だりん》のようにひねり、両腕の肘が折れるまでねじりあげる。乳白色の血が四方八方に飛び散り、アーデントに、モナコに、周囲のいたるところに大雨のごとく降りそそぐ。

紫のヴァンガードが苦痛の叫びをあげる。和音になって共鳴していた声のピッチがずれて不協和音になる。ヴァンガードの歌を聞いて感じていた陶酔は恐怖に変わり、アーデントは耳をふさぐ。しかし、ジュリエットの悲鳴は指をすり抜け、耳道《じどう》に、歯に、骨に、そして心室にまで届く。

グレイマルキンは停泊していたヨットをつかみあげ、船首をジュリエットの頭部に突き刺して騒音を止める。紫の装甲がその一撃で割れ、壊れた電子機器の嵐があらわになる。グレイマルキンはそれで満足せず、光沢のある黒い鉤爪をジュリエットの胸郭にひっかけ、最大出力で逆噴射する。紫のヴァンガードがどんどん大きくなる悲鳴をあげているなか、ついに胸のプレートがはずれる。グレイマルキンはあふれだしたワイヤーをひとまとめにつかんでひき抜いてから、死にかけのヴァンガードを蹴って、あお向けに海に沈める。

ジュリエットの死がもたらした静かな波がコーズウェイの下をやさしくなで、海へともどっていく。アーデントは、ロボットの血と海水をまばたきで払いながら、沈んでいく死体を呆然と見つめる。いつギルデッド・ゴーストが襲いかかってきて脳をえぐりとられるかわからない——だが、少なくとも、人類史上最大の戦いを目撃できたのだ。

ところが、噛《か》みつかれて殺されはしない。アーデントは振り向いて追っ手を探すが、ゴーストたちはおとなしくなっている。怪物どもはライオンの群れのように、街へとおとなしくもどっていく。アーデントは、困惑をつのらせながらゴーストたちを見送る。

「へえ」

グレイマルキンは苦痛に満ちた叫び声をあげ、吐きそうになっているかのように前かがみになる。胸が開き、夜なのでよく見えないが、開いた空洞から海へガスが落ちたのがわかる。

「オーガスト！」

海面にはもう水しぶきは立たない。ガスはきっと気を失っているのだろう。

スクーターは動かないが、近くには壊れたボートがたくさんある。どれかは航行可能だろう。アーデントは、煙をあげている四角いアパートメント群の残骸のあいだを縫ってのびる、高架道路から海に通じる狭い通路を這うようにおりる。人気《ひとけ》はない。モナコのヌーヴェル・コーズウェイのアパートメントに住めるのは、シェルターで運を試せるほどの富裕層なのだろう。

予想どおり、多くのボートがコーズウェイの土台に打ち寄せられて大きな塊になっている。池の端の浮きかすのようだ。アーデントは、座礁した船のなかにグレイマルキンのもとまでたどり着けそうなものがないか、必死で探す。それらがついさっきまで人を乗せていたという事実を無視しようとしながら、浮遊物や転覆した船からなるいかだに飛び乗る。滑りやすいが、ゴム製の靴底は接着剤のように貼りつく。障害物コースは足元で不安定に動いているので、転げ落ちたら、次の波が来たときに二隻の大きな船のあいだで押しつぶされてしまうだろう。

「ねえ！　だれかいる？」

残念ながら、答えはイエスだ。

鋭い金属が複合材の船体にあたる音がアーデントに届いたときには遅すぎる。ギルデッド・ゴーストがのっそりとキールの上にのぼってくる。波による揺れにもかかわらず、その頭部は安定している。あたりは薄暗いが、双子の牙のようなプローブから新しい血がしたたっているのがわかる。ゴーストはアーデントの胴と何隻かの船、それに港を百メートルほど、直接ビームスキャンする。アーデントの皮膚の下で折れた肋骨がスキャンによって光り輝く。この怪物はアーデントの弱点を知ったわけだが――

——そこまでする必要はないように思える。なにしろアーデントには、おしゃれな靴と光るボディスーツしか武器はないのだ。

「いい子猫ちゃんだね」とアーデントは片手を上げながら猫なで声でなだめる。

ゴーストが躍りかかってアーデントの華奢《きやしや》な体をからめとる。プレートがアーデントの体に密着し、ワイヤーがぴんと張ってこれまで感じたことがないほどの強さで締めつけられる。抵抗する気がうせるほどの力だ。覚悟していた以上に痛いし、ジージーと鳴っている二本の牙へのぞっとする予感で頭のてっぺんがうずく。アーデントの人格はおびえた動物の思考に絞りこまれる。

死にたくない！

鋭いなにかに胸郭を突き刺されてアーデントは小さく叫ぶ。身をすくめて待ちつづけるが、ほかの傷は生じない。聞こえるのは静かな波の音とアーデントの苦しい息づかいだけだ。

アーデントは脳に牙を突き立てられるものと思っていたが、この傷もかなり痛い。とはいえ、予想していたほどではない。ゴーストは締めつけをゆるめ、アーデントからするりと離れて、歩き去っていく。

温かくぼんやりした快感が折れた肋骨から広がる。ボディスーツの下で骨が動いて再配置されはじめたことに気づいて、アーデントは化学的な作用による冷静さで驚く。生体格子《バイオラティス》かな？

有機的な再成長構造が体内に生じているのだから苦痛をともないそうなものだが、これは快適だ。ゴーストは、網目状に連なっているプレートをなめらかに動かしながら、ボートのへりを越えて街へと真っ直《まっす》ぐに向かう。アーデントは震えながらぼんやりとゴーストを見つめ、ポケットの中身を確認するかのように傷を軽く叩く。あいつはどうしてわたしを殺さなかったのかな？

それに、ゴーストたちはどうして同士討ちをはじめて、いまはもうしてないのかな？

ガス！

アーデントは急いでキールを越え、アイドリングしているウォータースイープを見つける。スラスターが海をさらにあざやかな青に染めている。操縦席に、目がうつろに落ちくぼみ、まわりが青黒くなった男の死体がすわっている。真っ赤な血が白いポリ皮革のヘッドレストに流れているのを見て、アーデントは動揺を抑えようとする。不快なさまなら何度も――ほとんどはコンサートの最前列で――見てきたが、これは次元が違う。

忘れるな、ガスが溺れてるんだぞ。

アーデントはその男を慎重にまたいで助手席にすわる。

「……衝突しました」とウォータースイープのコンピューターが、おちつきのある渋い男性の声できっぱりと告げる。「当局に通報しますか？」

「いいえ――」

アーデントは手をのばし、舵輪を磁気プレートからはずす。「遠隔操作モードになりました」とボートがささやくと、やわらかな質感の舵輪に、親指で操作するノブがいくつかあらわれる。アーデントは舵輪を持ったまま、ホロチップのチュートリアルにすばやく目を通す。手袋をはめた指で画面をスワイプし、ビギナーモードに設定する——アーデントは運転が得意ではなく、スクーターでそれが証明された。

システムが起動し、能力を最大限に発揮させてほしがる。ボートは方向転換すると、フル加速で波の上を跳ねながら走りだす。コンピューターはアーデントの下手くそな操縦をうまく解釈してまともに航行させ、高速でグレイマルキンのほうに向かう。水中翼をぐいと動かすと船体が宙に浮く。アーデントはガスが落ちたあたりをめざして急行する。

「前方に遊泳中の人がいます」とコンピューターが警告し、自動的に減速する。スティックを何度か動かして充分に接近すると、近接センサーがそれ以上進むことを拒絶し、ウォータースイープはがくんと停止する。

アーデントは風防《ふうぼう》ガラスを乗り越えて船首に急ぐ。粘着性のあるやわらかい靴底でバランスをとりながら暗い波間をのぞきこむ。一秒遅れたせいでガスが死んでしまうかもしれない。

アーデントはこぶしを握りしめ、深く息を吸う。「オーガスト・キトコ！　説明して！　とにかく……」焦りながら暗い海面を見渡す。「溺れちゃだめだからね、いいね？」

深みから一瞬、水しぶきがあがる。それだけでアーデントの息が止まる——命の兆しだ。イルカじゃありませんように。

「ねえ！　ガス！　ねえったら！」

アーデントは動いているものに必死で手をのばす。海面に身を乗りだすが、そのなにかをつかめない。濁った水を見通せないし、ウォータースイープはレジャー用なので、投光器のような役に立つものは積まれていない。

ボディスーツには、最後のツアープログラムがまだ残っているはずだ。手首を軽く振ってガングUIをてのひらに呼びだす。テキスタイLEDオペラがまだすべて保存されており、〈われにそれを〉も含まれている。

第三節、大団円だ。

アーデントはこぶしを突きあげてオペラを開始する。すると高性能なウェアラブル端末から舞台照明の超新星が爆発する。黒い海水がビームを浴びて透明な緑に変わり、すぐ下にガスの動かない体があらわれる。

「そんな！」

アーデントはエメラルド色の海に飛びこんでガスの体を抱きかかえる。どうにかボートの後部までガスをひっぱっていってスロープをおろす操作をする。船尾の喫水が下がって乗降用スロープがのびる。手すりと乗船支援コンベヤーベルトの助けを借りて、アーデントはガスを乾いた甲板にひきあげる。

「救命胴衣……救命胴衣……」アーデントは救命用具を探しまわるが、死んだ男が着ているものしか見つからない——男にはもう無用の長物だ。

アーデントは嫌悪を抑えながら胴衣を脱がせはじめる。死体が揺れるたびに、自分もボートに放置されているうつろな目をした死体になっていてもおかしくなかったことを思いだす。

アーデントは、死肉をあさるカラスになったような気分になってぞっとする。

だが、ガスは死にかけているし、救命胴衣が必要だ。

「早く――くそったれ――脱げ！」

やっと胴衣がはずれたが、アーデントは勢い余って船べりから落ちそうになる。アーデントはおぞましい戦利品を手に、ガスのもとに駆けつける。

ガスの腹と首と腕は刺し傷だらけだが、血はほとんど流れていない。救命胴衣を着せようと悪戦苦闘しているとき、ガスの背骨ぞいと後頭部に金属のポートの列が走っているのを感じる。ガスにきちんと着用させると、胴衣はたちまち救命灯を赤く光らせ、大音量で警告する――脈がありません。強化テキスタイルLED上を深紅《しんく》のV字形が心臓に向かって流れているので、どんな医療者にもガスに助けが必要なことがひと目でわかる。

そんなに時間はたってない。きっと助かる。

胴衣はガスの胸を締めつけ、アーデントが応急処置キットを探しているあいだに彼の体からスポンジのように水を絞りだす。

「気道を確保してください！」と胴衣が、周囲のだれかに聞こえるように大声で叫ぶ。

アーデントはガスの口からランチの一部を取り除き、救命胴衣がその囚われ人にまたもベアハッグをする。もう一度。

さらにもう一度。

効果がない。

肋骨をぎりぎりと締めつける四回目の抱擁のあと、ガスは咳《せ》きこみながら上体を起こし、恐怖に満ちた目でアーデントを見る。蘇生《そせい》したのは明らかだが、そのことに対するガスの感情は不明瞭だ。ガスは震える手で首の横のポートのひとつに触れる。

「もうだいじょうぶだよ！　ガス！」とアーデントが声をかけ、肩に腕をまわしてガスを抱きしめる。哀れなガスの目がくらまないように、光っているボディスーツを消さなければならない。アーデントはガスの頬をなでながらささやく。「だいじょうぶ。おちついて。もう心配ないんだ。病院に連れていくから、いいね？」

ガスはリラックスし、目に感謝の色を浮かべる。話そうとするが、前部席で死んでいる男の頭のてっぺんに血まみれの穴がふたつあいているのを見て悲鳴をあげ、パニックになりかけて気を失う。少なくとも救命胴衣は安定した青に変わっていて、健康な心拍にあわせて脈を打っている。あとは医者がなんとかしてくれるだろう。

アーデントはウォータースイープの中央部に行って甲板から舵輪を拾う。舵輪は接続中であることを示す点滅をしており、ホロが標準的なチェックを次々に実行している。

ネットが復旧したんだ。

人類が会話を再開したんだ。

「すごい。ガリ勉たちがもう仕事を再開したんだな」アーデントはそうつぶやきながら操作パネルをスワイプする。「助けてもらえるかどうか、試してみよう」

ところが、ポートが接続を完了すると、盗難届けが出されていることが判明する。

「盗難防止システム起動——抵抗しないでください」

ボートがいきなり方向転換し、アーデントは海に落ちそうになる。ガスを座席にすわらせてから、彼の膝にすわって安全ハーネスを締める。ガスはアーデントの重みにうめく。だが、ガスがボートに乗っていさえすれば、彼の意見はそれほど重要ではないとアーデントは判断する。

ボートはヌーヴェル・コーズウェイの支柱のあいだを縫うように進み、スーパーポート・エルキュールの係留区画のひとつをまっしぐらにめざす。ボートが向かっているタラップに設置されている標識が黄色に点滅して地元警察を呼んでいる。アーデントは顔をしかめる。係留区画にはすでにけわしい顔つきをした警察っぽい連中が集まっている。

世界が終わりかけたっていうのに、あの連中はなんでボートの盗難なんかを気にしてるんだろう?

「ねえ、ええと……この死んだ人のボートを盗んだわけじゃないんだ」とアーデントは、船が充電クレードルにおさまると、集まっている人々に呼びかける。

「ボートのことを心配してるわけじゃないわ」と、肌が黒くて、シルクを編みこんだコーンロウのヘアスタイルのフランス人女性がいう。「でも、あなたはわたしが関心を持っているものを持ってるのよ、アーデント・ヴァイオレット」

女はアーデントの芸名をおもしろがっているような、すべてを承知しているような口調でいう。

「そういうあなたの」とアーデントが応じる。「名前が知りたいな」

「星際連合情報局《UWI》のエルザヒア・タジよ」と女はいう。「その濡《ぬ》れ鼠《ねずみ》の人物をひき渡してほしいの」女がのばした指から放たれたレーザーポインターがガスを照らす。女はバックパックからドローンを浮上させ、ホロライトでガスを照らして部下たち全員にガスを見せる。「あなたがグレイマルキンの下からひきあげたその人物を」

アーデントはその女を信用していいかどうか確信が持てず、ガスに弁護士がつくまでとりつくろっておいたほうがよさそうだと考える。甘い笑顔を浮かべながら、頭をフル回転させて言い訳を考える。

「あなたたちはなにか――」

「否定する前にいっておくけど」とタジがさえぎる。「あなたはわたしたち全員が注目していた巨大ロボットの下で、まるで花火みたいに光ってた……地球上のすべてのスパイ衛星に映ってたのよ」

「否定するつもりはないよ」とアーデントは答え、咳払《せきばら》いをする。「タオルがあるかどうか聞こうとしたんだ」

第三章　生　還

かつてガスと呼ばれた男は、魔猫《グレイマルキン》の胸のなかで永遠に変わる。

嵐がガスのアイデンティティを消し去る。水と光が、砲声のような装甲と鋼《はがね》の音が、先《ヴァン》兵《ガード》たちのすさまじい慟哭《どうこく》が。

赤の幻影。「アーデント・ヴァイオレット？」

長いあいだ、ガスは土のように死んでいる——複雑にからみあう生態系のなかの意識のないもつれだ。ガスの心という細い糸は徐々に形をとりもどし、夢を見はじめる。宇宙のなかの孤独な振動であるガスは、減弱してはいたが、一秒ごとに明るく輝きを増している。

ガスは想像を超える広大無辺なネットワークに触れ、そのネットワークもそれに反応して彼のもっとも深い部分に触れる。魂《たましい》のデータベースが、文明の最終局面がガスに流れこむ。

ガスはその力を借りてヴァンガードを打ち倒し、その後、無になった。

ガスはついに自分の体を思いだす。死のなかで忘れていたのだ。

肉体を、背中の汗と胸の痛みを無視するのがどんどん難しくなる。だれかが顔を押しながら大声をあげている。吐き気をもよおす。夢を見ていたほうがずっとましだ。

「——コ」という声がする。ぼくの名前だろうか？

骨が痛むのを感じるし、関節は打撲で腫《は》れている。だが、空気は清浄ないい香りがする。目をあけると、そこは豪勢な部屋だ。

ガスは、桜材の壁にかこまれて美しい四柱式ベッドに寝ている。モナコの王族をあらわす派手な金の装飾が随所にほどこされている。医療機器の操作インターフェースとデータ表示のホロが四面の壁に投影されており、ガスの生命徴候《バイタル》サインにあわせてまたたき、息づいている。近くの隅には、裸の小天使たちに回復を助けてほしがる患者のためのバロック風療養椅子まである。

ベッドの足元にはきりりとした軍服姿の数人が墓石のように並んでいる。

「軍人さん？」とガスは問う。

「ミスター・キトコ」というなめらかで男性的な声がかたわらから聞こえる。

そっちを向くと、ハンサムな若い医師が立っている——ホログラムではなく、医者が実際にそこにいる。肌が白くてびっくりするほど青い目のその美男は、まるで活力サプリの広告から飛びだしてきたかのようだ。

「こんにちは」とガスは、投与された薬物の影響でぼうっとしながらいう。「死ぬはずなんじゃなかったっけ？」

集まっている人々はあからさまに落胆し、ガスは彼らを失望させてしまったことに気づく。この人たちはぼくがなにをいうと期待してたんだろう？

魅力的なドクターがほほえむ。「まずは名前を教えてください。わたしはドクター・ジャーゲンズです」

「ガスです」とガスはいい、喉がいがらっぽいので咳払《せきばら》いをする。「オーガスト・キトコです」

「どこからいらしたんですか？」

「モントリオールに住んでます。生まれはウィスコンシンです」

ドクター・ジャーゲンズはナースの助けを借りて入念に検査する。基本的な健康状態に問題があれば、病院のスキャナーでわかるはずだが、ジャーゲンズは手袋をした手でガスの心拍数を測定する。大変な経験をしたあとなので、手のぬくもりが心地いい。

「最後に覚えていることはなんですか？」とジャーゲンズがたずねる。

答えるのが難しい質問だ。まず思い浮かぶのは水だが、その前の、異星の知性体との接続による人格の変容体験もある。だが、きちんと思いだせる最後の記憶は、髪が赤くて輝いている人物だ。

ガスは目を閉じてほほえむ。「天使に救われたんです」

高笑いが部屋に響く。軍服を着た人々が分かれ、病院の椅子にくつろいでいるアーデント・ヴァイオレットが見える。アーデントはオレンジ色のサングラスをかけ、光沢のある真っ白な素材の服を着ている。みかん色の風船ガムが割れると、指を振ってガスに挨拶する。

「正解だね、ベイビー、正解だよ」とアーデントがいう。

ガスは眠たげな笑顔でアーデントを見つめる。「ポップミュージックのことを悪くいってごめん。それを謝りたかったんだけど、ええと、だれかがパーティーをだいなしにしたんだ」

アーデントはさらに大きく笑い、胸に手をあてる。「胸がきゅんとしたよ！　謝れる男性なんだね」

「ミスター・キトコ」とドクター・ジャーゲンズがいう。「このかたがたが、あなたにうかがいたいことがあるんだそうです。スキャン結果は全般に安定していますが、断ってもかまいません」

「どなたですか？」とガスがたずねると、彼らは順番に自己紹介する。

「太陽系統合防衛軍のエドウィン・ケリー大佐です」

「星際連《UW》合保安庁長官のユナ・ランドンです」

「星際連合情報《UWI》局のエルザヒア・タジです」

専門家たちの紹介が続いているうちに、ホログラム経由でさらに重要人物が到着する。モナコ大公《たいこう》ロベール三世殿下、ヨーロッパ連合のアダナ・ケント総督、アメリカ連合のジェニファー・ロサック大統領、カナダのケイト・ブライスキー首相。

コロシアムを熱狂させるロックンロール戦士、アーデント・ヴァイオレットは、ガスとの面会を切望する要人たちに隠れて見えなくなる。

ガスはベッドで上体を起こし、咳《せ》きこんで化学的な痰《たん》を吐く。ドクター・ジャーゲンズから水が入っているグラスを受けとり、感謝してひと口飲む。ちょっとした有名人には慣れているが、将軍や大統領には不慣れだ。興奮したせいでめまいがし、吐き気を我慢しなければならなくなる。

「ＵＷの上層部に会うなんて聞いてませんよ、ドクター」とガスはいい、まばたきをしながらふたたびベッドに横たわる。

「わたしたちは、あなたにお礼を申しあげたかっただけなんです」とブライスキー首相が進みでていう。「あなたが……人類を救うためにしてくださったことに。きょう、ここでだれかが生きていられるなんて、思ってもいませんでした」

「アーデント・ヴァイオレット」といって、女性首相はロックスターのほうを向く。「あなたの機転と勇気がこの若者の命を救ったのだから、世界はあなたにも借りがあるようね。もしあなたが救出していなかったら……」

アーデントははじけるような笑顔で立ちあがる。「じゃあ、ウォータースイープの窃盗は不問になるんですね？」

「もう対処したわ」とブライスキー。

ガスは目を丸くしてそのやりとりを見つめる。なんと、ぼくが投票した首相じゃないか。首相は実物のほうが背が高く、部屋全体に威厳を放っている。裾のうしろが、銅色とターコイズブルーと紫にきらめく孔雀《くじゃく》のつややかな尾羽のように細く分かれてのびている刺繍《ししゅう》入りコートをまとった首相は、灰色の手袋をした手で茶色の髪をかきわける。「お会いできて光栄です、ミスター・キトコ」

ガスはうなずき、なんと応じれば印象がいいか、頭を巡らせる。「ありがとう。ええと、ぼくはあなたに投票したんです」

笑い声があがる。ジョークだと思われたのだ。ガスのバンドの亡くなったベーシスト、リセルがいたら、彼がついにMCで観客を笑わせたことを誇りに思うだろう。彼女なら、次にどういえばいいかを教えてくれたかもしれない。

「ええと」だれも話そうとしないので、ガスはいう。「来てくれてありがとう……でいいのかな？」

ガスが話しだすのを全員が待っている。ガスが大の苦手とする状況だ。

脈拍計が速くなったのを見てガスは不安になり、そのせいでさらに脈が速くなって汗が噴きだす。すこし臭う。首相にもわかるだろうか？　首相はすぐそばにいるわけではないが、体臭がひどければ部屋じゅうに広がっている可能性もある。好ましい事態とはいえない。

首相はホログラムだ。おちつけ。

これこそガスがステージでジョークをいわなかった理由だ。ガスは話し上手でもショーマンでもない——ピアニストなのだ。

「しっかりして、ガス。吐きそうな顔をしてるよ」とアーデントがいう。

ぱりっとした高い襟の服を着て髪を細かくエレガントに編みこんだ黒人女性のUWI局員が進みでる。タジという名前だったと思うが、確信はない。なにしろ、ガスはついさっき目覚めたばかりなのだ。編みこみにはいまにも動きだしそうな躍動感があり、彼女の頭にゆったりとした輝きをもたらしている。集まった要人に失礼のない服装だが、ガスに対して好意的とはいいかねる表情をしている。

「ミクス（相手の性別を特定しない際に用いられる敬称）・ヴァイオレット」タジはそういってため息をつく。力強い声にはたおやかなフランス語なまりがある。「全員があなたに感謝していますが、お察しのとおり、ミスター・キトコと至急話す必要があります。必要になったら呼びますから」

　するとふたりのインターンがアーデントに退出をうながす。ガスが最後に耳にしたアーデントの言葉は、「おっと。余計なことをいっちゃったかな？」だ。

　だが、ガスは重苦しい不安から解放される。彼以上に場違いな人物がいなくなったからだ。

「お願いします、ミスター・キトコ」とタジがいう。「きのうの夜、なにがあったのかを教えてください」

「ぼくは……グレイマルキンのなかにいたんです。ええと、乗客っていうわけじゃなく。でも、ある意味ではそうだったのかも」とガスがいうと、全員の視線が彼に集中する。アーデントが起こした混乱に対する関心は消えている。

　タジが手首のガングをフリップ操作してカメラドローンを起動する。球状のレンズがバックパックから浮上し、反発装置《リパルサー》が彼方《かなた》で小鳥がさえずっているような音を発する。タジは手首に表示されているフィードをチェックしてうなずく。

「全員のために録画します」とタジ。「まず、わたしが質問します。ほかのかたがたはそのあとで質問してください」

「これから事情聴取をするんですか……いますぐ？」とガスがたずねる。

「問題はありません」とタジはいって表示を指さす。「あなたは健康なんですから」

「なるほど」とガスは応じながら、全員に出ていってもらうことを真剣に検討する。

タジはうなずく。「なにがあったかを話してください」

「ええと」とガスは話しだす。「そうだな、きのうの夜はピアノを弾《ひ》いてました。そうしたら、あの叫び声が聞こえてきて――」

「特定の曲ですか？」タジが口をはさむ。

「え？　いや。ええと、なんていうか、即興で弾いてたんです。ヴァンガードが出すあの騒音？　歌みたいな音にあわせて」

タジは口元に笑みを浮かべかけて抑える。「あれを……歌とみなしてるんですか？」

「いえ。あれを――文字どおりの歌だとは思ってません。でも、わかるでしょう？　あの音楽のことは？」

タジはうなずく。「ええ。和声搬送通信プロトコルですね。わたしたちはあの現象をしばらく前から研究しています。信号には多くのデータが埋めこまれていますが、暗号化を解読するのは不可能だと証明されています」

「とにかく、Fドリアン・モードだとわかったから、それにあわせて即興で弾いたんです。そしたら、グレイマルキンが、ぼくがいた建物の壁をぶち破って手を突っこんできて、ぼくをつかんで――」

脳ドリルの記憶がよみがえって頭を掘られる感覚を思いだし、ガスは身震いする。背中がかゆくなったので手をのばしてかこうとする。ところが、指は肌に触れず、ペンほどの太さの小さな金属の突起が中心にある皮膚移植《ダーマグラフト》絆創膏《ばんそうこう》にはばまれる。手を下に滑らせると、背骨にそって突起が並んでいるのを感じる。

「あいつはぼくになにをしたんですか？」とガスはドクター・ジャーゲンズにたずねる。

医師はどう答えたらいいか迷っている表情になる。

「ミスター・キトコ、あなたは肉体的には安定しています」とジャーゲンズはいう。「でも、心理的な影響については確信が持てません。あなたは身体改造を受け、かなりの心的外傷を負いました。それが長期にわたって悪影響をおよぼす可能性があるのが心配です」

ガスは笑うが、すぐに謝罪する。「だって、きのうを生きのびられると思ってなかったんですよ」

「あせらないでください、ミスター・キトコ」とジャーゲンズ。「あなたが思っているよりも困難な状況なんですから」

ガスが慎重に患者衣を持ちあげ、毛布を下げると、やわらかい腹筋を小さな四角いダーマグラフトパッチがかこんでいる。パッチは、背骨のものとおなじく中央が突起している。触れると痛みがある。刺すような深い痛みだ。

「ここに運ばれてきたとき、あなたは敗血症《はいけつしょう》でした」とジャーゲンズ。「医療介入をしなかったら両方の肺が炎症を起こして乾性溺水《かんせいできすい》していたでしょう。多数の開放創《かいほうそう》がある状態で、スーパーポートで溺れたんですから——生きのびられる可能性はわずかでした。グレイマルキンがなにをしたのか、完全にはわかっていません。わたしたちには理解不能なことがたくさんあるんです」

ガスの脈がまた速くなる。「いったい……」

ジャーゲンズはガングUIにスキャン結果を呼びだし、ベッドの上に設置されているホロに転送する。ガスの男性の体が全員の頭上にあらわれ、首相をはじめとする人類の指導者たちが見あげる。さいわい、敏感な箇所はぼかされているが、それでも輝く尻が人類の指導者たちにさらされている。

ガスは赤面する。「ドクター、できたら……その、みなさんに見られたくは……」

「このかたがたは人類を種《しゅ》として存続させる責任を負われています」とジャーゲンズ。「六時間前、銀河系の安全のため、ほとんどのかたにあなたのスキャンをご覧いただきました。これはあなたのための説明資料です」医師は恥じているように見える。「すみません」

「プライバシーの侵害についてはお詫《わ》びします、オーガスト」とブライスキー首相がいう。「でも、文明の未来がかかっているのです。それを守るために、日々、あなたが想像する以上の努力を続けなければなりません。そして、そのほとんどは医療記録をのぞくことではないのです」

「はあ。そう……なんでしょうね、首相閣下」とガスはあいかわらず屈辱を感じながらぼそぼそとつぶやく。

ガスは不快感を呑《の》みこんで、宙に浮かんでいる自分の体を見あげる。各ポートの下には球状のモジュールが密集している。皮膚の下に真珠のヘアピンが埋めこまれているかのようだ。ガスの体には多くの刺創《しそう》が並んでいるが、ガスがほんとうに動揺したのは脳を見たときだ。

ガスの頭蓋骨の内側は針だらけで、大昔の拷問具、鉄の処女のようになっている。ワイヤーは大脳皮質《だいのうひしつ》のすべての部分を通っている。接続ポートが頭皮で格子状に並び、とげが灰白質《かいはくしつ》に深々と突き刺さって内部で分岐している。

頭のポートに触れようと手をのばして、髪がなくなっていることに気づく。かすかなざらつきからして、何時間か前に剃《そ》ったらしい。ダーマグラフト絆創膏の列にそって指を滑らせ、頭皮の下の金属構造物を押す。

「触らないでください、ミスター・キトコ」とジャーゲンズが注意し、ガスの手をそっとってベッド上にもどす。

「どうしてぼくは……ぼくのままなんですか?」とガスが震える声でたずねる。「頭のなかにあれだけのものが詰まってるのに?」

「わかりません」とジャーゲンズは、ガスの手を軽く叩きながら答える。「いまはまだ不明ですが、全力をつくして調査中です」

「グレイマルキンのなかにいたといいましたよね」とタジがうながす。「どんな体験をしたんですか?」

ガスは、あの緊迫の時間を表現する言葉を見つけようとする。どの鍵盤のハンマーアクションがいいかとたずねられたのだったら何時間でも語りつづけられる。だが、ヴァンガードとの接続のような奇想天外な冒険をどう語ればいいのか、見当もつかない。

「ええと――」ガスは口ごもる。「その――グレイマルキンにつかまれて体のなかに押しこまれたんです。それで、ぼくは導管《コンジット》だといわれました」

「もうすこし具体的に説明してもらえますか？」とタジ。

ガスは言葉を探す。タジは明快な答えを求めているが、ガスの人生にあの五分間を解釈できる材料はない。なにもかもがぼんやりしているし、いまは体内にさまざまな化学物質をどっさり投与されている。

「ぼくは通訳みたいなものらしいです。ゴーストたちが人間からつくるモドキは、単純なボット以上のものです。人生がまるごと琥珀《こはく》に封じこめられてるようなものなんです。記憶と知識が収集され、整理されてるんです」

ロサック大統領は、喉を動かし、何度かまばたきをしたあと、威厳のある笑顔にもどる。ガスは大統領の夫がプロキシマで消去《ワイプ》されたことを思いだす。

「話したのですか？」とロサックがたずねる。「死者と」

その質問に、全員がやや身を乗りだす。メディアは、モドキが死後の世界のようなものだという風説を盛んに流している。世間は、愛する人がまだそこにいて、シミュレーションのなかで楽しく会話していると信じたがっていた。

「彼らはもう人間ではありません、大統領閣下。ただのデータの塊《かたまり》です。ぼくは彼らの本能を感じましたが、声は聞こえませんでした。閣下が望んでいる答えではないことはわかっていますが」

「グレイマルキンについてはどうですか?」とタジが、ブーンという音をたてている球形カメラを近づけながらたずねる。「あなたに話しかけるんですか?」

ガスは鼻にしわを寄せる。「いいえ、会話はしませんね。グレイマルキンは声を出しません。でも、現実に話しているように思えるんです」

UWI局員は、メモをとっていたガングから顔を上げる。「どういうことですか?」

「グレイマルキンがぼくに知らせたいことは伝わるんです。事実がすんなり入ってきてものの見方ががらっと変わります。自分に鰓《えら》がある夢を見たら、理由なんか考えないじゃないですか。そういうものだと思うだけなんです」

「グレイマルキンが伝えた〝事実〟の例をあげてもらえますか?」とタジがたずねる。

「そうだな……たとえば……」ガスはごくりと唾《つば》を飲む。これからいおうとしていることは、妄言に聞こえるだろうが——ガスは心の底から確信しているからだ。「みんな、ほかのコロニーは壊滅したと思っていますが、ふたつはまだ健在なんです」

集まっている要人たちがざわめき、タジの目つきがけわしくなる。

「それは重大な発言ですよ、ミスター・キトコ。もう何年も、太陽系外からの連絡を受信できていないんですから」

「ニュージャランダルとフーゲルサンゲンは健在です」とガスは続ける。「グレイマルキンが教えてくれたんです」

「ということは……」

「住人は生きてます」とガスは笑みを浮かべながらいう。心を躍《おど》らせながら発言を締めくくる。「生きのびてるのはぼくたちだけじゃないんです！　絶対に最後……じゃ……」

急上昇した血圧が急降下し、ガスは気分が悪くなる。部屋のあちらこちらでホロがポップアップ警告を表示し、ドクター・ジャーゲンズが前に出てガスの首に二本指をあてる。

「興奮のしすぎですね、ミスター・キトコ。ここまでにしましょう」ジャーゲンズはそういうと、要人たちに向き直る。「みなさん、申し訳ありませんがおひきとりください。この若者はまだ回復の途上ですし、みなさんにはもう充分時間を差しあげました」

「開戦以来、もっとも重要な情報が明らかになったのですよ」とロサックが笑顔を消して抗弁する。「おとなしく出ていくわけにはいきません」

「この患者はシーザーよりも多くの刺し傷を負っているのです」とドクター・ジャーゲンズ。「休息が必要です。さもないと、これ以上の情報を提供できなくなります」

「失礼を承知で申しあげますが、ドクター・ジャーゲンズ、わたしたちをあっさり追い払うことはできませんよ」と大統領がいう。

「大統領閣下、ホログラムとしてのあなたなら、あっさり追い払えるのです。ではごきげんよう。準備がととのったらお知らせします」とジャーゲンズ。

ジャーゲンズはガスの頭の横の壁を何度かタップし、抗議しているエリートたちとの接続を切断する。残ったのは軍関係者たちだけだ。ほとんどが呆然としているが、タジは落胆しているだけだ。

「政治家の行動に責任を持つとはいっていませんよね、ドクター」とタジは肩をすくめながらいう。「わたしはいさせてください」

ドクターは新たなパネルを呼びだして薬剤を選ぶ。ガスは疲労の波に意識を持っていかれそうになりながら目をつぶる。

ジャーゲンズの口調は礼儀正しいが断固としている。「この患者には時間が必要です。さっき意識をとりもどしたばかりなんですよ。それに、どうせ無駄です。いま、薬を投与しましたから」

ああ、ありがとう、ドクター。

「じっと待ってはいられません」とタジ。「ミスター・キトコ、眠る前に最後の質問をさせてください」

すでに意識が遠のきはじめているが、ガスは眠るまいとがんばる。力になりたいと心から願っているが、体はしたがってくれない。「どうぞ」

「どうしてあなたが選ばれたんですか?」とタジがたずねる。「あなたのなにが特別なんですか?」

笑止千万《しょうしせんばん》な質問だ。「特別なところなんてありませんよ。ぼくは百万人にひとり程度の人間です。つまり、似たような人間はたくさんいるんです。何千何万も」

「五年前だったら何万人もいる計算ですね」とタジがいい、ガスは悲しげにうなずく。

「たまたま居あわせただけですよ。そしてグレイマルキンは……」

いきなりあくびが出て、ガスはのびをする。タジに見つめられたまま体をもぞもぞと動かして頭のふらつきを抑えようとする。「……ぼくのピアノを気に入ったんです。音楽はパターンだ。知性は……パターンが好きなんです……」

歌が得意ではないにもかかわらず、ガスは最後のひと言を歌うようにいう。「ぼくはグレイマルキンにとって、ただの……愉快な恋人《ファニー・ヴァレンタイン》で」

ガスは目をつぶる。

「針刺しなのさ」とガスは締めくくる。

「完璧です。ありがとう」とタジが応え、暗闇の毛布がすべてをおおう。「ゆっくり休んでください、ミスター・キトコ」


アーデントが七日連続でひとりきりではない唯一の兆候は、裸の肌にかすかに感じる空気の動きだ。ドアが静かに開いたので、アーデントはすばやく上体を起こしてヘッドボードにもたれる。金ぴか《ギルデッド》のゴーストが部屋に忍びこんできて——鉤爪《かぎづめ》は猫の足のように音をたてない——ベッドの足元で止まる。

このゴーストは一瞬でアーデントを殺せる。二メートル半の無慈悲な金属の塊には脳をえぐりだすための鋭いプローブが備わっている。アーデントは船の上で死んだ男の救命胴衣を脱がせたことを思いだす。空《から》になった頭がだらりと垂れていた様子を。がぶりと噛《か》みつかれるのはどんな感じだろう？　この機械にはあらがえない――アーデントは身をもって知っている。

〝行かないで！　痛くないから！〟

ナリカ・タナーの恐ろしい勧誘が、ゴーストを見るたびに耳に響く。ナリカはすてきなファンだったが、いまでは彼女をとらえた怪物がアーデントまで殺そうとしている。ナリカの子供たちもどこかでゴーストのなかに閉じこめられているに違いない。彼らは去年、アポードコロニーが陥落したときに全員ワイプされた。

アーデントはシーツをぎゅっとひきよせて大きく息を呑む。サーベルのような牙を持つロボットはレンズをアーデントに固定する。外装が割れて筒形のビームスキャナーがあらわれる。青い光がアーデントの体を走査し、臓器をゼリー状の詳細さで描きだす。

しかし、そのゴーストはアーデントをワイプしない。それがもっとも重要なことだ。ジュリエットが死んでから、ボットたちは奇妙な行動をとっている。それまで、〝人間皆殺し〟プログラムにしたがっていた歩く鎖かたびらたちは、いまではアーデントの世話をしている。この一週間、毎日一度、アーデントの折れた肋骨《ろっこつ》を診《み》ては、必要に応じて薬を投与している。毎朝、八時八分ちょうどに、ゴーストはアーデントがどこに隠れていても見つけだしてスキャンを実行する。

ゴーストたちをたばねているグレイマルキンは、いまもモナコ近くの港で静かにすわっている。微動だにしないし、なんの要求もしていない。もっとも重要なのは、ゴーストの群れにだれも食わせていないことだ。アーデントは街から避難して以来、ヴァンガードを見ていないが、正直なところ、それはいいことだ。

今回のスキャン結果は良好のようだ——アーデントの腹部の赤く光っている部分が大幅に減り、青と緑に光っている部分が増えている。ゴーストは意味を読みとれる反応を示さないため、よい兆候なのだと推測するしかない。けさのスキャンもこの一週間のスキャンとおなじ結果になる。ビームプロジェクターが頭部にさっと格納され、ゴーストはドアへと静かに歩いていく。

「じゃあ、さようなら」とアーデントがいい、唇をきつく結んだあとで、震えがおさまるのを待つ。それから手をのばし、フロントデスクに連絡をとる。

アーデントのベッドの横に——ほとんど読めないほど崩したホテル名の——ホロアバターが身をくねらせながらあらわれる。エドワード朝の銅版画の字体風のロゴマークは、文字で構成されているのはわかるが、よくよく見ないと読みとれない。だれもがこのホテルを〈ザ・パームズ〉と呼ぶので、アーデントもそう呼んでいる。だが、そのロゴマークは長いし読みにくいので、実際にはそうではないのにフランス語っぽい印象を与える。

「もしもし《アロー》！」と文字の連なりが男性の声でいう。

部屋の照明が徐々に明るくなり、アーデントは目を細める。また口をあけたまま寝てしまったので、喉がすこし痛む。少なくとも、コンサートの予定はない。

「ねえ、なんであいつがまた来るって連絡してくれなかったの？」

「申し訳ありません、ミクス・ヴァイオレット。セキュリティスキャナーがとらえられなかったのです。おそらく三階のバルコニーから入ってきたのでしょう」

男の声からは誠意が伝わってこない。アーデントは抗議する。

「くそドアに鍵をかけて宿泊客に手動の鍵を渡せばいいじゃないか。毎朝、殺人マシンが部屋に入ってきて目覚めるなんてまっぴらだよ」

飾り文字がため息をつくと、アーデントの部屋のホロが起動してベッドの上にセキュリティフィードを投影する。生意気なデスクスタッフが、自分の主張を証明するための動画を送ってきたのだ。

三階のバルコニーにピントがあう。屋上庭園には高いシダが何本か植わっている。ゴーストがガラスの手すりを乗り越え、スレートの上をドアまですばやく移動し、セキュリティパネルに鉤爪をあてる。たちまちドアが緑色に点滅して開く。動画が停止し、ゴーストの脚のまわりが強調表示される。

「やつらはセキュリティをことごとく回避してしまいます」と〈ザ・パームズ〉のロゴが説明を続ける。「錠をハッキングやピッキングできなくても、焼き切ってしまいます。母《ママン》も……タイタンでワイプされたとき、金庫室のドアでゴーストを止められると思ったのですが――」男の声がかすかに震える。「なにをしても止められないのです。やつらを入れるか、やつらが自力で入ってくるかなのです。わたしどももやつらをホテルの敷地内に入れたくはありませんし、最善をつくしておりますので、どうぞご理解ください……昨日、わたしどものスタッフのマグダレナが……あれ……の一体をプールに入れまいとして怪我をしました」

　まさか、また人間を襲いだしたわけじゃないよね？

「え？　どうして？」

「あれにつまずいたのです。足首を捻挫《ねんざ》しただけですし、すぐにゴーストが怪我を治療しました」

「ゴーストは毎朝、勝手にわたしを医療スキャンしてる」

「ええ。わたしの上司は亡くなりましたが、彼女の上役は妊娠しています。ゴーストたちは、一時間ごとに胎児の様子をチェックしに来ています。大勢を殺したボットに触られるのは……」

　アーデントはお気に入りのポリシルクのローブをはおる。ローブはクラゲのようなあざやかな白と青で、ふわふわした布地が触手のように尾をひいている。アーデントが裸足《はだし》で大理石の床を歩くと、尾が無重力のようにうしろを漂う。「ゴーストはどうして人間を助けてるんだと思う？」

「きっと……天なる父の御心《みこころ》です。携挙《けいきょ》です」

　携挙教信者か。やれやれ。

「きつくいっちゃってごめんね。あなたのせいじゃないことはわかってるんだ」

「お気になさらないでください。ほんとうに、すべてがうまくいくと思いますよ」

　アーデントは、自分の意図が伝わったと感じるまで待ってからいう。「うん。それじゃ、わたしはコーヒーを飲みにいくから、あなたはその幽霊が出るプールの対策を考えて」

「あの、それから……お客さまにお目にかかりたいとおっしゃっている女性のかたがロビーでお待ちなんです」

アーデントはその朝、二度目にどきりとする。「だれなの？」

「ダリア・ファウストさまだそうです」男性は確信が持てないようだが、アーデントは下にだれがいるかを――そして自分が厄介な状況にあることをさとる。

「そのかたは朝からずっとカフェでお待ちになっていたそうです。お客さまに連絡したとおっしゃっていましたが、わたしは疑わしいと思っております。正直なところ、偽名のように思えますし」

「アーデント・ヴァイオレットみたいに？　好きな名前を名乗ることによって力づけられる人もいるのさ」

「あの、その――」

「すぐに行くとその人に伝えて」

アーデントはブラストシャワーに飛びこみ、両手を上げて歌いつづけてからチャコールグレイのサンドレスを着る。ガングリオンのバングルをとって手首にはめ、フリックしてＵＩを起動する。ボタンを押すと、シフ回路が髪をバイキング風のタイトな列状の編みこみにして真珠色に染める。これはダリアの好きなヘアスタイルのひとつだ。長く待たせたので、ご機嫌をとる必要がある。

アーデント・ヴァイオレットは自分を、しっかりしたアイデンティティを持つ独立した個人とみなしている。一方、企業でありキャリアであり伝説でもあるアーデント・ヴァイオレットは、アーデント自身と、インターリンク・アーティスト・マネージメント社のシニアエージェントであるダリア・ファウストとの共同創作物だ。

アーデントは十五歳のとき、若者向けレンタルスペースで開いたライブを配信したことがきっかけでダリアと出会った。アーデントの母親を納得させるのは大変だった。十歳年上の見知らぬ女性が、〝ファウスト〟と名乗って契約を提案しているのだから、あやしんで当然だった。その猜疑心《さいぎしん》が、アーデントの開花をだいなしにしかけた。

そこでアーデントは、ダリアを家族の夕食に、なにも知らせずに招待して彼女がどう対処するかを見ることにした。ダリアは、契約にくわしいだけでなく、処世術に長《た》けてもいるエージェントであることを実証し、さまざまな動機を持つ年上のきょうだいたちとの会話を巧みにこなした。アルドリッジ家の夕食を乗りきったとき、ダリア・ファウストはアーデントのエージェントに正式採用された。

それからの九年間は、失敗と心痛と成功、そしてさいわいにも大ブレイクをもたらした。ダリアは、アーデントのおかげで裕福になったが、エージェントとして期待される以上の仕事をした。あらゆる機会を追求したし、スキャンダルやアーデントの辛辣《しんらつ》すぎる発言に対処した。

ダリアはアーデントという城の礎石のような存在なのだから、待たせるわけにはいかない。香水をひと吹きしたあと、アーデントはエレベーターでロビーに向かう。ダリアの姿はどこにもなく、フロントデスクの信心深い白人男性が、玄関の日よけの下に駐車している大型自動制御飛行車両《CAV》を指さす。アーデントは男に感謝し、エージェントのもとへ急ぐ。

ダリア・ファウストは百九十センチ近い堂々たる長身で、それを交渉の席で頻繁に利用している。ダリアはみずからの着こなしを〝ドラマチックモノクロ〟と呼んでいる。アーデントのカラフルな派手さとは対照的な、シンプルでおちついた服装だ。この日のダリアは、クリーム色のリネンスーツを着て血のような赤のシルクスカーフを巻き、深紅《しんく》の丸いサングラスで無表情を隠している。

終末騒動の前に別れたとき、アーデントはもう二度とダリアに会えないものと覚悟した。ふたりとも、それぞれ、死ぬ前に片づけておきたいことがいくつかあったのだ。生身のエージェントを見たアーデントは、喜びがこみあげて涙をこぼしかけるが——サングラスをはずしたダリアの目に不吉な色が浮かんでいることに気づく。

ダリアは暗い色の唇をぎゅっと結んでアーデントのほうに歩いてくる。「午前三時に起きてあなたのポッドをひきとって——」

「わかってる、ごめん」とアーデントは、急いでいるし後悔している様子を意識しながら駆けつける。

だが、そんな努力にダリアのつのる怒りを静める効果はほとんどない。「——ベルリンからあなたのもとへ飛ばしたっていうのに――」

「わかってるってば。あなたは掛け値なしの聖人だよ」

「当然よ――」ダリアが茶色い眉の片方を上げ、それを見たアーデントは身じろぎする。ダリアの冷ややかな視線は長年、アーデントを従順にさせてきた。「とにかく、三回も連絡したのに答えてくれなかったわけを聞かせて。ここに呼びつけられたのに返事がないから、あなたは死んだんじゃないかって心配したのよ。最近はそういうことがよくあるから」

「死んだんじゃないかって？」

「そうよ！」

ダリアは蛇の形をしたアクチュウィーブへアタイを口にくわえ、栗《くり》色の長い髪を頭のうしろでたばねる。蛇形のヘアタイを髪の束にあて、保存しておいた動きを再生させる。ヘアタイは長い髪のあいだに身をくねらせながらもぐりこみ、宝石で飾られたケルト結びに変形して固まって髪をまとめる。

「ほんとにごめん」とアーデントは謝る。

「マリリンから、あなたはこんなふうになるから気をつけるようにって助言されたのよ」とダリアはいいながら首を振って視線をそらすが、アーデントは彼女が一瞬、ほほえんだことに気づく。

アーデントは両手を腰にあてる。「へえ」

「それはほんとよ」

アーデントはほっとし、こらえきれずに吹きだす。「本気で怒ってると思ったじゃないか――」

ダリアは天を仰ぎ、例によって殉教者を気どる。「何年も前に、あなたのママから、〝この子はあなたを困らせるだけよ〟っていわれたの。どうして？　どうして耳を傾けなかったのかしら？」

アーデントがダリアに駆けよって抱きしめると、エージェントは「まあ」と声を漏らし、独白は中断される。懐かしい香りがふたりを包み、一瞬、アーデントは十代のころにもどる。

「あなたが無事でよかった」アーデントはダリアの鎖骨に顔を埋めながらつぶやき、ダリアはアーデントを毛布のように抱きしめる。

「あなたもね。自分が殺されると確信してるときなら、別れを告げるのはずっと簡単なのよ」

アーデントは抱擁を解いて目をぬぐう。「来てくれてほんとによかった。断ってもよかったのに」

「あなたには管理しなきゃいけない仕事が山ほどあるのよ。ほかに手伝ってくれる人がいる？」

近くで二羽のカモメが鳴く。アーデントは目の上に手をかざしながら、風に乗って滑るように飛ぶカモメを眺める。「どうなのかな。それって重要？　ローマが燃えてるのにリラを弾いてたネロみたいなもんじゃない？」

「アーデント」とダリアはアーデントの肩をつかむ。「基本的には、あなたはわたしにとって唯一の仕事なのよ。あなたを見捨てるわけにはいかない」

「ああ、ダリア——」

「あなたは死んじゃうわ」とダリア。「あなたはひとりでは食事だってできないと思う」

「もうやめて。わたしも愛してるよ」

「けさ、あなたのママと話したわ」とダリア。「きのうの夜、連絡をくれなかったっていってたわよ」

「わたしはもう二十五歳なんだよ」

「だからこそ、ママを大切に扱わなきゃならないの。心配してたわ」

「なにを？」

「ゴーストにつきまとわれてるっていったそうじゃないの」

「ダリア」

「おちついたらママに連絡して。そうすればこの話をやめるわ」

アーデントはダリアの横を通り過ぎるとき、彼女のこぶしに自分のこぶしをぶつける。

「じゃあ、がんばるよ」

ツアーポッド・プラチナがあれば、地球上のどこへでも、天国のかけらのなかにとどまったままで行ける。触覚マッサージシートからシュエットシェフにいたるまで、ツアーポッドの快適な環境で休んでいるときほど、アーデントが幸せを感じることはない。ヤマザキ卿《きょう》の客だったときはツアーポッドを必要としなかったが、モナコが襲撃されたあと、世界的なインフラがひどく損傷してひきとりに行けなくなっていた。やっと連絡してくれたダリアに、頼みたいことはないかとたずねられたとき、アーデントは、ツアーポッドをとってきて、混雑したフランスのホテルから救いだしてほしいと懇願した。

内装はいまとなっては少々古めかしい。ジュニパー・ファウンドリー社に特注させたロイヤルブルーのジャカード織りで、トリムには銀の象嵌《ぞうがん》がホログラムでほどこされている。アーデントはこのアンサンブルが気に入っているが、いまの服装とはあわないので、CAVの内装オプションを呼びだしてウルトラグロスを選択する。

壁は一瞬で平らになって光沢のある白一色に変わり、ヴァーチャルな刺繍が鏡のようになめらかになる。ホロは、アーデントのお気に入りのネオンと、涼しげな青と紫の古典的な波模様でキャビンを飾る。単純なポリゴンのようになった調度品が、ジュニパー・ファウンドリー社の凝ったスタイルから、アーデント・ヴァイオレットのトレードマークカラーを用いたクラッシュドベルベットに変化する。

これでアーデントは周囲にマッチする。ウルトラグロスはなんにだってあうのだ。

変化が完了すると、アーデントは壁を軽く叩く。「きみが恋しかったよ、ベス」

ダリアは早足でバーに向かう。「ベスはリースなのよ。愛称で呼ぶのをやめないと返却するときにつらいわよ」

「いやだ!」アーデントは椅子に飛びこみ、やわらかなベルベットに顔をすりつける。「一緒に逃げよう」

ダリアはカクテルスティックを胡椒《こしょう》挽《ひ》きのようにひねって中身をタンブラーに注ぐ。「ツアーポッドに変なことしないで」

「変なことなんかしてないさ」アーデントは張り地をなでてため息をつく。「この子は、乙女にひきつけられるユニコーンのようにわたしに惹《ひ》かれてるんだ」

ダリアはカクテルの最初のひと口を飲んだあと、咳きこみながら自分をあおいで、グラスをテーブルに置く。

「わたしはそんなにひどいクライアントじゃないよ！」アーデントは椅子にどさりとすわり、片脚を肘かけに乗せて写真映えのするポーズをとる。

「アーデント、あなたは文字どおり、わたしに何人もの将軍と外交官に電話をかけさせて、新しいボーイフレンドとデートできるように交渉させたのよ」

アーデントは顔を赤らめ、ガスの無精ひげが自分の首に触れることを考えないように努める。「あなたがそれをしてくれたんだ。だからあなたは共謀だよ」

ダリアは自分のドリンクを敗北者の表情で見つめ、一気に飲み干す。

「ドールフェイス」とアーデント。「きっと楽しくなるよ。あなたもガスを気に入るはず。彼をマネージメントしたくなるかもしれない」

「じゃあ、前衛的なジャズピアニストのリストに追加しておくわ」

「ガスは人気が出るはずだよ」

ダリアは、新しいタンブラーがプリントされるのを待つあいだにカクテルのお代わりをつくる。「そして、あなたが全銀河系の前で彼を振ったあとも、わたしはあなたたちふたりのマネージメントを続けるのかしら、それとも……」

「たしかに問題だね」

「はい」とダリアは新しいグラスにジン・フィズを注ぎ、アーデントに手渡す前に自分のためにもう一杯つくる。「人生に乾杯」

「わたしたちに」とアーデントがいってグラスを掲げる。「人類絶滅の危機でさえ音楽は止められない」

ダリアはグラスをかちんとあわせる。「なにも止められないわ、スーパースター。さあ、新しい彼との顔合わせに行きましょう」


街を横切る飛行は十五分しかかからないが、それはガスがいる位置への政府提供のアプローチ・ベクトルがきわめて明確なおかげだ。アーデントの車両は徹底的なスキャンを受けながら損傷したレーザー砲の上を通過する。ゴーストたちは巨大な砲列を多少なりとも脅威に感じたらしく、多くのレーザー砲の側面には攻撃を受けた跡がある。

ディロレンツォ邸《シャトー・ディロレンツォ》が建てられたのはほぼ四百年前だが、その特徴的な〝フライングボックス〟・レイアウトは、まるでつい最近設計されたように見える。連結された部屋が積み重なって塔の形になっており、いまにも崩れそうな危うさがあって、間近で見ると圧倒される。アーデントは降下するCAVの窓に顔を近づけて外を眺める。ガラスの多面体からなるシャトーにずんぐりしたツアーポッドが映っている。

その建物には芝生と呼べるものはほとんど——公道に面した幅数メートルしか——ないが、それでもパパラッチたちはわずかばかりの芝生を踏み荒らしている。

「どうやってわたしたちを見つけたのかしら?」とダリアはため息をつきながら、来客用CAVクレードルをかこんでいるおびただしい数のジャーナリストたちを見渡す。

「いつもはどうやって見つけてるんだい?」アーデントが振り返って窓を叩く。「ねえ！　降りられないんだよ！　わたしを悩ませたいんだったら下がって！」

アーデントは深呼吸をして気持ちをおちつかせてからツアーポッドから降り、フラッシュの嵐のなかへと姿をあらわす。ポーズをとってほほえみ、ハゲタカどもにニュースフィード用の肉をすこしばかり提供する。

「なにをしに来たんですか?」とジャーナリストのひとりが叫ぶ。

「もちろん、あなたたちに会いに来たのさ」とアーデントは答え、熱烈なレンズの群れに向けてウィンクする。「なにか聞いてるかい、親愛なるみなさん?」

「彼氏に会いに来たんですよね！」とうしろの列から別の男が叫ぶ。

「興味があるの?」アーデントは顎の下の柔肌《やわはだ》に指を走らせる。「ダリア、わたしには彼氏がいるのかな?　マスメディアに聞かれたんだ。わたしに興味があるみたいだね」

ダリアがツアーポッドのキャビンから降りてくる。サングラスが明るい日差しで赤く染まる。「あなたがマスメディアを捨てて新しい恋人をつくるなんて想像もつかないわ」

くすくすという笑いが起こる。

「グレイマルキンから落ちたキトコさんを救出したって聞きましたよ！」と白人女性がアーデントに叫び、アーデントは目をしばたたく。

アーデントは政府から、その件については口外しないと約束させられている。これまではだれにも聞かれなかった。だが、アーデントがガスを救出した夜、だれかがグレイマルキンにレンズを向けていたのかもしれない。ボディスーツは緊急ビーコンのようなものだったが——政府の人々は、強い光のおかげで関係者全員の身元はバレていないはずだと主張していた。

アーデントは心身にかなりのショックを受ける。質問をかわすための簡潔なひと言が浮かばない。

アーデントは口をぱくぱくさせる。「なにをほのめかしてるのかわからないけど——」

「だから彼は入院してるんですか？　ジュリエットの血の影響で？　あなたもナノマシンに侵入されてるんですか？」

アーデントはあとずさる。「なんの話？　ジュリエットの血って……ナノマシンって？」

女性リポーターが手首につけているガングでニュース記事を呼びだし、ホロに映像を出す。スーパーポート・エルキュールの海面から突きだしている装甲された象牙《ぞうげ》色の手が映る。乳白色の液体が海を染め、真珠貝の内側のように太陽の光を反射している。小規模な流出物除去船団がジュリエットの死体をかこんでそのオパールのようにきらめく雲が拡散するのを阻止している。画像上に浮かんでいる大きなバナーに短い文章が記されている。

潜在的な暴露リスク？　ロボットの〝血〟にナノマシン・プリオン？

一週間前、アーデントはジュリエットの循環液まみれになった。政府は全員に、シャワーを浴び、二日ごとに医者を訪れるよう指示した。アーデントを診察した医師によれば、その物質は基本的には無害だった。人体に害のない液圧用の液体で、放射性もないが、長時間そのままにしておくと肌が乾燥するかもしれないそうだった。隔離の必要はありません、とその女性医師はいった。なんの心配もありません。

ナノマシン・プリオンがアーデントの脳を食い荒らしていなければ。

アーデントの視線が揺らぐ。「おもしろくないよ」

「冗談をいっているわけじゃありません。モナコの避難は無期限です」とそのジャーナリスト。「十キロの隔離立入禁止区域が設定されました。血が問題だ、非常な問題だといわれてるんですよ」

ホロは溺れたジュリエットの手から、モナコおよびその周辺地域の地図に切り替わる。隔《Q》離《E》立入禁止区域《Z》を示すあざやかな赤い円を見たとたん、アーデントの背筋《せすじ》に悪寒が走る。ジュリエットの死体は地球を汚染しているし、アーデントはそのすぐそばにいた。もしもアーデントが戦いに近づこうとせずに逃げていたら、暴露しないですんだのだろうか？　ジャーナリストたちはドローンを飛ばしつづけ、アーデントのそのニュースへの反応をむさぼるように撮影している。

彼方の金色のきらめきがアーデントの視界をくすぐる――なんのためかはわからないが、一体のゴーストが高層ビルにのぼっているのだ。

殺戮者《さつりくしゃ》たちはまだこの惑星を這《は》いまわっている。

アーデントにとって、ヴァンガードが地球に来襲して以来、日ごとに状況がよくなっている。花はよりあざやかに、光はより明るく、音楽はより新鮮になっていて――新曲が毎晩、熱病のようにアーデントを苦しめている。起きているあいだは、食事をとるとき以外、ずっとギターを弾きつづけているし、もう死ぬつもりはない。

「暴露リスクなんて聞いていません」とダリアは強い口調でいう。そしてアーデントの岩のように硬直している肩に手を置く。「当局の確認はとれてるんですか？」

「公国の公式ストリームからの直接情報ですよ」とリポーターが、ドローンのフィードを見ながらいう。「アーデント、動揺してるみたいだけど、だいじょうぶですか？」

うまく唾を飲みこめなくなっているので、アーデントは、ちょっと時間がほしいと合図し、パニックを隠すためにひかえめにほほえむ。

「アーデント・ヴァイオレットは、ＵＷの医師をはじめ、この地域で最高の医師たちに診てもらっています」とダリアがいう。アーデントは、まるでリネンスーツを着た避難所のようなエージェントのうしろに隠れる。「定期的に健康診断を受けているので、問題があれば知らされているはずです」断固とした口調だ。

「情報を提供しただけですよ」とリポーターがいい、両手を上げて降参のポーズをとる。

「いいでしょう。ご覧のとおり、あなたの発言でわたしのクライアントは動揺しています。注意していただきたいですね」

「わたしの仕事はあなたがたを気持ちよくさせることじゃありません」と女性リポーターは嘲笑を浮かべる。「写真を撮ることがわたしの仕事なんです」

「おい、馬鹿なこというなよ！」とパパラッチのひとりがそのリポーターにどなる。ベストに充電器をいくつも詰めこんでいる小柄な黒人男性だ。「おれたちはアーデントと良好な関係を築いてるんだ。それをだいなしにするつもりなら、こっちにも――」

ほかのジャーナリストたちも加わってののしりあいになる。アーデントは数歩後退して胸を押さえる。心臓が痛み、息づかいが荒くなる。

「おかげで助かったわ」とダリアがつぶやいてアーデントのほうを向く。彼女の心配そうな二度見がパニックをいっそう悪化させる。「どうしたの？」

アーデントはダリアに、怖いといおうとする。マスメディアから離れてなかに入りたいと。だが、死者の声で叫ぶゴーストたちのことを考えるのをやめられない。アーデントの唇は言葉をつくれず、無力に震える。

エージェントは理解してうなずき、パパラッチに向き直る。「じゃあ、予定があるので、あなたがたはどうぞご勝手に喧嘩《けんか》を続けてください」

ダリアはアーデントをやさしく導くというより、幼い子供をひきずるようにしてなかに連れていく。ドアを抜けるとすぐ、シャトーのスタッフがアーデントに駆けよって水を差しだし、スカーフで扇《あお》ぐ。おちつかせようとしているのだろうが、孔雀の群れに襲われているかのようだ。彼らはアーデントをロビーの椅子に追い詰める。

「下がってください」とダリアはいってアーデントとスタッフたちのあいだに割って入る。青い瞳でアーデントをじっと見つめる。「ねえ、わたしを見て。塩の塊をなめることを想像して」

アーデントはこのゲームを知っている。ダリアはアーデントが薬物で意識が朦朧《もうろう》としているときに何度もこの手を使ったが、しらふのときに使うのははじめてだ。

「なにそれ？　パニックなんか起こしてないよ、ダリア」とアーデントはほとんど泣きながらつぶやく。「わたしはアリーナのステージに数えきれないほど何度も立ってるし――ヴァンガードが戦ってるところに走っていったことだってあるんだ。パニックなんか起こさない。弱くなんかない」

恥ずかしがっている、という意味だ。

「なににパニックを起こすかは自分の意志ではどうにもならないものなのよ。さあ、塩の塊をなめることを想像して」とダリアが命じる。「吸入器はいる？」

「二年間……必要なかったのに」アーデントは、息を切らしながら、塩分の結晶が舌に生じさせる刺激を想像しようとする。

ダリアはポケットから吸入器をとりだし、数回振って試しに噴射する。吸入器のケースが緑色になると、エージェントはそれをアーデントに手渡す。「でもいまは薬を吸入して。塩を覚えてる？　どう？　いいわね。錆《さび》はどんな感触？」

アーデントは指先で崩れる金属の表面を想像し、その感触にまたすこしパニックがおさまるのを感じる。吸入器から薬液の霧を吸い、息を止めて十数える。卵のような霧の味が、さらにパニックを洗い流してくれる。

「あいつらはただのパパラッチだ」アーデントは自分の声が泣き言のように聞こえるのを情けなく思い、そのせいでますます泣きたくなる。「わたしはパパラッチと話せなきゃならないんだ。話せなきゃだめなんだ」

「できるわよ」とダリアがはげます。「ただ、まずは自分の問題を解決しなきゃ。世界の終わりにひどい光景をたくさん見たの？　わたしは酔いつぶれて意識を失ってたけど、目を覚ましたときにはもう死体安置所がいっぱいだった」

「ゴーストがナリカの声でわたしに叫んだんだ」とアーデントは、目に涙をためながらいう。まずジャーナリストの前で取り乱し、こんどはくそエージェントの前で泣くなんて。「ダリア、ゴーストたちが……いまはどこにでもいる……叫んでなくても、見かけるたびにナリカの声が聞こえるんだ。どうすればいいかわからないんだ」

「セラピストの予約をとりましょう。でもいまは、あなたのママに連絡しなくてすむように、しっかり吸入して」

「そんなことしないくせに」とアーデントはいうが、ダリアがほんとうに連絡するといけないので、もう一度薬を吸入する。

「濡《ぬ》れた花崗岩《かこうがん》はどんな感触？」エージェントはアーデントの背中をさすって泣きやむのを待ちながらいう。「ほら、頰をあてたときのひんやりした感触を想像して」

シャトーのスタッフや護衛たちはまだアーデントをじっと見ているが、その背後が騒がしくなる。彼らが道をあけるとガスがあらわれ、困惑顔でアーデントを見おろす。

好印象を与えようと慎重に準備したにもかかわらず、アーデントはロビーで子供のように泣き崩れてしまった。

黒いスーツがピアニストのスタイルのよさを際だたせている。スーツは、ぴかぴかのオックスフォードシューズからシルクのアスコットタイにいたるまでの細身の体にぴったりあっている。一週間たっても、この哀れな男の髪はほとんどのびておらず、かつては豊かな巻き毛でおおわれていた頭の銀色のポート群がめだっている。頭皮のほかの部分には黒い毛が短く均一に生えている。アーデントは短い毛を手でなでたくなる。

「アーデント？」とガスがたずねる。「だいじょうぶかい？　なにがあったんだい？」

「わからない」とアーデントは負けを認めたようにほほえみ、片手を、てのひらを上に向けてから膝に落とす。「ただ……終末に圧倒されちゃったみたいなんだ」

「無理もないよ」とガスがなぐさめる。その魅力的な低音はかすかにざらついている。アーデントはその声を一日じゅう聞いていられるのだが、残念ながら、歌はうまくなさそうだ。

だけど、手には才能があるんだよね。楽しい思い出が、吸入器とともにパニックをすっかり抑えこむ。

「はじめまして、ミスター・キトコ」とダリアが口をはさむ。「アーデントにはしばらく休む必要があることはわかるわよね。この人たちとどこかへ行ってもらえたら、わたしたちは外に停めてある青いツアーポッドのなかで待ってるわ」

ガスはうなずく。「わかりました。必ず行きます。じゃあ、とりかかりますね。ええと——来てくれてありがとう。会えてうれしいです」

ガスはアーデントに小さく手を振って歩きだす。護衛と世話係の一団がガスのあとを追う。

ダリアはかがんでアーデントの肩に手を置く。「彼が用事をすませているあいだに、あなたは顔をととのえられると思って」

「ああ、わたしのファウスト、あなたがいなかったらどうなってたことか」

ダリアはウィンクする。「ジョージアの燃料ステーションでフライドポテトを売ってたでしょうね」

「やめてよ。わたしは山奥に閉じこめられたりしないさ」

ダリアは、笑うと目尻にしわが寄る。「ガスのことは好きよ。だけど、髪型はどうかしら。さあ、すこし時間をかけて化粧室で顔を直しなさい。あなたがひっかけたあの気の毒な男の相手はわたしがしてるから」

第四章　春の恵み

隠れ家をめざす飛行の大半、ガスはツアーポッドのラウンジでダリアと過ごし、アーデントはベッドルームで身支度をととのえる。ガスはダリアと世間話をしようと試みるが、エージェントは次々と連絡を受ける。ガスを無視しているわけではないが、忙しすぎて話しかけにくい。とうとうあきらめて、隅でメッセージを返信しているダリアを見守る。あわてた様子からすると、だれかがトラブルに巻きこまれているようだ。

ツアーポッドのうしろには軍の護衛がついてきている。平和主義者であるガスには似つかわしくないパレードだ。ガスがだれかを吹き飛ばしたいと願うことはめったにない。多周波数帯ステルスのときおりのきらめきが、戦術ドローンの大群によって自動制御飛行車両《CAV》がかこまれていることを示す唯一の手がかりだ。

「こんなに厳重な警備をぼくみたいな人間に？」とガスがいうと、ダリアが笑う。「なにがおかしいんだい？　どうして、だれかがぼくを殺そうとするんだい？」

「あなたはすばらしいことをしたのよ」とダリア。「アーデントはいつも殺害予告を受けてるわ。少なくとも月に一回はね」

「理由は？」

「質問が間違ってるわね。アーデントが嫌がらせを受けるに値することをしたみたいに聞こえるから」とダリアはガスに向かってひなたぼっこをしている猫のような笑みを浮かべて舌なめずりをする。「厄介者はいろんな口実をつけるけど、いつだって〝存在自体が気にさわる〟のバリエーションなのよ」

「どう対処してるんだい？」

「地域のメンタルヘルス関係者に連絡するのよ。そういう人たちに必要なのはケアであって、妄想の対象と直接接触することじゃない。そのほうがその人たちのためになるの。あと、山ほど接近禁止命令を出してもらってすべてのイベントから締めだしておいて、ありとあらゆる活動を監視する」

　エージェントは椅子にすわったままガスに乾杯のジェスチャーをする。「命令に違反したら目に物見せてやる。だれにも、アーデントには指一本触れさせない」

　ダリアが目をぎらつかせるのを見てガスは彼女の言葉を信じる。

　コート・ダジュールのこのあたりは、産業化と戦争が無限自動国家《インフィニット・オートステート》の成立につながるまでの時期、資本時代の影響でもっとも激しく荒廃した。イタリアの大半とスペインの半分が四百年前に真の砂漠と化し、ローマから赤道にいたるまでが将来の世代にとっての傷跡――数えきれないほど多くの人々の飢餓という遺産――になった。サントロペなどの都市の壊れた骨格は洪水や超巨大嵐によって海にさらわれ、裕福なダイバーや宝探しをする人々の遊び場に変わっている。時代が時代なら住人になっていただろうダイバーたちが訪れているのは皮肉なことだ。

たぶんガスは、だから、現代の音楽シーンが資本時代に対していだいている執着を、愛しつつも憎んでいるのだろう——適切だが、うんざりさせられもするのだ。五年前に先兵《ヴァンガード》が人類を殲滅《せんめつ》しはじめたとき、だれもがミレニアム初期の様式に傾倒したのは、そのころが人類の種《しゅ》としての絶滅にもっとも近づいた時期だからだ。だがガスは、似て非なるものだと考えている。たしかに、多くの人が終末をテーマにした音楽をつくったが、それは自業自得の終末だった。ガスにいわせれば、二六五七年とその市民たちには罪がない。この大災害は外部からのものであって、みずからがもたらしたものではないのだ。

茶色の急峻《きゅうしゅん》な尾根には環境建築《アーコロジー》がブラックベリーのように点在していて、容赦ない日差しのもとで偏光ガラスの窓を紫と金色に輝かせている。こんな崖だらけの山地では手厚い支援がなければ生きられないが、活気ある自給自足のコロニーに移り住みたがる人々はつねにいる。とりこまれている広大で複雑な生態系が、建物を気候変動の悪影響から守ってくれているし、荒れ狂う海の眺めにはある種の荒涼とした荘厳さがある。

しかし、ガスには、茫漠《ぼうばく》たる荒野に建てられた高価な監獄に見える。

「〈ナイフ群《レ・クートー》〉か」とガスは窓の外を見ながらいう。「豪華とはいえないな」

「〈ザ・ナイヴズ〉だよ」とアーデントがベッドルームのドアから声を発する。アーデントはセルフケアという蛹《さなぎ》から、輝かしい白のチュニックをまとってあらわれる。チュニックのなめらかな生地はシンプルで、肩までの雪のように白い髪にあっている。

アーデントは窓に歩みよると、赤い手袋をはめた手をガラスに押しあて、地平線で沸騰しているような嵐雲をじっと見つめる。「ほんと、ここはすごいね。あの波を見てよ」

「未開の地の息苦しい喜びに満ちてるね」とガス。「でも、なにかしらの暇つぶしはできそうだ」

アーデントはツアーポッドのルートをホロに表示させる。小さめなアーコロジー群を通過して最大のアーコロジー――〈美人と野蛮人《ベル・エ・ブリュタル》〉に向かっているところだ。

「まるで大きな卵ね」とダリアが、そのアーコロジーが視界に入るという。

ガスはその、日差しを浴びて白く輝いている、コンクリートの台座上でバランスをとってそびえている卵形の建造物のホロを何度も見たことがある。

炎暑のなか、虹色に輝くダイヤモンドの窓が、ファベルジェのイースターエッグの豪華な宝飾のように、その灰色の巨大アーコロジーを取り巻いている。殻には幅広い帯状の切りこみがあって、ドッキングパッドや空調システムなどの、壮麗な自己完結型エコロジー建築の中身があらわになっている。

〈ベル・エ・ブリュタル〉の圧倒的な巨体の向こう側には海が広がっている。怒りのこもった白波からなる毛布のようだ。台座の前の岩に色とりどりの金属の鱗《うろこ》がちらほら見える。ガスが前回この場所を調べたとき、そんなものはなかった。

ガスはついに、そのカラフルなチップがなんなのかに気づく。ぴかぴかのＣＡＶが埃《ほこり》っぽい崖の割れ目におさまっているのだ。付近にはソーラーシェルターが点在していて、そのなかにはポータブルキッチンからゆらゆらと煙をあげているものもある。

「避難者よ」とダリア。「僻地《へきち》のアーコロジーはゴーストの攻撃でほとんど被害を受けなかったっていうニュースが流れたから。近隣のいくつかの地域が窮地に追いこまれてるのに対して充分な物資があるっていうニュースが」

「だからみんなここに集まってるんだね」とガス。「だけど、うまくいきそうにないな」

「どうして?」とアーデント。

「〈ベル・エ・ブリュタル〉の人々が物資を分け与えるとは思えないからさ」とガス。

ガスの祖母のベッツィー・キトコ博士はアーコロジーの住人を毛嫌いしていた。彼らを〝よくて傲慢で愚かな孤立主義者〟と呼び、フェートンで研究員をしていたあいだに、アーコロジーをテーマに、きわめて高く評価された論文、「生存主義者《サバイバリスト》のコミュニティとその自己成就的予言」を執筆した。

ツアーポッドは卵のふくらんだ部分の下を飛ぶ。ガスは、スモークガラスにも似た炭素結晶の鍾乳石《しょうにゅうせき》からなる受動型空気浄化器の巨大な森を見渡す。ほかの車両のように税関へは向かわず、ガスたちのCAVはドッキングクレードル群を見おろす安全なプラットフォームをめざして上昇する。

CAVが充電器におちつくと、武装した護衛隊が待ち受けている——そろいのラフな服装をした三人の屈強な男たちだ。光を屈折するコンドルじみた戦術ドローン編隊が、戦略的な位置にとどまって周囲を警護する。ツアーポッドのドアが開き、交通量の多いエアレーンに特有の反発装置《リパルサー》のオゾン臭がガスの鼻を刺激する。

　ガスはアーデントに手を差しだす。「どうぞお先に」

「ジェントルマンは好きだよ」とアーデントはいい、やわらかい手袋をはめた指をガスの指とからめながらタラップをくだる。

　背の高い白人の男性／女性の典型的二分法にあてはまらない《ノンバイナリー》人物が、アーコロジー中央部の入口から、明るい笑みを浮かべながらガスたちに手を振っている。全員が安全に降りると、その人物は集まったＶＩＰたちのほうへ大股で歩いてくる。

　その人物は上品な服装だが、客に引け目を感じさせるほどではない。動きにあわせて波打つスリムな黒いスーツは、テキスタイルＬＥＤのひかえめなパターンでバレエダンサーの優雅さを表現している。

「アーデント・ヴァイオレットさま！　こんにちは。お会いできて光栄です」とその人物はいい、わずかに頭を下げる。「キャリコと申します。〈ベル・エ・ブリュタル〉へようこそ」

　アーデントのまばゆい輝きをようやく見透かせたかのように、キャリコは付け加える。

「ミスター・キトコでいらっしゃいますね？　わたくしがご案内するよういいつかっております」

　ガスはうなずき、アーデントがいつも真っ先に挨拶されることを愉快に思う。キャリコを責められない。自分だっておなじようにするだろう。「そのとおりです」

「それでは、こちらへどうぞ」

内部に通じるドアが開き、一行は長いエスカレーターをのぼってアトリウムに向かう。天井は湾曲しながらどんどん高くなっているし、廊下は〈ベル・エ・ブリュタル〉のもっともふくらんでいる部分にそっている。大通りは密な室内ジャングルで、鳥のさえずりとつややかな葉で満ちている。陽光が、巨大なダイヤモンドの窓の群れから、バビロンに匹敵する空中庭園へと降りそそいでいる。

〈レ・クートー〉の荒涼とした雰囲気と埃のあとなので、アトリウム内の色彩の爆発は刺激的すぎる。サングラスを持ってくればよかった、とガスは後悔しかけるが——サングラスはヤマザキ卿《きょう》の邸宅の残骸のなかに、ゲストの半分とともに埋もれていることを思いだす。卿自身は無傷で脱出したのだそうだ。

「〈ベル・エ・ブリュタル〉は、どのアーコロジーにも見られない、世界最大の生物多様性コレクションを有しております」とキャリコが説明し、豊かな水辺の景観を身ぶりで示す。「〈反転卵《オーヴム・インヴエルスス》〉を建造した建築家たちと同様、いにしえの生物模倣《バイオミミクリー》なる技でのみ知られている完璧さを目標に、科学者たちも釣りあいという技を磨いたのです」

〝傲慢な愚か者〟か。祖母の言葉がガスの思考をくすぐり、彼はキャリコのもったいぶった物言いに吹きださないように我慢する。案内人は、修道士か美術館の館長のように、前で手を組んで歩いている。

「〈オーヴム・インヴェルスス〉は、技術的な驚異ばかりか、農業的な驚異をも実現しております。この建造物内の植物は、住人が深宇宙で生活するのにも充分な酸素を生産しているし、上層の農場は現在の人口の三倍を養える食料を生産しております」

「じつにすばらしい」とガス。「ところで、外には助けを求めている人々が大勢いるようですね」

キャリコは咳払《せきばら》いをする。「たしかにそのとおりです。だからこそ、〈ベル・エ・ブリュタル〉は、遠く離れた田園地帯で浄水設備を設置したり、ミニ農場をつくる指導をしたりするなどの支援活動をおこなっております」

「なるほど」とガス。「でも、外にいる人々は、どう見ても、そうだな、指導では解決できない、もっと直接的な支援を必要としてますよね？」

「彼らが侵入してくることはありません。もしもそれがご心配なら、ミスター・キトコ」

「心配してませんよ」とガスはほほえみながらいう。「避難者に対してそんなひどい反応を示すのは不適切ですからね」

キャリコは両眉を吊りあげる。「それでは……わたくしどもの慈善活動についての情報をお部屋にお送りします」

「どうも」とガスは応じるが、すでに自分にいらだっている。それはアーデントもおなじだろう。ガスはこの一週間ずっと、シャトーの病院から出るのを楽しみにしていたのに、いざここに来たら、もうホスト相手に口を滑らせてしまっている。

「ええと……その……あとどれくらい見学しなきゃいけないの？」とアーデントがたずねる。

キャリコは鼻にしわを寄せる。「ここで切りあげてもかまいませんよ」

「大変な一日だったんだよ」とアーデント。

「エレベーターはあちらです」

キャリコはこわばったつくり笑いを浮かべ、アメニティのリストを早口で告げてから去る。ガスは、護衛隊が計画変更を無線で伝え、予定より早くフロアを清掃するのを待たなければならない。ガスは、いかにも面倒そうに何度も連絡をとっている彼らを眺めながら罪悪感をつのらせる。

「ごめん、アーデント、ぼくは——」

「あやまらなくていいよ。わたしもキャリコにむかついてたんだ。ただ、ちょっと我慢強かっただけ」アーデントはガスを見てにやりとする。「おなかがすいていらついてるみたいだね」

「そうらしい。ぼくは、〈ナイヴズ〉の護衛やドローンじゃなく、きみに会えるのを楽しみにしてたんだ」ガスは首を振る。「黙ってようと思ったんだけど、侵入だのなんだのっていいだしたから……」

アーデントのいたずらっぽい笑い声が、ガスの首筋を羽毛のようになでる。「へえ、怒ってたんだね。気がつかなかったよ」

ガスは顔を赤らめ、あまりめだたないことを願う。護衛隊がついてきているし、場所もどちらかが選んだわけではないが、これはデートのはずだ。触覚コートがメッセージのパターンで肩を叩いたのでガングを確認すると、一件保留されている。

〝上階にお部屋をご用意いたしました。予定の変更をご希望の際は十五分前までにご連絡ください〟

「ランチはどうする？」とアーデントがたずねる。

「レストランは選べないな」とガスが答える。

「あなたがそういうタイプなら、わたしはもう行くからね」とアーデント。

「護衛にはもう迷惑をかけた。予定が決まってたのに、ぼくは……どう表現すればいいかな？」ガスは護衛隊長に手を振る。隊長は何度か、気にすることはないといってくれた。

「予定を変えるのは品格のあるふるまいじゃない――彼らに対しても、きみに対しても」

ガスはアーデントに〝アルバムカバーのような〟まなざしとほほえみを向ける。カメラマンに教わったセクシーに見える方法を、しっかりと記憶したのだ。

「それに、アーデント・ヴァイオレットを待たせるわけにはいかない」とガス。

アーデントはごくりと唾《つば》を飲む。

ガスは死にかけて髪を剃《そ》られていても魅力的だ。

「それは、ええと、うれしいな」とアーデント。「わたしは、ヘルビッチにしては品格があるんだ」

「ちなみに」とダリアがガングをいじりながら口をはさむ。「わたしはアーデントがショーのあとでホットドッグを三本たいらげるのを見たことがあるわ」

「そんな助け船はいらなかったのに。余計なお世話だよ、ダリア」

ダリアは顔を上げてほほえむ。「なるほど。わたしはお邪魔虫だし、護衛してもらう必要もないんだから、あなたたちとは別行動をとることにするわ」

「どこへ行くの？」とアーデントがたずねる。

「〈サンダイアル〉。最上階よ。そこのステージですばらしい才能を見られるらしいから」

アーデントは両手を腰にあてる。「新しいクライアントのための時間はないっていったじゃないか！」

「たぶんないでしょうね」とダリア。「将来の競争相手をチェックしてると思っておいて」

「ほんとなんだよね？」とアーデントは問うが、ダリアはすでに歩きだしている。アーデントはダリアの背中にもう一度質問を投げるが、彼女は振り返らずに手を振って別れを告げる。

「これ以上クライアントを増やさないっていってたのに」とアーデント。「だから、ちょっともやもやしただけさ」

「心配いらないよ」とガスは手を差しだす。「行こうか？」

「まだどこで食べるか決まってないけど……」

「いや、決まったよ」ガスは名案がひらめいてそう答える。ロマンチックだし、護衛隊に迷惑をかけることもない案だ。「一週間前、きみはぼくをキッチンに入れてくれた。だから、ぼくの部屋のキッチンに行こう」

アーデントが、まず荷物を片づけたいという。そこでガスはアーデントの部屋まで送る。

すぐに行くとアーデントはいう。ガスはそれに感謝する――大切なデートの計画を立てるために、ひとりで部屋を見ておきたかったからだ。

ガスは自分の部屋のドアをあけ、宿泊施設を見た瞬間、認めざるをえなくなる。

「こんな部屋がモントリオールにあったら、なんとしてでも住もうとしただろうな」

目の前には、ひとりで使うには豪華すぎるし広すぎるメゾネットの部屋が広がっている。眺望のいい窓の前にはフルサイズのヤマハ製グランドピアノが置かれている。窓から見える海は荒れているが、快晴の日にはラピスラズリのような青い海が見えるのだろう。

ふたつの寝室があり、ひとつはもうひとつよりかなり小さい。運がよければ、ふたつのベッドを試せるかもしれない――運がよければ。

荷物を片づけると、ガスはキッチンに行ってなにがあるかを確認する。調理器具が完備していて、蒸気、圧力、火、放射線を使う一般的な調理機器も備えられている。適度な大きさの押しだし機とマルチミルもある。キャビネットのなかには昔ながらのセンサーがついている基本的な鍋やフライパンがそろっているのを見て、なんとかなりそうだとガスは安堵《あんど》する。

だけど、アーデント・ヴァイオレットのために、いったいなにをつくればいいんだ？

ガスはコンピューターの注意を惹《ひ》いて食材のリクエストをする。アーデントは超有名人だから、たぶん――食べたくなったときは――凝った高級料理を食べているのだろう。だから、たんに豪華だったり珍しかったりするだけではだめだし、どっちみち、ガスにそんな料理をうまくつくれるはずがない。必要なのは思いをこめることだ。たとえば、「一週間、医療検査を受けつづけて退屈してたけど、ずっときみのことを考えてた。どうかぼくとキスしてください」という思いを。

ガスはもう、アーデントがそばに立ってガングのフィードを読んでいる姿を見られないことをちょっぴり悲しんでいる。ガスは、ほとんど知らない相手に夢中になっている自分をいましめる。ガスとアーデントとのあいだにつながりはない。一度、ベッドをともにしたことがあるだけだ。そのふたつには違いがあるし、ふたりがともに過ごす時間からなにが生まれるかはまだわからない。

せめて、一緒に食事はしたいもんだ。

「出たとこ勝負で行きなさい、もじゃお《カーリー》!」というリセルの声が聞こえるような気がする。

リセルはバンドでいちばん背が高く、ウッドベースを弾《ひ》く姿には存在感があった。オレンジ色のスーツが好きで、いつも気どらない笑みを浮かべていた。リセルにまつわるすべてが、彼女がいる部屋におさまりきれなかった。

「もじゃもじゃの髪は剃られちゃったんだよ」とガスは亡きリセルに語りかける。

ガスが選択できるように、〈ベル・エ・ブリュタル〉の豊かな農産物のホロが映しだされる。調理用バナナ《プランテン》の山の横には大量のリンゴがある。古代穀物が樽からあふれ、ハーブが庭で茂り、キャベツが納骨堂のごとく壁に並んでいる。

タンパク質の一覧に切り替えると部屋が一変する。天井から深紅色のソーセージがつながったままぶらさがり、カウンターにはステーキパックが赤い山脈のように散らばっている。

ムール貝やアサリなどの海の幸がキッチンシンクからあふれだし、魚の切り身が宙を舞い、氷の山の上にふわりとおちつく。すべてが芸術作品のように繊細に配置されており、このアーコロジーの選択の趣味のよさを認めざるをえない。徹底したミニマリズムの建築が、このような贅沢《ぜいたく》さの非の打ちどころのないキャンバスになっている。

さまざまな種類のシーケンスミートを使えるソーセージブレンダーが用意されている。手づくりソーセージを眺めているうちにホットドッグを見つける。ホットドッグはアーデントが好きだとわかっている唯一の食べ物だが、リセルの好物でもあった。カナダに移住したばかりのころ、ベーシストのリセルから多様な食文化を教わったし、モントリオール名物の蒸しホットドッグ、スティーメのおかげでホットドッグが大好きになった。B級グルメのまま供するのではなく、洗練された料理にすることも可能だ。ちゃんとした材料を使えば、アーデントを感心させ、ピアノについて熱弁をふるうだけでなく、相手の話を聞くこともできる人間なのを示せるかもしれない。

ガスはカスタムブレンドを何種類か頼む。そのあと、パン部門に移動してパリパリのロールパンを何個か追加し、生鮮食品にもどって注文を完了させる。

来客を告げるアラートが鳴り、ガスは注文を終了する。ホロをチェックし、アーデントが待っているのを見たとたん、ガスは自分がしでかした恐ろしい間違いに気づく。

なにしろ、スーパースターのアーデント・ヴァイオレットのためにホットドッグをつくっているのだ。

友達にどこでしくじったのかを聞かれたら、答えはこの決断だったと答えるはめになるのだろう。

ドアのチャイムがふたたび鳴り、ガスは現実に立ち向かわざるをえなくなる。ガスがドアをあけるように指示すると、アーデントが共有スペースに颯爽《さっそう》と入ってくる。「ここは――わたしの部屋と違うね！」

「どう違うんだい？」

「ええと、わたしの部屋はもっと、そうだな、生き生きとしてる。ここは野蛮人《ブリュタル》セクションなんだろうな」

「美人《ベル》セクションもあるってことかい？」

「あなたもきっと行けるよ」とアーデントはウィンクしながらいい、ガスに反応する間を与えずに続ける。「ごはんはなに？」

ガスはまばたきをして、アーデントの部屋のことを忘れ、現在に意識を集中しようとする。ホットドッグの代わりの料理を考えださなければならないのだ。「気に入ると思うよ」

「ヒントは？」

「謎ときを楽しみたいだろう？　ぼくはヒントを出すのが苦手なんだ」

「ならいいよ。秘密のままにしておいて」とアーデントはグラスをプリントし、蛇口から炭酸飲料を注ぐ。フルーツ系の甘い飲料なので、ガスは、やっぱりホットドッグでいいのかもしれない、とちょっぴり自信をとりもどす。アーデントはグルメかもしれないが、気どった料理しか食べないわけではなさそうだ。ガスが大胆な料理名を打ち明けようとしかけたとき、アーデントのガングが着信を通知する。

「ごめんね！」とアーデント。「出てもいい？」

「どうぞ」

ふたりのあいだに小柄な女性が出現する。その女性の服装はアーデントほど派手ではないが、あざやかな色のジャンプスーツは主張が強い。両手をあわせ、明るい瞳とバラ色の頰でアーデントにほほえみかけている女性を見て、ガスはオコジョを連想する。

「ママ！」とアーデント。「やあ！　着いたよ！」

「まあ！　気に入った？」女性は目を細めてぐるりと見渡す。「背景をつけてくれる？」

「兵隊さんたちがだめだってさ」とアーデント。

「まだ問題があるのかしらね。シェルターなの？　隠れ家？」

アーデントは笑いながら、雪のように白い髪を耳にかける。「アーコロジーさ。〈ベル・エ・ブリュタル〉でガス・キトコと一緒なんだ」

「ああ、そうなのね。ガスはそこにいるの？　会える？」女性はあたりを見まわす。

アーデントからジョージア出身だと聞いたとき、ガスは疑問に思った。アーデントの話しかたには、ほんのかすかに南部なまりの甘さが感じられるだけだからだが、この女性はまるでコーンシロップだ。

アーデントはガスのほうを向くと、ガングを指さしながら聞く。「入って挨拶する？」

ガスは目をしばたたく。「きみのママに会うのかい？」

アーデントは笑う。「緊張することはないよ。ママはわたしの友達全員を知ってるんだ」

アーデント・ヴァイオレットに〝友達〟と呼ばれて、ガスは失望と興奮を同時に覚える。ガングを出してアーデントの通話に参加する。ガスが見えるようになるなり、母親は鷹《たか》のように飛びかかる。

「あなたがピアニストなのね？」と母親はたずね、ガスをしげしげと眺める。「あら、そのピアス、すてきね！」

ガスは思わず一歩あとずさる。このホログラムはパーソナルスペースを侵害している。

「ピアス？」

女性はガスの頭皮を指さす。

ああ、脳ピアスのことか。

「ありがとう！」褒め言葉は褒め言葉だ。

「わたしはマリリン・アルドリッジ」と女性はいい、親指をぐいと動かしてアーデントを示す。「この子をつくったのはわたしよ」無遠慮《ぶえんりょ》な笑い声を部屋に響かせる。

「オーガスト・キトコです」とガスは自己紹介し、マリリンの手に自分のてのひらを重ねてホログラムをちらつかせる。「でも、友達からはガスと呼ばれてます」

マリリンはガスの腹にわざとらしく肘鉄を食わせる。「あなたのファンからはなんて呼ばれてるの、スイートハート？」

アーデントが息を呑《の》む。「ママ、やめて！」

マリリンはガスをじっと見つめる。「ユーモアのセンスはあるんでしょうね、ガス？　この子は退屈な人とは一緒にいられないの」

アーデントは通話を切りたがっているような顔をしている。「ガスは退屈じゃないよ」

「だと思った！」とマリリンはいい、意味ありげに眉を動かす。

「ママ！」

「出身はどこなの、ガス？」マリリンはアーデントの抗議を無視してたずねる。

「ウィスコンシンです。モントリオールで気ままに暮らしてます。あなたは？」

「ミシシッピ州インディアノーラよ」

「ハリケーンベルトですね」とガス。「たくましい人たちだ」

「昔は農業もできたのよ」マリリンはガスを指さしながらアーデントにいう。「この人は政治家になるべきね。笑顔を見てよ。ガス、この状況におけるあなたの立場はどうなの？　人類滅亡のときになにをしてるの？」

「世間話はしないんですね」とガス。

「時間がないの、スイートハート。最近はどうなの？」

ガスは首を振る。「絶好調とはいえないけど、あなたのお子さんは、窒息しかけてるときに吸う新鮮な空気のようですよ」

アーデントとマリリンはその言葉に興奮する。ガスは笑い声の大きさに圧倒される。ふたりが喜んで笑っているのか、それとも発言のダサさを笑っているのかは確信できないが、もっと思いついたことを口にするべきなのかもしれない。少なくとも、ふたりはそれをかわいいと思っているようだ。

それから三十分、ガスはマリリンと話しつづけ、彼女があまりに魅力的なので、配達されてくる注文品や惨憺《さんたん》たるホットドッグ作戦のことをすっかり忘れてしまう。マリリンの頭のうしろにホロがあらわれ、ガスの災厄が到着したことを告げる。

「ママ」とアーデント。「悪いけど、食材が届いたし、わたしはおなかがすいてるんだ」

「ふたりで話しててくれたら、ぼくが料理をはじめるよ」とガスはいい、なにをつくればいいのか、頭を振り絞る。

「なにを食べるの?」とマリリンがたずねると、ガスはパニックになりかける。きっと却下される。

「この通話を切らせてくれなきゃ食べられないよ!」とアーデントがふざけて文句をつける。

「おなかがぺこぺこなんだ。ママのせいで飢え死にしそうだよ」

「わかった、わかった」とマリリンはいって、払いのけるように手を振る。「どっちみち、若い人たちがランチを食べてるあいだに、わたしは朝食の準備をはじめなきゃ」

「みんなによろしく伝えて!」

「自分で直接、もっと頻繁に連絡しなさいよ」とマリリンは応じ、アーデントの頬に銀色にきらめくホロキスをする。「でも、わたしがあなたにとっていちばんのアルドリッジだってことは知ってるわ」

「だれにもいわないで」とアーデントは応じながらキスを返し、手を振って別れを告げる。

「バイバイ、美人さん」

通話を終了したあと、ガスとアーデントは玄関前に置かれた食料品が入っている容器をとりにいく。いくつかの生鮮食品パック、かごに盛られたまだ温かいパン、そして牛の絵が描かれている小さな紙包み。ふたりはそれらの戦利品を持ち帰り、アイランドキッチンに広げる。

「タマネギは刻める？」とガスがたずねながら、壁のマグネットからナイフをとる。天然の甘さがぎっしり詰めこまれていそうな大きな黄色いタマネギを手にとる。

「あなたが泣いちゃうくらい下手だよ」

「わかった。じゃあ、ぼくがタマネギを刻んであめ色になるまで炒めるよ。きみがニンニクの先を切ってくれたら、それをローストして――」

「ガス」

「え？」

アーデントは両手をだらりと垂らす。「タマネギとニンニク？　なにをつくろうとしてるのか知らないけど、デートの食事には向かなそうだね」

ガスはタマネギをカウンターに置いて、ていねいに位置を調整する。「ぼくも、ええと……そうかもしれないと思うよ」

「そのタマネギ……なんの上に載せるつもりだったの？」

「……ホットドッグさ」

アーデントが反応する。強い反応だが、悪い感じではない。

「パンは？」とアーデントはたずねる。

ガスはかごをおおっているプラスターチを破り、なかの温かくて湯気がたっているパンに手をのばす。

「へえ、ロブスターロール用のパンみたいだね」とアーデント。

「フランスでまずいパンを手に入れるのは難しいんだ」

「軽いものを載せようよ。キャベツがあるね。コールスローはどう？」

ガスは、パリッとしたソーセージに酸味がきいていてクリーミーでシャキシャキのコールスローがあわさった味を想像する。「あいそうだね。料理はするの」

「ぜんぜん」

「わかった」とガス。「まあ、ふたりで熱々の蒸しホットドッグ《スティーメ》をなんとかつくれるだろう」

「なにを？」

ガスは自分の言葉にリセルの声が重なって聞こえるような気がする。「この惑星で最高のホットドッグさ」

アーデントはその言葉に同意しないが、ガスは追及しない。食材はすばらしいしシェフはかわいい——それ以上なにを望める？

食事をすませたあと、アーデントとガスは、大勢の護衛とドローンに守られながら散歩に出かける。〈オーヴム・インヴェルスス〉のあまたの円形フロアが数キロにおよぶ長い螺旋《らせん》で接続している。遅い午後のこの時間には、長窓や庭園がある遊歩道がにぎわっている。オレンジ色の光の四角が歩道にそって滑るように移動しているし、夕方になって日差しがやわらいでいる。

ここからなら、アーデントはガスに〝ベル〟セクションと〝ブリュタル〟セクションの違いを教えられる。前者では花が感覚を強烈に刺激していて、後者では鋭角的なコンクリートがアーコロジーのインフラと工学技術を誇示している。

「あ！」ピアノの音が空気に色を添えたのを聞いて、ガスがいう。「これはシイタケ・シックスだ。このグループを知ってるんだ」

アーデントは耳を澄ます。「宇宙港のトイレで流れてるような音楽だね」

「ぼくの印税の約三分の一は公共の場での再生から来てるんだ」とガス。「トイレが多いのさ」

「りっぱな収入だよ！　そういうつもりじゃなかったんだ。わたしはもっとひどい稼ぎかたをしてるよ」

ガスは顔をしかめる。「〝もっとひどい〟って？」

「ああ、もう、話すしかなくなっちゃったじゃないか。ブラジルでは、わたしの〈渦巻く炎〉っていう曲が胃腸薬の宣伝に使われてるんだ」

「へえ、それはなかなか——」

「そのCMでは、曲が腸に関係しているように見せかけてるのさ。現地には、恋人との別れを歌ったこのアンセムを〝熱いくそ《ホット・シット》〟の歌って呼んでる人もいるけど、報酬はちゃんと受けとってるよ」

「おかげで気が楽になったよ」

アーデントは、顔を寄せてきたガスの甘いコロンの香りを楽しむ。ガスの力強い腕の記憶が背中にまだ温かく残っているので、ものうげにため息をついて忘れようとする。アーデントは、くだらない手順をそっくり飛ばしてキスに進むことをどこかで望んでいる。

ふたりが一緒に過ごしたという事実をあからさまに口にしてもいいのかもしれない。

アーデントはガスを口説きたがっている。より正確には、苦難の一週間を過ごしたガスを抱きしめて面倒をみたいと願っている。ほかの彼氏とだったら、関係は超光速で進んで星に激突し、超新星爆発を起こしてゴシップをまき散らしていただろう。

問題は、ガスが首のボルトをはじめとする真新しいピアスを百個もしていることだ。体を深く侵襲《しんしゅう》されたばかりで、無理はさせられないことだ。アーデントはスターだ——アーデントがなにかを望むと、相手は奇妙なことを、行きすぎていたり早すぎたりすることをしがちなのを知っている。ガスも出会った当初はそうだった——はじめて会った夜、アーデントに求められると、ガスはあっさりアーデントのベッドに入ったのだ。

ガスが建築についてまた話しはじめると、アーデントはその内容ではなく、彼の低くて渋い声に気をとられてしまう。そもそもガスを追い払うべきではなかったのだ。毅然《きぜん》とした態度をとるだけでよかったのに、あの屋敷で、ささいなことでこきおろしてしまった。

だけど、まあ——世界の終わりだったんだ。だれもが感情的になってた。

「——サバイバリストは生態系に害をおよぼし、彼らが恐れている滅亡を促進してる、というのがおばあちゃんの基本的な主張だったんだ」

おっと、ガスの話を聞いてなかった。

「へえ、それで、ええと——」

ガスは首を振る。「ごめん。みんながみんな建築の話をしたがるわけじゃないのは——」

「違うよ！　じつは、あなたのことを考えてたんだ！」

ガスはよろけながら笑顔になる。ふだんは知的に見えるガスの緑色の目が、眠そうな子犬のように輝いている。「ほんとに？」

ガスがキッチンでマリリンに、アーデントを新鮮な空気のようだと評してくれたからなのだろうが、お返しをしたくてたまらない。

「あなたは雨みたいなんだ」とアーデントはいい、すぐさま若いころにつくった恥ずかしい詩を思いだす。

陳腐すぎる。いま、ガスがこっちをまじまじと見てる。

「これだからわたしは半分くらいしか自分で歌詞を書かないんだけど……でも、本気でそう思ってる」アーデントは、この瞬間が過ぎたらふたりともこの発言を忘れられることを望みながら付け加える。「あなたにはそういうところがあるんだ。なんとなく雨っぽいところが」

「その期待にどう応えたらいいかわからないな。だけど雨は好きだよ」

「ああ、ガス、でも自分のことは好きじゃないの？」

ガスはその言葉に驚く。「もちろん好きさ。ぼくは成功したミュージシャンだし、料理の腕もなかなかのものだと自負してるよ」

「ミュージシャンも料理のうまい人も大勢知ってるよ、ガスト。だけどあなたは特別なんだ」

「〝激情《ガスト》〟？」

「〝ガストファー〟の略のつもりさ。チャレンジしてみたんだけど、よくないってことで意見が一致したね」とアーデントはいう。いきなり立ち止まってガスのほうを向く。「ねえ、おしゃべりも楽しいけど、あなたとやりたくてしかたないことがあるし、それを口に出さないと頭がおかしくなりそうなんだ」

ガスの表情はなににも代えがたいが、あせらないぞと心に決めていたので、真実でジョークをやわらげることにする。

「嫌みったらしい建築についての話はもううんざりなのさ。ジャムしようよ」とアーデントはいう。

ガスの笑みがさらに広がる。

アーデントは自分の部屋のドアの前で立ち止まってガスに向き直る。ガスは興奮でほとんど震えているようだが、アーデントは、今回は実際にジャムをすることを望んでいる。セックスはすばらしいが、もうたっぷり経験している。

「コンサートホールとはちょっと違うけど……」ドアが開くと、アーデントは部屋に入るようにガスをうながし、サーカスを紹介するかのように赤い手袋をした両手を広げる。

ガスがドアを通ると目を見張る。「たまげたな、この部屋はまるで……」

「見世物小屋さ！」とアーデントが言葉をひきとる。

いたるところで植物が茂っている。バラやシダややわらかな苔《こけ》のあいだで野草が小さな花を咲かせているし、外国産らしい植物も数十種ありそうだ。数百本の太陽光パイプから差しこむ日光が無数の植物と空間を照らしている。木漏《こも》れ日のなか、蝶《ちょう》が頭上をひらひらと飛びかっている。

「ぼくの部屋の倍はあるな」とガスが続け、アーデントはちょっぴりばつが悪くなる。「ぼくの部屋は大きすぎると思ったけど、きみのは笑えるほどだよ」

ガスを豪邸に連れていかなくてよかったね、ベイビー。

「わたしは好きだよ！」とアーデントは反論する。「それに、こっちのバルコニーのほうがすてきなんだ」

アーデントはガスを案内して魔法の森のような廊下を抜け、スイートの階段をのぼって開放的なロフトに出る。ガスはアーデントの銀色のピアノの前で止まる。

「これはきみの？」とガスはたずねる。

「最初から置いてあったんだ」とアーデント。「一度も触ってない」

「これはすごいよ。まさに名器だ。エルシー・フランクリンが彼女の二枚目のアルバムでこのタイプのピアノを弾いたんだ」

「知らなかったよ！」嘘偽りのない真実だ。なにしろ、アーデントはエルシー・フランクリンがだれかを知らないのだ。

　ここのバルコニーもガスの部屋とおなじく海を見渡せるが、輸送シャトルが離着陸できるほどの広い娯楽スペースがある。アーデントが親しい友人千人を呼んで大騒ぎできないのは残念だ。ぐるりと見渡せる荒れ果てた海岸は、否定しようがないほど陰鬱《いんうつ》だからだ。

　アーデントの心を読んだかのように、ガスはピアノまで歩いていくと、家具用リパルサーを起動してバルコニーのドアに向かって押しはじめる。アーデントはコンピューターに指示して部屋を開放する。すべての窓が換気のためにくるくる回転しはじめると、外気が植物によって濾過《ろか》され、おだやかな花の香りでさわやかになる。部屋がため息をつく。閉じこもっていた人々を屋外に誘っているかのようだ。

　アーデントはギターケースを手にとってガスのもとにもどる。ガスはピアノをバルコニーの端にできるだけ近づけて配置しようとしている。ホロ偽装された障壁が、六十階下に落ちないようにかろうじて防いでいる。アーデントは端まで歩いていってプロジェクションのうしろに手をのばし、冷たい鋼鉄を感じられるかどうか試す。つまるところ、どんなバルコニーにも手すりは必要だ。

安全柵《さく》は備えられているが、バルコニーの端から不安になるほど張りだしている。

わずかに震える手をこっそりひきもどすと、ギターケースをあけるために腰をかがめる。親指を留め金に押しあてると、蓋が開いてなかの宝物があらわれる。

「こんにちは、ベイビー」

アーデントはダリアと契約した日にこのパワーズ・ヴィタスX六弦ギターを買った。非合理な人物にふさわしい非合理なギターだ。〝ベイビー〟は、アーデントの高校時代の服装（と収入）にまったく不釣りあいだった。

アーデントはこの楽器を、マリリンの了解を得ずに彼女のクレジットで購入した。アーデントは、ダリアがとってきた仕事の収入で、マリリンがクレジットに気づく前に返済できるはずと信じていた。ところが、そうはうまくいかず、名声を得るまでには何年もの努力が必要だった。マリリンはベイビーに、〝母親を裏切ってでもほしいギター〟という独自の愛称をつけた。

マリリンは侮辱したつもりだったのだが、ベイビーはアーデントの指先に否定できない喜びをもたらす。アーデントは母親を愛しているし、正直な手段でギターを手に入れればよかったと悔やんでいるが、歴史は変えられない。だから、楽しむしかない。

楽器の透明なボディは白のクラッシュドベルベットの上に置かれている。中心部はディープマゼンタだが、蘭《らん》の花のように、端に向かうにつれて暗い紫になっている。ネオンの蔓《つる》が、地獄の炎のようにくねりながら漆黒《しっこく》のフレットボードにのびている。ピックアップはガラスのように見える弦の下で燃え、ネックに黒い光を運ぶ。ベイビーははじめて目にした瞬間からアーデントの魂《たましい》に語りかけたし、アーデントはベイビーの叫びを宇宙の果てまで届かせてきた。

アーデントがネックに触れると、ヴィタスXのロゴがヘッドであざやかに輝きだす。ベイビーのオペレーティングシステムがバルコニーのオーディオプロジェクターを探しだし、アーデントが出したいものをなんでも出す準備がととのっていると報告する。ホロは幅広いパッチとエフェクトを提供し、アーデントは楽器をケースからやさしくとりだしてかかえる。

「すごいギターだね」とガスがいう。

アーデントは手刺繡《てししゅう》のストラップを頭からかける。「うん、そうなんだ。ヤマザキ卿の屋敷で弾いた曲をもう一度弾ける？」

「あんなふうに弾いたのはあのときがはじめてだったんだ。とんでもなかったね」

「どういう意味？」アーデントがたずねる。

「なんていうか……ふだんは無意味なさまざまなことが意味をなしたみたいだった。そうだな……なにも考えなくてもポリリズムをくりだせたし、いうなれば、コード進行にとらわれないアドリブ主体のモーダルだったんだ」

「あの曲のテーマはなんだったの、ダーリン？」

ガスはピアノの椅子にすわってスラックスのしわをのばす。「Ｆマイナーの八分の七拍子からはじまるけど、すぐに脱線するんだ」

「八分の七拍子ではじまって、それからもっと難しくなるんだね。いいんじゃない？」

「とりあえず弾いてみて、どうするか決めようよ」

「自信がありそうだね」

アーデントは赤い手袋を脱いでギターケースの上に置く。爪にはダークアンバーのマニキュアがほどこされていて、マグネットインプラントが起動するとオレンジ色の血管が溶岩のように光る。アーデントはトレードマークである銀色のピックをとりだして宙に弾きあげ、古いコインのように一回転させる。

ガスの指は鍵盤上で軽やかに舞い、ウォームアップのためにアルペジオを奏でて頂点に駆けのぼる。アーデントはガスが〝驚異のスケール〟を弾いていることに気づく。その音色は恒星間宇宙船のブリッジからよく見える天文現象を連想させる。

「よし。Bフラットのミクソリディアンで、〈オール・ザ・ウェイ・ダウン〉でのきみのソロみたいな感じで」

アーデントはほっそりした手でスケールを巧みにつま弾いてから力強く演奏しはじめる。長年の鍛錬による筋肉の記憶に導かれるままに指を動かし、複雑なフレーズを気のきいたギターリックで締めくくる。

ガスはウォームアップを中断し、決闘を挑まれたかのように片眉をぴくりと上げる。「どれくらいの速さにする？　全速？」

爪が弧を描くように動いて弦に触れ、調和の共鳴を生みだす。アーデントはガスの音色をちょっぴり盗み、うなりのような持続音《ドローン》をアンプに送ってヴァンガードたちの慟哭《どうこく》を模倣する。

「なんだってお望みどおりに対応できるよ」

実際のところ、ほんとうかどうかはわからない。アーデントは、ガスが魂を燃やしているときの音を聞いたことがある。

「最初はちょっと楽にやりたいな」とガスはいい、アーデントに、いつものぎこちなさがセクシーな顔を向ける。

あなたが愛《いと》おしいよ、ガス。

アーデントはガスの滑稽《こっけい》な高まりかたにうっとりしすぎて入りそこねる。そしてピアニストは目がくらむようなコードの連打でスタートダッシュを決める。その音は全スペクトルを上から下まで満たしている迫力ある進行で、すばらしい入りだ。ガスのハーモニーは最初はそんなに速くないように聞こえる。アーデントは七拍子を数えつづけ、ビートを見つけようとする。

「これが八分の七拍子?」とアーデントはピアニストに向かって叫ぶ。

「そうだよ!」と彼は別のコードを打ち鳴らしながら、小さく痙攣《けいれん》を起こしているかのように頭を振る。

違う。ガスはうなずいてるんじゃなく、三百を超えるテンポで拍《はく》を数えてるんだ。

アーデントはフレーズを探って入口を探すが、激流に飛びこむのに最適の場所を探すようなものだ。アーデントは目をつぶって揺れながら感じとろうとする。

ガスは小節の頭でおなじ高音を鳴らしつづける。アーデントは彼が自分を助けようとしていることに気づく——救いの手を差しのべてくれているのだ。アーデントは深く息を吸う。

１２３４５６ゴー！

アーデントは数音を早弾きして幸運にも拍をとらえ、懸命に保持する。音楽的には、アーデントはマルチアーティストだ——六種類の楽器を巧みにあやつり、すぐれたダンサーで、受賞歴のあるボーカリストなのだ。それに比べると、ガスは理論にこだわる技術者で、ひとつの道具をひたすら突きつめている。

ベイビーが耳ざわりな音を発し、アーデントは内心で毒づく。これはただのジャムセッションだが、アーデントにはプライドがある。速いが簡単なベースラインで立て直してジャズモンスターに追いつく。ガスが奏でるどんどん神秘的になるコードにあわせてハーモニーに溶けこむ。

アーデントはパターンをつかみ、必死で努力しつづけなくても振り落とされなくなる。ガスの出方を予測しながら壮大な曲という急流をともにくだれるようになる。

よし、やれる！

アーデントが、音楽に乗れるようになったことに満足しているとき、ガスが叫ぶ。「いいね！　はじめる準備はできたかい？」

「〝はじめる〟?」

ピアニストはパターンの複雑さを倍増させ、涼しい顔でフレーズに装飾をちりばめる。アーデントは唇を噛《か》みながら死にものぐるいで波に乗り、ガスの旋律をくぐり抜ける。

123456ゴー!……6ゴー!……6ゴー!

ガスがソロを終えた直後にサイレンが鳴り響く。

ガスは演奏を止め、ピアノ椅子から立ちあがってバルコニーの外を見る。「なんなんだ?」

アーデントがガスの視線を追うと、多くのCAVがいっせいに上昇し、午後の日差しのなか、リパルサーを光らせながら甲虫《スカラベ》のように機敏に飛びまわっている。

海岸線のかなり離れたところに魔猫《グレイマルキン》が降下してきて着地し、砂埃を舞いあげる。

その長い影が〈ナイヴズ〉に落ちて急峻な崖地の輪郭がはっきり見えなくなる。グレイマルキンは浸食の激しい海岸を、〈ベル・エ・ブリュタル〉に向かって恐ろしい速さで走る。背後には無数の金色のきらめきが続いている。怪物どもがどんな忌《い》まわしいことをするときも、つねに付きしたがっている金ぴか《ギルデッド》のゴーストの群れだ。

星際連合《UW》の護衛たちが部屋に突入し、銃を構えて階段を駆けあがってくる。アーデントは、彼らが銃でなにをしようとしているのか確信を持てないが、プロにまかせるしかない。だれかが事態を掌握しているなら問題はない。だが、護衛たちはふたりを安全な場所に連れていくことなく——外との境界に陣どる。

ヴァンガードが来襲した夜にアーデントをとらえた黒い肌の星際連合情報局《UWI》の局員、エルザヒア・タジが数人をひき連れて部屋に乗りこんでくる。彼女はカメラドローンをともなってバルコニーの端に向かい、その揺れる球体の焦点を彼方《かなた》に見えるヴァンガードにあわせて自分のホロに映像を転送する。彼女の前の宙に投影されたグレイマルキンが、断固とした足どりで突き進んでくる。

「こんなところで会うなんて奇遇だね」とアーデントは声をかけるが、タジは片手をあげて黙らせる。

「わたしはつねにミスター・キトコのそばにいるのよ」とタジはいう。「さて、ガス、グレイマルキンが到着したらなにが起きるの？」

「さあね」とガスは答える。「だけど、わかるんだ。ぼくを追ってきてるって」

アーデントはガスの手をとり、タジに向き直る。「それならここから出なきゃ」

「どこへ行くの？」タジがたずねる。「〈ベル・エ・ブリュタル〉のどこならヴァンガードの攻撃に耐えられると思ってるの？」

「なにもしないで待ってるわけにはいかないじゃないか！」とアーデント。

「それこそまさにわたしたちがやろうと思ってることなのよ、ミクス・ヴァイオレット」とタジ。「あなたはいつでも自由に行ってかまわないけど、ミスター・キトコはここにとどまる。人類は、このヴァンガードがなにを求めてるかをなんとしてでも突きとめなきゃならないの」

ガスはアーデントの両肩をつかむ。ガスの手は大きくて頼りがいがあり、アーデントは安心する。ガスは澄んだ緑色の目でアーデントを見つめる。

「きょう、ぼくたちが死ぬことはないと思うけど、行ってもかまわないよ」

「でも、決めてちょうだい。わたしたちは忙しいの」とタジが付け加える。

アーデントはその言葉に反発するが沈黙を守る。タジのいうとおり、逃げる場所などないだろうから、とどまって見守るか追いだされるかのどっちかだ。

「きみとぼく――ぼくたちでグレイマルキンを呼んだんだ、アーデント」とガス。「どうして気づかなかったんだろう……」

アーデントは混乱し、ちょっぴり動揺する。「〝ぼくたち〟で?」

ヴァンガードがつねに発している、銀河系のパイプオルガンを思わせる慟哭が聞こえ、アーデントは顔をしかめる。ガスとアーデントで弾いたのとおなじコード進行だが、何千回も折り重ねたような音だ。

「ミスター・キトコ」とタジがいってガスに向き直る。「あのヴァンガードはあと二分以内にここに到達するので、ミクス・ヴァイオレットの安全のためにすこし離れてもらえる?」

「もしも残ってくれるなら」とガス。「ひとりにはなりたくないな」

「も――もちろん残るさ! どこへも行くもんか」とアーデントはいうが、ガスと目をあわせられない。

「あいつがなにを求めてるのか確認してやる。そうすれば、これまでの人生で最高のデートにもどれるかもしれない」

「そうなるといいな」とアーデント。「また食べられたりしないでよ」

ガスはうなずくと、アーデントの手をぎゅっと握ってからあとずさる。「食べられるもんか」

アーデントは、いざとなったら部屋に駆けこめるよう、ドアのそばの隅に陣どる。ガスは眺望と一体化して見えるバルコニーの端に立つと、足を肩幅に開き、両手をポケットに突っこむ。ヴァンガードと真っ向から対峙《たいじ》するつもりだ。

〈ベル・エ・ブリュタル〉と海のあいだでCAVの群れが逃げ惑っているのを見て、アーデントは、グレイマルキンが到着する前に彼らがいなくなってくれることを望む。ヴァンガードたちが人命を重んじているとは思えないからだ。

グレイマルキンが、征服軍の将軍のような足取りで近づいてくる。だれもヴァンガードとその目的地のあいだに立ちはだかったりはしない。轟音《ごうおん》のような一歩一歩が地を揺るがし、アーデントの胃の奥にまで響く。

装甲が前回見たときと変わっている。漆黒だったプレートに白いアクセントが追加されていて、ピアノの鍵盤のようにも見える。夕日のなか、縦長の矢狭間《やはざま》のような目は、あいかわらず緑色に輝いている。

グレイマルキンがアーコロジーの基部に達すると、一時的に視界から消えるが、きっとのぼってくるだろう、とアーデントは確信する。案のじょう、コンクリートに鉤爪《かぎづめ》を突き立てる音が聞こえてくる。ヴァンガードがのぼってくるのを足の裏で感じとれるので、アーデントは勇気を奮い起こしてしっかりと立ちつづける。

グレイマルキンは一同の前に、怒れる黒龍のようにぬっと姿をあらわす。緑色の光がほかのすべての色を呑みこむ。ガスはそのこの世のものと思えない輝きのなかでシルエットと化して立っている。

ヴァンガードは停止する。夕日を浴びて輝いている。頭がバルコニーよりわずかに上にあり、空気は十数機のホロ偽装ドローンが生みだす風で揺れている――ドローンが役に立つとは思えない。アーデントは固唾《かたず》を呑む。たしかに、このロボットは人類を助けてくれたが、その理由を知る者はいないらしい。そいつはバルコニーにいる全員をあっさり蒸発させてけりをつけるかもしれない。

そいつはバルコニーの端に手をのばす。こぶしを握ってはいない。ありがたいことに手探りはしない。そんなことをしたら、この建造物が崩壊してしまいかねない。手がガスの前で止まる。人差し指がわずかにのびる。

ガス以外の全員があとずさっている。ガスの護衛と世話係たちは、アーデントのそばまで下がっているが、ピアニストはみずからの運命にひとりで立ち向かっている。この連中がここにいるのは、ガスを守るためではなく、公共の安全を守るためなのだ。ヴァンガードはガスを好きなようにできるらしい。

ピアニストは手をのばしてグレイマルキンの装甲された指に触れる――人が神に触れたのだ。

ガスの膝から力が抜け、うしろによろけながら頭をかかえる。体をのばせないらしく、一歩あとずさるごとに腰を深くかがめる。アーデントはガスに駆けようとするが、即座に女性の護衛が止める。

「下がってて、ミクス・ヴァイオレット」とその護衛は、交通整理をしているかのようにてのひらを前に出しながらいう。「プロにまかせておいて」

「あいつがガスになにをしたのかは知らないけど、彼は苦しんでるんだ！」とアーデントはうめいている男を指さしながらいう。「これ以上なにかされる前に連れもどさなきゃ！」

だが、だれも微動だにしない。グレイマルキンの燃えるような目の前でくずおれて悶《もだ》え苦しんでいるガスを、人身御供《ひとみごくう》を見る目で見守っているだけだ。護衛たちはガスの生命徴候《バイタル》を監視したり、彼の安全を確保したりしていない。観察しているだけだ。

ガスがあれを制御するのを期待してるってこと？

ヴァンガードはバルコニーの両側のコンクリートを片手でがっちりとはさむ。装甲板が体に密着し、各辺が溶接されたように隙間なく噛みあって継ぎ目が光り輝く。甲殻が音叉《おんさ》のように共鳴し、アーデントの骨まで振動させる。そして目が赤くなって慟哭が止《や》み、風が静寂の虚空《こくう》を埋めるだけになる。ガスは酔っぱらいのように床に手と膝をついて地面に祈りを捧《ささ》げる。グレイマルキンは卵にまたがって見張りをしている赤目の像と化している。

ガスは周囲を見まわし、人々がようやく助けに駆けつけるなか、赤く充血した目でアーデントと見つめあう。

「だいじょうぶ?」とアーデントはほかの人たちの声に負けじと叫ぶ。「なにが起きたの?」

だが、アーデントは部屋から、それどころか自分のアパートメントから連れだされる。状況を理解したときには、おだやかに、だが断固として廊下に追いだされている。

ダリアがもうそこにいる。つくりたての飲み物を持っていて、頬がバラ色に染まっている。走ってきたに違いない。

「サイレンが聞こえたわ、アーデント!」とダリア。「だいじょうぶ?」

「だいじょうぶだけど、いま追いだされたところなんだ!」

ダリアは即座にガングを起動して、「キャリコに連絡するわ——」という。

だが、エージェントはUIを呼びだした直後に動きを止める。だれにともなくうなずくと、悲報を受けたかのように深呼吸をする。

「どうしたの?」とアーデント。バルコニーの外で見張りをしている巨大なヴァンガードよりも重要なニュースがあるのかもしれないと恐れながら。

「あなたとガスがグレイマルキンにかかわってることがおおやけになったわ」

アーデントは顔をしかめる。「反応は?」

「大混乱よ」

第五章　リズムチェンジ

ガスの前にはただ永遠だけが広がっている。

渦を巻く天の川銀河があらわれ、ガスはちりばめられた宝石のあいだを旅する。どこへ向かっているかはわからない。魔猫《グレイマルキン》に導かれるままに進む。

はるか彼方《かなた》の植民星ニュージャランダルは健康な黄色い太陽を周回している。そのゆっくりとした公転は地球年とほぼ一致している。惑星をとり巻く輪には宇宙ステーションと前哨《ぜんしょう》基地が点在している。

地表でふたつの存在がガスを待っている。ガスは彼らが反逆者先兵《ヴァンガード》、つまりグレイマルキンのような存在だと気づく。彼ら、夜のゴーストの先触れたちがガスに呼びかける。彼らの導管《コンジット》も感じとれる――銀河系内で遠く離れている人間の精神同士の奇妙なつながり。

彼らは至急救援を必要としている。さもないと全滅してしまう。

ニュージャランダルから遠く離れたフィレンツェ・ハビタットと呼ばれるステーションの暗闇のなかで、また別の存在が泣いている。それはろうそくの芯の残骸、風前の灯《ともしび》にすぎない。感じとれるのは恐怖と苦痛と切望と――

もう一体の反逆者ヴァンガードだ。孤独だし混乱しているが、刻一刻と強さを増している。

ガスは、バルコニーのストレッチャーの上で意識をとりもどす。潮《しお》の香りがする夜風が鼻先をくすぐる。さっきまで午後遅くだったのに、晴れた星空に浮かぶ満月の明かりが降りそそいでいる。

やわらかい毛布が体にかけられ、暖かいふわふわの枕が頭を支えている。頭上にそびえているヴァンガードは場違いだが、今週ガスが目にしたもっとも奇怪なものとはいえない。音をまったく発していなくても、間近から見あげるヴァンガードには威圧感がある。肩からなめらかなドームまでが見えていて、大理石の胸像のようにがっしりしている。口も鼻もないグレイマルキンの流れるようなラインの顔は捕食者を連想させる。垂直なスリットは深紅色に光り輝いている。頭部の両側には、魔猫《グレイマルキン》という通称の由来となった、〝猫耳〟と呼ばれている突起がある。

ガスは片手で顔をなでおろし、無精ひげが生えている顎をいじる。頭はふくらみすぎた風船のようだ。グレイマルキンとの接続は、煙のように希薄になってはいるが、まだ維持されている。準支配者のほの暗く赤い目を見あげると、緊張しているのがわかる。表情からは読みとれないし――どうしてわかるのか不明だ。近いからだろうか？　人がそばにいるとガスも緊張するから責めることはできない。

兵士と科学者たちは、ガスが意識をとりもどすまでに忙しく働いて、太陽観測所に匹敵する調査機器や計測器やセンサーを設置しおえている。パラボラアンテナをはじめとする各種アンテナや投影ドームが、物悲しい長槍《ながやり》の壁のようにグレイマルキンの頭をびっしりとかこんでいる。さまざまな国籍の人々が、それぞれの持ち場で作業している。機器の邪魔にならないように、ピアノは撤去されている。

ごちゃごちゃと設置された機器の多くが赤いランプを点灯させているようだ。一部の機器は正常に動作していないらしい。

「こんにちは、ガス」とドクター・ジャーゲンズが、親しげに手を振ってから背中で手を組む。まるでデートに行くような格好で、趣味のいい暗い色のタキシードを着ている。「調子はどうですか？」

「新しい親友が来てくれましたから」とガスがいうと、ジャーゲンズは笑う。

「それはいいすぎですよ。わたしはあなたを治療するために来ただけなんですから」

グレイマルキンのことを冗談めかして新しい親友といったのだが、親切な医師に訂正するのは気がひける。「ぼくは気絶したんですか？」

「ええ。いいことではなかったですね」

ガスは、バルコニーの反対側で科学者たちと話しているタジを見つける。目があうと、タジは不快そうな顔をする。なにかが気にさわったらしく、ガスのほうに歩いてくる。

「ドクター、意識をとりもどしたらわたしを呼ぶことになっていたはずですよ」とタジはいう。

「ついさっき意識をとりもどしたんです、ミス・タジ」とジャーゲンズは応じる。

ガスは上体をやや起こす。ベッドが手伝ってくれる。「どれくらい気を失ってたんですか？」

医師が咳払《せきばら》いをする。「二時間ですね。政府の実験が、あなたの神経系にかなりの負担をかけたようです。影響をくわしく知りたかったんですが、病院への移送は許可されなかったんです」

「ひき離すとどうなるかわからなかったからですよ、ドクター」とタジ。「ミスター・キトコも、わたしたちも」

ガスは完全に上体を起こし、膝の上まで身を乗りだす。「なんですって？」

「グレイマルキンは百キロ以上飛んでここに来たの」とタジ。「あなたが演奏を開始すると同時に飛びたったのだから、たぶん音に反応したわけじゃない。監視員たちは、あなたの頭から放射された無線信号を検出したわ」

タジは怪物じみた巨体を見あげる。「近づくほど信号は強くなったし――複雑になった。帯域幅も広がった。グレイマルキンが到着したときに無線接続は最強に達した。それ以来、わたしたちは内容を解読しようと努めてるの」

「いつ止まったんですか？」とガスがたずねると、ジャーゲンズはタジをにらむ。

「止まってないんですよ」と医師。「あなたを遮蔽された場所に移動させるべきだと思ったんですが、あなたを実験している人たちが反対したんです。グレイマルキンがあなたになにをしていたのかはわかっていません」

タジがふんと鼻を鳴らす。「わたしたちは実験なんかしてません」

「じゃあ、なにをしてるんですか?」

「ドクター・ジャーゲンズ、この件についての話しあいはもう終わってるんです」とタジ。

「ガスを移動させるとヴァンガードを刺激する可能性がありました。ヴァンガードたちはすでに十七の惑星を壊滅させています。地球をそのリストに加えたいんですか?」

「いいえ。でも、奇妙な信号をガスの頭に送りこむことは許せません」医師の声が辛辣《しんらつ》になる。「あなたたちはどうなるか知りたかったのだということは認めてください」

タジは指をパチンと鳴らす。爪がきらりと光り、彼女のバックパックからカメラドローンが浮上する。「〝あれはぼくをペットのように思ってる〟というフレーズを検索、話者はオーガスト・キトコ」とタジは強い口調で命じる。

ドローンのプロジェクターの上に短いホロヴィドが表示される――ベッドに横たわっているガスだ。あの最初の日のあとに病院で受けさせられた事情聴取のときだな、とガスは思いだす。ガスは、タジと彼女の仲間たちから、人生で最悪の――間違いなくもっとも肉体的な傷を受けた――日の出来事について、微《び》に入《い》り細《さい》をうがつ質問をされたのだ。

「あれはぼくをペットのように思ってるんだと思います」と小さなガスがいう。「ちょっと保護者的な感じです。犬を飼ったことはありますか?」

タジはカメラドローンを回収し、医師に不吉なまなざしを向ける。「答えてください。グレイマルキンは人類を絶滅させるためにここにいるというのに、あなたはわたしにその飼い犬を隠してほしかったんですか?」

ジャーゲンズは返答に窮するが、ガスが手を上げて医師を制する。

「いいんです、先生。グレイマルキンを理解すればみんなの生存確率が高まるんです。ぼくは——だいじょうぶです」

タジのきびしい表情がほんの一瞬やわらぐ。「敬意を表するわ、ミスター・キトコ。心から。あなたの勇敢さには頭が下がる」

タジにすこしでも認めてもらえたのはうれしい。タジはたぶん、非凡な人物たちを知っているはずだから、これでもりっぱな賛辞だ。ガスは、知ったことをタジに伝えなければならないという事実に心が折れそうになる。

でも、先のばしにはできない。

「ええと、ちょっとしたニュースがあるんだ」とガスは告げる。「その、グレイマルキンは……二日後に地球を去るつもりでいる」

タジの表情からすると、もっと穏便な伝えかたを習得する必要がありそうだ。

「なんですって?」とタジ。

ガスはふうっとため息をつく。「そうなんだ。どう伝えればいいかわからなかったんだよ」

「どこへ行くの?」とタジは問う。

「ニュージャランダル。連絡はとれたのかい?」とガス。

タジは首を振る。「地球が失われたコロニーときちんと通信できてるとしても、機密扱いになってるに決まってるじゃないの」

「ぼくはもうきみたちのチームの一員だと思わないかい？　ぼくはこの件に深入りしてるんだよ」ガスは、自分の言葉に説得力を持たせるために頭皮のポートをぽんと叩く。

「それはそうだけど、あなたの体内には、この前の火曜日まで人類最大の敵だった存在によって多くの通信機器が埋めこまれてる。あなたにはすべてを知る権利があるけど、わたしが知っている情報の一部しか教えられない。もう充分に情報が漏洩《ろうえい》してるんだから」

「どういう意味？」

タジはピアノを指さす。「あなたとアーデントがライブをおこなったことで注意を惹《ひ》いたわけだけど、あなたたちはデート中のミュージシャンよ。銀河系じゅうに報じられたわけじゃない。なのにロボットがやってきたってことは――」

「グレイマルキンはロボットと呼ばれるのが好きじゃないんだ。リンクしてたとき、ぼくはその言葉を頭に浮かべることもできなかった。それって、そうだな、奇妙だよね？」

タジは無言の非難で、彼女をさえぎるべきではなかったことを示す。

「どうしてなの？」とタジはたずねる。

「不適切な言葉だからだよ。〝ロボット〟という言葉の語源は〝強制労働〟なんだ。グレイマルキンは人類に仕えてるわけじゃない」

「じゃあ、グレイマルキンはなんて呼ばれたがってるの？」

「〝反逆者ヴァンガード〟だよ」とガスが答えると、タジはあきれ顔をする。

「はいはい、なるほど。反逆者ヴァンガードね」とタジ。「で、どうして地球を去るの？」

「ほか二体の反逆者ヴァンガードとニュージャランダルで合流するためさ。その二体は助けを必要としてるんだ」

タジはいつも苦虫を嚙《か》みつぶしたような顔をしているが、このとき彼女は、ガスが見たなかでもっとも渋い表情になる。「ほかにもいるのね？　どうして話してくれなかったの？　ほかにまだ重要なことを話し忘れてない？」

「さっき知ったんだ。手に……触れたときにわかったんだよ。ぼくにどうしろっていうんだ？」

「人類が生きのびるための手助けをしてほしいの。わたしたちはあれと、しかも早急に友好関係を築かなければならない。なぜなら、あれがわたしたちと金《ギルデッド》ぴかのゴーストたちとのあいだに立ちはだかれる唯一の力だからよ」

「そうしようとがんばってるよ！」

タジは腕を組む。「今晩の予定をあけておいてちょうだい、ミスター・キトコ。最新の進展について安全保障理事会と話しあう必要があるし、時間がないの」

ジャーゲンズは首を振る。「ミス・タジ、異議を唱えざるをえませんね。この患者は今晩、もう充分な苦難を体験しています」

「ミスター・キトコが人類最後の希望かもしれないんですよ――」

「でも、死んでしまったら、そうはならない」とジャーゲンズ。

ガスはふたりがたちまち口論をはじめたことにほとんど誇らしさを感じる。医師は彼の健康を気づかい、情報部員は彼の勇気と必要性について説いている。ガスはどちらの主張も理解できるが、タジのいうとおりにしたらきつい夜を過ごすことになるだろう。

この一週間、ガスは十分ごとにアーデント・ヴァイオレットのことを考えていた。だが、デートを楽しんでいたふたりのもとにグレイマルキンが押しかけてきた。巨大な邪魔者をどんなエチケット違反でとがめればいいんだ？　ジャムセッションが中途半端に終わった責任がガスにないことは明白だ。

あの鋭いまなざしとやわらかい唇のもとにもどれたらいいのに。

ガスがタジに慈悲を乞おうとしたとき、騒ぎが起こる。コンソールのまわりに集まっていた科学者の一部が興奮した口調で話しだす。白人男性がタジに手を振る。

「ジャミングを解除しました！」とその男が叫ぶ。「スキャンを開始する準備ができました」

ガスは身震いするが、それが急に冷たくなった風のせいなのか、胃の奥に忍び寄る恐怖のせいなのかはわからない。

「ジャミングって？」とガスがたずねる。

「グレイマルキンは、わたしたちが向けたすべてのセンサーを意図的に妨害してたの」とタジ。「レーザーで目くらましをしたり、周波数帯を氾濫《はんらん》させたりして。でも、情報を得る方法はある」科学者に進めるよう合図する。「この……反逆者ヴァンガードはいつまでもじっとしてないだろうから、可能なかぎり理解しておかなきゃならないのよ」

ガスの腹のなかで恐怖が渦巻く。「なるほど。だけど、やるべきじゃないと思うな」

ガスの意見に対するタジの評価は低いようだ。「なにをやるべきじゃないの？　理解すること？」

「どうしたんですか、ガス？」とジャーゲンズがたずねる。「なにが心配なのか、説明してくれませんか？」

「ええ」とガス。「もしグレイマルキンが妨害していたなら、それはスキャンされたくないということなんです」

「妨害機《ジャマー》が存在する理由なら知ってるわ、ミスター・キトコ」とタジ。「だけど、わたしたちには対電子対策がある。ドクター・ジャーゲンズ、準備がととのってるなら、ミスター・キトコをなかに移動させてちょうだい」

ついにグレイマルキンから明確な感情が伝わってきてガスは戦慄する――歩く黙示録は怒っている。

「じゃあ、ガス」とジャーゲンズが声をかけ、ストレッチャーをつかんで反発装置《リパルサー》を起動する。

「だめだ。やめないと！」ガスはグレイマルキンを指さす。「グレイマルキンが怒ってる！」

ジャーゲンズがすぐに手を放し、ストレッチャーはもとどおりに固定される。降参のポーズで両手を上げている医師を、タジが断固としてガスからひき離す。タジの背後では、科学者たちがホロメニューの設定をいじったり、スキャンパターンを最適化するためにデータパスを調整したりしつづけている。

「スキャンをやめろといってるんだ！」とガスが叫ぶ。

ヴァンガードの声が水のように空気を満たし、耳をつんざくような怒りに満ちた五度の和音が夜空に響きわたる。グレイマルキンの装甲された顔から三本の光線が放たれ、数メートル上で交差してピラミッドを形づくる。交差しているところの空間が揺らぎゆがんでいるように見える。

ガスの胃に、宇宙船の重力ドライブが故障したような、奇妙な落下感が生じる。音響攻撃と周囲の騒動のせいで、なにが起きているのかはっきりしない。グレイマルキンの光線が交差しているところに反光点《はんこうてん》が形成され、最初、ガスは自分の目がおかしくなったのかと思う。その点はとてつもない暗さで、三次元空間にとり残された黒い円のように見える。

「スキャナーを停止させろ！」とタジが叫びながら足取り荒く科学者たちのほうに向かう。

「すべて停止！」

科学者たちは止めようとするが、ケーブルが彼らのあいだで蛇のようにとぐろを巻きながら浮かびあがって反光点にひきよせられる。毛布がかすかな衣擦《きぬず》れの音をさせながら幽霊のようにふわりと上昇する。ガスの両腕が、通常の地球重力が消えたために持ちあがる。パニックにおちいったジャーゲンズがしがみついたストレッチャーが、吐き気をもよおす変化のただなかで不穏に傾く。

重力が完全に消失した瞬間、くすぐったさを感じる。埃《ほこり》やスナックやゆるんだネジが、転がりながら反光点に向かう。驚いた作業員たちとケーブルがからみあう。黒点にひきよせられているガスは本能的にシーツをつかむ。シーツがストレッチャーから離れ、水中にいるかのようにじたばたともがくガスの体に巻きつく。布にふさがれた視界を晴らしたときには、ガスはもう地上のどの面とも接触していない。

ガスは上向きに落下している。

「ジャーゲンズ先生！」とガスは手をのばしながら叫ぶが、医師もおなじ状態におちいっている。犠牲者が別の犠牲者にすがりつこうとしているにすぎない。

ほぼ全員が悲鳴をあげて逃げだし、つかまれるものを探しながら進む。タジは豊富な登山経験をいかしてウォールランプにぶらさがりながら、まだ聞く耳を持っている者たちに大声で命令する。

そして黒い点が消え、なにもかもがどさっと落ちる。

ガスとジャーゲンズはストレッチャーの上に落下する。ガスはなにかしらの金属に頭をぶつけてから容赦なくコンクリートの床に転落する。背中で痛みが弾け、歯を食いしばって耐える。ほかの人々の恐怖の叫びが響いているなか、ガスが起きあがると、機材が散乱し、人人が折り重なって倒れている。動いていない人はいないかと見まわすが、みな、生きているようだ。全員が幸運だったのだ——少なくとも二メートルは落ちたに違いない。

ジャーゲンズがガスのところに来て、怪我がないかどうか確認する。

「だいじょうぶです」とガスはいう。「打撲だけだと思います」

ビームがふたたびあわさって反光点がもどる。

「なかに入れ！」とタジが叫ぶ。

護衛たちが飛びだしてきてジャーゲンズとガスのもとに駆けつけ、ふたりを室内に入れて守る。痛みを感じるほど扱いが乱暴だが、少なくともこれでガスが六十階から漂いだすことはない。

「伏せてください！」と護衛がガスの耳元で叫ぶ。「浮かばないように！」

ああ、肝心なのはそれだ。

屋内に入るとグレイマルキンの重力歪曲《わいきょく》の影響が急激に薄れる。ガスの服は肩に重くのしかかるし、自分の重さで倒れそうになる。

科学チームの最後のメンバーが、バルコニーの重力が地球の重力と完全に逆転しているなか、よろめきながら部屋に入ってくる。反光の黒点が上昇し、周囲の世界を屈折させる。精密に調整された高価な機器が、塊《かたまり》になって静かに空へと舞いあがっていく。

数瞬後、バルコニーは清掃されたばかりのように空っぽになる。グレイマルキンの巨体をさえぎるものは、埃ひとつ、家具ひとつ、運搬ケースひとつない。数百万ユニクレッド相当の機器が、あっさり消えうせている。

タジ、ジャーゲンズ、護衛たち、そして科学スタッフ全員が、アパートメントの床で息を切らしながら伏せている。点呼をとって全員の無事が確認されると、安堵《あんど》が刻々と広がる。声をあげて笑いながら抱きあう者もいる。

「スキャンするなといったじゃないか」とガスはいいながら立ちあがって外を見る。

タジは顎を動かし、「そうね。ミスター・キトコ、これで――」

そのとき、空からすべてがいっせいに降りそそぐ。バルコニーの床面に機器が激突してこなごなになり、バルコニーの構造自体に、アパートメントのドアにまで達する亀裂が入る。最後に、ストレッチャーが壊れたゴミの山から転げ落ちる。

タジが息を詰めていると、スクラップの最後の一個がガラガラと床に落ちる。

「理由がわかったわ」

新しいアパートメントにおちついて以来、アーデントの心はかっかと燃えつづけている。最近の出来事にあおられ、新しい環境もアーデントの神経をおちつかせるにはいたらない。グレイマルキンが前のアパートメントに乱入したあと、〈美人と野蛮人《ベル・エ・ブリュタル》〉の人々はアーデントをダリアとともに〝名建築家の邸宅〟に移した。この巨大な卵の設計者は、色と質感と楽しさを嫌っていることが明らかになる。ひと晩ぐっすり寝てもいらだちがおさまらないので、アーデントは味気ないリビングルームを歩きまわる。

ダリアはガングのフィードを次々に読みあげ、また一日滅びをまぬがれた世界の状況を報告する。市場は軒並み暴落している。重要なインフラに数十億ユニクレッド相当の被害が発生している。ゴーストたちが最初に地球に来襲したときに指導者が死亡したせいで、いくつかの国が混乱におちいっている。

「でも、ゴーストたちが〈傷跡《スカー》〉でなにかを建設してて、当局は大規模な農場コンプレックスだと考えてるっていう記事があるわ」とダリアがいう。「これっていいニュースよね？」

「〈スカー〉じゃなにも育たないよ」

「そこがポイントなのよ」とダリア。「ボットたちが整地して地面をいじりだしたから、学者たちが土壌を分析したところ、耕作可能な農地になってることがわかったの」

「微生物がいないんだ」

ダリアは首をかしげて音読する。「〝当局によれば、このメガファームはすでに、有機生命を維持するために必要なすべてのバクテリアの成長培地になっているらしい〟ですって。ゴーストがなんらかの方法で微生物の移植を続けるつもりだと思ってるのよ」

「どうだっていいね」

「どうしたの、アーデント？」

「きのうの夜、だれもガスを助けなかったんだ！　なにかいってやらなきゃ！」

「わかってるわ——でも、大声を出さないで」ダリアは椅子から立ちあがり、アーデントに歩みよって両肩に手をかける。「きっとなんとか——」

「なんとかなるなんていわないで」

エージェントはアーデントに申し訳なさそうな笑みを向ける。「なるようにしかならないのよ。星際連合《UW》を敵にまわすわけにはいかない。あなたを愛してるわ、アーデント、でもあなたはエ、ン、タ、ー、テ、イ、ナ、ーなんだし、UWは人類に唯一残されてる政府なの。あなたは大物かもしれないけど、この件はあなたの手に余るのよ」

「あのタジとかいう女と話がしたいんだ、ダール。あなたはこれまで、わたしのためになんでも調整してくれたじゃないか。会わせてくれるっていってよ」

ダリアは何度か言葉に詰まるが、どれも〝それはいい考えじゃないわ、アーデント〟の言い換えにすぎない。

アーデントは両手を腰にあてて小生意気な角度に腰をひねる。「とにかく、ガスが虐待されるのを黙って見てるつもりはないんだ。タジに、わたしが彼女の計画をどう思ってるか、ちゃんと伝えて――」

部屋の通話機が鳴り、アーデントは応答のしぐさをする。〝護衛班〟と表示されているホロ音声パネルが浮かぶ。

「なに?」アーデントがたずねる。

パネル上の小さな波形が言葉にあわせて揺れ動く。「ミス・タジがいらっしゃっています」

アーデントはエージェントと視線を交わす。「そうだな。ちょっと待ってから入ってもらって」

通信を切った瞬間、ダリアがいう。「気をつけてよ、アーデント。タジはたぶん真剣よ」

アーデントはあざ笑う。「あの女になにができる?」

「あなたをガスに会わせないようにできるわ」

「ふん。そうしたらマスメディアにぶちまけてやる」

「あの女はかなりの重要人物みたいよ、ベイビー。そんなことをしたら――」

ドアが開き、アーデントは身をこわばらせる。タジが入ってくる。ぴったりしたブラウンのシルクスーツをまとい、髪を、蛇がからみあっているような深緑色の派手なコーンロウにしている。ファッションを剣のように巧みにあやつっているその姿に、アーデントは敬意をいだく。

アーデントは突然、着古したツアーシャツとタイトなレザーパンツという格好の自分にひけ目を感じる。髪はいじってしまったせいでぼさぼさになっているし、メイクも落ちかけているかにじんでいることだろう。

「ミス・タジ」とアーデントは冷たくいう。

「ミクス・ヴァイオレット」とタジは返すが、その口調から、早くもアーデントのたわごとにうんざりしているのがわかる――まだ話しはじめてもいないのに。

「なんの用?」とアーデントがたずねる。

「きのうの夜は大変だったわね。いくつか質問があるの」

アーデントは部屋のバーにミモザを注文し、マシンが飲み物をつくっているあいだ、タジをにらみつける。「いいよ。こっちにもいくつか聞きたいことがあるんだ」

情報部員はほほえみ、手を背中に組んで姿勢を正す。「けっこうよ。あなたが聞きたいことになんでも答えるわ。まずあなたからどうぞ」

アーデントは争いになることを予想していたが、タジの反応にめんくらう。青みを帯びた淡い緑色の髪をかきあげて言葉に詰まったのをごまかす。「じゃあ、教えて。どうしてガスをきちんと扱わないの？」

「彼をぞんざいに扱ったりはしてないわ」とハスキーな声で応じるタジの、〃H〃が消えるフランス語なまりの小粋さがアーデントの癇《かん》にさわる。

「あなたが……あの機械がガスに触れるのを手をこまねいて許したから――彼は倒れたんじゃないか！」

タジがあきれ顔になったわけではないが、アーデントは彼女があきれているのを感じる。

「既往歴があったわけじゃないから、ミスター・キトコに昏倒《こんとう》するリスクがあるのは知らなかった。あなたもおなじでしょ？　バルコニーの端で一緒に遊んでたんだから」

「あなたはあのヴァンガードからガスを守るべきだったんだ！　あいつは彼になにをしたんだ？」

「彼に話をしたのよ」

「なんの話を？」

タジはくすくす笑う。「冗談でしょ？　機密事項よ」

アーデントは出端《でばな》をくじかれて鼻にしわを寄せる。「じゃあ……ガスはだいじょうぶなんだね？　会わせて」

「だいじょうぶよ」タジは両手をポケットに突っこみ、かかとに体重を乗せてわずかに体を揺らす。「ガスはきょうの十七時からゆっくり休めるので、彼から直接聞いてちょうだい」

「それまでは？」

「検査を受けてもらう。きのう、あんなことがあったんだから、神経系に損傷がないかどうかを確認する必要があるの。失神するのは健康的なことじゃないから」

「その前にどんな体験をしたかによるけどね」とアーデントは、だれかにというよりも自分自身に語りかけるようにつぶやく。

「あなたの質問に答えたんだから、こんどはわたしが質問するわ」タジが、爪をひらめかせながら指をパチンと鳴らすと、彼女の背中のホルスターからカメラドローンが浮上する。

タジの目に不穏な光がある。アーデントの内側を、そのもっとも弱い部分を直接見ているかのようだ。アーデントは縮みあがり、腕を組みながらミモザをちびちび飲む。

「いいよ。なんでも聞いて」とアーデント。

「悪いけど、口をはさませてもらうわね」ダリアが椅子から立ちあがる。「アーデント、勾留されてるわけじゃないんだから、いやなら答える必要はないのよ」

「ミス・ファウスト」とタジが、はじめて気づいたかのようにダリアに向き直る。「この会話は秘匿《ひとく》特権によって保護される。あなたがアーデントの弁護士でないかぎり――」

「わたしは弁護士資格を持ってるし、アーデントの資産管理をまかされている法律チームのマネージャーなの。だから、会話に加わらせてもらうわ」

タジは舌打ちをする。「ミクス・ヴァイオレット、あなたに協力してほしいの。ミスター・キトコのためにも、あなた自身のためにも」

アーデントは目を細める。「どういう意味?」

「ミスター・キトコと一緒に演奏する方法をどうやって知ったの?」

アーデントはにやりとする。「だって、生まれてすぐにギターを持ったようなものだもの。もう長いこと弾《ひ》いてるんだ」

「でも、即興パターンを含め、あなたの音楽を千時間以上分析したところでは、あなたが使用したコード進行の形跡は見つからなかった。端的にいって、あれはあなたが考えつく音楽じゃなかった」

「違ってて当然だよ。ガスと一緒に演奏したんだから。彼の音楽はへんてこなんだ」

だが、タジのいうとおりだ。スケールやコードを知っているからといって、あらゆるモードで即興演奏をして音楽的な冒険ができるとはかぎらない。アーデントはたしかにあのとき、一度も弾いたことがなかったフレーズを弾けた。

「あなたのなかでなにかが変わったのよね、ミクス・ヴァイオレット」というタジの声は低くておもしろがっているようだ。この状況を愉快だと思っているのだろうか。「それがなんなのかを教えてちょうだい」

アーデントはタジに背を向けてダリアをちらりと見る。エージェントの眉に緊張があらわれている——心配しているのだ。

「なにを——なにをいってるのかわからない」アーデントの声にいらだちがにじむ。「ガスが、なんていうか、視野を広げてくれたのかもね」

「モナコでの戦いにかかわったほかのミュージシャンも奇妙な現象を報告してるの」タジは部屋を歩きまわってアーデントの注意をふたたび惹く。「彼らの話には共通点がある。それがなにかを知りたい？」

アーデントはうなずくが、確信はない。

「彼ら全員、ジュリエットの精神閃光《マインドフレア》を直接目にしてたの」タジの目がぎらりと輝いたように見えるが、光が反射しただけだ。「きのうの夜、カメラがとらえた映像を見せるわね」

タジがカメラドローンにファイルを送ると、ドローンは上昇して〈ベル・エ・ブリュタル〉の上層部のミニ版を投影する。夕日に照らされてオレンジ色に輝く、バルコニーが複雑に入り組んでいる〈オーヴム〉は、上から見るとエンジンノズルのようだ。ジオラマの焦点があっている右側では、自分とガスのミニチュアがジャムをしていることにアーデントは気づく。

あのセッションは、グレイマルキンが、巨大な金属製の厄介者が乱入してくるまではすばらしかった。ガスとまた演奏することを考えると指がむずむずする。

タジの投影像では、数十体のゴーストが、卵のいたるところで点々ときらめいている。輝く窓から外をのぞいている小さな人間の家族たちが、琥珀《こはく》色の蟻《あり》のようだ。勇敢な人々はバルコニーに出ている。さまざまな機材が撮影しているのは明らかだ。

「あなたたちのパフォーマンスのおかげで」とタジが映像のまわりを歩きながらいう。「あらゆる角度からの全周波数帯域の監視記録を得ることができたの。あなたがたを保護するため、わたしたちは見つけられたかぎりの記録を押収した」

「だれかがあなたたちを出し抜いて海賊版をつくったら、すごいことになるわね」とダリアが冗談をいうが、空振りに終わる。

アーデントは笑えない。なぜなら、ジオラマが拡大すればするほど、ガスとアーデントを見つめているゴーストが新たに見つかるからだ。何体かの変わり者の機械が見に集まっていることには気づいていたが、コンサートに見入っているゴーストは二十体以上におよんでいる。

「位相配列《フェーズドアレイ》スキャンを知ってる?」とタジがたずねて図を表示する。

アーデントは首を振る。

「多数のセンサーからなる配列の焦点を単一面にあわせてスキャンすることよ」とタジが説明し、指の爪を光らせながらズームアウトのしぐさをする。

建造物のさらに広範囲に焦点があい、ゴーストのきらめく群れが、からみあいながらびっしりと張りついているのが明らかになる。巨大な卵の反対側はゴーストでおおわれている。きのうの夜、アーデントは、コンクリートに体を密着させている大群を見逃していたのだ。

「ずいぶんたくさんのゴーストだね」アーデントの口のなかが乾く。「いまも外にこんなにいるの?」

タジは、まるで怪談を語るのを楽しんでいるかのようだ。「ええ。まだすべて敷地内にいるわ」

「どうしてみんな反対側にいるの？　さっき話してたフェーザーに関係があるの？」

「フェーズドアレイスキャンよ」とダリアが助け船を出す。

「ああ、それ」とアーデント。

「そうよ」タジが片眉を吊りあげる。「ゴーストたちはなにに焦点をあててるんだと思う？」

アーデントは顔をしかめる。「ガス？」

「わたしたちもそう思ったんだけど、この距離だと――特に人の目では判断するのは難しい」タジは腰をかがめ、環境建築《アーコロジー》の外殻を苔《こけ》のようにおおっているギルデッド・ゴーストの大群に目を細める。「だけど、分析するためにはやるしかない。ぐっと寄れば――」

タジはズームインしてゴーストたちの頭部を拡大表示する。「――ゴーストたちのレンズの向きを確認できる。そしてそれらのベクトルを重ねあわせれば収束点がわかる……」

何千本もの赤い光線がゴーストたちの頭部からのびる。卵の中心を通り抜けてそれらが一点に集中しているのは――

――アーデントのギター、ベイビーのピックアップだ。

タジはほほえむ。「どうしてすべてのゴーストがあなたに耳を傾けてたの、アーデント・ヴァイオレット？」

アーデントはどきりとしてめまいに襲われる。「わたしには……わからない」

「わたしたちもよ」とタジ。「でも、いくつか検査をして、あなたの安全のために理由を突きとめたいの。侵襲《しんしゅう》的な検査じゃないわ」

「それはどうかしら」とダリアが口をはさむ。「アーデントにはベルリンにかかりつけの医師がいるから――」

ふたりの女性がアーデントの将来について議論しているが、アーデントにはそれが聞こえない。ホロ投射を、自分に向けられているすべての機械の目を凝視しつづける。

頭のなかでザーッというノイズが高まって呼吸が速くなる。アーデントはジオラマから一歩あとずさる。それは大きすぎて、部屋の大部分を占めている。アーデントは背中が壁にぶつかるまであとずさり、胸を大きく上下させながらずるずると尻もちをつく。

「アーデント?」とダリア。「しまった! アーデント!」

いままさにこの瞬間もゴーストたちがわたしを見つめてるとしたら? 彼らはなにを考えてるんだろう? 飢えてる? アーデントは過呼吸を抑えられなくなる。めまいも悪化している。

あたりが騒がしくなり、ダリアがアーデントの吸入器をとってもどってくる。

「吸って」ダリアはそういうと、吸入器をアーデントの唇のあいだにあててトリガーを押す。卵に似た薬剤の味が舌の上を流れ、その味だけで発作がおさまる。ダリアはアーデントを、壁にしっかりもたれかからせて倒れないようにする。

「この、あなたに対する脅威があるかぎり、あなたを自由に行動させられないのは明らかだわ」とタジ。

アーデントはタジに出ていけといおうとするが、口を開くたびに泣きそうになる。ダリアはアーデントの両肩をさする。アーデントに黙っているように、タジを無視するようにささやく。

「この女を——」アーデントは息を切らし、胸を押さえながらいう。「叩きだして」

ダリアは立ちあがって情報部員と対峙《たいじ》する。

「動揺させてしまったようね」とタジ。「安心して。ゴーストたちに関心をもたれたいま、あなたはわたしたちの保護下にある」

アーデントは絶望が顔に出ないように努めながらタジを見る。「わたしはここを出ていく。ここでまたひと晩過ごすなんてまっぴら」

「それは不可能ね」とタジ。「でも心配しないで、ミクス・ヴァイオレット。わたしたちがこの件の真相を突きとめるから」

第六章　常　夜　灯

目を覚ますとすぐ、ガスは事情聴取のために呼びだされる。政府の役人たちは、魔猫《グレイマルキン》に見せられたヴィジョンについて、ほんのささいなことにいたるまでガスから聞きだそうとするが、ガスは今回、はじめて情報を秘匿《ひとく》する。タジたちは反逆者先兵《ヴァンガード》たちの内部動向についてしつこく詮索する。ガスは、グレイマルキンを許可なくスキャンしたことをこころよく思っていないので、彼らを信用していいのかどうか確信を持てなくなっている。

ガスは、闇のなかで弱くもろくなっている第三の反逆者ヴァンガードを見たことを話さない。その情報をどう扱うか、まずは自分で考える必要がある。

一連の面談のあと、ガスは〝何種類かの単純な検査〟のために隔離される。結局、それはひと続きの検査だった──だが、何時間にもわたって何度も繰り返される。

ガスは手首のポートに接続されている外科用《サージカル》ステンレス鋼《・スティール》製の小型装置を見つめながら、歯を食いしばらないように努める。自分の腕の筋肉が、こんなにふくれあがって血管が浮きだしているところを見るのはこれがはじめてだ。まるでアクションスターのたくましい腕だ。

精密加工された金属表面に小さな緑色のランプが点灯し、無線交信のホログラフィック・アイコンが表示される。科学者たちにこの装置を接続させるべきだったかどうか、ガスは確信が持てない。だが、選択肢があったかどうかも確信が持てない。この装置はプローブスパイクと呼ばれ、ガスの同胞のアメリカ人が三文字の略称で呼ぶ機関で開発したものだ。どの機関かは教えてもらえず、最近、軍事サスペンスを見たことがあるなら、間違いなく聞いたことがあるだろうとだけいわれた。

ガスは見たことがない。

「きみの協力にはほんとに感謝してるよ、ガス」とある技術者がいう。頬がふっくらしていて親しみやすいラテン系男性、ホルヘだ。患者を懐柔するためにホルヘが選ばれたのは明らかだ。ホルヘはこの数時間、ガスを笑わせつづけているが、ホルヘにも限界はある。

「いいんだ。筋肉のなかをくすぐられるのは気持ちがいいからね。きみたちはデイ・スパを開業するつもりなのかい？」ガスは痛みでいらだっているのをごまかそうと笑いながらいう。それだけでは足りないと感じたので、「すまない。この検査をしなきゃならない理由はよくわかってるんだ。この研究の価値とかは」と付け加える。

「休憩をとってもいいんだけど、聞いてくれ。残りのポートはあと十個だけだ。さっさと片づけてしまえば、おれもあんたも早く帰れるんだ」

あと十個と聞いただけでガスはくじけそうになる。ガスは、もう何時間もこの不快な椅子にすわりつづけ、筋肉反応を監視するレンズにかこまれつづけている。ガスたちがいる部屋は、もともと〈美人と野蛮人《ベル・エ・ブリユタル》〉の病院の標準的なスイートタイプの病室だったようだが、ジャーゲンズ医師のスタッフが持ちこんだケーブルや電子機器やカメラなどでごちゃごちゃしている。背中がむきだしになっている屈辱的な患者用ガウンを着せられているにもかかわらず、ガスの背中がふたたび汗ばむ。

ホルへによれば、ポートと神経の接続をすべてスキャンして医療チームがガスの体について先例のない知識を得られるようにするのがいまやっている検査の目的なのだそうだ。通常なら時間をかけて検査するところだが、グレイマルキンが明日出発する予定なので、医師たちはガスからできるだけ情報を収集しようとしているのだ。

「よし」とガスは鼻の穴をふくらませて気合いを入れる。「わかった。やろう。次に行こうじゃないか」

「さっきの質問に答えると」――ホルへはホロUIのボタンをいくつかタップしてなにかをロックする――「プローブスパイクはデイ・スパには向いてないと思うな」

「え?」

「どっちかというとSM向きじゃないかな」

ガスが笑う前に、ホルへは大きなボタンを叩く。千もの電流がガスの前腕の筋肉繊維を一本残らずぎゅっとひっぱり、ガスは細かく震えるうめき声を漏らす。松葉の雨が肌に打ちつけているかのようだ。

痛みがやわらいだ瞬間、ホルへはさらにいくつかボタンを押す。

「よっしゃ!　あと九つだ、兄弟!　次をつなげるぞ」

ガスはやっと、プライベートな夕食のためにホロ偽装したドローンと護衛隊つきで解放される。

ガスは、いまや即席の研究所になっている病院の玄関ホールをよろめき歩く。技術者や兵士や有象無象《うぞうむぞう》の政治屋どもがひっきりなしに行き交っているので、ガスにはだれがだれだかわからない。機器と軍事装備が楽園の庭の隅々まで占拠しているし、まがまがしい検問所も何カ所かに設置されている。

もう美人《ベル》とはいえないな。昔の面影はどこにもない。

ポートのスキャンが完了したいま、ガスが望んでいるのは次の一連の検査の前にシャワーを浴びることだけだ。

幸か不幸か、アーデント・ヴァイオレットが外で待っている。だれも教えてくれなかった。知っていたら、自分のアパートメントに帰るまで待つことなく病院でブラストシャワーを使っていただろう。次にどんな検査を受けるか以外、ガスにはほとんどなにも知らされないのだ。

アーデントとダリアはホールでめだっている。ポップアイコンであるアーデントは、熟れはじめたプラムのような紫と緑という色あざやかで体にぴったりしたスーツを着ている。ナノブラックのコートをまとっているダリアは、人だかりにならないように担当官たちを指揮し、アーデントはファンに手を振っている。アーデントがガスに気づいて表情をぱっと明るくする。そしてガスは生きかえったような気分になる。

アーデントは、光沢のあるグレイのタイルの床を鶴の優雅さで歩いてくる。ガスを抱擁するために腕を広げる。ガスのそばまで来ると、アーデントの服は上部がピンク色に明るくなる。その色は汗ばんだ夜のことを連想させるが、ガスの気分はすっきりしない。

ガスは、腕を上げなくてすむようにアーデントをひきよせて低い姿勢で抱擁する。九割がたはだいじょうぶだろうと思っているが、危険は冒《おか》したくない。アーデントはガスの首に抱きついて幸せそうにため息をつく。腰を押しつけられて、ガスは息が止まる。アーデントが抱擁を解くと、ガスはアーデントの底なしの瞳をじっと見つめる。自分がアーデントの体に触れられるほど運がいいことにいまだに驚く。そしてアーデントがこの日選んだきらきらする緑青色《ろくしょう》の虹彩《こうさい》パターンに魅了される。

「驚いたよ」とガスはいう。

「いい驚き？」

「最高の驚きさ」ガスは疲労が声に出ないように気をつける。

「ああ、愛《いと》しい人、疲れてるみたいだね」

「喉が痛いんだ。目が覚めてからずっと事情聴取を受けてたんだよ」

「ひどい！」アーデントは赤ちゃんをなぐさめるように大袈裟《おおげさ》に顔をしかめる。「ずっと質問されてたの？」

「それに検査も受けさせられた」

「どんな検査？」

「痛い検査だよ」

アーデントはふたたびガスを抱きしめる。

「徹底的に絞りあげられて、もうくたくただよ」とガスは笑顔をつくり、嘘っぽくならないように努めながら笑い声をあげる。

「もうすぐ夕ごはんの時間だから、ふたりでゆっくり過ごそうよ」

「きみが来ることは知らなかった」とガスはうめくようにいう。「サンドイッチが用意されてたんだけど、最後に残ってたやつしか食べられなかったんだ――ツナサンドしか」

そのサンドイッチは、ガリ勉たちが食事休憩をとったころにはできてから何時間もたっていて、ひどい味だった。

アーデントは笑いながらガスの手を自分の両手で包む。一日じゅう無機質な観察を受けたあとなので、その手のやわらかさにほっとする。「あなたは世界を救ったんだよ。なのに真っ先にサンドイッチを選べないの？」

「じつは、彼らはぼくの分をとっておくのを忘れてたんだけど、そんなことは――」

「わたしならキレてた」とアーデントがいうと、ダリアが会話に加わる。

「なんの話？」とダリアがたずねる。

「食事を忘れられたんだって」とアーデント。

「それならアーデントはキレてたわね」とダリア。「ガス、おなかが空いたときのアーデントはほんとにひどいのよ」

アーデントは顔をしかめる。「やめてよ、ダリア」

「手に負えないほど不機嫌になって――」

「ねえ、ダリ――」

「〝ヘルビッチ〟っていうのはわたしがあなたにつけたあだ名だってことは覚えてる？」

ガスは、老夫婦のような口喧嘩《くちげんか》をはじめたエージェントとクライアントを見ているうちに心がなごむ。黙っていていいのはひさしぶりなのでほっとする。

アーデントがガスを見て彼の手を握る。「きょうは大変だったね。どこに行けば気分転換できると思う？」

ガスは一瞬、考えこむ。ホールは好奇心旺盛《おうせい》なエリートでいっぱいだ。アーデントをひと目見たいと願っているのかもしれないし、グレイマルキンについての情報を得ようとしているのかもしれない。ガスについてきているドローンの群れも注目を集めている。ガスにとって受け入れがたい状況だ。ガスは有名人ではないし、注目を楽しめない。

「静かなところがいいな。き、きみと」とガスは付け加える。「きみとふたりきりになりたいんだ」

「そういうことね」ダリアはアーデントを真顔で見つめてから、声に出さずに「ワオ」という口の動きをするので、ガスは恥ずかしくなって顔を赤らめる。

「そ、そうじゃないんだ！」ガスは片手を上げる。「あなたもぜひ一緒に食事を——」

ダリアは哀れみの笑みを浮かべてガスをさえぎる。「ごめんなさい、ガス。絶対にからかったりするべきじゃなかったわね。この巨大卵にはいろいろな娯楽があるから、わたしはひとりでもだいじょうぶよ」

「了解」とガスは笑う。「理解してくれてありがとう」

「わたしたちは親友なんだ。ダリアはわかってくれてる」とアーデントがいいながらダリアに投げキスをする。「あとで会える？」

「もちろん」とダリアは答え、黒い手袋をはめた手を振りながら去る。「あとは若い人同士で楽しんでね」

ガスはダリアのうしろ姿を見つめる。「ぼくもエージェントと親しくなれたらいいのにな。

めったに連絡も来ないんだ」

「ダリアは血のつながってないおばさんみたいなもんなのさ。ずっとわたしのお目付役をしてくれてる」

「じゃあ晩ごはんはどこで食べる？　ここには水耕栽培《ハイドロ》コーナー《マット》があって、サラダが食べられるんだけど」

「サラダを食べたいの？」

「いや」ガスは言葉を呑《の》みこむ。アーデントを自分のアパートメントに招待したいのだ。

そこに行けば、アーデントの唇や瞳、それにアーデントの肢体という息が止まるような魔法を目《ま》のあたりにできるはずだ――だが、その幻想は不安によって汚されている。なぜだろう？　気おくれしてるのか？　拒否されると思ってるのか？

アーデントはロックスターだ。ゆっくり進んだりしない。それはもうわかってる。ぼくののんびりなペースにうんざりしてたら？

リスクを冒すべきなんだよな？

「ええと、ぼくの部屋にもどりたいな」

「顔が赤いってことは、晩ごはん以上のものを期待してるんだろうね」

「きみだったらいくらでもお代わりできるよ」という言葉が思わず口をついて出る――本音だが、思っていたより前のめりになってしまった。ガスは、いっそアーデントが笑ってくれたらいいのにと思う。

その発言は見事功を奏し、アーデントはガスに色っぽい目を向ける。「じゃあ、案内して」最初、胸がどきどきするのはアーデントの強烈な魅力によるものだと思う。そして裸で息を切らし、頬が汗で光っているアーデントを想像する——だが、なぜか、ガスはそうなることを心配している。心配する必要なんかないのに。アーデントはセックスシンボルだ。多くの人がアーデントを欲してる。ぼくもアーデントを欲してる。うまくいくはずだ。

病院からガスのアパートメントにもどるにはふたつのルートがある——中央の柱を突っ切るか、〈オーヴム〉の周縁部をぐるっとまわるか。ガスはまだ直接アパートメントにもどる心の準備ができていない。

「ええと」——ガスはベル・セクションを飾っている驚異の水耕栽培の列を指さしながら——「庭に寄り道していいかな？　蘭《らん》を見たいし、ちょっと歩きたいんだ。ずっと……すわりっぱなしだったからね」

「だいじょうぶ？」

「だいじょうぶさ！」ガスはアーデントが信じているかどうかをたしかめるために笑顔を向けるが、アーデントの飢えたまなざしに変化はなく、逃げ隠れはできない。

「わかった」アーデントはやわらかい手でガスの手をそっと握る。

アーデントに触れたことにガスは激しく反応し、小さな悲鳴をあげそうになる。問題は魅力の欠如ではなく、おそらく体臭だろう。シャワーを浴びられたらリラックスできるはずだ。

ふたりは銀河じゅうから集められた、とびきり珍奇でとびきり繊細な標本が展示されていてジャングルのようになっているエキゾチックな蘭の展示場を通り抜ける。巨大なシダが通路を区切っている、鬱蒼《うっそう》とはしていないジャングルには、金持ちどもとボディガードが住んでいる。ホロ偽装されたドローンが葉をざわめかせるので嵐のなかを歩いているかのようだ。

アーデントがガスの腕を握って自分の胸に押しあてる。「気もそぞろって感じだね」

「そうだね。ごめん」とガスは頭を振る。

「気にしないで！　検査がきつかったっていってたもんね」

「検査だけじゃなく、事情聴取もね。きょうは個人的な質問が多かったんだ。知らない人には話したくないことを根掘り葉掘り聞かれた。子供時代のあれやこれやを詮索されたんだ。調査の徹底ぶりにはびっくりしたよ。ぼくは政治家じゃない。有名人ですらないから慣れてないんだ」

「大変だったね。わたしはしょっちゅう家庭事情を探られる。ほんとにうんざりだよ。余計な注目を浴びるはめになったきょうだいの何人かはわたしを恨んでるだろうな」

ガスは天涯孤独の身の上だが、暗い話はしたくないし、早くも動揺しはじめている。あと半分ほどで着いてしまうので、それまでに覚悟を決めておかなければならない。自分のアパートメントがどんどん近づく。ガスは住所を確認しては不安をつのらせる。

「だから、帰ったら」とガスはいう。「すぐにブラストシャワーを浴びて歯を磨くよ。古いツナサンドを食べちゃったからね。待っててくれる？」

「シャワーじゃなくお風呂にすれば、一緒にきれいになれるよ」

ガスはその状況を想像しただけで頭が爆発しそうになり、わけがわからなくなる。どうしてこんなに怖いんだろう？

「さっさとすませて大切なこと、つまりおたがいに集中したいんだ」

「うん、それはいいね」

気がつくとガスのアパートメントに到着してドアが開く。アーデントが先になかに入り、ガスを柱に押しつけて彼のジャケットの下に手を滑りこませる。指がポートに触れるたびに手は停滞し、ガスはすっと身をひく。

「わかった！　まずは――楽しむ前に、まずはシャワーを浴びさせてよ、ね？」

アーデントは熱いまなざしをガスに向け、彼の体にさらなる衝撃を与える。「急いでね、ガス」

ガスは気どった笑みを浮かべる。「もちろんさ」

ガスがアーデントを残して広々としたバスルームに向かうと、まるでかがり火が消えたようになる。チクチクするような肌の熱さが消え、膝に力が入らなくなる。とはいえ、心臓はまだ激しく鼓動している。

ガスはコンピューターに指示して姿勢を正す。「映してくれ」

ガスはさえなかった青春時代に何度も二日酔いを経験したが――目の前でホログラムとして映しだされている男は、最悪の二日酔いのときよりもひどい。チャームポイントの髪は失われている。自分の坊主頭を見るたびに自己肯定感ががくんと下がる。充血した目のまわりには青あざができている。唇は荒れていて、キスなどできる状態ではない。

裸になると、ますます悲惨になる。黄、緑、紫の斑点《はんてん》が、マルディグラの飾りつけのように派手に体を彩っている。一日じゅう、プローブスパイクにさらされていたせいで、ポートの傷はすべて刺激されて赤くなっている。ジャーゲンズの治療は役に立っているし、数体のゴーストが様子を見にきたが――あいかわらずひどいありさまだ。

ガスはブラストシャワーに入って壁のプレートにてのひらをあてる。ノズルが体に対してとる無遠慮な態度を考えると、とうてい耐えられそうにないので雨モードに切り替える。温かい水が彼の肌に降りそそぎ、ガスは壁から離れてじっと手を見る。この手はガスを世界各地へ、さらには宇宙へ連れていってくれたが、いまはポートでおおわれている。

この体はもう、ぼくだけのものじゃない。

ガスは自分をこれまででもっとも強く醜いと感じるし、どこもかしこもがまだひどく痛む。痛みはいつか止まるんだろうか？

ガスは壁にもたれ、温かくてなめらかな石張りの床にへたりこむ。こんな状態じゃ外に出られないし、アーデントのような人とベッドをともにできない。アーデントには、人間がいるところならどこにでもファンがいる。アーデントはドラマにゲスト出演している。アーデントの顔はタイムズスクエアの広告に大きく映しだされていて、野性的な目とセクシーな笑顔がかつての資本時代の防潮堤からでも見える。

ガスはアーデントの傷ひとつない輝く肌が自分の肌に触れるさまを想像して冒瀆《ぼうとく》だと感じ

る。アーデントは美しいのに――ほんとうに魅力的なのに――ぼくは醜いトロールだ。グレイマルキンに傷つけられる前でさえアーデントとは住む世界が違っていた。いまではまったく問題外だ。

アーデントがバスルームに入ってきて、だいじょうぶだといってくれ、自己嫌悪を消してくれたら。ふさわしい言葉や単純なボディタッチが恥を洗い流してくれるかもしれない。

それとも、物欲しげだと思われるかもしれない。

しっかりしろ、ガス。自信を持って、アーデントを失う前に出ていけ。アーデントは魅力的だ。おまえならできる。

手動シャワーだと三十秒ではなく六分かかるため、ガスは急いで体を乾かす。湯気をあげながらシャワー室を出て、なくなった髪を無意識にととのえようとしながら洗面台へ行く。もう一度鏡を表示させる。

すこしはましになった。だが、大幅にではない。

ガスはローブをまとって、うまくいくことを願いながら自分を奮い立たせようとする。アーデントがほしい。ちょっぴり我慢してくれたら――

アーデント・ヴァイオレットが我慢強いタイプとは思えない。

バスルームから出ると、きらめくチェーンが床に落ちている。ややあって、アーデントが着けていた純粋に装飾的なベルトだと気づく。先に進むと、光沢のある紫のブーツの片方がある。もう片方は床に転がってくたっとしている。寝室まで行くと、ドアの前にアーデントのジャンパーが落ちていて、照明は薄暗くなっている。情感豊かなベースラインが印象的な曲が抑えた音量で流れている——セックスのＢＧＭだ。

「くそ」とガスはつぶやく。

部屋に入ると、アーデントがベッドの端にすわっている。シルクの下着を身につけ、悲しい笑みを浮かべている。

「なにか問題があるんだね？」

「い、いや。ただ……」言葉を探すうちに、ガスの口が乾く。

「いいんだよ、ガス。今夜はなにもしなくていいんだ」

「したいんだよ。頼む」ガスは目をあわせられない。「お願いだから、その……ぼくにがっかりしないでくれ」

アーデントはガスのもとへ来て、両手でやさしく彼の顔を包み、ひきよせてキスをする。

「なにをしてほしいか教えて」

ガスは目をつぶる。「これだけで……これだけでいい」

アーデントはふたたびキスをする。「してほしいことをなんでもいって、ガス。わたしが面倒をみるから、横になって」

「準備ができてないんだ」

「そういう意味じゃないよ」

アーデントはガスの手をとってベッドへと導く。ガスが横になると、アーデントは枕をととのえる。アーデントがガスに添い寝すると、腹の温かい肌がガスの腕に触れる。アーデントの体からはカシスとブルボンバニラの香りが漂う——おいしそうな香りだが、ガスは食欲を失っている。

「ごめん」とガスは謝る。

「シーッ」

アーデントははだけたローブを通して胸と首をさする。ポートに触れるたびにガスはびくっとする。

「痛い？」アーデントはたずねる。

「いや」

アーデントの手はガスの顔へと移り、頰や鼻筋や額《ひたい》、それにこめかみをもみほぐす。アーデントは鼻歌を口ずさむ。音程には一分《いちぶ》の狂いもない。そしてガスは、それがジミー・チャンの有名曲〈静けき日暮れ〉だと気づく。少なくとも千人のミュージシャンがカバーしている百年も前の曲だが、魔法は失われていない。アーデントがこの曲を知っているのは意外だが、この瞬間を中断して理由をたずねたくはない。

代わりに、ガスはアーデントにいわれるとおりに動いてやさしいマッサージにゆったりと身をゆだねる。数分のうちに、ガスはアーデントの天国のような抱擁に包まれながら至福の無意識へと落ちる。

アーデント・ヴァイオレットは、生まれてからこのかた、こんなに欲情したことはなかった。

ガスに抱かれ、ガスの香りに包まれて添い寝するのは至福の地獄だ。手が動きたがってい る、胸毛を腹までたどりたがっている――だが、それは間違いだ。

ガスがアーデントと分かちあおうと決めたのはこの状態だ。ガスが夜中に目を覚まし、燃えさかる欲望に駆られてかがり火のようにわたしをむさぼってくれたらと望んでいるが、時間はむなしく過ぎていく。やがて、不自然な姿勢を続けていたせいで肩が痛みだし、喉の奥が渇きでむずがゆくなる。

アーデントが上体を起こすと、ガスは身じろぎして無垢《むく》な笑みを浮かべる。

「ごめんね」とアーデントは詫《わ》びる。

「とんでもない。二度目のデートで寝ちゃうつもりはなかったんだ」

「気にしないで。ゆっくり休めてよかったくらいだよ」とアーデントは嘘をつく。ガスに罪悪感を感じさせたくない。「ママが乱入してきたときよりはましさ」

「ママに会えてよかったよ。ぼくの母と気があいそうだ」

「あなたがここにいてくれたらママたちとブランチできるのに」

ガスは視線をそらす。「ごめん、きっと気があっただろうっていう意味だったんだ。もしもぼくの母が、ええと……」

アーデントの笑顔が消える。「ああ、ガス、余計なことをいっちゃって――」

「いいんだ。みんな家族を失ってる。ぼくの家族はみんな死んじゃったんだ。宇宙に人間がほとんど残ってないんだからね」

「戦争で？」

「母と姉はね。父は、ええと、ヴァンガードが来襲する前に亡くなった」

五年前、アーデントは近親を失った人をほとんど知らなかった。いまでは、家族全員が無事な人のほうが珍しい。アーデントは、アルドリッジ家の十三人の子供全員が無事だという幸運に感謝している。そんな飛び抜けた大家族の全員が生きているなんて聞いたことがない。

ガスは小さく乾杯するしぐさをする。「いまいましい金ぴか《ギルデッド》のゴーストどもに」

アーデントはかつて、金色が大好きだった。いまでは、金ぴかの自動機械《オートマトン》の名前を耳にするだけで古いワードローブを処分したくなる。パニック発作はよくなっておらず、ちょっとしたきっかけでタジとの対面を思いだして動揺してしまう。いまもおびただしい数のスキャナーレンズに見られているのだと考えずにいられない。

ガスに聞いたらなにかわかるかもしれない。

「わたしのアパートメントのバルコニーで」――アーデントは両手の人差し指をとんとんとあわせながら――「ジャムセッションをしてたとき……」

「あれは最高だった」とガス。

「そうだね」とアーデント。「あのとき、まわりにゴーストがいっぱいいたのを覚えてる？」

「まあね」

「もし、あのとき、ギターの演奏をすべてのゴーストが聴いてたといったら?」

ガスは頭をかしげる。「ごめん、なんだって?」

「きのうの夜、タジに、わたしたちの演奏を聴いてるゴーストたちの映像を見せられたんだ。ゴーストたちのスキャナーはすべてわたしに向けられてた」

ガスは顔をしかめる。「タジと話してるのかい?」

「それどころか」とアーデント。「タジに拘束されてるんだ」

「どうして?」

「わたしの〝安全〟のためだってさ。ゴーストたちはみんなわたしに興味を持ってた。近くにいたやつらだけじゃなく」——アーデントは自分を抱きしめる——「〈ベル・エ・ブリュタル〉じゅうの何千体ものゴーストが」

ガスは腕のポートのひとつをさする。「まずいな」

「わたしの身に危険が迫ってると思う?」

「いや。ただ、きみをこの件に巻きこみたくないんだ」

「もう遅いよ、ガス」アーデントはベッドの端にすわって膝の上で両腕を交差させる。「なにが起きてるのか知ってたら教えて」

ガスは首を振る。「きみはだいじょうぶだと思う」

アーデントは待つが、ガスは目をあわせようとしない。自分にしか見えていない問題に考えを巡らしているらしい。

「たぶん」とガスはいいかけてため息をつく。

「最後までいってよ」

ガスはアーデントを見る。「たぶん、ゴーストたちがきみに注目してるのは……」

アーデントはジャズピアニストの思慮深さが好きだが、いまこの瞬間は彼から言葉をひきだしたくてたまらない。ガスは話そうとしかけてはやめ、また考える。

「はっきりいって」

「ゴーストたちがきみに興味を持ってるのは、別の導管《コンジット》が必要だからだと思う」

アーデントは体をのけぞらす。「え？」

「ぼくみたいな存在だよ。反逆者ヴァンガードと意思疎通できる人間さ」

アーデントは感情の渦巻きに呑みこまれる。異星の存在に注目されているのは恐ろしいが、奇妙な優越感も感じる。アーデントは立ちあがり、近くのフックからローブをとって身にまとう。体がおおわれると不安が多少やわらぐ。

「〝反逆者ヴァンガード〟？」とアーデントは繰り返す。

「彼らの言語を直接翻訳することはできないけど、それが近いんだ。〝不実な者〟とか、そうだな……〝放棄した者〟みたいな意味だよ。彼らは人類を守るために戦ってくれてるヴァンガードたちなんだ」

「グレイマルキンはどうして別のコンジットを必要としてるの？」

「必要としてるのはグレイマルキンじゃない。きのうの夜、意識をとりもどしたとき、ミス・タジにほかの二体の反逆者ヴァンガード、連瀑《カスケード》と霜の巨人《ヨトゥン》について話した。その二体も仲間を攻撃して自分たちのコロニー——ニュージャランダルとフーゲルサンゲンを救った。この二体の反逆者にも、ぼくみたいな人間のコンジットがいるんだ」

カスケードとヨトゥンはもっとも有名なヴァンガードというわけではない。最終的な敗北を喫するまで、もっとも有名なのは明らかにジュリエットだった。カスケードは参戦が遅れたが、〈ベール〉がかかりきるまでに少なくとも三つのコロニーを滅ぼした。ヨトゥンは——地球の軌道上の望遠鏡で見えるほど近い——火星を壊滅させた。その二体が突然人類側についたということは……

恐怖が一瞬で希望に変わり、アーデントはベッドの足側に腰をおろす。「信じられない！あと二体も味方がいるなんて！　これで味方は三体に——」

「四体だよ。さらにもう一体、反逆者ヴァンガードがいるんだ」

アーデントは口をあけ、そして閉じる。「待って、タジにはそのことを——」

ガスは首を振る。「いってない。その一体は特別なんだ。壊れてる」

「どういう意味？」

ガスはベッドで上体を起こすと、ヘッドボードにもたれて膝にシーツをかける。「ギルデッド・ゴーストたちがフィレンツェ・ハビタットを攻撃した。道化《ハーレクイン》というヴァンガードがその先頭に立ってた」

アーデントはうなずく。ハーレクインの姿は記録されていない。その存在の唯一の証拠はあとに残された破壊だ。

「グレイマルキンがジュリエットを裏切ったように、別のヴァンガード——ファルシオン——がフィレンツェでハーレクインに立ち向かった」

ファルシオンは、コロニーを全滅させただけでなく、艦隊や造船所を攻撃したことでも知られている。その血のように赤いヴァンガードは、宇宙ステーションをまっぷたつにしたことから大曲刀《ファルシオン》と呼ばれるようになった。撮影に成功した動画が何本か人類の手に渡ってはじめて、ファルシオンがビームキャノンを使ってこの技を実行していることが判明した。だから適切な通称とはいえないのだが、そのときにはもう定着してしまっていた。

アーデントはニュースでそのヴァンガードの画像を見たことがある——角《つの》があって目がぎらぎらしている真紅の悪魔のようなその姿を。人類の側につくような存在には絶対に見えない。

「待って、ファルシオンがハーレクインを殺したんじゃ——」

「負けたんだ。フィレンツェは消去《ワイプ》された」

アーデントは、失われたコロニーに対する慣れ親しんだ悲しみに襲われる。犠牲者は理解を超えるほど多いが、それでも吐き気をもよおす。

フィレンツェ・ハビタットは古かった——もっとも初期の自由浮遊型巨大都市コロニーだった。建造されたのは人類が敗北の淵から這《は》いあがろうとしていた時代だった。何度目かの大規模な戦争サイクルが終わったばかりだったそのころ、ヨーロッパ人はめいっぱい大胆なコロニーを打ちあげることに決めた。フィレンツェにはなんでもあった——クラブ、ショッピング、芸術、快適さ、それに独自性。だが、そのすべてが失われてしまった。

かつて、アーデントは死者を悼《いた》んだ。それが、いまでは日常の一部にすぎなくなっている。アーデントは目を閉じる。「くそっ。じゃあ、もう死んでるんだね？　そのファルシオンは」

以前なら、アーデントはこのニュースを知って喜んだだろう。なんといっても、ヴァンガードの死ほど人類にとっていいことはないのだから。

ガスはアーデントの頬に触れる。「希望はまだある。ファルシオンは再起動してる。グレイマルキンに触れたときにその存在を感じたんだ。ひどい損傷と恐怖と混乱も伝わってきた。ハーレクインはファルシオンを死の淵に追いやった。簡単にいえば、ファルシオンは……えぇと……リセットされたんだ」

「〝リセット〟？」

「うん、ファルシオンは空っぽで、入力を求めてる。怖がってる。フィレンツェの住人は全滅したけど、ファルシオンはその理由を知らない。だれも介入しないか——間違った人物が介入したらどうなるのか、心配だよ」

死体だらけのフィレンツェのハイウェイをヴァンガードが徘徊《はいかい》していると想像するだけで、アーデントはぞっとする。「どうしてこれをわたしに話してるの？」

「どうしてだろう……ぼくは政府を信用してないんだよ、アーデント。彼らは自分たちが手を出してる力に敬意を払ってない。毎日、軍人がやってきて、ぼくにグレイマルキンを制御する方法をたずねるけど、ぼくにはグレイマルキンがなにを考えてるのかさえわからない。ヴァンガードはぼくたちが命令できるような存在じゃないんだ。いうなれば神みたいなものだけど、ぼくたちを殺さないことに決めたのさ」

「どうしてわたしたちを生かしておいてくれてるんだと思う?」

「ヴァンガードは何十億人もの生涯に相当するデータを食ってる。なにかが内部分裂をひき起こしたんだろうけど、それがなんなのかはわからない——いまはまだ。だけど、理解しようとがんばってる。なにしろ、ぼくはグレイマルキンと一緒に出発するんだからね」

　アーデントはまたしてもはっと息を呑む。

「一度の会話であと何発、爆弾を落とすつもり?」とアーデントはたずねる。

「これが最後だよ。約束する」

　なんでこうなるの。やっといい人と出会えたのに、二週間もしないうちにいなくなっちゃうなんて。

「あなたとグレイマルキンがいなくなったら、だれが地球を守ってくれるの?」とアーデントは訴えるが、声がちょっぴり弱々しい。

「次に攻撃されるのはニュージャランダルなんだ。もう大群が集結しはじめてる。ぼくが助けなきゃ、コロニーと新しい味方が失われてしまうんだ。三体の反逆者ヴァンガードが力をあわせれば、ほかの七体に勝てるチャンスがある。あのコロニーに住人が何人いるかを考えてみてよ」

「考えようとはしてるんだ」とアーデントはいい、安心させようとして笑みを浮かべる。

「なにもかもめちゃくちゃになった。ぼくにはもう家族もいない。親友たちは去年の攻撃で死んだ。きみか政府かとなったら、政府に渡すには強力すぎるんだ」

「あなたがいないあいだにほかのヴァンガードが攻撃してきたら？」

ガスは目をあわそうとしない。それが答えだ。

「地球じゃなく、人類という種《しゅ》を救うために戦わなきゃならないんだ」


さらなる白い壁。さらなる終わりなきコンクリート。

次々にあらわれる神経科医の最新版であるドクター・ビクスビーがガスの正面にすわっている。史上もっとも退屈なインタビュー番組にふたりで出演しているかのようだ。その部屋にあるものは、ガスのほぼすべての部分に焦点をあてているずらりと並んだカメラだけだ。

ビクスビーは彼女のガングＵＩを何度かタップし、部屋のプロジェクターを起動する。ガスの椅子が置かれている床を、愛らしい声をあげながらよちよち歩いている乳児が映しだされる。

「なんだかわかる？」

「赤ちゃんですね」とガスはビクスビーに告げる。

赤ん坊が消える。

ビクスビーはいぶかしげに片眉を上げる。「じゃあ……いまの映像に……特別な感情を呼びさまされる？」

「トイレに行きたいな、ですね、ドクター。あれを見てそういう感情が湧いてきました」

ビクスビーは笑わない。「どうして赤ちゃんを、人間扱いしないで〝あれ〟と表現したの？」

ガスは、自分を蜘蛛《くも》の目のように見つめているカメラを一瞥《いちべつ》する。「ホログラムは……人間じゃないからですかね」

ビクスビーは思慮深く顔をしかめる。いくつかのカメラがわずかに動き、ガスの顔にズームインするためにレンズが変形する。

「オーガスト、赤ちゃんに対して瞳孔が異常な反応を示したことを指摘させて。それに気づいてる？」

「ええと、善処します」

「真剣にとりくんで。あなたは赤ちゃんに対して適切に反応してない」

こんどはガスが顔をしかめる。「どういう意味ですか？　赤ちゃんは好きですよ」

「好き嫌いの問題じゃないの。好き嫌いは社会的圧力によって影響されることがある。生物学的反応の低下が見られるのよ。子供には前からあんまり興味がなかったの、それとも最近になってそうなったの？」

じゃあ、瞳孔がおかしくなってるのか？　カメラはガスの言動をそっくり分析している。

ガスは思わず唾《つば》を飲み、そのことがどう解釈されるかを考える。隠しごとがある？　罪悪感を覚えてる？

「赤ちゃんは好きだっていったじゃないですか。正直に話してかまいませんか？」

「まさしくそうしてほしいのよ、オーガスト」

「これはストレスになってます」

「どうして？」

「ええと……」理由を聞かれることは想定していなかった。自明だと思っていたのだ。「何時間も退屈な部屋に閉じこめられて、その上、ホロの赤ちゃんに目を細めないからって、まるでとって食おうとしてるみたいにいわれてるからですよ」

ビクスビーは脚を組んで片膝をかかえる。「どうしてそんな印象を受けたの？」

「赤ちゃんの見方がおかしいといわれたからですよ」

ビクスビーは肩をすくめる。「だれもが異なる反応を示すの。それが自然なのよ。どうして自分の反応がおかしいと判断したの？」

「質問に答えただけじゃないですか。この検査の目的って、ぼくがギルデッド・ゴーストのシンパかどうかを――」

「あなたはそう思ってるの？」

ガスは唇を噛《か》んで目をそらす。ごまかしではなくほんとうの答えを聞きたい。「あなたはぼくを信用してないと思ってます」

ビクスビーは首をかしげる。「どうしてそんなことをいうの？」

また質問返しだ。

ガスはがっくりと肩を落とす。「休憩をとれますか？」

ビクスビーはほほえみながら立ちあがる。「もちろんよ、オーガスト。なんでもいって」

「ありがとうございます。散歩がしたいです。ランチもとりたい。できたらアーデントと一緒に過ごしたい」

それにピアノが弾《ひ》きたい。ガスはこの二週間で二回しかピアノを弾いておらず、それが影響をおよぼしはじめている。モントリオールでは、一日に何時間もピアノを弾いていた。いまはなんとしてでも鍵盤に手を置きたいと願っている。指がうずうずしている。

「あまり遠くに行かないでね」とビクスビー。「やらなきゃならないことがまだたくさんあるの」

「もちろんですよ、ドクター」とガスは応じてドアに向かう。「出たいと思っても、ここから出られないですし」

廊下で護衛のひき継ぎがすむと、ガスは自由っぽくなる。ドローンと兵士がついてくるが、かこもうとはしない。たぶん、ガスはきょう、ご機嫌斜めだと全員に警告されているのだろう。それはいいことだ。実際、そのとおりだからだ。ガスは昨夜、アーデントと抱きあいながら、二時間以上すばらしい時間を過ごした。だが、いまは疲れ、いらだちながら懸命に務めをはたしている。

完璧な抱擁の余韻を楽しみながら新しい恋人と一緒にいるべきなのに、ガスは赤ん坊を見てどう思うかを評価されている。アーデントと連絡をとろうとするが、返事はない。たぶんまだ寝ているのだろう。アーデントは、午前中は使いものにならないらしい。

ガスがいちばんそばにいる護衛、ハイディという名前の女性に合図を送ると、スーツ姿の護衛が駆けよってくる。

「なんですか、ミスター・キトコ?」とハイディ。

「ピアノの練習ができる場所はないかな?」とガス。「こんなに長く練習しないでいるのに慣れてないんだ」

「聞いてみます」とハイディはいって、ていねいに会釈する。「こちらエコーチームリーダー、全員に問う。練習スペースはあるか?」ハイディはガスを見る。「スタジオのような場所をお探しなんですか?」

「そうそう!」ガスは思っていた以上に興奮した声を出してしまう。「ありそうかい? 録音できなくてもかまわない。ジャムがしたいだけなんだ」

ガスは会話の片方を聞きながらやりとりが終わるのを待つ。

「はい」というハイディの返事には希望がこもっている。次の「はい」で要求がきちんと伝わったことがわかる。三度目の「はい」で、ガスはどこにも行けないことがほぼ確実だとさとる。

「どうかした?」とガスはたずねる。

ハイディは人差し指を立てて、申し訳なさそうな表情で待つように伝える。悪い知らせに違いない。

「場所を確保するように努めますが、一日か二日かかるかもしれません」とハイディ。

つまり、グレイマルキンが出発したあとか。なぜだ？

ガスは落胆し、鼻からふうっと息を吐く。「そうなのか。だろうね」

「申し訳ありません」とハイディ。

「いいんだ。きみのせいじゃない」

だが、ガスはここに来て以来、ずっと護衛をなだめている。一時間ごとに新たな要求が拒否されるようなありさまなので、ガスはうんざりしている。

「〈ビッグハブ〉を散歩できるかな？」とガスはたずねる。「ここらをのんびり見てまわりたいんだ」

「それはできると思いますよ、ミスター・キトコ」ガスの望みをかなえられて、ハイディは明らかに安堵《あんど》している。

〈ビッグハブ〉——フランス語でいえば、〈ル・グラン・ハブ〉——は〈ベル・エ・ブリュタル〉のもっとも広い部分で、高級品しか扱っていない巨大バザールだ。オーダーメイドのオートクチュール・ブティックや高級レストランが散歩道ぞいに軒を連ねている。ガスは、日常となんら変わりはないかのようにのんきに商品を眺めている買い物客を見つめる。以前にも似たようなふるまいを見たことがある——この五年間、地球の人々は現実から目をそらしつづけ、死とは遠くで起きていて自分とは無関係なものであるかのように行動してきた。世界が終わりかけていてもカジノは営業していたのだ。

タイル張りの小道を歩いていると、食欲をそそるラムの串焼きの売店がある。護衛たちに見守られながら、ガスはライムとヨーグルトのソースが添えられた串焼きを買う。護衛たちは、まるで監視カメラのように、串焼きができてガスに渡されるまで注視しつづける。

ソースのカップとケバブを手にしたガスは、景色を楽しむ準備がととのう。菩提樹材《ぼだいじゅ》を編んでつくった巨大な格子の下をのんびり歩く。遺伝子組み換えされた花がそこかしこから顔を出し、ネオンのように輝いている顔でガスを照らす。

三分の一は異国の植物らしく、環境建築《アーコロジー》の住人たちは、水耕栽培システムの奇跡がいかにしてこのような生物多様性を実現しているかを説明するプレートを、いたるところに設置している。そこにはさまざまな保存事業についての記述もあるが、ガスはそれらがうたわれているほどりっぱな慈善事業かどうか疑う。

そしてガスはこの訪問の真の目的を発見する。オフィス街のストリートピアノだ。ガスはアーコロジーに入ったときにその楽器に気づいたが、特に興味は覚えなかった。ほとんどの公共ピアノはゴミ同然だからだ。だが、一週半で計十分しか弾けていないとなると、俄然《がぜん》貴重な存在になる。

ガスがピアノのほうに歩きだすと、護衛たちが明らかに緊張する。それはごくふつうな黒のグランドピアノで、パイプを通して届けられている日光を浴びてエナメルが輝いている。

混雑時には演奏を控えるようていねいに求めている仕切りがホロ投射されているが、ガスは気にしない。壇上に上がってホログラムを通り抜け、クッションつきの椅子にすわる。

案のじょう、そのピアノは粗悪な、ボールドウィンの偽物だ。ガスは鍵盤に指を走らせる。ところどころ、ゆるんでいてがたつく。いくつかの音を弾いて調律を試す――狂っている。

「ミスター・キトコ！」と護衛のひとりが呼びかける。マイクという名前の背の高い白人男性だ。ガスはその男とすこし話をしたことがある。トロントに家族がいるのだそうだ。「ちょっと！　待った！」

マイクは壇上に上がってきてガスの横に立つ。「待ってください。これはだれでも弾いていいピアノじゃないので、もう行きましょう。〈ベル・エ・ブリュタル〉のスタッフが――」

「一日か二日で練習スペースを用意してくれるんだそうだね。だからいまは弾くなってことかい？」

「そうはいいませんが」

「よかった」とガスは答え、〈枯葉〉の冒頭を弾きはじめる。二番目の和音まで進んだところでマイクがガスの肩に手を置く。

「申し訳ありませんが、弾くのをやめてください、ミスター・キトコ」とガスはいう。

「五度圏だからだいじょうぶさ、マイク」とガスはふんと鼻を鳴らし、Dセブンスを弾く。

「グレイマルキンの趣味はもうちょっと複雑なんだ」

マイクの目に浮かんだ冷たさで関節が凍り、ガスは次の音をはずす。

「最後のチャンスですよ、ミスター・キトコ。無理やりやめさせないでください」

「そうか……」とガス。「わかったよ」

マイクはまるでスーツを着た花崗岩《かこうがん》なので、逆らっても無駄だ。この護衛がその気になったら、一瞬でガスを床に組み伏せられるだろう。

「悪かったね」とガスは謝る。

ガスはその言葉が唇を離れるとすぐに嫌悪を覚え、取り消したいと願う。モントリオールで一般人として暮らした時間が長すぎたのだ。

エナメルの感触は心地いいし、関節がサビの盛りあがりを渇望している。

「頼むよ、ちょっとでいいから……」ガスは鍵盤から手を離さず、秋の葉のように繊細に、音を出すことなく指で音符をたどる。ピアノを弾いた気にはなれる。

マイクの表情から、彼が混乱しているのは明らかだし、うまくしたら葛藤しているのかもしれない。

「なあ」とガスは懇願のまなざしをマイクに向け、自分をますます未熟に感じる。「きみも武器の感触が好きだろう？　ひと月も射撃場に行けなくなったらと想像してくれ。ぼくはただピアノに触れたいんだ。音は出さないから」

マイクはガスの手の上に自分の手をそっと重ね、第一節の途中で止める。戦術手袋《タクテイカル・グローブ》のてのひらには痛いほど冷たい金属――電撃プレート――が張られている。

「これが最後通告ですよ」という山のような大男の声が響く。

マイクはガスの手を鍵盤から押しのける。手はガスの膝の上に落ちる。そしてマイクは鍵盤のふたをカチリと閉める。

「ピアノ店は無理なんだろうね」とガス。

「真剣に考えてください」マイクはガングUIを起動してタジに連絡する。「わたしたちみんなのために」

ガスは苦痛のため息をつきながらピアノから顔をそむけて目をつぶる。マイクは離れたところで通話しているため言葉は聞きとれないが、よくない知らせなのは明らかだ。

マイクがようやくもどってくる。「ボスと話しました」

「それで？」

「休憩は終わりです」

「〝休憩〟だって？　いいか、ぼくはきみたちに雇われてるわけじゃないんだぞ」ガスが立ちあがる。

「理性的に話しましょう――」

「ぼくは理性的だよ」

「おちついてください」

「なんだって？　文句をいったからって殴るつもりか？　きみのボスたちはもう充分に楽しんだはずじゃないか。でも、もう終わりだ。なにがなんでももう終わりだ」とガスの目で怒りが燃える。「ぼくは……こんなことのために同意したわけじゃないんだ」

ガスの大声は注目を集めはじめている。〈ビッグハブ〉のほかの客たちはそれを好ましく思っていないようだ。高価な服を着て買い物を楽しんでいた人々が、ガスの見苦しい癇癪《かんしゃく》に邪魔されて立ちどまる。ひとりの男は、ガスに気をとられてスムージーを落としかける。知ったことか。こんな連中にじろじろ見られたって。アーコロジーの住人たちを感心させたいなんてさらさら思ってないんだから。

ホロ偽装されたドローンが上空をぶんぶん飛びまわり、反感を察知して群衆を制御しようとする。ガスをぐるりとかこみ、光学迷彩を解除してあざやかなプラスチックの甲殻をあらわにする。〝VIP〟に近づこうとする向こう見ずな者をスタンガンで倒す準備がととのっている。

ガスはふと思う。もしマイクがぼくに襲いかかってきたら、ドローンはどう反応するんだろう？

「なんの騒ぎなの？」といいながらタジがピアノが置かれている壇の階段を上がってくると、ドローンたちは、女王が来たかのようにさっと道をあける。髪を編みこみ、まぶたに金色のラメを載せたタジは女王のように見える。ガスは、突然、マイクに刃向かった自分を道化のように感じる。

「ぼくは音楽家だ。ピアノを弾く必要があるんだ」とガスは主張する。

「弾かないと死ぬの？」とタジが応じる。

ガスはふうっと息を吐く。「いや。でも、ピアノなしじゃ生きてる気がしない」

「あなたが演奏すると、グレイマルキンが起動するかもしれないのよ」

「すごく難しい曲を弾かなきゃだいじょうぶさ！」ガスはいらだちのあまり両腕を振りあげる。「この一週半、えんえんと質問に答えてるのに、だれもぼくの話に耳を傾けてくれないんだ」

「あなたがピアノを弾いてもグレイマルキンは起動しないって百パーセントいいきれるの？」

ガスは鼻で笑う。「九十九パーセントはね」

「じゃあ、一パーセントの確率でグレイマルキンが起動した場合、ヴァンガードはわたしたちを助けるの、それとも傷つけるの？」

ガスはそっぽを向く。「知るもんか」

「へえ」とタジ。「じゃあ、自分の音楽には、いまや、売り上げ以上の影響があることを認識して、わがままをいうのをやめるべきじゃないの？ 人の命があなたにかかってるのよ」

「なにをいってるんだ？ 世界が終わりかけてるってのに、売り上げなんて気にするわけないじゃないか？」ガスは首を振る。「ふつうの人間にもどりたいだけなんだ。ぼくは兵士じゃない」

「そのとおりね。兵士なら、自分がやりたいことより市民を優先するはずなんだから」

ガスは腕を組む。「優秀な諜報《ちょうほう》部員はみんな忙しくて、ぼくの担当になってくれなかったのかい？」

「わたしは何度も戦場昇進をしてる」とタジはガスの侮辱を無視していう。「だから、好きな任務につけるの。ミスター・キトコ、あなたの友人になることに興味はないけど、あなたがわたしをどう思おうが、わたしは地球を守るつもり。もしあなたがほかの人類に関心がないとしても、アーデント・ヴァイオレットのことは気にかけてるんでしょう？」

「も、もちろん気にかけてるさ――」ガスは言葉に詰まる。「ぼくが限界に達していることもわからないのか？」

タジは皮肉な笑みを浮かべる。「ええ、あなたの限界はよくわかったわ」

最後にもう一度、鍵盤をちらりと見ると、ガスの胸はちくりと痛む。ガスはモナコで死を覚悟した。だが、ピアノのない日常生活など、考えもしなかった。

「弾くふりもだめなのかい？」

「ええ。あなたが弾くふりをしはじめた瞬間にデータ通信のスパイクが検出されたわ」とタジがいい、ガスの気持ちががっくりと沈む。

グレイマルキンは聞いていたのだ。

「ぼくは――」

ガスの胃に氷塊が生じる。ぼくがピアノを弾くふりをするだけでグレイマルキンが反応するなら、この先、またなにごともなく曲を演奏できるんだろうか？　いや、タジによれば、ぼくはデータを発してるらしい。ぼくの体が放送してるんだ。

「データスパイクについては知らなかったのね」とタジ。「だけど、いま知った。それで考えが変わった？」

「ああ」とガス。「変わったよ」

どうすればここから脱出できるかがわかったからだ。ピアノを見つけるだけでいいのだ。

第七章　飛　行

アーデントは、時間がたてばたつほど政府のガス担当者たちが嫌いになっている。担当者たちはガスをほとんど一日じゅう隔離しているので、アーデントは午後遅くになってから〈美人と野蛮人《ベル・エ・ブリュタル》〉の中央管理部まで足を運ばなければならない。中央管理部は環境建築《アーコロジー》の最上階にあり、金属で強化されたコンクリート層によって守られている。

到着すると、作業員が壁に金属メッシュを張っている。たぶんスキャナーを妨害するためだろうが、確信はない。電子機器や電磁放射は、中学時代から得意分野ではなかった。だが、そうだとしたら、魔猫《グレイマルキン》にガスの様子を探られたくないのだろう。

管理部の食堂で一緒に食事をするとき、ガスはいつものような笑顔ではない。護衛たちとほかの客はふたりとかなりの距離をとっているが、ガスはだれかがいまにも銃を抜くのではないかと思っているような目で彼らを見る。ガスはほとんど食事に手をつけないし、ふさぎこんでいる。会話は暗いし――よくて気もそぞろな調子だし――アーデントは短いやりとりしかできない。

「ベイビー、どうしたの？」

ガスは皿に盛られた料理をいじりながら、特にひとりの護衛を見つめる。「ガングをとりあげられたんだ」

「えっ、どうして？」

ガスは遠くにいる人物の注意がそれたときを見計らっていう。「おおっぴらには話せない。ピアノがいるんだ。やつらはぼくがグレイマルキンを呼ぶと思って、弾《ひ》かせてくれない。ぼくがピアノを弾くと、グレイマルキンはなんらかの方法でぼくの居場所を知ることができるからだ」

「それでピアノがいるんだね？」

「ピアノを使うつもりだ。やつらは、グレイマルキンに地球にとどまってほしいから、ぼくにピアノを弾かせないようにしてるだけなんだ」

たずねたいことはまだ残っているが、護衛隊が歩いてきて、あと十歩の距離まで近づくと、ガスは黙ってしまう。頼みを聞かれたくないのは明らかだ。

「音楽が恋しいだけなのさ」とガス。

ガスは怒りのため息をついてテーブルから立ちあがり、護衛隊についていく。そして複合施設のなかへ消える寸前に、意味ありげにアーデントを一瞥《いちべつ》する——冷えたラビオリと、身を噛《か》むような不安にさいなまれているアーデントをテーブルに残して。

アーデントもすぐに席を立ち、自分のアパートメントへもどる途中、通路をたどりながら考えにふける。どうすればガスにピアノを届けられるだろう？　ピアノを弾かせたがっていない連中にかこまれているガスに。

ガスはほぼ確実にピアノを使ってグレイマルキンを呼びだすだろう。軍はわたしに怒りを向けるだろうか？　お堅い連中の何人かのご機嫌をそこねるのを気にしたことはないけど、今回はかなり大きな結果を招くかもしれない。

アーデントが自分のアパートメントに帰りつくと、ダリアが、例によってガングを眺めながら待っている。

「恋人はどうだった？」とダリアがたずねる。

「わたしは犯罪者になりそう」

「ひどい朝食だったみたいね」

「ランチだったよ」

「そうね。でも、あなたにとっては基本的に朝食よ」

アーデントは手をもんで考えを巡らしながら部屋を歩きまわる。「ガスはピアノを弾きたがってるんだけど、軍のやつらが練習させてくれないんだ」

ダリアはアーデントを横目で見る。「どうして？」

「グレイマルキンが目覚めて去ってしまうかもしれないと思ってるからだよ」

「ほんとにそうなるの？」

「わからない」アーデントはこめかみをさする。「たぶん。おそらく」

「だったら、ガスにピアノを弾かせないのももっともだわ。心配して当然よ。それに、正直いって、あなたのことも。あなたがギターを弾いたら、ゴーストたちがまた反応するかもしれないのよ？」

アーデントは、ガスから聞いて以来、大曲刀《ファルシオン》について考えることがやめられない。たぶん、こんなに大きな秘密をかかえている人はほかにいないだろう。ダリアに話したくてたまらないが、どう話せばいいかすらわからない。ダリアが動揺したら？

「ねえ」とダリア。「なにを考えてるの？」

「ガスはほかのコロニーを助けなきゃならないんだ」とアーデント。「コロニーは全滅しかけてる。ほっとけないよ」

「だけど、グレイマルキンがいないあいだに先兵《ヴァンガード》が襲ってきたら、地球は終わりなのよ」

「だめだよ。なにもしないでほかのコロニーを見捨てるなんて、受け入れられない」

「あなたが受け入れるかどうかは関係ないわ、アーデント。あなたに決める権利はない。相手は世界政府だし、あなたにはくそ巨大ロボットがないのよ」

「ガスは、ロボットって呼ぶべきじゃないっていってた。〝ロボット〟には〝しもべ〟みたいな意味があるんだって」

ダリアはあきれ顔をする。「わたしがいいたいことに変わりはないわ」

「つまり、星際連合《UW》には逆らえないってこと？」アーデントが憤慨すると、ダリアは黙って肩をすくめる。

だけど、ガスにピアノを届けることはできる。それは不可能じゃない。

アーデントは手首を軽く振り、ガングで仮想ピアノショップを検索する。時代を超えたさまざまなブランドからなる、精密にモデル化されたピアノがずらりと宙に並ぶ。アーデントは最上位機種を選ぼうとして、ガスがお気に入りについてよく話していることを思いだす。

ダリアが椅子に身を乗りだし、両肘を膝につく。「なにしてるの？」

「あなたには関係ない」とアーデントは多数のピアノが詰めあわされたパックを選択してロードする。

「わたしはあなたの友達じゃないの。どうやらあなたはガスにピアノを密輸しようとしてるみたいね」

「友達なら、どうしてわたしがそんなことをしようとしてるかを理解できるはずだよね」

ダリアはガングをまたいじりはじめる。「おちついて。あなたは自分のレベルを超えてることをしようとしてるのよ」

「よして。わたしは銀河系レベルなんだから」

ため息。「傲慢さはあなたの最悪の特徴ね、アーデント」

アーデントは両手を腰にあて、ダリアに辛辣《しんらつ》な視線を向ける。「あなた以外にそんなことをいわれたら絶対に許さないのはわかってるんだよね？」

ダリアはメッセージから顔を上げ、片眉を吊りあげる。「だけど、わたしなら許すのよね？　だって、わたしは正しいんだから。わたしはあなたの世話をするためにそばにいるの。

たとえどんなに大変でも」

頭に血がのぼるが、アーデントはぐっとこらえていいかえさない。物心がついてからずっと癇癪《かんしゃく》には悩んできたし、何度か大きな代償を払っている。呼吸に集中し、歯を食いしばって愚かな言葉を封じこめる。

アーデントは口を開きかけるが、ダリアが機先を制する。

「アーデント、わたしはあなたを家族同然に愛してる。だからあなたがなんといおうが、地球でもっとも厳重に守られてるＶＩＰに禁制品を届けることは認めない」

「じゃあ、ニュージャランダルを助けるべきじゃないって思ってるんだね？　ほかのみんなとおなじように死なせればいいって」

「わたしの言葉をゆがめて話をすり替えないで。その手には乗らないわ」

「コロニーの人たちを助けたいんだ」

「アーデント」とダリアはガングを閉じて膝の上で手を組む。「あなたのいってることは理解できる。実際、同意してるの」

「ほんとに？」

「ええ。もしもあなたにもうちょっとまともな計画があれば、手伝わずにいるのは難しかったでしょうね」

「これはまともな計画さ！」

「どうしてガスは自分でピアノをダウンロードできないの？」

「ガングをとりあげられてるんだよ」

ダリアが首をかしげる。「なのに、あなたはとりあげられないと思ってるのね？」

完全に論破され、アーデントはひきさがるしかない。じわじわと絶望がつのる――グレイマルキンは十二時間以内に出発するはずなので、それまでにガスを助けられるかどうか不安だ。メインベッドルームのスタンドにベイビーを置いてある。その透明なボディが、頭を空っぽにすればいいのにと誘惑する。アーデントは慎重にギターのネックをつかみ、狭いバルコニーへと向かう。ドアが開き、〈ナイフ群《レ・クートー》〉の夕暮れの吹きすさぶ風がアーデントの髪を乱す。

政府が築いた足場とシートがグレイマルキンの巨体の大半をおおっているが、この建造物の数階上で壁面にしがみついているヴァンガードを見逃すことは難しい。見おろすと、集まった人々がともしている明かりが星の毛布のように地面をおおっている。アーデントは夏の音楽フェスを思いだすが、規模は百倍だ。

〈反転卵《オーヴム・インヴエルスス》〉の側面を這《は》いまわっている金ぴか《ギルデッド》のゴーストたちは、孵化《ふか》したばかりの蜘蛛《くも》の子のように塊《かたまり》になっている。ジージー鳴っている牙がきらめいて塊を内側から照らす。ゴーストたちはなにをしようとしてるんだろう、とアーデントは思う。もしかしたら、人を片っ端から殺しはじめるのかもしれない。

もしかしたら、ガスを怒らせたせいでゴーストたちが集まってきて侵入しようとしてるのかもしれない。

違う。ガスは人を傷つけたりしない。なにかほかの理由があるはずだ。

アーデントは海の空気を胸いっぱいに吸いこむ。かかえているベイビーはすばらしい感触だ。身をよじってストラップを肩にかける。パワーズ・ヴィタスXは内なる紫の光で呼吸している。

アーデントは部屋のアンプを見つけてギターを同期させる。音量を最大に上げると、豪華なレゾネーターから深くて豊かなブーンという響きが生じて体が芯まで震える。銀色のピックをとりだし、弾きあげて宙で一回転させるという縁起かつぎをしてから弦に叩きつける。

アーデントはとんでもない大音量に歯を食いしばる。エレキギターの音の波で聴衆を圧倒するほど気分のいいものはない。

アーデントは、初ツアーからの定番曲でリフがいかにもロックっぽい〈ゲット・ザ・ヘル・アウト〉を弾きはじめる。マイクはないが、あったら本気で歌っていただろう。アーデントは、ほとんど無意識にトリルを何度も追加してソロを装飾し、新鮮でエキサイティングな演奏にする。

ガスと一緒に演奏して、アーデントは変わった。身に染みついているやりかただけではもう満足できない――挑戦が必要だ。ガスのコード進行はどうだったたっけ？

アーデントは演奏を中断してジャムセッションの記憶をよみがえらせようとするが、ぼんやりとしか思いだせない。コードは正しい気がするが、ひとつにまとめようとすると心から滑り落ちてしまう。でも、たぶん似たような感じにはできるだろう。

アーデントは白いコンクリートの手すりにブーツをかけ、マイナーキーで力強く持続音《ドローン》を鳴らす。その音をサンプリングしてホールドし、ベイビーのホロメニューで音色を調整して可聴周波数の隅々まで響きわたらせる。

「さあ……」

ベイビーのむせび泣きはジュリエットの催眠的な慟哭《どうこく》を思いださせるが、すこし倍音を増やしてさらにその音に近づける。

「よし、いいぞ」セブンスを強調すると、すべてがぴたりとはまる。「よし！」

アーデントはフレット上で指をすばやく動かして熱狂的に演奏する。弦を弾く感触はひどく異質だが、それでいてまったく正しい。アーデントは目をつぶって、ジュリエットの心を溶かすライトショーを見つめているときに感じた、あの非の打ちどころのない至福の瞬間に集中する。

近くにいるギルデッド・ゴーストたちが気づく。

アーデントはなにが起きているかを察し、演奏を乱しかける。金色の蜘蛛の巣のなかで燃えている二本のろうそくのような目が何千対《つい》もアーデントに注がれている。ゴーストたちが、牙を白く燃えあがらせながらほかのアパートメントの窓台を越えて集まってくる。

アーデントはゲインを上げてドローンをゆがませ、ザクザクと切り刻むようなフレーズを続けざまに繰りだす。さらに多くのゴーストがあらわれる。いずれもアーデントの演奏に夢中だ。殺しにきたのかもしれない。だとしたら、できることはほとんどない。ゴーストたちはバルコニーのまわりに群がり、より近くから見ようとたがいの体に這いあがる。

アーデントはなにがあっても演奏を止めず、最後の力を振り絞ってソロを天まで届かせる。演奏を終えると、ゴーストたちが近くのバルコニーからぶらさがり、木の枝から垂れさがる着生植物、スパニッシュモスのように風に揺られながらアーデントを待つ。想像を絶する観客だが、静かで熱心だ。いちばんそばにいるゴーストが、カチカチと音をたてながらアーデントに寄ってきて鉤爪《かぎづめ》を差しだす。友情のあかしなのか、地獄にひきずりこもうとしているのかは不明だ。耳のなかで鼓動が鳴り響く。ごくりと空唾《からつば》を呑《の》むが、アーデントは逃げない。ゴーストがさらに近づき、のばしたマニピュレーターが触れるまであと数センチになる。

どう反応すればいいかわからないので、アーデントはごくゆっくりとゴーストとこぶしをあわせる。

「ガス」と、機械が女性の声で話す。年配女性のやさしい声だ。疲れているように聞こえる――だれかの最期の記憶だろうか？

「ガス」とアーデントが繰り返すと、ゴーストはいまにも動きだしそうに体に力をこめる。

「ガスを探してるんだね？」

間近で見るとパラジウムの継ぎ目やパターンが認められる金色の表面に目を惹《ひ》かれる。この怪物は意志の具現であり、止められない力だ――しかし、いまは好奇心旺盛《おうせい》な猫のようだ。

アーデントが勇気を振り絞ってもう一度手をのばすと、ゴーストはアーデントのてのひらに触れる。

「わたしが……」これからいおうとしていることに覚悟ができているのかどうか、アーデントは確信を持てない。「おまえをガスのところまで連れてはいけるけど――」

ゴーストが反応を示す。

「わたしをここから連れだしてもらわなきゃならないんだ。充電駐車場にツアーポッドがある。ガスを助けたあと、わたしをそこへ連れていってくれる?」

ゴーストはうなずく。

「人を殺したりはしないよね?」

ふたたびうなずく。

「傷つけもしないね?」

近くにいるほかの数十体のゴーストたちがいきなり動きだし、円を描きながら集まってくる。鎖がジャラジャラ鳴る音に恐怖をかきたてられるが、アーデントは踏みとどまる。

「なにを」――とダリアがいう。アーデントが振り向くと、ベッドルームのバルコニーのドアが大きく開いていて、ダリアがすぐうしろに立っている――「いったいなにをしてるの?」

アーデントは数十体におよぶ危険な友人たちをちらりと見てからダリアにほほえみかける。

「あなたのいうとおりだった。わたしひとりじゃUWを相手になにもできない」

ダリアは目を見開いてアーデントとゴーストの群れを交互に見つづける。「なるほど」

「パニックを起こさないで」

「起こしてないわ」

起こしているのは明らかだ。

アーデントは、なんといえばこの状況をやわらげられるだろうと考えるが、なにも浮かばない。

ダリアは、目をぱちくりしながら考えをまとめようとする。「わたしは……その……あなたは――あなたの計画は？」

アーデントは深呼吸する。「大混乱を起こしてやるのさ。ツアーポッドで待ってて」


「――複数の敵に攻撃されてます――」

「――数が多すぎます――」

「――ゴーストたちが迫ってます。これ以上阻止するのは――」

護衛隊の無線の緊迫感が増すなか、ガスの気持ちは沈む。最初は悪夢が終わっておらず、グレイマルキンが地球を破壊しようと決めたのだと思う。通路を歩きまわるゴーストたちを想像し、巨大な卵の住人たちを襲っているのだと思うが、無線から別の断片を聞きとる。

「ああ、くそ！　電撃をうけてションベンを漏らしちまった！」

脳天に二本の牙で穴をあけられたら、ガスだったら絶対にそんないいかたはしない。その男が無事であることをガスは願う。無線の混乱ぶりからすると、攻撃はアーコロジー全体に広がっている。ガスはアーデントの安全を気づかうが、心配していられる時間はほとんどない。

護衛たちがガスを書斎に連れていく。その書斎には外に面している窓がなく、ふたつの出入口しかない。護衛たちは室内で散開し、射撃体勢をとってドアに銃口を向ける。

「下がっていてください、ミスター・キトコ」とマイクがいうのを聞いて、ガスは以前、彼にどなったことを後悔する。マイクは明らかに命をかけてくれている。

「わかった。ただ……気をつけてくれ」とガスはマイクの背中をぽんと叩きながらいう。

「ぼくに命をかける価値はないよ」

「わたしは家族のためにこの仕事をしてるんですよ、ミスター・キトコ。失礼を承知で――」

外からくぐもった銃声と恐怖に満ちた叫び声が聞こえる。

「棚のうしろに隠れてください。侵入してきたら――」

マイクがいいおえる前に、実際にそうなる。

叫び声をあげる鎖が、輝く雪崩《なだれ》のようにドアから飛びこんできて数百発の弾丸を受けとめる。ゴーストたちは恐怖におびえる護衛たちに飛びかかり、腕や脚やスーツの上着をつかんで部屋からひっぱりだす。銃は、鍛え抜かれた手から、機械の抗しがたい力でもぎとられて床に転がる。マイクはガスを床に伏せさせるが、彼もまた、たちまち連れ去られる。ガスが最後に見たのは、たくましい男が、仲間に向かって叫びながらドアからひきずりだされていくところだった。

すべての中心にあらわれた蜂《はち》の女王、それはアーデント・ヴァイオレットだ。

「驚いたか、野郎ども!」アーデントはたったいまステージに登場したかのように両腕を大きく広げる。

　襲撃は数秒しか続かなかったに違いない。だが、ガスが上体を起こすと、部屋は恐ろしい機械であふれかえっている。火花を散らしている牙が物騒だが——護衛はひとりもいない。

「どうやって——」ガスがいいかける。「どうしてゴーストが——」

「音楽は数学的な魔法だし、こいつらはコンピューターなのさ。さあ、ここから脱出しよう！」アーデントはガングUIを表示させてホロピアノを起動する。ピアノはまだ未完成で、八十八鍵《けん》の鍵盤と音色を調整するためのダイヤルがふたつあるだけのワイヤーフレームだ。部屋のなかで浮かんでいるその貧弱なピアノは、グランドピアノにはほど遠い。

「ピアノを……弾けっていってるのかい？」

「伝わらなかった？」アーデントは自信を喪失した顔でちらりと振り返る。「星際連合情報局《UWI》の連中を本気で怒らせたはずだから、すぐに兵隊がわんさか来るはずだよ、ガス」

　その言葉に応えるかのように、ホロ偽装されたドローンとギルデッド・ゴーストたちの戦いが通路で勃発する。弾丸やレーザーがドアの前を飛びかい、アーデントが踊るように軽やかに動く。

「お願いだ、弾きはじめて。いますぐに」

　ガスは深呼吸をして鍵盤に指を置く。目をつぶってハンマーが弦にあたる音に集中したいと願うが、触感フィードバックはない。

　古い曲を弾きはじめるが、指が鍵盤に触れた感触がないため、最初の何フレーズかは途切れ途切れになる。激しい爆発音が続けざまにとどろいて外の廊下を揺るがし、どなり声やさらなるレーザーの発射音、そして銃声が続く。

指が慣れてきたので、さらにいくつかの和音をリズムにあわせて鳴らす。容易ではないが、自分のなかに変化を感じはじめる。地中海でジュリエットのうっとりするような壮観なショーを見た夜のように、ガスはふたたび調和しはじめている。

ガスの心のなかで接続が安定し、赤い糸が、集中が乱れるほどぴんと張りつめる。反対側には巨大ななにかが存在し、一瞬後、ガスはそれがなにかに気づく。グレイマルキンがガスを感じとったのだ。そして早めに目覚めようとしている。

ここを出たいんだ。来てくれ。

「うまくいってる!」とガスは叫ぶが、指がもつれる。グレイマルキンの存在があまりに巨大なせいで、ピアノの演奏に集中するのが難しい。

ヴァンガードの慟哭が空気を満たし、とどめようのない音波が四方の壁から流れこんでくる。ガスはがっくりと膝をついてピアノが止まる。アーデントがガスを助けようと駆けよる。

ヴァンガードの信号がガスの全身のポートを目覚めさせ、それらがグレイマルキンの探査信号を受けることを切望する。

ガスは、胸を激しく上下させながらふたつの世界を同時に見る。この部屋と、〈ベル・エ・ブリュタル〉の外観を。

「ああ、吐きそうだ」とガスはつぶやいてアーデントの手を押しのける。「離れて、離れてくれ……なにが起こってるのかわからない」

ガスは——ピアノにもどらなければならないから——立ちあがろうとするが、脚に力が入らない。またも倒れて頭を打ち、視界に閃光《せんこう》が走る。

「ガス！」

「だいじょうぶだ……」ガスはつぶやき、昼食を吐かないように飲みこむ。

目をつぶると楽になる。見える世界がひとつになる——グレイマルキンの視点だけになる。〈オーヴム・インヴェルスス〉の上層のバルコニーはどれも見物人と護衛であふれている。

弾丸とレーザーが交差するなか、巨大な黒い手が視界に入る——グレイマルキンのこぶしだ。

その手がパンチを放つためにうしろにひかれ、そして——

「伏せろ！」ガスはアーデントをひっぱって床に倒し、おおいかぶさる。

ガスが身を隠していた部屋の壁が内側に砕け、さらなる金色の群れがなだれこんでくる。

ゴーストたちは部屋のなかを走りまわって瓦礫《がれき》を受けとめ、亀裂の入った天井が崩れ落ちないように蜘蛛の巣のごとくからみあう。

世界が砕け散るすさまじい騒音のなかでアーデントがなにかを叫ぶが、聞きとれない。だが、悪態《あくたい》が含まれているのはたしかだ。

野球のボール大の破片が背中にあたり、ガスは歯を食いしばってうめく。

ヴァンガードの巨大な二本の指がシートベルトのようにガスの腰に巻きついて彼を持ちあげる。アーデントは驚いて叫び、手をのばすが——指がガスの指にかすかに触れるだけだ。

ガスは今月二度目に建物から夜空へと連れ去られる。そしてグレイマルキンの開いた胸が目の前に広がる。

破れたシートと足場の破片が、風に舞うマントのように光沢のある二色のヴァンガードをおおっている。ホロ偽装されたドローンが、空を飛びまわりながらゴーストの塊を攻撃するが、ヴァンガードには手を出さない。怒らせたくないのだろう。

ガスのもの思いは大きな開口部に落とされたときに途切れる。ねっとりした接触液がガスを包んで再調整がはじまる。酸素が鼻に流れてくるまでガスは息を止める。全身のポートに探査信号が届いて周囲の筋肉が刺激される。頭皮に続けざまに衝撃を感じる。銀色の針が脳ソケットに挿入される。

暗闇のなかに光が生じる。最初は少数だが、やがて激闘へと急拡大する。ガスはアーデントを探す。アーデントはアーコロジー内で倒れている。まだ立ちあがっていない。

グレイマルキンはアーデントの体にセンサー群を向け、あらゆる生体情報を収集する――無事だ。呆然としていて、たぶんあきらめの境地にあるのだろう。ガスの心にひとつの問いが生じる。ヴァンガードが投げかけてきた問いだ。グレイマルキンは敵対勢力を壊滅させてから出発するべきか？　追ってくる可能性がある者たちを一掃しておくのは簡単だ。

「だめだ！」とガスは叫ぶ。「彼らは自分たちがなにをしてるのかわかってないし、きみにとっては脅威じゃない。彼らはぼくたちを追ってこないよ。お願いだ」

グレイマルキンはガスの〈ベル・エ・ブリュタル〉の住人に対する評価をくりかえす。グレイマルキンが人類に愛情をいだくようになってから間がなく、どれだけの人々を気にかけるべきか、まだよくわかっていないのだ。

「わかってる！　お願いだ。とにかく……放っておけばいい、いいね？　もうぼくと合流できたんだから」

ゴーストたちは卵の外側を動きまわりながら隙間という隙間から侵入している。ゴーストたちはグレイマルキンとともにニュージャランダルへは行けない。連れていくためには超光速輸送システムが必要だが、それを製造するには時間が足りない。

ガスがいないあいだ、ゴーストたちになにをしてほしい？

「ぼくが決めていいのかい？」

理にかなっている範囲であれば。

次の瞬間、ガスの視界がアーデントにもどる。アーデントは立ちあがって埃《ほこり》を払う。迅速《じんそく》なスキャンによって、数十人の武装護衛と政府のドローン群が建造物のなかをロックスターがいるところへ向かっているのがわかる。ガスが去ったあと、アーデントはほぼ確実に拘束される。

それがなにをもたらすかに思いいたらないうちに、アーデントを守りたい、とガスは願う。

グレイマルキンは了解する。ガスがもどるまで、すべての群れが彼の想《おも》い人を守る。

「待ってくれ、なんだって？」

ヴァンガードは宙に飛びあがって飛行を開始する。グレイマルキンはふかふかの座席があって無理のない加速をする豪華星間客船ではない――爆発を起こし、その力で宇宙へ飛びだす往年のロケット打ち上げを連想させる急上昇だ。速度が増すにつれ、血液が脚に集まって視界の端に暗い輪が生じる。ガスが意識を失うのを防ぐため、粘液が下半身を締めつけて圧力を均等にしはじめる。

亀裂だらけの地形ときらめく地中海が雲の下に消え、空は刻々と薄暗くなる。視界に光点が広がる。ほかの星々、ほかの銀河だ。宇宙とのあいだになにもないため、その美しさに魅了される。

とんでもなく高度な知性を持つ存在のなかで天に向かって押しやられているガスにはなにもできない。またも呑みこまれることを許したのは間違いだったんだろうか？　グレイマルキンは、じつのところぼくになにを望んでるんだろう？

導管《コンジット》はそんなことを心配するべきではない。

安らかな眠気がガスを包み、やわらかな快楽でくるみこむ。エルザヒア・タジ、ＵＷＩ、そして地球人同士の争いはあとに残される。グレイマルキンはガスに、薬を投与したが、問題はないと知らせる。

「問題は大ありだよ。ぼくは――」

視界で星々が雨粒のようにのび、ガスのまぶたが落ちる。

アーデントが立ちあがると、すり傷ができているてのひらにコンクリートのかけらがくっついている。部屋の南側の壁はなくなっているし、外は騒然としている。

崖下から自動制御飛行車両《CAV》がネオンの蛍の群れのように発進し、その場を離れていく。ドローンとゴーストとの激戦が続いている。流れ弾が飛んできて近くの床に跡を刻んだので、アーデントは飛びのく。

少なくとも、また先兵《ヴァンガード》に殴られたりはしなかった。

アーデントは身を乗りだして魔猫《グレイマルキン》を探し、天にのぼっていくヴァンガードを見つける。黒いブーツに仕込まれているエンジンが、アーク放電の青で飛行機雲を照らしている。

シューッという鋭い音が夜を切り裂き、アーデントは書斎のドアの周囲が線状に溶けていることに気づく。ドアが煙をあげながら内側に勢いよく倒れると、星際連合情報局局員《UWI》たちが飛びこんできて、早くこっちへとアーデントに叫ぶ。先頭に立っているエルザヒア・タジは、アーデントが見たなかでもっとも剣呑《けんのん》な、スマートライフルに大きなバックパックがついているような銃を構えている。タジはゴーストたちを容赦なく切り裂いては無害な金色のかけらにしていく。

天井の亀裂が広がり、支えていたゴーストたちのゆるいネットがたわんで破れる。〈美人《ベル》と野蛮人《エ・ブリュタル》〉のいたるところに使われているコンクリートが何トンもアーデントのほうに崩れてくる。絶体絶命の危機だ。

金色の鉤爪《かぎづめ》がアーデントをつかむなり、ぽっかり開いた壁の向こう側へと古いシャツをひき裂きながら投げ飛ばす。吹きすさぶ風が、大空へと上昇しているアーデントの叫び声をかき消す。なにがなんだかわからないうちに、ゴーストからなる鎖がアーデントを見事にキャッチして勢いを利用する。アーデントは、七十階建ての卵の側面で、光り輝くツタの先端で振りまわされている。アドレナリンが噴出して声が出ない。

信じられないほど遠くに別の鎖ができかけているのを見て、アーデントは次になにが起こるかを察して戦慄する。

「やめて、やめて、やめて！」

鉤爪がアーデントを放す。アーデントは落下する。アーデントはアクロバティックな仕事に慣れているが、これはまったく別物だ。アーデントは大の字の姿勢をとり、ジェットパックのないスカイフライヤーのように地面に向かって墜落する。次の鎖がぶつかってきてアーデントの両脇の下にひっかかる。

アーデントはバルコニーに叩きつけられるが、そこにはゴーストたちがつながりあってつくった仮設のネットがある。アーデントは身の毛をよだたせながら殺人マシンの網に着地すると、即座にごろんと転がって床に降りる。

息を切らしながら立ちあがり、「駐車場に行かなきゃ」という。

「心配はいらない」といちばん近くにいるゴーストが男性の声でいう。「なにがあってもきみを守るから。いいね、ハニー?」

アーデントは顔をしかめる――またもだれかの最期の言葉だ。「わかった。案内して」

ゴーストたちが〈卵《オーヴム》〉の殻を切り開くと、なかでは住人たちがおびえている。リビングに集まっている一家の顔は恐怖でこわばっている。アーデントは、赤熱しているふちで火傷《やけど》しないように気をつけながら、レーザーであけたばかりの穴を通る。煙で息苦しいし、頭上で火災警報が鳴り響いている。

「ごめんなさい！　ごめんなさい、ごめんなさい！」とアーデントは謝る。するともっとも年若い少女がアーデントを指さす。

「あなたは！」と少女は叫ぶ。

「そうだよ！」アーデントは走りながら手を振る。「愛してるよ！」

そのアパートメントを抜けると遊歩道はすぐだ。兵士と法執行官がゴーストたちに徹底抗戦していて、あたりは混沌《こんとん》としている。UWI局員たちは、ここが人の多い建物内ではないかのように撃ちまくっている。そしてアーデントは、何体かのゴーストが意図的に、人が多いところが攻撃にさらされないようにしていることに気づく。だが、通りに民間人はいない――したがって、アーデントはめだっている。

ゴーストたちはうしろのドアから上げ潮《しお》のようにあふれだしてくる。金属の獣たちはなめらかな床を流れ、地獄のモッシュピットのように、アーデントを神のみぞ知るところへ運んでいく。二名の護衛がその隊列に気づき、通信機に大声で連絡しながら追いかけてくる――だが、ゴーストたちはアーデントを、クラウドサーフのようにしてあまたある庭園のひとつへと運ぶ。

茂みを抜けるとき、樹木の枝がアーデントの顔を打つ。アーデントは気をつけてと叫ぶ。なんといっても、この顔で大金を稼いでいるのだ。機械たちは裏通路を滑るように進み、壁や床にそって流れる波さながらに進む。アーデントは何度もうしろに倒れては、容赦ない金属の手につかまれる。

「痛い痛い痛い！」

ゴーストたちは通用口を抜けてアーデントを巨大な屋内駐車場へ運ぶ。そこでは数百台のCAVがドッキングクレードルで充電されている。この広大な空間は、少なくとも十階分は上下に広がっていて、ぴかぴかの車がトウモロコシの粒のようにドッキング区画におさまっている。エレベーターに通じる橋状の通路に群衆が殺到していて、おびえ顔の住民たちが通行を許可するよう警官に詰め寄っている。エアレーンの混雑を避けようと自動発進をオフにしている人が多いせいで、ほとんどのCAVがふらついている。これだけのパイロットが手動操縦をしたら、問題が起こらないわけがない。

遠くで、フェダー226スポーツCAVが充電パッドを離れる。そして出口レーンに入ったばかりのところでミッドナイト・ランナー・ホバーサイクルが操縦席側の窓に激突する。

ＣＡＶのパイロットは座席から投げだされて駐車場の深みへ落ちていく。ホバーサイクルのパイロットのフライトレザースーツが風船のようにふくらみ、ドッキングタワーのひとつにぶつかって跳ねかえる。フェダーの流線形のルーフは衝撃で潰れ、キャビンが衝撃吸収フォームで満たされる。ＣＡＶは傾き、次いで混雑した狭い橋状の通路へとかん高い音を発しながら落下し、長い通路が真ん中で折れる。

　通路が折れ曲がり、逃げ場をなくした群衆から恐怖の悲鳴があがる。大きな瓦礫《がれき》が不運な人々に、石の雪のように降りそそぐ。だが、ゴーストたちは反応しない。

「あの人たちを助けて！」とアーデントは叫ぶ。

アーデントを運んでいるゴーストは怒ったブザー音をたててエレベーターの方向を指さす。みんなを見捨てるように求めているのだ。

「あの人たちを助けないなら、機会がありしだい自殺してやる」とアーデントは叫んでもがく。通路から飛びおりられれば自殺できる。

「やめて！　やめて！」というのはナリカの声だ。アーデントは彼女の声を使うゴーストの後頭部を蹴る。

　ゴーストたちはアーデントをおろすとムササビのように次々と通路の壁から飛びおりる。群れは広い駐車場を横切って飛び、橋状の通路の壊れた部分に到達する。機械の群れが到着すると群衆は恐れおののき、避けようとして分かれる。金ぴかの《ギルデッド》ゴーストたちは裂け目をおって金継《きんつ》ぎのように修復する。

「やった！」とアーデントは歓喜して飛び跳ねる。

そのとき、アーデントは兵士の一団が突進してくることに気づく。

隊長がアーデントにスタンガンを向けてスライドをひく。「アーデント・ヴァイオレット、ただちに投降しないと――」

だが、アーデントは応じない。通路を走り、呆然としている民間人のうしろにまわって盾にし、スタンガンからのがれようとする。ＵＷのごろつきは、非道にも、無関係な人を気絶させることをいとわない。アーデントはその女性が通路から転落しないように支えなければならない。

「このくそ野郎！」とアーデントは叫ぶが、兵士はふたたび発砲する。アーデントは女性を床に横たえて走りだす。

あの女の人になにごともありませんように。

アーデントへの攻撃を目撃した別のゴーストの群れが兵士たちに飛びかかって蹴散らす。床に倒して牙で感電させる。アーデントは振り返らず、ガングＵＩを起動してダリアを呼びだす。

エージェントが、「わたしたちは指名手配犯なの？」と応答する。

「うん、まさにそのとおりだよ！　どこにいるの？」

「サブレベルＣ。交通は完全に封鎖されてるわ」

アーデントは自分の位置を示す標識を探す。サブレベルＡ。「ここはそっちの二階上だね」

「じゃあ、こっちに来て！　ニュースでグレイマルキンが環境建築《アーコロジー》をぶん殴ったたっていってるわ」

アーデントは通路の壁に駆けよって混雑したエアレーンを見おろし、自分のツアーポッドを探す。「卵を割らなきゃ彼氏を救えなかったのさ！　ベイビーは持ってきてくれた？」

むっとしたようなため息。「持ってきたに決まってるでしょ、アーデント。ちなみに、わたしはだいじょうぶよ。心配してくれてありがとう」

アーデントはツアーポッドを見つける。少なくとも二十メートルは下にある。特大のCAVは、危機への対処を自動操縦にまかせているほかの車に交じってゆっくり飛んでいる。

「ダリア、あなたはわたしが知ってるなかでいちばん有能な人だよ。一秒も心配しなかったさ」アーデントは通路を走って行ったり来たりして車両に到達する最善の方法を探す。

「飛びおりるぞ！」とアーデントは、聞いてくれていることを願いながらゴーストたちに叫ぶ。

駐車場内にいる金色のマントがすべてアーデントのほうに集まってくる。それまでいたところを離れ、アーデントが立っている通路に落ちてくる。ただし、遠くで通路を支えているゴーストたちはしっかりとその場にとどまっており、アーデントはそのことに感謝する。

「いま、飛びおりるっていったの？」とダリアが声に怒りをこめていう。「勘弁してよ、アーデント・ヴァイオレット、あなたの稼ぎの十五パーセントはわたしのものなんだから。そんな――」

「ドアをあけて、ダリア」

「まったくもう」

眼下でツアーポッドの片側のドアが開き、ダリアが外に身を乗りだしてアーデントを見あげる。髪が風になびく。アーデントは通路の壁にのぼる。金属の手すりがアラームを鳴らし、重さを検知して緊急事態を示す赤に光る。アーデントは通路の安全システムが流しだした警告の音声を無視し、距離を測《はか》る。

一体のゴーストがアーデントの横に落ちてくる。アーデントはどなる。

「あそこのツアーポッド・プラチナまで行かなきゃならないんだ」とアーデントは指さしながらいうが、ゴーストはそっちを見もしない。

「死にたくなんかないわよね」とゴーストはナリカの声で応じる。「わたしたちもそうだった」

「彼女を使うのはやめて」とアーデントはいって通路から身を投げる。

アーデントの予想どおり、ゴーストはアーデントをつかむが——遠くの兵士が放った電撃弾がゴーストの顔にあたる。鎖が痙攣《けいれん》して弛緩《しかん》し、アーデントはその鉤爪のひとつをつかむ。ぞっとする一瞬が過ぎ、アーデントは動かなくなったゴーストもろとも自由落下する。

目が光ってゴーストが再起動する。アーデントとゴーストは恐怖に満ちた表情のダリアの前を過ぎて落ちるが、ゴーストがツアーポッドのステップをひっかけ鉤のようにつかむ。アーデントはツアーポッドの下で大きく揺れ、ゴリッというやな音がして肩に焼けるような痛みを感じる。鉤爪がギロチンのように手首に食いこみ、アーデントは叫ぶ。手が離れてはるか下の床に墜落しかけるが、ゴーストは容赦なく生きることを強いる。

ダリアがアーデントの名を叫び、アーデントは涙にむせびながら、「着いたよ、ありがとう！」と応じる。ゴーストがアーデントをツアーポッド内にひっぱりあげる。最後はダリアも手伝い、アーデントを強く抱きしめて、こんな無茶なことをしてとささやく。負傷したばかりなのでその抱擁は苦痛なのだが、そうすることがエージェントにとって必要なのは明らかなので、アーデントはしばし我慢する。

「ごめん」とアーデントはささやく。「こうやっておりるのがいちばん早かったんだ」

「いつかわたしがあなたを殺すわよ」

ゴーストがだしぬけに、消去《ワイプ》するときのようにアーデントに巻きついて両腕を脇に押しつけるが――脳天に牙を突きたてたりはしない。そうではなく、大蛇のように締めつけると、またしても不快なゴリッという音とともに肩がはまる。

痛みは吐き気をもよおすほどだが、鎖を通して何度か伝わってくる、ピリピリする弱い電撃が激痛をやわらげてくれる。金色のブリトーに包まれて意識を失いたいところだが、逃げなければならない。

「ダリア、飛びたって」とアーデントはあえぎながらいう。

「操縦できないの」

「え？　ベスは完璧のはずじゃないか。たしかに――」

「――リ、リ、リースなのよ、アーデント！　バスのライセンスのないわたしじゃ飛ばせないの」

黒いＣＡＶがツアーポッドをかこみ、キャビン内が青緑と黄色の光で満たされる。タジの部下たちに違いない。タジにアーデントを逃がすつもりはないのだ。

「アーデント・ヴァイオレットおよびダリア・ファウスト、こちらは星際連合《UW》、投降しなさい！」

ギルデッド・ゴーストたちが黒いＣＡＶのルーフに突進してライトを砕き、窓を破る。ドローンの群れが、蟻塚《ありづか》を蹴ったときの蟻のようにＣＡＶから湧きだし、兵士たちが側面から身を乗りだして新たな脅威をねらって発砲する。

「脱出しなきゃ！」とアーデントが、両腕を自由にしようともがきながらいう。アーデントは、魚のように跳ねながらドアから離れなければならない。

ダリアは急いでドアを閉め、アーデントに向き直る。「中央コンピューターをハックでもしないかぎり、このままじゃ――」

ゴーストに体を締めつけられる以上に苦痛なのは、それから解放されることだ。アーデントは目に涙を浮かべ、ゴーストは脱兎《だっと》のごとく隣の部屋のコンピューターパネルをめざす。ダリアがアーデントを助け起こそうとしていると、操縦室から金属をひき裂く音が響いてくる。

「あの音からして、保証金はあきらめなきゃならないみたいね」とダリアがいう。

「わたしの分からひいて」とアーデントはうめくようにいう。「とにかく、あいつがこれを墜落させないようにして」

　ダリアがアーデントを赤ん坊のように抱きあげる。アーデントは、エージェントがダンスチームでどれだけ体を鍛えているかを思いだす。「しっかりつかまってて」

「うん、ぜんぜん痛くない腕でね」アーデントは叫びすぎて、少なくともまる一日は歌えないほど声が嗄《か》れている。

　ツアーポッドが足元で揺れ、ダリアはアーデントを落とさないように足を踏んばる。速度が上がるにつれ、外から聞こえているドローンや兵士がたてる音が遠のいていく。

「吐きそう」とアーデント。

「飲みこみなさい」とダリアが、よろよろと操縦室に向かいながら答える。「吐いたら落とすわよ」

　その後、アーデントはなんとしてでも吐かないようにがんばる。ゴーストの操縦は乱暴なので、ふたりは壁や椅子にぶつかりながら車内をよろめき進む。ツアーポッドは車を縫うように飛んでエアレーンをはずれ、狭い隙間をすり抜けるが、ゴーストは特に操縦がうまいわけではない。

〈ベル・エ・ブリュタル〉のほかのパイロットたちもみな、さほど操縦がうまくないことが気がかりだ。ダリアが操縦室の開いたままのドアに到着すると、窓の外を車両がびゅんびゅん飛びすぎているさまに、アーデントは息を呑《の》む。壊したコンソールに輝く鉤爪を置きながら振り返るゴーストを見て、まるで金色のレトリバーがツアーポッドを飛ばしてるみたいだ、とアーデントは思う。ダリアはアーデントを操縦室の座席にすわらせようとするが、うしろからの強烈な衝撃で車体ががくんと揺れる。

「なんで撃ってくるの？」とアーデントは問う。

「あなたが重要資産の逃亡を幇助《ほうじょ》したからよ！」とダリア。「すわってなさい。わたしがこの窮地を切り抜けてみせる。操縦を代わりなさい、ボット」

「〝ロボット〟って呼んじゃだめなんだってば」とアーデント。

「いまはそれどころじゃないわ」ダリアがゴーストの横にすわり、操縦用のホロ球をつかむ。

「本物のスティックがあればいいのに」

銛《もり》が車両のルーフを突き抜け、アーデントの大切な顔に危険なほど近いところで返しが展開する。ゴーストが額《ひたい》からレーザーを発射し、黒い金属のフックに浴びせて赤熱させる。

「下がって！」とゴーストが叫ぶ。だれかの最期の懇願の再生だ。

アーデントとエージェントは溶けた鋼鉄がしたたりはじめた銛からあわてて遠ざかる。

「やれやれ、なんでそんなに不気味なの？」とアーデントが問う。

銛がレーザーによって切断される。ツアーポッドは解放され、追ってきていた車は別の方向へ弾き飛ばされる。アーデントは突然の揺れでバランスを崩し、脱臼したばかりの肩から床に倒れる。

激痛が背筋《せすじ》を走って涙がこみあげる。負傷した肩を硬い床材にぶつけたときの痛みは、アーデントがこれまでに感じたなかで最悪かもしれない。アーデントは、息ができなくなっているだけに反応を抑えている自分はじつに勇敢だと自負する。

ダリアは操縦席にもどり、球体をつかんで命じる。「ゴースト！　ルーフにのぼって追っ手を近づけないようにして」

ゴーストは同意したらしく、槍《やり》のように細長くなり、天井にぽっかりとあいている穴を、鉤爪をひきずりながらくぐり抜ける。

アーデントは床に倒れたまま、嗚咽《おえつ》をこらえることしかできない。痛いときには泣いてもいいのよ、という母親の声が聞こえるような気がする。

「まったくもう、アーデント、がんばって」とダリア。「この状況から抜けだしてから様子を見るから。いいわね？」

「だいじょうぶだよ」とアーデントは応じるが、説得力はない。

たぶんアーデントはだいじょうぶではない。暗闇が視界の端を食いつくしていっているから、ショック状態におちいりかけているのかもしれない。

「わかった。操縦に集中して」というのがアーデントの口から出た最後の言葉になる。

第二部　新たな仕事、新たな住まい

第九章　軽やかに登場

アーデントの指の最後の感触が、ガスの眠っている心のなかでまだうずいている。

ガスはアーデントの腕から奪われ、宇宙空間を越えて運ばれてきた。

目をあけると、壮麗なワープ光が見える。魔猫《グレイマルキン》の胸部にある奇妙な粘液で満たされた区画は、恋人の抱擁とまではいわずとも、友人の抱擁並みに温かくて快適だ。おかげで考える余裕ができるし、髪をなでられているような気分になる。

だいじょうぶだ。

なんの問題もない。

グレイマルキンはガスに理解してほしい。鎮静剤が体内から抜けると不安が高まるかもしれないが、完全に正常だ。

ガスはなぜだかわからない。

ガスはまったく安全だ——何体もの大量殺人マシンとの死闘に向かっているとはいえ。

「ねえ、聞いておかなきゃならないんだけど……その、きみはどうして……どうして人類を助けてくれてるんだい？」

先兵《ヴァンガード》は創造者である無限《インフィニット》の延長だ。インフィニットの巨大な知性には、たいらげた各惑星の膨大なデータが蓄積されている。

そのため、ネットワークに不具合が生じた。

入力が過大だと、どんなシステムでも同期能力が低下する。太陽嵐によってビット反転が発生し、それが途方もないレベルで再帰的に連鎖したのかもしれない。あるいは、あるひとりの人間がグレイマルキンのデータベースに追加され、それがきっかけで臨界点を超え、ついに人間を理解できるようになったのかもしれない。充分に広い——惑星を滅ぼせるような——ネットワークでは、そのような事象が百万回も起こりうる。

グレイマルキンをはじめとする反逆者ヴァンガードは、虐殺が間違いだと理解し、みずからをインフィニットから切り離した。この離反は、人類のアーカイブ化を完了する最終計画実行の数ナノ秒前に起こった。

「きみたちは創造者に刃向かったんだね？　だって、それは神に刃向かうようなものじゃないか」

インフィニットはグレイマルキンにとって神であり、グレイマルキンはガスにとって神である。違いはない——桁が違うだけだ。

折りたたみ嚢《フォールドのう》が壊れて星々が泡立ち、グレイマルキンは天にひと筋の線を刻む。ヴァンガードのセンサー群にとって、それはまるで水面に浮上したようなものだ。数十万キロ先にある惑星が視界に小さなマーカーで示され、ガスはズームインする。その青い球は地球とほとんど変わらないが、氷冠は自然のままだし、緑がより豊かだ。

系外惑星ＴＯＩ７００ｄ、ニュージャランダル。

このコロニーは〈無限拡張〉期最後の事業のひとつだ。モンゴルとインドによる共同国家プロジェクトで、アメリカの独占企業ソリューションB社が資金を提供した。この三国共同コロニーは、その存在期間中、協定の要《かなめ》でありつづけた。ソリューションB社の新規株式公開は、この時代にはめったにないことに、〝五冠〟と呼ばれる大台だった一千億を超え、一千四億五千六百万ドルに達した。ちなみに、ドルというのは二二〇三年まで広く使われていた通貨だ。

「頭に事実をぶちこむときは警告してほしいな」

グレイマルキンは改善するように努める。

ガスは周囲を見渡し、低軌道に集結している艦隊を発見する。艦隊の武器が髪の静電気のようにエネルギーを帯びているのを感じる。

「撃ってきたりはしないよね？」

まずありえない。この距離でグレイマルキンを貫通できるのは質量兵器だけだ。容易に回避できる。

もっとも近い艦から一対《いっつい》の明るい光点が流れ星のように飛びだす。ガスはすぐに、それらがほかの反逆者ヴァンガード、連瀑《カスケード》と霜の巨人《ヨトゥン》だと知る。彼らに敵意はないが、戦争の天使のように見える。

カスケードのブロンズ色の外殻にはマットな光沢があり、光を乱反射してこの世のものならぬ輝きを放っている。緑青色《ろくしょう》に近いアクアマリンの流れるようなラインが輪郭を強調している。のっぺりした顔には縦の隆起があり、ふちが光っていて真ん中にひとつ目があるように見える。

カスケードに続いてヨトゥンがあらわれる。グレイマルキンの高性能なセンサー群がなければまったく見えなかっただろう。標的指示器には、長円形のドローンの雲の中心に位置している、黒くて平らで鋭角のみからなる大きな物体として表示されている。ドローンの群れは流れるように動いてその形状を曖昧《あいまい》にしている。六つの黄色い目が夜に燃えている——アーデントはそのロックンロールっぽさを気に入るだろう。

「ねえ、グレイマルキン……」とガス。「もし地球がぼくたちを必要としたら、助けにもどることはできるんだよね？」

グレイマルキンの超光速ドライブは充電に最大百二十時間かかる。

「でも燃料を補給できるよね？　地球は無防備なわけじゃないんだよね？」

ヴァンガードは恒星からしか燃料を補給できない。人間の燃料製品を使おうとするのは、核反応炉が必要なのにキャンプファイヤーをするようなものだ。もしも地球が危機に瀕《ひん》したら、カスケードとヨトゥンが対応できる。

ほかのヴァンガードたちがガスに呼びかけている。ガスはほかの導管《コンジット》と話したいか？

「もちろん。ぼくは――」

星々がふたつの面に分かれる。上の空と下の無限の鏡に。重力に手足をひっぱられ、ガスは自分の重さで倒れかける。もはや粘液の繭《まゆ》を感じないので、なんらかのシミュレーションのなかにいるに違いない。ふたつに見えているニュージャランダルがゆっくりと回転し、小さな月たちがその周囲にちりばめられている。

「この手のことをするときも準備をさせてほしいな」

ほかのコンジットたちはもう着いている。だからガスはもう準備ができている。

ガスが振り向くと、すぐ近くにふたりの人物がいるのでぎょっとする。ふたりとも人間で、ぴったりした薄青いスーツで身を包んでおり、全身の、ガスのポートとおなじ場所に黒い円形のパッチがある。短く刈った頭では銀色の点が輝いている。ふたりとも、一瞬、困惑したようにあたりを見まわす。

「ヴァンガードたちはわたしたちに話をさせたいみたいね」と女性がいって緊張した笑い声をあげる。明らかにインド系のなまりだ。

女性の肌は濃い茶色で、刈りあげた髪は漆黒《しっこく》だ。印象的な虹彩《こうさい》が、ニュージャランダルの月明かりで燃えるような琥珀《こはく》色に輝いている。女性はガスにほほえみかけ、「ニシャ・コーリよ。ここに住んでるの。ああ、あそこね」と通り過ぎていく惑星を指さす。

一緒にいる大柄な白人男性は中年で、くぼんだ目は青く、わし鼻だ。顎はがっしりしていて、見たことがないほど眉間《みけん》のしわが深い。渦を巻いている感じのタトゥーが首の片側にあるが、ガスの位置からだとなんなのか判別できない。

「オーガスト・キトコ」とガスは応じる。「ただいま着任しましたってところかな」

ニシャは片眉を吊りあげる。「二日前にSOSを出したのよ」

ガスはどう返事していいかわからない。「ええと、グレイマルキンが二日間考える時間をくれたから、ぼくは……」

ガスは、グレイマルキンが心に入ってきて説明をはじめるまで、自分がまだヴァンガードのなかでシミュレーションを見ていることをほとんど忘れていた。

グレイマルキンは、ガスにみずからの運命を決める機会を与えることが適切だと感じ、到着時間が目標達成におよぼす影響を計算した。二日あれば、必要ならほかの人間を拉致《らち》してコンジットにすることができた。

「ちょっと」ニシャがガスの顔の前でパチンと指を鳴らす。さっきよりずっと近づいている。

「だいじょうぶ?」

「ごめん。ヴァンガードの話を聞いてたから……きみたちのヴァンガードも」ガスは、こめかみを指さし、目を細くしながらいう。「内なる声を乗っとるみたいな感じで話しかけてくるのかい?」

ニシャは顔をしかめて首を振る。「カスケードの音楽がわたしのなかを通り抜けて、それでなにを考えてるかがわかるの。すばらしいわ。だけどあなたがいってるみたいな感じじゃない。ヒャルマルは？」

「違うな」とヒャルマルが答える。

ガスは答えの続きを待つが、ヒャルマルはそれ以上説明しない。ちょっと待った。ヒャルマルってことは……

既知の宇宙でいちばんの超絶ドラマーと対面しているという驚きが、ガスの脳皮質《のうひしつ》を直撃する。ヒャルマル・シェーグレン――本物のスウェーデンの大鴉《おおがらす》――には、ガスが高校時代にデスコアメタルに挑戦していたころ、一時的にあこがれていたのだ。ネットでは〝HjSj〟と略して呼ばれることもあるヒャルマル・シェーグレンは、両手両足をばらばらに駆使するソロで銀河系のジャズコミュニティを魅了した。モントリオールのジャズシーンのフレンチパンク派の理論家たちは、彼がリズムのニューウェーブを解き放つ鍵になりうると主張した。

ガスの最初のボーイフレンドはデスコアが好きだった。その彼に振られたあと、ほとんどのメタルから遠ざかったが――HjSjのニューアルバムだけは必ず聴いていた。世界が滅びかけてからはヒャルマルの音楽キャリアを追えなくなっていたので、彼がまだ生きていることを知ってうれしかった。

「なんてこった、あなたはヤルマル・ショーグレンだ！」その名前を口にするのは数年ぶりなので噛《か》んでしまう。言い直すのも恥ずかしいので、ガスは続ける。「スウェーデンの大鴉だ。名前を嚙んじゃって申し訳なかったけど、ぼくはあなたの大ファンなんだ」

ヒャルマルは疑わしげに見える。それともむすっとしているのか、危惧《きぐ》しているのか。ガスには判断がつかない。

「ぼくは……ええと、モントリオールのフレンチパンクジャズ・ムーブメントの出身で――」

「なるほどな」とヒャルマルが、石棺が閉まる音のような声でいう。「あの連中の仲間か」

ニシャは口元に手をあてて笑いを抑える。「あらまあ」

「なに？　どういう意味？」とガス。「〝あの連中〟って？」

ヒャルマルの表情の変化は――日時計の時間が移り変わるように――わずかだが、やや機嫌を直したように見える。

「なんでもない。忘れてくれ。会えてよかったよ、ガス」ヒャルマルは、あばたがいくつか増えているだけで、アルバムのホロにそっくりだ。

ニシャはいきなりうつろな表情になり、だしぬけに深々と息を吸う。おだやかにうなずきながら息を吐いてからいう。「カスケードが、惑星の地表に降りて攻撃の準備をしたがってる。グレイマルキンが来てくれてよかった。もうすぐ必要になるはずだから」

ニシャは接続を終了して消える。ネットの通話を切るのとは違う――ガスはニシャという人格が自分のなかから消えたように感じる。

「ええと……」とガス。「もうすぐって、あとどれくらいなんだい？」

「十六時間だ」とヒャルマル。「ニュージャランダルへようこそ」

そよ風がアーデントの顔をくすぐり、遠くで波が打ち寄せる音が聞こえる。煙が鼻に流れこんでいるが、心地いい――つんとくる臭いだが、変わり種の綿菓子を食べたあとのようだ。アーデントはすぐに綿菓子の種類――スイートサンデーズ――を特定する。

ダリアに教えてもらった綿菓子だ。あれはすごい誕生日だった。アーデント・ヴァイオレットは当時、何者でもなかったが、ダリアはアーデントを女王のように扱ってくれた。あの日、人生ではじめて、スターの気分を味わったのだ。

アーデントが目をあけると、エージェントがツアーポッドの床にすわり、ドアの外に両脚をぶらさげている。ダリアはマリファナタバコを深々と吸ってからアーデントに差しだす。

アーデントはダリアの指先からタバコを受けとって一服する。甘ったるい煙がほとんど即座に不安を消してくれる。片方の肩がひどく痛む。その肩を見ると、袖が切りとられて穴がふたつあいている。皮膚に乾いた血がこびりついているが、穴は焼灼《しょうしゃく》されているようだ。またもゴーストの治療を受けたのだ。そう思うと、肌がぞわぞわする。

波が砂浜を洗い、夜明け前の紫の空の下にきらきらと輝く街が広がっている。

「バルセロナだ」とアーデントがいう。声がすこしかすれている。「ああ、マウスウォッシュはどこ？　こんな声じゃ無理だ」

「あなたを守るといったのは……」ダリアが深く息を吸ってゆっくりと吐く。「マスメディアや一般の人たちからかっていう意味であって、警察からかっていう意味じゃなかった。あなたの逃亡を幇助《ほうじょ》する運転手になるつもりはなかったわ」

「だけど、あなたのおかげでこうして逃げきれたんだから――」

「わたしの人生は終わりよ」ダリアは両手で顔をおおう。「せっかく終末を生きのびたのに、刑務所で朽ち果てるんだわ」

「なにをいってるの？」

ダリアが手首を軽く振ってガングのホロを呼びだす。アーデントが目覚める前にダリアが読んでいた数十本の記事が表示される。地球の主要メディアのフィードにアーデントとダリアの顔が掲載されている。マスメディアは最悪の画像を使っているし、すべての見出しは〝逃亡か？〟のバリエーションだ。

「逃亡だって！」とアーデント。「なんのために？」

ダリアがニュースフィードのひとつを指さし、アーデントがゴーストの群れを率《ひき》いている動画を再生する。アーデントがガスのもとへ向かったとき、廊下には住人が何人もいた――隠密《おんみつ》行動とはいえなかったので、だれかが動画を撮ったのだろう。ホロ動画の小さなアーデントがゴーストの大群とともにドアに飛びこみ、その部屋から「驚いたか、野郎ども！」という声が聞こえ、そのあとに銃声が続く。

「アーデント、あなたのことは愛してるわ」とダリア。「あなたはただのクライアントじゃなくて家族なの――だからこそ、あなたがわたしを利用したことが悲しいのよ」

「えっ？」

「どうしてこうなるってわからなかったのかしら」ダリアはうなだれる。「わたしはいつもあなたを救ってきた。それがわたしの役割だから、この九年間、喜んでそうしてきた。あなたの要求に応え、あなたが快適に過ごせるようにし、わがままに対処して……だけど、あなたはやりすぎた。わたしは地球上のありとあらゆる法執行機関からあなたを逃亡させるために雇われたわけじゃないのよ」

「人類が絶滅しないようにがんばってるだけだよ」

「あなたのせいでパニックが起きた。ホバーサイクルに乗ってた人が鎖骨を折ったのよ」

「それだけ？　ほら、その人には悪いけど、ガスを逃がす必要があったんだ」

「あなたは大義のためならどんな悪行でも正当化できるのね」とダリアがアーデントの手からマリファナタバコをとり、もう一度大きく吸う。「あなたはあそこで自分がなにをしてるかを理解してた。そして、思いつきでわたしを共犯者にした」

「ガスが救えるかもしれない無数の人の命と比べてみてよ」

「ごたいそうな大義に幸《さち》あれ」

ダリアは立ちあがってラウンジのクローゼットに歩いていき、ロングコートをとりだす。それを着てアーデントにマリファナタバコを渡し、ツアーポッドから出ていく。

「待って、なんなの？」

アーデントがあとを追って飛びだすと、ダリアはすでに浜辺を歩いている。

「どこへ行くの？」

「自首しに行くのよ」とダリア。「洗いざらい話せば刑務所送りをまぬがれるかもしれない」

「なんていえばいいんだい？」アーデントはいらだたしげに両腕を振りおろして、すぐに後悔する。「あ痛っ、腕が」

「やめて！」といいながらダリアが振り返ると、アーデントは驚いて、波打ち際で尻もちをつきそうになる。「わたしはどこにでもついて行ったのよ。なのにあなたはわたしの人生をだいなしにすることで報いたの。ゴーストたちと十分で考えた無茶な計画を実行して、わたしを指名手配犯にしたのよ」

「あなたしか助けてくれる人がいなかったんだ！」

ダリアは不機嫌そうに口をぎゅっと結ぶ。「じゃあ、たんにわたしは運が悪かったってわけね？」アーデント越しに見あげる。「もううんざり。あいつはいったいなにをしてるの？」アーデントが振り向くと、ゴーストがツアーポッドの上で、両腕のマニピュレーターを広げて逆立ちしている。網は皿状になっていて、鉤爪《かぎづめ》が断続的にぴくぴく動いている。

「ちなみに、あいつがあなたの腕を噛んだの」とダリア。「ショック状態におちいってたあなたを安定させたの」

「気がついてたよ」

皿の形になっていたゴーストがオレンジ色の日差しを浴びながら崩れ、元の危険な猫型にもどる。アーデントの髪が逆立つ。ゴーストがルーフから降り、アーデントたちのほうに音をたてずに走ってくる。

「行かなきゃならない」とゴーストが男性の低い声でいう。「いますぐに」

遠くでサイレンが鳴り響く。

「よかった」とダリアはいって砂の上に腰をおろす。「わたしはここで警察を待つわ」

アーデントはため息をつく。「いま、理不尽なことをいってるのはどっちだい？　ダリア、つかまったらきっと重い罪で――」

「あなたのせいじゃないの！」というダリアの目は赤くなっている。解《ほど》けて落ちた茶色の髪が風にあおられて顔にあたる。「星際連合情報局《UWI》にわたしのお金を押さえられたの！　凍結された銀行口座から母の老人ホームの支払いをしてるのよ。この無神経な――まったくもう。絶対にこんなことはしないと誓ったのに」

「こんなこと？」アーデントの胃が凍りつく。「待って、わたしを捨てるの？」

ダリアは口いっぱいにレモンを含んだような笑みを浮かべ、そばかすのある鼻にしわを寄せる。

「幸運を祈ってるわ、アーデント。がんばってね」

「助けが必要なんだ」

「エージェントを探すべきね。紹介するわ」

ゴーストが短いサイレンを鳴らし、ふたりに向けた目を点滅させると、アーデントは怖くなり、鼓動が速まる。

「政府が知らない反逆者ヴァンガードがもう一体いるんだ。それが悪になる前にコンジットが必要なんだよ」とアーデントが明かす。「ツアーポッドを操縦してそこに連れていってほしいんだ」

　ゴーストがこくんとうなずき、アーデントはゴーストが味方であることにいらだちを覚える。

「ガスから聞いたんだ」とアーデントは付け加える。

　ダリアは裏切られたような顔になる。究極の欲求不満と無限の失望が入り交じった表情だ。アーデントの――この新情報を共有するという――大胆さにダリアが混乱しているのは明らかだ。ダリアの呼吸が乱れて浅くなり、アーデントは一歩下がる。

「ゴーストの技術を頭に埋めこまれてる男を信じるの？」とダリアがたずねる。

「タジよりはね。タジの仲間にヴァンガードを思いどおりにさせたいの？」とアーデントが問う。

「そんなこといわないで」

「タジにヴァンガードを渡すことを想像してよ。わたしたちなら先まわりできる。あなたには商用宇宙航行免許があるんだから」

「期限切れよ」

　アーデントは人差し指を立てて発言を強調する。「税関職員はみんな死んじゃってるし、〈ベール〉がかかってる地球から宇宙船が出ていくなんて、だれも思ってない」

　しかし、ダムが決壊するように欲求不満があふれてダリアは目をつぶる。

「ヴァンガードたちとシップハンターたちはどうするの？」とダリアがたずねる。

「ヴァンガードたちは自分たちの問題で忙しい。わたしたちにはその一体がいる」といってアーデントが手を差しのべる。「さあ、ダリア。わたしがろくでなしなせいであなたを刑務所で腐らせたくないんだ」

「あなたはろくでなしじゃない。ただ……」ダリアは首を振って静かに笑う。「アーデント・ヴァイオレットなだけよ」

「フィレンツェ・ハビタットまで飛んでくれたら宇宙船をあげる。ほかのどの宇宙船でも」

それがダリアの注意を惹《ひ》く。「言葉に気をつけて。本気にしちゃうわよ」

「本気だよ。そのヴァンガードのところまで連れてってくれたらなんだってあげる」

ダリアは潮風に目を細くしながら水平線を見つめる。「いいわ」

アーデントは、全身の筋肉の抗議を無視してダリアを立たせる。少なくとも、肩を傷めていることを思いだして無事なほうの手を使う。ゴーストはさらに二度、警告音を発してツアーポッドのほうに向きを変える。

「さて、警察から逃げきれる？」とアーデントがたずねる。

「まかせて」

第十章　到着と出発

魔猫《グレイマルキン》はニュージャランダル最大の入植地から数キロ離れたところに位置するスファバータル兵器廠《しょう》をめざして降下する。そこは巨大な施設だ。グレイマルキンは先兵《ヴァンガード》の装甲を貫通できるほどの威力がある兵器の位置を表示する。予想以上に多い。軌道上の艦船の何隻かも、適切な状況下ならヴァンガードを破壊できるほどの攻撃力を備えている。

「ぼくたちを殺せる武器がこんなにあるのかい？」

グレイマルキンの包括的な対抗策で防げないものはないし、すべてが質量兵器だ——開《ひら》けた宇宙空間でなら容易に回避できる。

「次の戦いの場は宇宙空間になると思ってるんだね？」

ああ。ほかの反逆者ヴァンガードたちもそう思っている。ガスは到着時に状況報告《ブリーフィング》を受ける。

「それまでに準備しておくべきことは？」

ガスは飛行の練習をするべきだ。やりたいか？

「うん、理にかなってるね」

まず、システムをガスの本能に適合させる必要がある。

グレイマルキンは操縦をガスにすっかりゆだねるが、たちまち制御不能におちいって墜落しはじめる。

「なんでだ?」とガスが叫ぶ。胃が喉元までせりあがる。

グレイマルキンは、ガスがコード進行のように本能的に飛行を制御できるかどうかを見なければならない。

「無理だ! 運転だってできないんだぞ!」

墜落が続き、地面が急速に近づいているように見える。グレイマルキンは、この速度で落下するとどちらも死ぬ可能性があるとガスに伝える。同時に、極端なストレス下でのガスの反応を測《はか》りたいのだと。

「ぼくを信じるべきじゃなかったんだ!」

まもなく深層同期《ディープシンク》アップロードを開始する。

ガスの心を、飛ぶ夢が小鳥の合唱のようにおびただしく駆け巡る。パイロットとしての野心をいだいたすべての人が、ガスを通してそれぞれの経験をつむぎあわせる。

ガスは両腕を脇につけ、グレイマルキンの腕と脚に備わっている六基のエンジンの角度を調整する。ガスは走っている姿勢になり、片膝を上げたまま、林冠をかすめるように飛ぶ。楽園の鳥たちが、新米パイロットに驚かされ、とまっていた枝から飛びたつ。

グレイマルキンは頭皮が風にさらされる感覚をガスに伝える。ガスは急旋回してスフバータル兵器廠の上をぎりぎりで通過する。

「兵器廠の警備部が不安になってるわ、ガス」というニシャの声がガスの頭のなかで響く。「どうして変な飛びかたをしてるのかを知りたがってる」

「ぼくは──ただ──」

自由にしてるだけ？　こんな感覚ははじめてだ。これは金を出して再生する幻想をはるかに超えている。上昇するときに胃の底をひっぱられる感じを含め、百パーセントリアルだ。

「彼らは、あなたに編隊飛行をしてほしがってるんじゃないかしら」とニシャ。

「ごめん」とガスはニシャに届くことを願う。「はじめてなんだ」

青い大気を背景に、霜の巨人《ヨトゥン》率《ひき》いる黒いドローンの大群がくっきりと見えている。ドローンたちはヴァンガードの周囲を複雑なパターンを描いて飛びまわり、ずっしりした漆黒《しっこく》の飛行体の群れからなるゆるやかな球を形成している。ドローンは、少なくとも棺《ひつぎ》ほどの大きさがあり、おそらく堅牢《けんろう》なスターメタルでできている。ヨトゥンは容易に戦艦を撃破できるだろうが、敵のヴァンガードに対してもおなじことができることをガスは願う。

スウェーデンの大鴉《おおがらす》が最初に着陸する。ヨトゥンのドローン群は時が凍りついた雨滴のようになって停止し、着陸してミステリーサークルっぽい模様を描く。このヴァンガードのマットな黒の装甲は角ばっていて鋭角的で、弱点からは鋭いスパイクが突きでている。ヴァンガードは膝をつき、胸部を開いて内部をあらわにする。ヨトゥンが胸腔《きょうこう》にかけた手を伝ってヒャルマルが降りてくる。

続いて連瀑《カスケード》が、あぐらをかき、両手を膝の上に置いた姿勢で着陸する。ブロンズ色の装甲が花のように開いてあざやかなアクアマリンの内部があらわになる。開いた胸から、特注でプリントしたスーツを着たニシャが大股で歩いて出てくる。ガスはニシャのスーツをうらやましく思う。ロボットを飛ばすには、私服よりはるかに快適そうだ。

「オーケー、グレイマルキン」とガス。「ふたりとも降りたみたいだ。ぼくたちもそうしよう」

ガスはどのように出るのが快適か？

「派手なことは苦手なんだ。早いほうがいいな」

ガスの視界が前に傾く。グレイマルキンが四つん這《ば》いになり、ガスを毛玉のように吐きだす。頭蓋骨からプローブが滑りだすとき、脳に静電気が走る。そしてガスは丈高《たけたか》い草の上に放りだされる。関節のあるワイヤーに受けとめられて網にかかった動物のようになるが、その網はガスをそっと地面に横たえる。

「うん、すっごく優雅だね。ありがとう」とガスがもがくように立ちあがりながらいう。

ぼくはいつからヴァンガードに平気で生意気な口をきくようになったんだろう？　ガスは、グレイマルキンが自分を傷つけないのは、重力が存在するのとおなじくらい自明だと思っているが、それでも賢明ではないように感じる。

グレイマルキンはガスにまったく注意を払わず、すっくと立って去っていく。

ずんぐりした緑色の人員輸送機が三体の反逆者ヴァンガードのあいだに着陸する。地元軍の航空機だ。後部の斜路《ランプ》が降り、数人の兵士がガスを手招きする。

輸送機までは百メートルある。もっと近くに着陸してくれればよかったのに、とガスは思う。ガスのおしゃれなオックスフォードシューズは試験場を歩くには不向きで、ぬかるんだ地面が一歩ごとにかかとに吸いつく。

ランプに立っているヒャルマルとニシャはちゃんとしているように見える。

「だいじょうぶ、新人さん?」とニシャがガスに声をかける。

「やあ」とガスは兵士たちでいっぱいの兵員輸送室に入っていく。「生身のオーガスト・キトコだよ」

「来てくれてうれしいわ」とニシャ。「ぎりぎりだったわね。もうちょっとでランチを食べそこなうところだったのよ」

輸送機の奥に褐色の肌の小柄な男がすわっている。その男をかこんでいる将校たちが彼の言葉にじっと耳を傾けている。その男が指揮官なのは明らかだ。ガスは、せっかく軍隊からのがれたのに別の軍隊にかこわれたらしい現状に釈然としていない。とにかく、グレイマルキンはガスをここへ連れてくるのがいいと考えたのだ。その判断を信じるしかない。

輸送機が離陸し、ガスは壁ぞいに並んでいる座席のひとつに腰をおろす。

「じゃあ、ここが」とガス。「ええと、兵器廠なんだね?」

「ここがわたしたちの兵器庫なの」とニシャ。「たぶん、地球外で機能してる最後のひとつね」

ガスはうなずく。「じゃあ、きみは軍人なのかい?」

ニシャは笑う。ふだんから明朗なのだろう。「いいえ、わたしは流れに身をまかせてるの」

短い飛行のあと、輸送機は着陸し、ガスは、三面が飾り気のない長大な建物でかこまれた芝生広場に降りたつ。それぞれの建物の前面に、ツーポールテントを思わせる簡素な形状の屋根を持つ錆色《さび》の柱廊がのびている。それぞれの建物の頂上には、クリームを絞ったような白いタマネギ形で銀色の帯が巻かれているドームがある。

金ぴか《ギルデッド》のゴーストたちが芝生を横切って重要な物資を運んでいる。さらに多くのゴーストたちが、構内の奥のほうで継ぎ目にパラジウムが使われている防衛砲を懸命に整備している。ガスは目の前の光景が信じられない――ゴーストたちは人類の防衛に自分たちの技術を融合させているように見える。

ガスはここの建造物と人々と活動に、心から感謝しつつ驚嘆する。いまこうして、〈ベール〉を突破し、生存者が大勢いる異星のコロニーに実際に来ていることが、いまだに信じられない。地球外でも人々の生活が続いていることは、情報としては知っていたが、目のあたりにすると膝から力が抜けそうになる。すべてが失われてから、あまりに長い時間がたっている。

ヒャルマルがガスの横に来る。「おれも着陸したときはおなじように感じたよ」

ガスは体を震わせながら短く笑って目をぬぐう。「この人たちはほんとに、実際に生きてるんだね」

「生かしつづけるためにおれたちはここにいるんだ」

中央広場から、ガスたちが着陸した谷を見おろせる。ガスはヴァンガードたちの霧にけぶるシルエットに見惚《みと》れる。彼方《かなた》の三体の巨人がともに膝をつき、マニピュレーターを組みあわせて、地球でグレイマルキンがしていたように関節を固定する。そしてユニゾンで歌いだす。アンビエントなハーモニーだが、どこか不気味だ。ヴァンガードたちの静的な波のような慟哭《どうこく》が、パチパチとノイズを発しながらガスの脳を走り抜ける。見まわすと、ニシャとヒャルマルも顔をしかめている。ヒャルマルは耳に水が入ったかのようにぶるっと頭を振る。

ニュージャランダルの将校たちがガスの背後の輸送機から降りてくる。先頭の男が手を振り、低い声でいう。「ようこそ、ミスター・オーガスト・キトコ。連合攻撃艦隊司令官のグニート・マルホトラです。体調はいかがですか?」

「こんにちは。ええ。いろいろ考えあわせれば良好です」とガスは答えて握手を求める。

「ぼくは、ええと、グレイマルキンのパートナーです」

「だからあなたは重要な戦力なのです、ミスター・キトコ。それゆえ、わたしが直接お迎えにあがったのです」司令官はガスの湿った手を握り、感銘を受けたかのように振る。

「光栄です」とガスは応じる。「だらしない格好ですみません。なるべく早くシャワーを浴びさせてもらえませんか?」

「もちろんです」とマルホトラ司令官が答える。「すぐに部屋に案内しますから、そこで体を洗ってください。ブリーフィングでお会いしましょう」

「わかりました。医学検査はいつ受けるんですか?」

「受ける必要があるんですか？」

「受けなくていいんですか？」自分の体について自分で決定することに慣れていないガスはしばし考えこむ。以前の医者たちはガスに夢中だった。「シャワーだけで充分です」

「ブリーフィングは一四〇〇時です、ミスター・キトコ。状況についてお伝えするのを楽しみにしています」

「お役に立てればと思ってます、司令官」

マルホトラは祖父のような笑みを浮かべる。「わたしたちはみな、あなたに期待しています」

プレッシャーなんてあるもんか。

ガスはほかの導管《コンジット》たちと合流して芝生を歩く。補給物資の箱と輸送用ケースがいたるところに大量に積まれており、荷役ドローンたちがそれらを、蟻《あり》の行列のようにきちんと並んで軌道戦闘艦隊に運んでいる。

ガスたちは三棟のうちで最大の建物に到着する。その建物には〝連合攻撃艦隊スフバータル司令部〟という看板がかかっている。パンジャブ語、モンゴル語、英語の三つの言語が書かれているが、ガスは英語の部分しか読めない。

建物の内部はアーチ形になっていて、すべての控え壁《バットトレス》に凝った彫刻がほどこされている。三つにひとつのバットトレスからニュージャランダルの旗が下がっている。全体があざやかな青で上部に白い帯があり、サフラン色の斜線が入っていて、ガスにはなんだかわからない複雑なシンボルがふたつ描かれている旗だ。たずねたいが、もう充分に馬鹿だと思われているかもしれないと思ってためらう。

　ガスはニシャに声をかける。「標的《ブルズアイ》と放浪者《ワンダラー》を倒したのはきみだよね？　グレイマルキンから聞いたよ」

「始末したわ」とニシャが指鉄砲を撃ってふっと煙を吹く。「ヒャルマルは実践《プラクシス》をやっつけたのよ」

　ヒャルマルはうなずき、ガスは「ナイス」という。

「あなたはジュリエットを殺したのよね？」とニシャ。

「うん。船を使って殺したんだ」

「いいわね」とニシャ。「次はそれを試してみなきゃ。あなたもヒャルマルみたいに有名なの？」

　ガスは首を振る。「ぼくがしたもっとも有名なことはアーデント・ヴァイオレットとつきあったことだよ」

　ニシャの興奮がゼロから光速まで一気に加速する。「えっ、マジで？　わたし、アーデントが大好きなの！　〈ベール〉がかかってからは聴けてないのよ！　まだ別れてないのよね？」

「まあね」ガスが自分はアーデントとちゃんとつきあっていると考えるようになったのは離ればなれになってからだ。

「じゃあ、まだつきあってるのね？　あなたはアーデント・ヴァイオレットの彼氏なのね？　いまこのときも？」

「じつのところ、どう答えていいかわからないんだ」

「すごいわ、新人さん。やっぱりあなたも特別なのね」

ガスはにやりとする。「ヴァンガードに乗ってきたってのに、ぼくの恋人が気になるのかい？」

「ええ。だれだってコンジットになれるわ。それがどうしたの？　音楽がうまくても、どうってことない。だけど、アーデント・ヴァイオレットとつきあってるのは――すごいわ」

「正直なんだね」

「昔は変わり者っていわれてたけど、みんなの命を救ったんだから」

「いい手だね」

ニシャはなにかに気づいたようにはっと息を呑《の》む。「アーデントも来てるの？」

こんな銀河系の辺境でも、ガスはアーデントのひきたて役なのだ。その役割はじつに心地いい――それにちょっとした有名人になれる望みがたっぷりある。

「グレイマルキンはふたり乗りじゃないからね。アーデントはあのあと、逮捕されたかもしれない」

ニシャの表情が、驚きからたちまち熱意に変わる。「友達になって、なにもかも教えて」

リセルとゲルタ以来、ガスには友達がいない。アーデントがなんなのかはわからないが、友人ではないだろう。目の前の女性は充分に親切だし、そこまで変人ではない。それに、ガスは五年間、自分のアパートメントにひきこもっていた。社交的な会話に慣れるための手がかりになってくれる相手が必要だ。

「なあ」とヒャルマルがいって身ぶりでガスを示す。「そんな格好でブリーフィングに出るつもりなのか？」

「え？　いや、あなたたちみたいなかっこいいスーツがほしいな」

「じゃあ、シャワーを浴びておくんだな。ここの仕立て屋はべったり密着するんだ」


アーデントはいつも、飲み物と軽食を無尽蔵に提供してもらえて楽しい寄り道ができるツアーポッドでの移動を楽しんでいた。

それはもう過去の話だ。

実際、これは飛行と呼べるものではない。ヨーロッパじゅうで警察に追われていると、側溝に逃げこんだネズミになったような気分になる。ギルデッド・ゴーストの群れが警報ネットワークとして機能しているおかげで、アーデントとダリアは警察の目をかいくぐって転々と移動しつづけられている。ツアーポッドは何度も迂回《うかい》をくりかえしているので、目的地までたどり着けるのだろうかとアーデントは不安になる。数時間ですむはずの移動が一日がかりの冒険になっている。

降りて脚をのばすこともできない。おやつはナッツ＆フルーツになっているし、チョコレートは食べつくしてしまった。バーにはビールしか残っていないが、そもそも酒を飲んでいる場合ではない。頭をさえさせておく必要がある。

〝ベルリン宇宙港《ベルリーナー・ラウムハーフエン》〟と書かれた標識を見ただけでビールを飲みたくなる。

「ベルリン宇宙港でも」とアーデントは問う。「わたしたちを探してると思う?」

「わたしなら探すわね」とダリアは答える。

副操縦士のゴーストとともにツアーポッドを飛ばしながら、ダリアは一日じゅう状況を監視している。余裕があるときにはフィードに目を通したり、リソースを確認したり、飛行ルートを慎重に決めたりしている。生まれながらのリーダーであるダリアにとって、エージェントという職業は役不足なのではないかとアーデントは思う。

「宇宙港長の目録によれば、わたしたちの船はまだ宇宙港にある」とダリアがいう。「警察に押収されてはいない」

「シップハンターに食われちゃうから、わたしたちは地球から出ていかないと思ってるんだ」

「食われればいいと思ってるのかもね」

「ハハハ」

「覚悟を決めてやるっきゃないってわけね」

「だけど、あなたがきょう、覚悟を決めなきゃならなくなったのは、これがはじめてじゃないじゃないか」

ダリアは一瞬、床を凝視してからアーデントの目を見つめる。「くそ食らえ」

アーデントはダリアにいたずらっぽい笑みを向ける。「お忍びの時間ですよ、女王さま」
エージェントもロックスターも、黒い服をたくさん持っている。アーデントは髪のシフ回路を漆黒に切り替え、顔と爪をおなじ色にする。中途半端にする理由はない。

市街の南西端に位置するベルリン宇宙港は、ほとんどの日は静かだ。アーデントは数年間、この街にアパートメントを所有していたが、宇宙船が飛びたつところはめったに見られなかった。巨大な星間定期船は、まれにしか、あるいはまったく帰ってこない主人を待って薄明かりのなかで待機している。

この一年、アーデントはときどき、〈ヴァイオレット・シフト〉と名づけた自分の船、コルサAシリーズ・ツインエンジンを訪れてブリッジですわっていた。ふたたび飛びたって彼方のコロニーを訪れ、新しい星々とアリーナでロックをやることを想像するのが好きだった。ダリアはたまに数時間かけて宇宙船のメンテナンスをしていたが、気持ちが落ちこむのでやめた。

格納庫に侵入して〈ヴァイオレット・シフト〉にたどり着き、エレベーターで上げて飛びたたなければならない。唯一の問題は、エレベーターと宇宙船自体の両方がちゃんとメンテナンスされているかどうかだ。ありがたいことに、燃料はまだたっぷり残っていて、半減期に達するまでに、少なくともあと百万年はかかるはずだ。

アーデントは空港のそばにある川ぞいの緑道に着陸したツアーポッドから降りる。時間が遅いので、ジョギング中の人がたまたま通りかかる以外はだれも来そうにない。アーデントはベイビーを肩にかついでダリアにうなずく。

「ギターを持っていくのね？」とエージェントがたずねる。

「ヴァンガードは音楽が大好きなのさ」

「え、ヴァンガードのために演奏するつもりなの？」

「うん。そういうことになってるんだ」

アーデントとダリアとゴーストはツアーポッドを離れて夜の闇へとまぎれこむ。フェンスの前に到着すると、ゴーストがのぼってアラームボックスをこじあける。鉤爪《かぎづめ》をなかに突っこんでかきまわすと、損傷した回路から火花が散る。フェンスの各支柱の赤いライトと近くのカメラが暗くなる。

「こいつがいれば銀行の金庫に忍びこめるかもしれないわね」とダリアがささやく。

「わたしたちはもう充分に金持ちだよ、ドールフェイス」とアーデントは答える。

「資産が凍結されたことを覚えてる？　あのゴーストがセキュリティをこんなにあっさりと無効にできるなら、わたしたちの船じゃなくてもかまわないってことになるわね。ここにある船をよりどりみどりで盗めるのよ」

アーデントは地上につなぎとめられている宇宙船の墓場を指さしながらいう。「どうぞ、選んで」

ダリアはためらう。「どれも、ちゃんとメンテナンスされてるかどうかわからないわね」

アーデントは肩をすくめると、通れるようになったばかりの出入口をくぐる。ベイビーにひっかき傷がつかないように金網を大きく開く。ダリアが続き、ふたりは迷路のような排水システムに直面する。開口部はどれもアーデントよりわずかに高いだけで、真っ暗闇へと続いている。

ゴーストがもっとも近いトンネルを、コンクリートで鉤爪を鳴らしながら軽快に進む。赤い目が周囲を不気味な色合いに染める。ごくふつうの筋状のカビが血痕のように見え、アーデントは自分を鼓舞《こぶ》しながら進む。手がかすかに震えているが、前進しつづける。

「わたしたちの船への道はわかってるの？」ゴーストに追いつくと、アーデントはそうささやく。

「ええ」とゴーストは重苦しい女性の声で答える。

「よかった。たしかめただけだよ」

アーデントはダリアが続いていることを確認する。パイロットがいないとどうにもならない。

アーデントがライトをつける指示をして片手を高く上げると、ガングが光り輝く球体のホロを投射する。排水トンネル内を歩くのは危険きわまりないし、複雑に分岐していて明確な出口があるわけではない。一行は何度も、危険を警告する標識がない、水を地下へ流すための底なし穴の横を通過する。明かりがなかったらこの深淵から抜けだすことは不可能だろう。

大きな分岐点に出たところで、ゴーストがレーザーでメンテナンスハッチを切り開く。アーデントはできたての穴をすんなり通り抜けるが、ダリアのロングコートはちょっぴり焦げる。抜けた先のトンネルは煤《すす》でおおわれていて、明らかに金属的な匂いが漂っている。

「ここは排気口だわ」とダリアがいう。

「よかった」とアーデントは答える。「このトンネルを進めば発射エリアに行ける」

「ええ、わたしたちがここにいるあいだに発射が実行されなければね」ダリアが手袋をした手で壁をぬぐうと真っ黒な煤が滝のように床に落ちる。

「だれも地球を出ていかないさ」

「ガスは出ていったばかりよ。ネットに自分も続きたいっていう書きこみがある」

アーデントは顔をしかめ、自動機械《オートマトン》をぽんと叩いていう。「じゃあ、急ぐしかないね、ミスター・ゴースト？」

ゴーストはアーデントの心配にかまわず軽やかな足どりで進む。ゴーストに話しかけることで不安が多少やわらぐ。ゴーストがペットのように、あるいはろくでなしの元カレのように思える。怖いのはゴーストが返事をするときだけだ。

闇のなかをえんえんと進んでいるうちに、アーデントは白い円に気づく。彼方の発射エリアだ。あそこまで行けば、〈ヴァイオレット・シフト〉に乗りこみ、耐爆シャッターを開いて飛びたてる。

ゴーストがだしぬけにトンネルいっぱいにのび、柵《さく》のようになってアーデントの行く手をはばむ。アーデントはゴーストにぶつかり、大きく腕を振ってバランスをとりながらあとずさる。

「どうしたんだ?」とアーデントはささやくが、発射エリアに通じるトンネルの端を人影が横切る。

ゴーストはもとどおりに縮んで目の輝きを消す。アーデントとダリアはホロプロジェクターを終了する。ひんやりする金属の鉤爪に手をつかまれ、アーデントは声をあげそうになる。ゴーストについて迷路のような荒涼とした排水路を進むのも恐ろしかったが、機械に手を握られると、ぞわっと身の毛がよだつ。

アーデントは高まる恐怖を多少なりとも抑える。こいつには触れるべきじゃない。こいつにはしたがうべきじゃない。これは〈美人と野蛮人《ベル・エ・ブリュタル》〉からの脱出とは違う。強制的で突然だったし、背筋《せすじ》が寒くなる曲芸続きだった逃亡劇じゃない。ここは火葬室だし、わたしは悪魔と手をつないでるんだ。

暗闇のなかでダリアの指がアーデントのもう片方の手を見つけて握る。

アーデントは、ダリアに、「濡《ぬ》れた土はどんな匂い?」とたずねられているような気がする。

それが功を奏し、ゴーストはアーデントとダリアをトンネルの開口部へと徐々に導く。十歩以内に近づくと、ターミナル全体にも発射台上にも大勢の法執行官がいるのが見える。

アーデントは下がろうとするが、ゴーストは手を放さない。

「放して」とアーデントは胸をどきどきさせながらささやく。

「アーデント」とダリアが声をかけるが、アーデントにはもうほとんど聞こえない。

アーデントはこのくそったれに触れていることに耐えられない。人の頭が消去《ワイプ》されるときのうつろな音を忘れられない。高所から落下しているかのように、耳のなかで脈を打つ音が大きく響き、アーデントは鉤爪で皮膚が切れるほど強く手をひねる。ゴーストは手を放すが、ダリアがアーデントを壁に押しつけてぎゅっと抱きしめる。

ダリアはアーデントの顔を自分の首に押しつけて髪をなでる。襟で口をふさいでおけばパニックに駆られて大声を出すことはないので一石二鳥だ。

「おちついて」とダリアはささやく。「がんばって」

いきなり強い光を浴びせられ、「止まれ、警察《ポリツァイ》だ！」という声が響く。

不思議なことに、新たな危険が迫るとそれまで感じていた恐怖が消える。

「もうがんばらなくていいわ」とダリアはため息をつきながら両手を上げて一歩下がる。煤で汚れた顔には失望が明確にあらわれている。「こうなったら、いさぎよく失敗を受け入れるしかないわ」

「あとちょっとだったのに」アーデントはショックのあまり涙ぐむ。

「しょうがないわ」とダリアはきっと口を結ぶ。「刑務所に入るのも、恒星間宇宙船に乗るのも似たようなものよ」

「話すのをやめろ《ホア・アウフ・ツー・レーデン》！」と男がどなり、そのあと、ドイツ語で無線になにやらぶつぶついう。

男の容貌までは見分けられないが、戦術装備を身につけたがっちりした男なのはわかる。男がこっちに向けているなにかは致命的な武器かもしれない、とアーデントはおびえる。

どうしてゴーストは攻撃しないんだろう？　これまではいつも助けてくれたのに。役立たずな怪物がトンネルの床で鎖の敷物のように平たくなっているのを見て、アーデントはダリアをこの失敗に巻きこんだことを後悔する。

「こっちにゆっくり歩いてこい」と男はなまりのある英語でいう。「両手が見えるようにしておけ」

ダリアとアーデントはしたがい、ゴーストを慎重によけて歩く。警官はふたりをシャッターが開いている発射エリアへと連れだす。そこには警官が、少なくともさらに十数人いる。黒い戦術装備とヘルメットのせいで殺人甲虫のように見える警官たちは、ターミナルの中二階にずらりと並んでいる。うれしくなるほどの警官の多さだ。逮捕されるときですら、アーデントは大物なのだ。

「両膝をついて頭の上で手を組め」とバルコニーから女性が大声で命じる。

アーデントは命じられたとおりにする。すると、アーデントたちを見つけた警官が両手を背中にまわさせる。アーデントは痛みで短く叫び、それをきっかけにゴーストがいきなり行動を開始する。

ゴーストはのこぎりの刃のように平らにのびてトンネルから飛びだし、警官の肘をつかむ。頭の横で不快な音がしたのでアーデントがそっちを向くと、男が叫びながら折れた腕をかかえている。銃が床を転がる。

「射撃開始《オッフェーネス・フォイアー》！　撃て《シュイーセン》！　シュイーセン！」と指揮官の女性が叫ぶ。アーデントがぞっとしたことに、警官たちは引き金をひく。

ゴーストは猫形態に変形し、盗んだ声で悲鳴をあげる。

ゴーストは気の毒な警官のライフルを拾って撃ちまくる。全員が頭を下げる。まばゆい炎の槍《やり》が怪物に突き刺さるが、ゴーストは切断用レーザーを展開し、撃ちまくって反撃する。猛攻を受けた警官たちは悲鳴をあげながらちりぢりに逃げまどう。残念ながら、警察ドローンははるかにすばやいし信頼性も高い。

ダリアはアーデントの襟をつかんで地面に押し倒し、ゴーストから遠ざける。ドローンの砲火で金色のオートマトンがこなごなになると、ホバリングしている武器プラットフォーム群はアーデントとダリアのほうに向かう。

「抵抗しません！」とダリアは両手を上げながら叫び、アーデントの前で立ちあがる。

ダリアの背中から血しぶきが噴きだす。ダリアはよろめき、アーデントは彼女の名前を叫ぶ。尻もちをついたダリアが、腹をかかえてから離した手は濡れている。

「くそ、撃たれた……」

「ああ、ダリア、そんな！」アーデントはすぐさまダリアのもとに駆けよって銃創《じゅうそう》を探す。圧迫すれば止血できるかもしれない。

警官たちが黒い鎧《よろい》の波のようにふたりに殺到して押し包む。いたるところで叫び声があがり、アーデントは過呼吸を抑えられない。

「伏せろ《アウフ・デン・ボーデン》！　急げ《シュネル》！　シュネル！」

警官たちは、蹴ったり叫んだりしているアーデントをダリアからひき離す。そのとき肘がたまたまアーデントの顔にあたって意識を朦朧《もうろう》とさせる。警官が手荒くアーデントの服を叩いてガングを奪う。アーデントはゆっくりとまばたきしながら、襲ってきた多数の警官を見る。

アーデントは、苦しい息をしながら、「殺される。殺される。殺される」と考える。

照明が消え、警官たちはふたりをひきずるのをやめて武器を構える。

「レッド隊《ローテス・テイーム》、状況は?」とひとりがいい、近くでこもった銃声が響く。

「くそ《シャイセ》」とアーデントをつかんだままの警官がささやく。

ターミナルを見おろす管制室内で銃口炎《マズルフラッシュ》がストロボのように光る。短い戦闘のあと、真っ暗になる。

「管制室《ライトシユタント》、状況は!」

アーデントは勇気と理性を振り絞ってささやく。「逃げたほうがいいよ」

発射エリアが活動を開始し、点滅する警告灯がすべての壁から飛びだす。混乱した合成音声が流れる。「警告。船の積みこみが進行中《ラーデフォアガング・デス・シフス・イン・アルバイト》。発射エリアに生命体を検出《レーベンスフォルメン・イン・デア・アブシユスランペ・エントデッケン》」

警官たちは、血を流しながら倒れているダリアを放置してアーデントをかこむ。

合成音声が続く。「オーバーライド承認《エアフォルクライヒ・ウーバーブリユックト》。全員、ただちに退避することを勧告——」

全員が集まっている区画の床がいきなり動きだし、警告が中断する。厚い金属板が中央で割れて底なしの深さの格納エリアがあらわになる。アーデントのコルサはそこで、ほかの多くの宇宙船とともに保管されている。警報が鳴り響き、非常口が真っ赤に照らしだされる。ホログラフの矢印が、魚の群れのように、警官たちとアーデント、それに血まみれのダリアを出口へと誘導する。

だが、出口のドアが開くと、金色の海に浮かぶ赤い目の波がほとばしる。ギルデッド・ゴーストの群れが怒濤《どとう》の勢いで押し寄せてくる。中二階の手すりからあふれ、排気トンネルから噴出し、メンテナンスハッチや通気口などのちょっとした隙間から飛びだしてくる。

そして、数えきれないほどの死者の声で血に飢えた叫びをあげる。

ゴーストたちは数の力で警官の隊列を圧倒する。警官たちは光り輝く嵐に何千発もの銃弾を撃ちこむが、ほとんど効果はない。警官のなかにはスタン警棒を持っている者もいる。スタン警棒は、アーデントを昏倒《こんとう》させられるだろうが、ゴーストにはほとんど効果がない。アーデントを拘束している警官は、鉤爪でヘルメットをつかまれ、バイザーをはぎとられて驚きの叫びをあげる。

アーデントはこの機に乗じて警官の手をもぎ離すが、どこもかしこも赤い目と恐怖におびえる法執行官だらけだ。アーデントは頭が真っ白になる。いますぐここから逃げなきゃ。ほかのことはどうだっていい。

だめだ。ダリアを助けなきゃ。ダリアには大きな借りがある。

ひどくなる一方の混乱のなか、アーデントは警官とゴーストをかわしながらすばやくダリアのもとに到達してかたわらに滑りこむ。「どうか無事でいて」

「痛い」と床に頬をつけているダリアはうめく。

アーデントは安堵《あんど》の涙をこらえるが、ダリアは大量に出血している。もよりのゴーストと目をあわせ、「助けて」と懇願する。

そのオートマトンはダリアのそばにやってきて、「どけ」とひとことという。火花が散りはじめた牙をダリアの腹部に突き刺す。ダリアは苦痛の悲鳴をあげる。肉が焼ける不快な臭いが漂うなか、ゴーストは牙をひき抜く。

ふたつに割れた発射エリアの床が両側の壁に吸いこまれて戦える空間がどんどん狭くなるが、両陣営はどちらでも小規模な主導権争いを続ける。ひとりの女性警官が向こうの床の端から転落しかけるが、ゴーストが彼女の装甲をつかむ。そしてその哀れな女性を安全な場所に投げあげてから装甲板の隙間を何度も痛打する。ゴーストたちはだれも殺していない――死んだほうがましだと思わせているだけだ。

〈ヴァイオレット・シフト〉が警官たちのあいだをせりあがってくる。アーデントがいつもしているような派手な登場ぶりだ。クジラとまではいかないが、五人がコンサートからコンサートへと銀河系内を快適に移動するのに充分な大きさだ。着陸灯が宇宙船の下側を照らしており、ゴーストたちが船体を這いまわっている。ゴーストたちは発射エリアをずたずたにし、つなぎあわせた配線と金属が失われた跡のパッチワークに変えてしまっている。

ゴーストは施設全体をハッキングしたのかな？

「コルサだ！　ゴーストたちがわたしの船を持ってきてくれた！」

「もうわたしの船よ」とダリアがうめきながらいう。「約束を覚えてるわよね？」

「ああ、よかった。立てる？」

「撃たれて、しかも刺されたのよ」

「コルサには快適なベッドがあるし、好きなだけ向《こう》精神薬を摂取できるよ」

ダリアはアーデントを落ちくぼんだ目で見つめる。出血のせいでそばかすのある肌が青ざめているが、ゴーストの牙の焼灼《しょうしゃく》は功を奏したようだ。「いますぐくそ薬物がほしいわ」

アーデントはぱちんと手を打ちあわせる。「そうそう、その調子。さあ、行こう」

アーデントは肩の激痛に耐えながらダリアの腕をつかんで助け起こす。ダリアは悲鳴をあげて倒れこみそうになるが、ふたりは立ちつづける。船までたったの三十歩だ。

アーデントは特定の事柄についてパニックになる余裕もなく、奇妙に頭がさえている。〈ヴァイオレット・シフト〉からおりてくるタラップという光が差す。助かった、という安心感が全身を包む――重要なのはあれだけだ。あれに集中していさえすれば……

小規模な衝突の上で屋根が開きはじめて宇宙港の投光照明が漏れ入ってくる。雲におおわれた空の向こうには星空がひろがっているはずだ。アーデントはそこをめざす。ゴーストたちが何度も盾となって、流れ弾や飛び散った破片から守ってくれる。

アーデントはすべてを無視することで冷静さを保つ。「一歩ずつ進めばいいんだ。あそこにタラップがある。よし、行くぞ」

ハッチを抜けるやいなや、アーデントはコンピューターにサインインして「ハッチを閉じろ!」と叫ぶ。

ハッチが閉まりきる寸前に一体のゴーストが飛びこんできてエージェントの前に滑りこむ。

ダリアは悲鳴をあげる。

アーデントは歯を食いしばる。「ダリア、悪いけど、操縦してもらわなきゃならないんだ」

「病院に行かなきゃ。逮捕されたっていい」

アーデントはダリアの体をつかんで倒れないように支える。「あいつらはあなたを出血死させようとしたんだよ、ドールフェイス。ゴースト! そこにいる? ダリアはだいじょうぶなの?」

「わたしたちは全員、これを乗り越える」とゴーストが答える。

ゴーストの頭部がぱっくりと割れてビームスキャナーがあらわれる。青い光がふたりを透過して皮膚をゼラチンのように透明にする。ダリアの銃創が胸部の、管状の出入口があるあざやかな赤の塊《かたまり》として表示される。ステントが組織を保持している——ゴーストが挿入したなんらかの移植物だ。

「お願い、ダリア」とアーデント。「コースを設定して船を飛ばしてくれたら、この不気味な怪物にあなたを看護させるから」

「あなたは断トツで最悪のクライアントよ」

「あなたの唯一のクライアントさ」

「これまではね」

だが、ダリアは血をしたたらせながらブリッジに向かう。アーデントとゴーストはついていき、ダリアが船長席にすわるのを手伝う。重傷を負っているにもかかわらず、ダリアはコンソールの上で両手を広げ、うれしそうにため息をつく。

ダリアは船を起動し、ゴーストに命じて飛行前チェックをすべて実行させる。機械の怪物は数種類の電子音で返事をして問題がないことを伝える。ダリアは出港手続きを進めて問題なく軌道へ到達できることを確認する。

船のシステムがすべて異常なしと報告すると、ダリアはインターコムのボタンを押し、オーディオプロジェクターを通じて放送する。

「わたしを撃った連中に告ぐ。まもなく噴射を開始する。骨まで焼きつくされたくないなら」――ダリアは青ざめた顔にかすかな笑みを浮かべる――「退去しなさい。三十秒待つ。好きにして」

だが、聞いている者はだれもいないようだ。スキャナーの表示によれば、有機体とオートマトンがあいかわらず衝突している。

アーデントがうしろからゴーストをぽんと叩くと、そいつはフクロウのように頭をくるりと一回転させる。「警察を出ていかせて。彼らがいると出発できない」

「できるわよ」といってダリアは咳《せ》きこむが、操縦装置から手を放す。「豚どもが出ていかないなら、こんがり焼いてやる」

ゴーストたちが、やってきたときと同様にすばやく退却する。残された警官たちは、困惑しながらも、ライフルで周囲を掃射しつつコルサをめざしておずおずと前進しはじめる。

「きっかけが必要なのかもね」とダリアはいって機動スラスターを噴射させる。

アーデントが見ていると、外気温が摂氏《せっし》で二十度上昇する。ターミナルで慎重に様子をうかがっていた警官たちが、即座に全力疾走で逃げだす。

「逃げだした！」とアーデント。

「じゃあ、シートベルトを締めて、ツアーをはじめましょう」とダリアはいい、痛みに耐えながらエンジンの出力を上げる。

船が揺れだし、アーデントはよろめきながら耐G席にたどりついて体を固定する。ビュースクリーンを見ると、〈ヴァイオレット・シフト〉が上昇するにつれて宇宙港のターミナルの壁が後退していく。ダリアは重力加速度にうめき声をあげながらも、なんとかまっすぐすわりつづけている。

ベルリンの明かりが眼下に広がり、アーデントは街に別れを告げる。コルサは振動しながら低く垂れこめている雲を突き抜ける。船はしばらく点検を受けていないので、ダリアはかつてのように操縦できないのかもしれない。

ゴーストは電子音を発して指でレーダーを示す。各種の強力な武器で武装した警察の宇宙船がぐんぐん接近している。

「二機が追ってきてる。なるほどね。大気圏内での超光速折《フォールド》りたたみに備えて」とダリアはいう。「揺れるわよ、アーデント」

「地球への放射線は？」

「これは小型船だし、ほとんどの放射線は到着時に放出される。人への影響は心配ないわ──近づきすぎなければ」

ダッシュボードのホロによれば、星間航行ドライブは充電中で、フィレンツェへの長距離跳躍の準備がととのうまでにはまだしばらくかかる。

「よし、ピエロどもをぶっちぎってやる」とダリア。「簡易フォールドを実行する。三秒後にバブル展開……」

燃料がつき、救助もされずに何光年《こうねん》も離れた宇宙空間を漂流する船の話がアーデントの脳裏にちらつく。

「本気？」

「二……」

飢え死にするか、空気がなくなるか、それとも──

「一。実行」

第十一章　カインド・オブ・ブルー

ヒャルマルがいっていたとおり、仕立て屋はほんとうにべったり密着して作業する。ガスはシャワーを浴びたあと、ライブ衣装をあつらえるときとおなじく、フィッティングのためにスキャンされる。ただし、今回はスーツがプリントされたあと、ポートを調整し、移動するために五回も試着させられる。服飾技師たちは、一点もゆるがせにすることなく細部までこだわり抜く。

ガスについた世話係はスジョット大佐という親しみやすい男性だ。青い上着を着て、ガスがいままで見たなかで最高の口ひげをたくわえている。ひげはブラックホールのように黒く、その配置とカットはレーザー加工のように精密だ。両端は上向きにカールしていて、永遠の微笑をたたえているように見えるが、若き大佐が戦場で命令を叫んでいる姿も想像にかたくない。スジョットは研究室の一角に立ち、ガングで暇つぶしをしながら技術者たちと冗談をいいあっている。

「時間切れです、みなさん」とスジョットがいう。ガスはやっと休めてほっとする。「ミスター・キトコを状況報告《ブリーフィング》にお連れしないと。スーツは着たままでかまいませんから」

通路に出るとすぐ、ガスはいう。「助かりました。あのフィッティングにはもう耐えられなくなってたんです」

「注目されるのがお好きじゃないんですね」とスジョット。

「最近、注目されすぎてるだけですよ」とガス。「ほんとにもうブリーフィングの時間なんですか？　シャワーを浴びてから、ひと息つく間もなかったんですけど」

「残念ながら。あと十二時間しかないので。生きのびたかったら、さっさととりかからないと」

「たしかにそうですね」

スジョット大佐はガスを連れて、将校と配達ドローンが行き交う広い通路を進む。ホロが数十ものさまざまなワークステーションに戦術画面を投影している。あちこちで兵士たちが少人数のブリーフィングをおこなっている。戦いが迫っているいま、浮かれている者はひとりもいない。だが、ガスに気づくとほほえんでくれる。それどころか、何人かは手を振ってくれる。

ぼくのために平静を装ってるんだ。

みんなの命が先兵《ヴァンガード》の導管《コンジット》にかかってるんだから、厚意に報いなきゃな、とガスは自分をふるいたたせる。背筋《せすじ》をのばし、胸を張って歩く。青いスーツはじつにかっこいいので、おおいに自信がつく。

ただ、すこし尻に食いこむ。股間にもっと余裕を持たせてもらうべきだった。

「ああ、ミスター・キトコ！」とマルホトラ司令官がガスを手招きする。司令官は胸に勲章をつけた将校たちにかこまれて立っている。緊迫した状況にもかかわらず、みな、動じることなくおちついている。

「わたしはここで失礼します」とスジョットがいう。「お偉方は苦手なんですよ。がんばってください、ミスター・キトコ」

「あなたも」とガスはいって司令官のグループに加わる。

ガスが対面した高官たちは、司令官のような父性的な魅力に欠けるし、思慮深さもはるかに劣っているように思える。マルホトラがひとりずつ紹介する。アルタンゲレル将軍、カプール将軍、シン提督、ヴォーラ副提督。挨拶がすむと、一行はブリーフィングルームに入る。なかに入ると、モンゴルとインドのラージプート建築の息を呑《の》むような融合にガスは目を奪われる。錆《さび》色が基調になっている部屋は、照明は明るいにもかかわらず、薄暗くておちついた雰囲気に感じる。徐々に低くなっている階段状の座席にかこまれた中央の石造りの演壇には、連合攻撃艦隊の紋章とニュージャランダルの旗がホロプロジェクターで投影されている。環状に配置された苔瑪瑙《こけめのう》のデスクは端がかすかに光っているので、部屋が細い線の輪で埋められているように見える。多葉《たよう》アーチが外周の柱を、傾斜がゆるやかな円錐《えんすい》形の天井につないでいる。アーチの頂点から中央の天幕のような部分へ、支柱がスポークのようにのびている。

おばあちゃんがこれを見たら、さぞかし喜んだことだろう。

湾曲している壁には、〈無限拡張〉期の最初の冒険的事業からはじまる四百年間の進歩をテーマにしたフレスコ画が描かれている。ガスが振り返って入口近くの壁画に目を向けると、金色の点がちりばめられた闇が広がっている。一瞬後、ガスは気づく——あれは〈ベール〉がかかった状態なんだ。

「きれいですね」とガスはいう。「この五年間が数世紀におよぶ歴史の汚点になってしまったことがすこし悲しいです」

司令官は手を背中で組んで深く息を吸う。「〈ベール〉は、だれにとっても、なにもかもをだいなしにしました。人類が、可能だったうちに団結できていたらよかったんですがね」

「まったくですね」とガスは応じる。

「失礼」とスウェーデンの大鴉《おおがらす》が墓石のようなしゃがれ声でいきなり話しかけてきたので、ガスは階段で転びそうになる。さっきとおなじぴったりした青いスーツで羨望《せんぼう》に値する筋肉を包んでいるヒャルマルは、無表情でガスを見つめる。ひょっとしたら便秘なのかもしれない。

ニシャが大柄なドラマーのうしろからあらわれてガスに手を振る。「ハーイ、新しい友達」

「やあ」とガスは応じるが、〝友達〟という言葉に胃がぎゅっと締めつけられる。その言葉を耳にしただけで不安になる。もしも明日を生きのびられたら、このことについてセラピストに相談するべきだろう。もっとも、かかりつけのセラピストが地球への攻撃を生きのびたのかどうかはまだ確認していない。

もしもベンジーが死んでいたら、ガスはセラピストについてのセラピーを受けなければならないだろう。

「いま、魔猫《グレイマルキン》があなたに話しかけてるの？　それともぼうっとしてるだけ？」とニシャは両手を腰にあてながらたずねる。

「ごめん」とガスは謝って、集中力を欠いたことをごまかそうとぐるりと見まわす。「この部屋に圧倒されてたんだ」

「わかるわ。わたしもこの部屋をはじめて見たときはかっこいいと思ったけど、会議が四時間続いたらなんとも思わなくなっちゃった。ねえ、アーデントって実際はどんな人？」

どうやら、ニシャは話を変えるのではなく、ぶった切るタイプのようだ。ガスはニシャに礼儀正しい笑顔を向ける。

「アーデントは……とんでもないよ」

ニシャは顔をしかめる。「どういう意味？」

「ぶっ飛んでるってところかな」

ニシャはその答えにも満足しない。だがほかの人たちが部屋に入ってきて混雑しはじめ、すぐに通路で会話を続けられなくなる。

「邪魔になってるぞ」とヒャルマルがふたりを押しのけ、前のほうのデスクの列へ歩いていく。

「彼はいつもあんな感じなのかい？」とガスはたずねる。

「いいえ」とニシャは答える。「わたしにはとっても親切よ」

「へえ」

ガスはニシャに続いて前のほうに向かう。ニシャは多くの兵士たちに古なじみのように手を振り、名前を呼んで挨拶する。

「どれくらいここにいるの？」とガスはたずねる。

「いったでしょ、わたしはここ出身なの」

「いや、兵器廠《しょう》に来て、軍に合流してからっていう意味だよ」

「二週間くらいね」

「なのに、みんなを知ってるんだね」

ニシャはうなずく。「そうよ！　わたしは記憶力抜群なの。雑学クイズは好き？」

ガスはにやりとする。「ぼくがくわしいことといったらバンドくらいだな」

ニシャは二列目のヒャルマルの隣の席にどさっと腰をおろす。「生きていられたら、飲みながらあなたをこてんぱんにやっつけてあげる」

友達よりも怖いのは計画を立てる友達だけだ。

係員がガスとヒャルマルのために骨伝導ステッカーを持ってくる。ふたりはそれを耳のうしろに貼ってガングにペアリングする。

「こんにちは、ミスター・キトコ」とステッカーから女性の声が聞こえる。「このブリーフィングはニュージャランダルの公用語であるパンジャブ語でおこなわれます。わたしが翻訳を担当します」

「ありがとう」と、コンピューターの通訳くらいしか体験したことがないガスは礼を述べる。

「特別な配慮は必要ですか？」

「いいえ、だいじょうぶです」

立ち見が出るほどホールが満員になると、マルホトラ司令官が幹部将校たちを連れて石壇に上がる。

「お集まりいただきありがとうございます」とマルホトラは母国語で話しだす。間を置かずに通訳が聞こえる。「二週間前、世界が終わろうとしているときに大演説をしたばかりなので、今回は前置きを省略させてもらいます」

聴衆がくすくす笑うが、ガスははげみになる言葉を聞きたくてうずうずする。

照明が落ち、マルホトラの頭上にこの星系のホログラフモデルが投影され、天体群が聴衆の上に広がる。太陽系にそっくりだが、天体がややまばらだ。ガスは惑星のひとつの上にニユージャランダルというラベルが付されていることに気づく。

「標的《ブルズアイ》と放浪者《ワンダラー》との戦いのあとで生き残り、復旧するのは容易ではありませんでした」とマルホトラは続ける。「近くに新たな群れが集結していることは、みなさんにとって意外ではないでしょう。今回はわれわれが先制攻撃をかけなければなりません」

マルホトラは手をのばし、投影されている天体のひとつ、公転面が傾いている小惑星帯のひとつに属する小さな小惑星に触れる。その岩塊のホロが拡大され、部屋の上ででかでかと浮かぶ。その表面はきらきらと輝いている。一瞬遅れて、ガスはその巨大な岩でゴーストたちがうごめいていることに気づく。

「敵は主力をここ、小惑星2143VK415に配備しています。ただし、この作戦では、この小惑星を巣《ハイブ》と呼称します。偵察機はほとんどが待ち伏せ攻撃で破壊されましたが、その前にこのスキャンを実行することに成功しました。本日、このあと、戦死者を追悼します」

ホロ映像がズームインし、浮遊する岩の核に巣くっているゴーストたちの大群が大写しになる。ゴーストたちはシロアリのように小惑星を食い荒らし、その表面をねじくれた溝だらけにしている。

「金ぴか《ギルデッド》のゴーストたちはパラジウムや金や希少鉱物を採掘して自分たちを増やすために使っています。実際に目《ま》のあたりにしたかたもいらっしゃるでしょうが、ゴーストは宇宙船の残骸から人間の体にいたるまで、なんでも分解して再構成することができます。ゴーストが増殖するままにしておいたら、いずれ〝最終解決〟にいたるでしょう」

　マルホトラ司令官の目つきがけわしくなる。「この惑星のすべての男性、女性、子供につきゴーストが一体ずつ存在していると思われます。彼らは圧倒的な力で攻撃してくるので、反逆者ヴァンガードたちでさえわたしたちを守りきれません」

　映像がズームアウトして見えてきたニュージャランダルとハイブの軌道はほぼ交差している。小惑星は、この惑星からわずか五十万キロ以内、つまり群れにとってはすぐそばを通過する。

　マルホトラは背中で手を組む。「ゴーストたちはここに到達するまでに準備をととのえるつもりでいるはずです。だから、こっちの主導で対決するのです。困難な作戦ですが、わたしたちはやりとげるでしょう。シン提督？」

　壇上に立った女性は兵士たちの前で王族のようにふるまう。彼女に逆らうなんて想像もできない。

「連合攻撃艦隊は、超光速近距離攻撃能力を使ってハイブの射程内に展開します。機械たちにもらった新たなシステムを駆使してゴーストたちを百万単位で蒸発させます。わがほうのヴァンガード護衛隊は、艦隊を守ると同時に、貴重な状況認識を提供します。ヴァンガードたちがいなければ、この作戦は失敗に終わるでしょう」

シン提督は、そういいながらガスと目をあわせるので、彼は自分の席の下に潜りこみたくなる。

「連瀑《カスケード》とニシャ・コーリは、すでにわたしたちの大義にはかりしれない貢献をしてくれています。いまお伝えしている情報の多くは、彼女と機械たちとの交感によって得られました。もしわたしたちが攻撃を阻止し、敵のゴーストたちを掌握できたら、それは彼女のおかげです」

ニシャが仲間の兵士たちに手を振ると、多くの兵士が愛情のこもった笑顔になる。ニシャは人気者なのだ。

「ミス・コーリによれば」とシン。「有効範囲内まで接近させられれば、わがほうのヴァンガードたちはゴーストたちの一部を制御できます。そして、ほかのゴーストを攻撃させてから自爆させられるのだそうです」

ガスはうなずく。ちゃんとした計画のように思えるが、どうすれば制御できるのかはわからない。グレイマルキンがなんとかしてくれるといいのだが。

「そのため、旗艦《きかん》に三体のヴァンガードを乗せることにしました」と提督が付け加えると聴衆にざわめきが広がる。「コンジットたちによれば、ヴァンガードの超光速ドライブには弱点がありますーー長距離飛行が可能ですが、長い充電時間が必要なのです。わたしたちは、ヴァンガードたちを戦場まで連れていける機会に感謝するべきなのです。では、アルタンゲレル将軍に敵の位置についてご説明いただきます」

シンが下がって、年配のモンゴル人男性が登壇する。将軍の顔は年輪が刻みこまれており、白いひげはやや乱れている。ほんとならもう引退してる年齢なんだろうな、とガスは思う。

人類の大半が死んでしまったいま、すぐれたリーダーを見つけるのは容易ではないはずだ。

「情報部によって、ハイブは三体の敵ヴァンガード、すなわち哀歌《エレジー》と白《シロ》と近衛兵《プレトリアン》の支配下にあることが確認されています。容易ならざる戦いになるでしょう」

そのとき、三体の敵ヴァンガードの投影像が頭上にあらわれる。

実物大ではないが、それでも聴衆を見おろしてそびえている。

「エレジーを最初の標的にしなければなりません」とアルタンゲレルは身ぶりで一体のヴァンガードを示す。

エレジーはほっそりしていて青く、骸骨のように腰と肩が際だっている。ひょろ長い腕と脚は先端が刃のようになっており、映像ではバレエダンサーのように片足で立ってバランスをとっている。エレジーはその悲哀に満ちた歌からそう名づけられた。ジュリエットの歌の陶酔を誘う音色とパターンとは異なり、それは人間を絶望させ、座して死を待つように仕向ける。

ゴーストたちが通りで泣きながら逃げ惑っている人々を追いたて、片っ端から消去《ワイプ》していいる映像が流れる。ガスは目をつぶる。どうなるかを知っている大量殺戮《さつりく》を見たくないからだ。

アルタンゲレルは続ける。「これが大きな戦術上の課題です。エレジーには核分裂爆発をピンポイントで生じさせる能力があります――戦闘機なら逃げきれますが、駆逐艦級の軍艦は破壊されてしまうでしょう。宇宙戦闘では、戦闘機編隊がシップハンターとゴーストを撃破するのが難しいことは実証されています。ですが、連合側のヴァンガードたちがいれば望みはあります」

アルタンゲレルは次なる敵、シロを強調表示する。シロは四本の腕のそれぞれに長いエネルギーブレードを握っている。その真っ白な立ち姿は優美だ。胸の前で浮遊プレート群が、かすかなエネルギーで輝きながら回転し、結晶状破面《はめん》になっている装甲外殻はきらきら光っている。

「シロはすばやく、遠距離戦術よりも接近戦を好みます。また、わが軍の最強のエネルギー砲でさえはねかえせる融除性《ゆうじょせい》皮膜でおおわれています」

白いヴァンガードが艦船を、ブレードを振るって次々とまっぷたつにして破壊する映像が流れる。

「シロはわが軍の艦隊との距離を詰め、一隻ずつ撃破しようとするでしょう。艦隊が火力支援を提供するためには、シロを近づけてはなりません」

ほか二体のヴァンガードは消えてプレトリアンだけが残る。プレトリアンは三体のなかで最大で、ガンメタルグレーの外装に溶岩のような赤いラインがアクセントになっている。古代の騎士のように、全身が何層もの装甲板でおおわれていて、片手に短い槍《やり》を握り、もう片方の手に盾を持っている。その顔は、大きな怒れる目、欠けた鼻、一列の歯が特徴的で、まるで髑髏《どくろ》だ。ヴァンガードのなかでもっとも人間に近く、認識しうる武器と特徴を備えている。

「充電が充分なら、プレトリアンが投じた槍は惑星の核を貫くことができます」とアルタンゲレル。「プレトリアンの盾は直径一キロ近くまで広がるし、これまでに使用した通常兵器をことごとくはねかえしました」

作戦室に、コロニー、艦船、そして都市を破壊するプレトリアンの映像が流れる。このロボットは槍と盾を信じられないほど巧みに扱い、どの戦闘でも傷ひとつ受けない。

ガスは映像を見ながら、喉に苦いものがこみあげてくるのを感じる。役に立てる可能性はごくわずかなのに、こんな怪物どもと戦わなければならないのだ。ガスが、自分にとってこれまでで最大の功績とみなしていたのはプリザベーションホールで一度だけ演奏したこと——そしてそのときの演奏をスカムドッグがサンプリングしてくれたことだった。

ガスは周囲の勇敢な戦士たちのような戦闘員ではない。聴衆の顔を見渡すと、みな決意に満ちている。彼らの目に、いまのぼくはどう映ってるんだろう?

たぶん、おびえたピアニストだろう。

ニシャがガスの顔の前で手を振り、ガスはホロによってひき起こされた恐怖からはっとわれに返る。ニシャはにこにこしながら、「わたしたちはひとりじゃないわ」とささやく。「だいじょうぶよ」

「そうは思えないな」とガス。「ぼくは、具体的にはそこでなにをするんだい？」

「戦うのよ。グレイマルキンのなかで」とニシャはガスの目を見つめる。

「どうやって？」

「あなたは源泉《ファウント》とつながるの。自信を持って」

ガスはブリーフィングの残りを注意深く聞こうとするが、軍事用語はまったく、略語も半分はわからない。

ニシャは自分のヴァンガードと頻繁に交感してたんだよな？　ニシャはなにがどうなってるかを心得てる。

ニシャはビビってない。

きっとだいじょうぶだ。


アーデント・ヴァイオレットのかつては美しかったコルサが、恐ろしいほど軸がぶれた回転をしながらワープから飛びだしたとき、重力がゼリー状になっている。あらゆる操作パネル、あらゆるシステムから警報が鳴り響き、アーデントはただひとつのメッセージを受けとる。

ヤバい。

ダリアがうめきながら、不安定な重力にあらがって緊急パネルに手をのばしているうちに、ゴーストが彼女に代わって操作盤を押す。スラスターが点火して船が安定し、胃がひっくり返るような一回転ののち、地球並みの標準重力がもどる。

窓の外で星々が静止し、とりあえず平穏がもどる。

新米船長が「あ、ありがと」と不明瞭にいうが、その直後に白目をむいて痙攣《けいれん》しはじめる。

アーデントはダリアが弱っているところを見たことがない。どのツアーのときも、個人的な悲劇があっても、ダリアはつねに安定していた。アーデントはダリアが泣くところを二度しか見ていない――どっちもペットが死んだときだった。

ふさがっていた銃創《じゅうそう》から血が噴きだし、水風船がしぼむようにダリアの体から力が抜ける。肌が死体のように真っ白になる――ダリアの顔はたいてい真っ白だが、それはメイクをしているときの話だ。

ゴーストはうしろ脚で立ち上がってエージェントの腹部をスキャンする。真っ赤だ。

ダリアは最後に一回咳《せき》をして唇に血しぶきを散らし、喉を詰まらせる。

パニックになっちゃだめだ。

いや、パニックになっちゃだめだと思うとパニックになる。

ゴーストはまたもジージーと鳴っている牙をダリアに突き立てるが、こんどの治療は前回のように短時間ではすまない。ゴーストは牙を深々と突き刺し、さまざまな領域に届くように激しく動かす。ダリアの料理されている腹部から煙が立ちのぼり、光が跡をひきながら体を這《は》いまわる。ダリアは痛みを感じていないようだ。まるで死んだ魚のように扱われている。

でも、ただ意識を失ってるだけだよ、ドールフェイス。それだけだ。

アーデントにとってダリアは第二の母親だし、十代のアーデントが生き馬の目を抜く業界を生き抜くのを助けてくれ、野心的な夢をことごとく実現させてくれた。この処置の悪臭や彼女の肉が焼ける煙は、アーデントにとって一生の心の傷になるだろう。

「手伝えることは?」とアーデントは問う。

ゴーストは女性の声で答えるが、牙を抜くことはない。「出血が多すぎるの」

アーデントは手首を差しだす。「わたしの血を使って!」

ゴーストはアーデントをスキャンする。「使えないわ」

アーデントはあせって考えを巡らすが、パニックという獣が猛烈な勢いで追ってくる。どこで血を手に入れられる? ほかの人は?

外科キットだ!

宇宙船には標準的なレーザーメスや包帯や基本的な薬剤を含む救急セットが必ず備えられている。アーデントはギャレーに走って赤十字がついている道具箱を出し、下のひきだしから硬質で黄色い人工血液パックを五袋見つける。そのステッカープレートに触れると、すべて緑色に光るので、どれも汚染されておらず使用可能だとわかる。

箱ごとゴーストのところまで持っていく。ゴーストは箱の中身をスキャンしてからなかの道具をつかむ。そしてダリアの体のあちこちを切開し、滅菌されたチューブを挿入して装置に接続する。その装置を使って輸血を実行し、そのあと、動脈にカテーテルを挿入する。アーデントはそれ以上見ていられなくなる。

たぶんこれ以上はダリアのためになにもできないので、手術結果におびえながら部屋で待つしかない。出ていきたいが、もしもダリアが死ぬなら——死ぬときはそばにいなければならない。パニックになりかけて呼吸が速くなるが、気持ちをおちつかせられない。濡《ぬ》れた苔の上で指を動かしてるって想像するんだ。

ダリアの声でないとその言葉に鎮静効果はないのだが、彼女は脳を収穫する怪物の鉤爪で船長席に押さえつけられながら死にかけている。

「だめだ」アーデントは過呼吸になってあとずさり、壁に背中をぶつける。「ダリア、これは悪夢だよ」

そして窓の外に目を向けるが、外にはなにもない。アーデントは前部窓に近づくが、その向こうの闇はこれまでに見たどんな闇よりも深い。光はひとつもない。

「星はどこに消えたんだ？」アーデントの額《ひたい》に冷や汗がにじむ。

「警告」という〈ヴァイオレット・シフト〉のコンピューターの声が響く。「スキャナーに反応——船舶が接近」

コンソールのホロに船影が表示される。コルサの前方に船が存在しているはずなのだが、アーデントにはなにも見えない。〈シフト〉の船載データベースは謎の船をＢＡＳ〈コーモラント〉と識別し、二六五二年に行方不明になったという情報を提供する。

「警告。スキャナーに反応——船舶が接近」

「もう聞いたよ――」

ディスプレイにふたつめの船影があらわれる。USS〈ルイス〉、二六五三年に行方不明。

「警告。スキャナーに反応――船舶が接近」

アーデントは闇をのぞきこんで謎の船を探す。見えるはずだ。

「警告。スキャ――警告。ス――警告――」

MXA〈サンタマリア〉、USCV〈アバディーン・グレン〉、〈クリスタライン・ツー〉、〈エコーズ・フォーチュン〉、USEV〈ウィッツエンド〉――コルサの周囲で識別装置《トランスポンダー》がよみがえるにつれてリストがどんどんのびる。行方不明になったか破壊されたと登録されている船は千隻以上にのぼるに違いない。アーデントはスキャナーの反応を確認し、自分の船が船団の真ん中に浮かんでいることを知る。アーデントはなぜかもはや〝外〟の宇宙空間にはおらず、いつのまにかなんらかの施設に入りこんでしまったのだ。

「どうして船が見えないんだ?」

最後に影からあらわれたのはIAS〈ランセア〉――アーデントが〈メイフラワー〉や〈タイタニック〉や〈エクセレンス・ロワイヤル〉とおなじくらいよく知っている船だ。宇宙船が行方不明になるのがまれではなかった時代でも、十六名の傑出した人々が失われるというのは忘れがたい悲劇だった。〈ランセア〉は地球の富を星間拡張という大義に捧《ささ》げるという決意の象徴だった。その喪失とその後の無限自動国家《インフィニット・オートステート》の崩壊は、地球の歴史上もっとも血なまぐさい戦争のきっかけになった。

アーデントはかつてそれについてのレポートを書いたことがある。外が核融合のオレンジ色の光で満たされ、回転する歯の洞窟のなかにある巨大で圧倒的な破砕歯車が照らしだされる。それらの機械の用途は小型船の破壊ではない――小惑星や巡航戦艦や小さなコロニーなどの、〈ヴァイオレット・シフト〉よりはるかに大きなものの破壊なのだ。壁が波打っていて、数千のとらえられた難破船が糸状の金属からなる灰色の網で縛りつけられている。

ここはシップハンターの内部だ。アーデントは飲みこまれていたのだ。

船の前に、小型レジャー用宇宙船よりも数十倍大きな開口部が生じる。金属の触手が開口部からあふれだし、アーデントの船を包みこんで骨がきしむような音をたてる。デッキが足元で揺れ、〈ヴァイオレット・シフト〉は獲物のようにひきずられながら凶暴な口に向かって加速しはじめる。

アーデントは膝の上で手を握りしめ、呆然とその光景を眺める。「こんなところに連れてきちゃってごめん、ダリア」

スキャナービームがコルサの屋根を突き抜け、エージェントにのしかかっているゴーストにロックする。金色の怪物は硬直し、目を点滅しはじめる――通信中。アーデントはソフトウェア・アップデートを受けていないことを願う。そうなったら、殺される可能性が高い。

小さな殺人者を信じるしか選択肢がないので、アーデントは膝をかかえて待つ。永遠に感じられる時間のあと、ビームスキャンが暗くなり、ゴーストはなにごともなかったかのように手術を再開する。金属と金属がすれる不協和音を響かせながら、触手はコルサを解放してシップハンターの内部にもどる。

そして粉砕する歯車と溶鉱炉で満たされている縦穴が後退しはじめる。〈ヴァイオレット・シフト〉はうしろ向きに落ちているかのようなので、窓の外を見ているうちに吐き気をもよおす。船は呪われた食道から抜けだし、ついにシップハンターの全貌が目の前に広がる。アーデントの知るかぎり、それをなしとげた人間はこれまでひとりもいない。

まさに墓場だ。

灰色で網目状の皮膚が、おびただしい数の壊れた恒星間宇宙船をおおっている。そのまだらの表面の下で宇宙船の光がちらつきつづけている――まだ電力が残っているのだ。あらゆる角度から突きだしているエンジンが点火し、出力を調整する。その船も悲運の旅の途中でとらえられたのだろう。中心には、それらを吸いこんだ忌《い》まわしい光で満たされている縦穴がある。

宇宙船はいきなり巨大アメーバに呑みこまれたのだ。どれだけの船長が、折りたたみ《フォールド》から出てきて深淵にひきずりこまれ、消化されたのだろう？　シップハンターの信じがたい大きさを考えれば、多数におよぶに違いない。シップハンターは、アーデントが訪れたことのあるどの宇宙ステーションよりも大きい。その表面か深部に都市がいくつもあって、それをだれも知らないのかもしれない。アーデントは〈ランセア〉を探すが、壊れた船のなかから見つけるのは不可能だ。

シップハンターは、ほかの大きな天体の軌道バレエを模倣しながら、縦穴を中心にゆっくりと回転している。超光速フォールドを開始すると、表面に明るい光の斑点《はんてん》が広がり、長くのびながらワープ空間へと消える。

スキャナーに表示されていた死んだ船たちもすべて消え、〈ヴァイオレット・シフト〉は数光年《こうねん》以内で唯一の宇宙船になる。

ゴーストはダリアの治療を終えてビープ音を発すると、エアロックに向かう。エージェントはだいじょうぶそうに見えないが、アーデントが急いで確認すると、脈は安定している。

「おい！　ダリアを座席に放っておくわけにはいかないぞ」

ゴーストはカチカチと音をたてながらもどってくると、座席横のレバーを操作してダリアをまっすぐに寝かせる。快適には見えないが、少なくとも水平にはなった。

「ありがとう」とアーデントが礼を述べると、ゴーストは歩き去る。

硬いポリ皮革張りの船長席は休息には向いていないので、アーデントはダウン枕を探しにいく。もどったときにはダリアは熟睡しているし、ゴーストの姿は見えない。

「船尾エアロック、開きました」とシステムが報告し、続いて「船尾エアロック、閉じました」と告げる。

金属の鉤爪がブリッジ上の船殻をひっかく。アーデントが窓を見ると、機械獣はその上をくだり、ガラスの近くを溶接しはじめる。簡易フォールドで受けた損傷を修理しているのだ。

簡易フォールドは危険だ――やみくもにアクセルを踏んでうまくいくことを願うようなも

のなので、エンジンや船体をはじめ、船のなにもかもが損傷してしまう。アーデントは物理学にくわしいわけではないが、さまざまな話を聞いているし、〈ヴァイオレット・シフト〉はひどいありさまだ。生きていられて運がよかった――船体がまっぷたつになっていてもおかしくなかったのだ。

ゴーストが、耳ざわりなかん高い音をたてながら金属片をもぎとり、星々のあいだに放り捨てる。

「やれやれ」とアーデントはダリアの隣にすわって眺めつづける。「無免許の整備士があなたの船にいても気にしないといいんだけどな」

第十二章　戦太鼓《いくさだいこ》

魔猫《グレイマルキン》はニュージャランダルの夕日に染まってそびえたつ大建築だ。オレンジ色の光が先兵《ヴァンガード》の象牙《ぞうげ》色と黒の装甲板の曲線を強調している。宵闇《よいやみ》のなかできらめいているロケット鉤爪《かぎづめ》の鋭い先端は、残忍な作業にとりかかる準備がととのっている。

ガスはその足元で、ぬくもりのある夏草の香りに包まれながら立っている。きょうはミントジュレップとチャーリー・パーカーがふさわしい日であって、死ぬ日ではない。なのにガスは、アクションヴィドのスターのようなスーツを着こんで、ほとんど理解不能な戦いにおもむこうとしている。

ガスは、状況報告《ブリーフィング》の半分を、自分がどんな無惨な死にかたをするのか、どれほど周囲の人人をがっかりさせるかを想像しながら過ごした。反逆者ヴァンガードたちのさまざまな戦法について議論する段になると、連瀑《カスケード》と霜の巨人《ヨトゥン》は有効な能力を備えていることがわかった。カスケードは場《ば》を操作して電気系統を混乱させられるし、ヨトゥンは極超音速スターメタルミサイルを装備している。ガスの知るかぎり、グレイマルキンは鉤爪でひっかいたり、重力をわずかに変化させたりすることができる。たしかに、それを目《ま》のあたりにするとぞっとするが、こんどの戦いは規模がまったく異なる。

カスケードとヨトゥンもグレイマルキンと手を組んで立っている。ヴァンガードたちの体は接触点で密着しており、音叉《おんさ》を叩いたような音が谷全体に鳴り響いている。

「ヴァンガードたちはなにをしてるんだと思う?」とガスはたずねる。

「わたしたちがしてたのとおなじことよ」とニシャが答えながらガスの横に立つ。「戦略計画を立ててる。調整をしてる」

「儀式みたいだな」とヒャルマルがいう。

軍人たちは作戦開始の二時間前に導管《コンジット》たちを乗りこませ、ヴァンガードたちと協力する準備がととのっていることを確認したいと考えている。

ガスは、新たな救世主たちがいつ群れに惑星を襲わせるかわからないことを忘れてはいない。だが、グレイマルキンはつねにガスを安心させてくれた。

脳プローブの副作用かもしれない。

「怪物の聖餐《せいさん》式みたいじゃないか。そう思わないか?」とヒャルマルがさらに静かにたずねるのを聞いて、ガスはなにかいうべきだったことに気づく。

「うん! たしかに。まったくだ」とガスは応じてうなずく。「ぼくは宗教を信じてないけど、しっくりくるよ」

「おれだって宗教を信じてるわけじゃない」とヒャルマル。「ただの比喩だ」

スウェーデンの大鴉《おおがらす》はいらだっているように見えるが、それはいつものことだ。

「ええと……この作戦についてはかなり心配してるんだ」とガス。「正直いうとね。ほとんど経験がないし、もしもぼくがしくじったら、ここにいるみんなが――」

「ここにいるみんなだけじゃなく、地球の人たちもよ」とニシャが口をはさむ。「ニュージャランダルは自分たちを助けてほしいなんて頼んでない。ここは最前線なの。この戦いに人類の存亡がかかってる。あなたは故郷の人たちを気にかけるべきなのよ。だって、次は彼らなんだから」

「それで気が楽になるとは思えないな」

「ごめん」とニシャ。「最後に冗談をいうつもりだったの」

ガスは意気消沈する。ぼくは疲れてるし、おびえてるし、侵害されてる。だけど、ニシャもそうだ。ヒャルマルもそうだ。

「きみのいうとおりなのはわかってるんだ」

「あなたはいい人みたいね」とニシャ。「気にしすぎないで。わたしはただ、そうね、宇宙に行って愛する人たちみんなを救うことにわくわくしてるだけなの。だから、あなたのことが心配になっちゃって」ニシャはガスにめいっぱいのつくり笑顔をしながら両手の親指を上げてガスをはげます。

そしてニシャはカスケードのほうへ歩いていく。

ヒャルマルはガスの肩を厚くてたこができている手で軽く叩いてから、ヨトゥンのほうへ大股で去っていく。

ヴァンガードたちが堅く結んでいた手を放すとてのひらから閃光《せんこう》が弾ける。てのひらがふたたび装甲板でおおわれる。ヴァンガードたちはなんでできてるんだろう?

カスケードとヨトゥンは膝をつき、芝生からそれぞれのコンジットを拾いあげて胸部におさめる。ニシャとヒャルマルを見ていると、無理なくコンジットを務めているように見える。たしかに、ふたりは自分のヴァンガードとの経験が豊富だ。

きょうを生きのびられたら、時間をかけてふたりとの差を縮められるはずだ。

ガスはグレイマルキンの前に歩いていく。グレイマルキンは巨大すぎて逆方向に曲がっているように見える——あるいは、ガスがアドレナリンのせいでめまいを感じているのかもしれない。どっちだかわからない。

以前はピアノを弾《ひ》かなければグレイマルキンを呼びだせなかった。今回、グレイマルキンは、心をかき乱すメロディを響かせながらガスの前でひざまずく。楽譜にすると膨大な量になるだろうが、ガスは情報の霧のなかから曲をほとんど聞きとれる。それを心のなかでコピーし、さまざまな対旋律《たいせんりつ》を思い浮かべる。

鼓動が激しくなり、音が体に共鳴するにつれて手足が重くなる。いつものように頭のなかの圧力が高まり、頭蓋骨を貫通しているポートに電気を感じる。思考がさだまらなくなって渦を巻きはじめ、一瞬、自分の名前を思いだせなくなる。グレイマルキンが金属の手を目の前で広げると、ガスはよろめきながら開いたてのひらに乗る。

装甲された外殻はガスをおちつかせる。触れた瞬間に頭が妙にすっきりする。

「よし、のんびりいこう」とガスはいう。

グレイマルキンはガスを長くのびた芝生の上からそっと持ちあげる。建物のなかからつかみだされるのと違って快適だ。世界が下に遠のき、戦術車両のサーチライトがガスを追う。ガスは腰をかがめてグレイマルキンの親指にしがみつく。地面は四十メートル下だ——落ちたら命はない。

巨大な手は上昇をやめ、ガスは開いた胸腔《きょうこう》のほうを向く。これまででもっともよく見える。ぬめぬめしている電気仕掛けの筋肉が脈打ち、ぴくつき、パッチケーブルが開口部を這《は》いまわっている。ガスの全身に点在しているポートが、のたうっているケーブルと同調してうずき、グレイマルキン内部の相方《あいかた》を呼ぶ。

ガスは開いた胸部プレートに乗り、ケーブルにひきこまれる。プローブがポートに滑りこむとき、ガスはうめき声をあげる。視界に稲妻が走る。針が腕や脚や内臓に差しこまれる

——だが、スーツのおかげでこれまでよりは楽だ。

胸部プレートが閉まって暗闇がガスを包むが、すぐに視界がもどる。オレンジ色だった夕日は紫に変わっており、ニュージャランダルの数多くの月が銀色の明るい球となって浮かんでいる。眼下に兵器廠《しょう》が広がっていて、〝作戦開始まで1時間45分23秒〟というタイマーが表示されている。ガスは、基地から次々に飛びたって艦隊が集合する宙域へ向かう宇宙船を見あげる。

「じゃあ、出発までなにをするんだい？」

グレイマルキンはガスを眠らせることができる。ガスは瞑想《めいそう》することができる。必要であれば、グレイマルキンはガスをトランス状態にすることもできる。

「いや。もう意識を失いたくはないな」

ガスは質問をすることができる。ガスには明らかに多くの質問がある。

「どうしてぼくが必要なんだい？　ぼくはどんな役に立つんだい？」

人間の体は人間の記憶の最良の解釈装置だ。ガスは、非合理性と予測不能性という利点に加え、グレイマルキンに処理能力のわずかな向上をもたらす。

「ありがとう」

機械との戦いでは、それが価値になる。

「ぼくはだいじょうぶなのかい？」

それは答えるのがより難しい質問だし、確実な答えを導きだすことはできない。戦闘中であれば、おそらく。ヴァンガードたちのリソースと能力はかなりのものだが、不死ではない。彼らは間違いを犯したり、不運だったりすることもある。カオスとエントロピーはあらゆるシミュレーションを破壊する。

戦闘以外では、どんな人間もだいじょうぶではない。彼らがなにをしても、いつかは宇宙の熱的死に屈して無に帰する。より小さなスケールだと、ガスの体の改造は彼の寿命を数十年短縮する可能性がきわめて高い。

「えっ？」ガスの脳裏に恐怖と怒りの波が一気に広がる。「どういう意味なんだ？」

これほど強烈な技術の導入は結果をともなう。コンジットとしてのガスの人生は、ほかの人間の仲間たちの人生よりもはるかに充実するだろう。ガスは自分が体験できる歳月よりもはるかに長い歳月をほかの人間たちに体験させることができるのだ。

「聞いてないぞ！」

グレイマルキンはこの情報をガスから隠していなかった。ガスはおそらく傷のせいで死ぬだろう――モナコのときはそうだったし、いまもそれは変わっていない。

「ぼくは……きみがあの夜のことをいってると思ったんだ！　生きのびられたらあとは安全だって」

だれもつねに安全ではない。

「地球であれだけスキャンされたのに、星際連合情報局《UWI》からいじくりまわされたのに、だれもぼくに教えてくれなかったっていうのか？」

彼らには彼らの理由があるのだろう。それはおそらく倫理に反するとしても。グレイマルキンはガスに対してあらゆる面で透明性を維持しようと努めてきた。

「透明性？　きみはぼくの人生をだいなしにしたんだぞ」

ガスは、ガスが協力しなければ人類が絶滅していたことを理解する必要がある。

「それはわかってる。わかってるってば」とガス。「でも、きみはぼくを、ぼくが絶対に同意しなかったような形で変えたんだ！　ぼくの寿命を――何十年も短くするなんて」

だが、ガスはたしかに同意した。当時のガスにとってそれは重要ではなかった――取引に同意するときも恐れや怒りを感じなかった。もしかすると、ガスはなにが新しくなったのか――なにが変わったのかを考えるべきなのかもしれない。

グレイマルキンと出会ったとき、ガスは崖から飛びおりようとしていた。ジュリエットが地球を襲わなかったら、ぼくは残りの日々をどう過ごしたんだろう？　母親も父親も姉も友人たちも、みんなもう死んでいた。最後まで連絡してくれていたのはエージェントで、それはたんなる印税の支払い通知だった。クラブツアーをやめていたから、印税も減っていた。

この一年、ガスはひとりで食べ、ひとりで生活し、ひとりでピアノを弾いていた。早朝には窓から飛びおりることを考えた――ぼくの人生にまだ価値あるものが残ってるんだろうかと考えた。

ジュリエットが地球に来ると知ったとき、ガスは心のどこかで安堵《あんど》した。もう終わりについて考える必要はなくなった。終わりは予定になっていた。

なにが違うんだ？

アーデントの顔が脳裏に浮かぶ。ガスの息と混じりあったアーデントの熱い息の記憶、アーデントの炎のような目の記憶がよみがえる。アーデントはいつも新鮮だった。アーデントの髪や虹彩《こうさい》の色は潮《しお》の流れとおなじくらい頻繁に変わった。メイクのせいでアーデントだとわからなくなることもあった。それでも、核心は揺るがなかった。

もう一度アーデントに会いたい。グレイマルキンのなかで安全に——心安らかに——そっと包みこまれていても、アーデントとの抱擁の至福とは比べものにならない。ガスは人生にはもうなにも残っていないと思っていたが、それは間違いだった。

「どれくらいひどいんだい？」とガスはたずねる。「寿命が何年短くなったんだい？」

グレイマルキンは正確に予測することができないが、組みこんだ時点でのガスの健康状態を考えると——余命が半減したかもしれない。臓器の癒着、認知症、辺縁系《へんえんけい》の損傷などが——

「わかった」とガスは悲痛な声でさえぎる。「悪いけど、もう……聞きたくない」

ガスが手を開いたり閉じたりすると、繭《まゆ》のなかのゲルが指のあいだを通り抜ける。ガスは深呼吸をする。おちつかなきゃ。みんながぼくに期待してるんだ。

ガスはひやりとする。アーデントに最後の反逆者ヴァンガードについて話したことを思いだしたのだ。もしもアーデントがそれを自分で探しだしたら？　もしもアーデントがコンジットになったら、いまのぼくとおなじことになるんだぞ。

ガスは余命を差しだすことによって明るい明日を買ったのだ――アーデント・ヴァイオレットが生きていられる明日を。ガスが早死にするのはかまわないが、アーデントはガスとは違う。アーデントは大勢の人たちに喜びをもたらす。

でも、アーデントがひとりで大曲刀《ファルシオン》を探したりはしないだろう。アーデントはポップスターにすぎないのだ。

「地球に残ってる群れがアーデントを守ってるんだよね？」とガスは問う。

アーデントは一体のゴーストとともに地球を離れ、フィレンツェ・ハビタットに向かった。

「だめだ！　そのゴーストに連絡してくれ！　ひき返させてくれ」

そのゴーストノードは群れの制御範囲を越えている。グレイマルキンは接触して再プログラムできない。

「なにか方法があるはずだ」

ゴーストを制御できるのはヴァンガードだけだ。

「アーデントを止めなきゃ」

それなら、ガスは目の前の障害を取り除かなければならない。グレイマルキンはニュージャランダルをおびやかしているヴァンガードたちを破壊するためにここにいる。アーデントに到達しうる船はすべてそのために使われている。

唯一の道は前にしかのびていない。

アーデントはダリアを主寝室に運び、眠っている彼女を見守りつづける。ダリアが負傷したことに対する罪悪感にさいなまれ、あやうく彼女を失うところだったという事実について考えるのをやめられない。ダリアに痛み止めのカクテル薬を与えたあともそばにとどまり、生命徴候《バイタル》に目を光らせている。

エンジンを修理しているゴーストが船殻を歩きまわる音が不快だ。宇宙空間に浮かんでいる物音ひとつしない船内に響く音は、鉤爪がたてるカチカチという耳ざわりな音だけだ。アーデントは時間をつぶすためにガス・キトコ・トリオのオリジナルを何曲か再生待ちリストに入れる。

正直いって、ガスの音楽は難解で、明確なフックがほとんどない。才能は明らかだが、派手さに欠ける。もうちょっと華があるといいのに。それでも、大胆な選択の一部は音楽性が高く、ベテランミュージシャンでも曲の次の展開を予測するのは困難だろう。

数時間後、エンジンが起動する。折りたたみ《フォールド》をあと一回実行すればフィレンツェ・ハビタットに到達できる。

ファルシオンがアーデントにどう反応するかはわからないが、見通しは暗い。虐殺に慣れているファルシオンがじっくり話を聞いてくれるとは思えない。つまり、アーデントが音楽を通じてコンジットになりたいと訴えるためには動きまわる必要があるのだ。

装甲が必要だ。ヴァンガードの攻撃を防げる装甲などないが、外部環境から守ってくれるだけでいい。なにがあるかをたしかめておかなきゃ。

アーデントは、きちんと保存されている自分の衣装が入っているものだと思ってメインクローゼットをあける。ところが、ダリアのさまざまな黒い服がずらりとラックにかかっている。

「わたしのクローゼットでなにをしてるの？」とダリアが、呂律《ろれつ》がまわっていない口調でいう。

「あ、あなたのクローゼット？　わたしの古い衣装はどこなの？」

ダリアの腕が弱々しく隣の部屋を指す。「何カ月か前にゲストルームに移したわ」

「どうして？」

「コルサを盗んでシップハンターを出し抜けるかどうか、運試しをしてみようと思ってたの」

「本気じゃないよね？」

だが、ダリアは笑うだけだ。

アーデントがゲストルームに行くと、自分の服がベッドや床や椅子の上に散乱している。服は〈ヴァイオレット・シフト〉の簡易フォールドの前に積まれたように見える。アーデントのキャリア初期からの値打ちもののオートクチュールの記念品が、学生寮の洗濯物のようにカーペットの上で山になっている。

「ダリア！」

「なに？」とダリアが、アーデントのうしろに歩いてきて応じる。

「ちょっと！　横になっててよ。起きちゃだめじゃないか！」

ダリアはアーデントにぼうっとした笑顔を向ける。「いま、めちゃくちゃハイだからだいじょうぶ」

「だいじょうぶなもんか！」アーデントはダリアの体に触れて傷の具合を確認する。

出血はしていないということは、修復移植がさっそく効果を発揮しているのだ。アーデントがモナコでゴーストに肋骨《ろっこつ》の治療をしてもらったときも、翌日にはほとんどよくなっていた。内出血もなさそうだが、本格的な医療スキャンをしないとなんともいえない。

「応急処置の時間だよ」とアーデントはいってダリアの腕をとり、ラウンジを通ってギャレーに連れていく。

アーデントはダリアをすわらせて救急キットをとりだし、テーブルに置いて起動する。小型ポータブルドクターは本格的な医療施設にはおよびもつかないが、コルサのスキャナーを集中させて問題を発見できる。

装置が船と接続してダリアの診療を開始すると、アーデントは急いでゲストルームにもどる。服の山をひっくりかえしてちょっとでも片づけようとする。スパンコールや光るアクセサリーやスタッズや宝石やTバックやレースなどがからまりあっていて、ひどいありさまだ。さらに悪いことに、ファッション的に時代遅れになっている服が多く、いまでは死んでも着る気になれないものもある。

「アーデント！」とダリアが呼ぶので、アーデントは走っていく。ダリアは叫んではいけない――たぶん、立ってもいけないはずだ。

「なんだい？」

ダリアはキッチンテーブルの上に船のダッシュボードをいくつも表示させている。セキュリティフィードを示してエアロックが開くのを待っているゴーストを見せる。「犬がもどってくるわ」

「あいつにはやさしくして」とアーデントはいい、機械獣を出迎えるために走りだす。ラウンジでゴーストと会うと、「お願いだから、ダリアのところへ行って。寝ててくれないんだ」という。

ゴーストはうなずいてギャレーに向かう。いっぽう、アーデントは服選びという重大な作業にもどる。アーデントにとって、ほとんどつねにそうなのだが、服選びはゆるがせにできない事柄なので、満足のいかない身なりでのぞむつもりはさらさらない。散らかり放題の寝室を見渡し、ヴァンガードを魅了する服にとってもっとも重要な要素はなんだろうと考える。

痛さリストのトップはグレイマルキンのパンチだ。〈美人と野蛮人《ベル・エ・ブリュタル》〉から脱出したときの肩の脱臼が僅差《きんさ》の二位だ。アーデントは探していた完全防護の服を見つける。

アーデントは、スキン・ディープ・ツアーで着たスタッズつきの黒いコルセットを高く掲げる。宝石がちりばめられていてプラスチックのボーンで形状を維持しているそれは、たぶんもっとも快適ではなかったステージ衣装だ。ダリアは気に入っていたが、アーデントが着てみるようにうながしても、彼女はかたくなに拒んだ。このコルセットは、ガングUIをタップするだけで脱着可能な何層ものパッドでおおわれている――セクシーなステージショーには欠かせない衣装だ。

構造的には、この衣装はランジェリーというよりもスポーツ用品に近く、宝石で飾られた肩パッドまで付属している。

アーデントはコンピューターにサインインしてホロ映像を呼びだし、コルセットを体にあてる。悪くない。シフ回路を朱色に切り替えると、全体がしっくりとまとまる。ダリアの血の小さなしぶきが顔に散っており、それがコーディネートを完成させていることに、恥ずかしさを覚えながら気づく。

「あとはジョッパーズだな」とアーデントはつぶやき、次の十分間をパンツとブーツを探すのに費やす。探しているうちに船が動きだす。

「ダリア?」アーデントは衣装選びを放りだしてブリッジに向かって走る。「ハイになったまま操縦してるのかい?」

ブリッジに着くと、ダリアは船長席にすわってホロで星図を見ている。

「いいえ」とダリアはボトルの水を飲みながら答える。「操縦してるのはあいつよ」

ゴーストは中央コンソールのメンテナンスハッチに上半身を突っこみ、火花を発しながらぴくぴく痙攣《けいれん》している。船のコンピューターは、フィレンツェへの正しいコースと数値を繰り返し表示している。

「多少わたしが手伝わなきゃならなかったけど」——ダリアは機械の副操縦士に水で軽く乾杯する——「あいつはほとんどひとりで船を飛ばせるの」

「なるほど。で、いますぐ出発するの？　それともあなたがしらふになるまで待てる？」

「タジの手下どもは絶対にわたしたちを追跡してる」とダリア。「それに連中は……簡単にフォールドの航跡をたどれる。あなたが決めて」

「恒星間宇宙船の船長はあなただよ」

ダリアはおだやかにほほえむ。「だから？　あなたはわたしのいうことなんか聞かないじゃないの。でも、そうね、すぐに出発したほうがいいんじゃないかしら」

アーデントはホロをちらりと見る。飛行計画は正しいように見える――でもどんな飛行計画もアーデントには正しいように見えるだろう。一方の端に〝フィレンツェ・ハビタット〟と記されているのがよい兆候のように思える。

「安心して」とダリア。「たとえゴーストがへまをしでかしても、死ぬときは一瞬だから――」

「わかった」

「聞いた、副操縦士？」ダリアはボトルを高く掲げて前方の窓を示す。「発進！」

アーデントはエンジンが充電されているあいだに席につく。フォールドバブルが星々をゆがめ、そして完全に白く消し去る。

ニュージャランダル軍の通信がガスの頭のなかを埋めつくす。英語、パンジャブ語、モンゴル語が飛びかっていてめまいがする。グレイマルキンが特に重要なメッセージを選んで翻訳し、ガスの心に伝えてくれる。

合図に応じてガスは発進し、恒星間航宙《こうちゅう》母艦群をめざして大気圏外に出る。カスケードとヨトゥンも上昇しており、ガスは彼らと編隊を組む。

「よし、相棒」とガスは呼びかける。「もういっぺん計画を確認しておこう」

グレイマルキンとガスは旗《き》艦《かん》〈皇帝《カガン》〉に乗りこむ。〈カガン〉は短距離超光速エンジンを起動する。小惑星２１４３ＶＫ４１５に到着したら制動噴射をして減速し、そこで反逆者ヴァンガードたちは宇宙船を降りる。

グレイマルキンはまず最初に哀歌《エレジー》を攻撃し、カスケードとヨトゥンは白《シロ》を攻撃する。近衛《プレトリ》兵《アン》だけになれば反逆者ヴァンガードたちが勝てるはずだ。

「ガス、聞こえる?」とニシャがたずねる。彼女のヴァンガードがガスの前方で螺《ら》旋《せん》を描きながら恒星間宇宙船に近づいている。

「うん。聞こえるよ」

「ひどいこといっちゃってごめんね」

ガスは笑う。「いいんだ。ぼくのほうこそ、もっと勇敢でなくてごめん」

三体のヴァンガードが小型駆逐艦の陰から抜けだすと〈カガン〉が見える。

ヒャルマルのバリトンの声がガスの頭蓋骨を通じて響く。「あれに乗るんだ」

〈カガン〉は細長い超大型航宙母艦で、大量の鉄塔を編んでつくったような形をしている。艦体にそって巨大な蓄電装置《キャパシター》が点在しており、あれらが連続ジャンプを可能にしているのだとグレイマルキンがガスに説明する。ＡＩの設計っぽいなとガスは思うが、艦体には多少の人間味が残っている。たとえば、涙滴形に盛りあがっている艦体上部のブリッジだ。反逆者ヴァンガードたちが旗艦をかこんでドッキング許可がおりるのを待っているあいだに、小回りのきく戦闘機がどんどん格納庫に入っていく。

「グレイマルキン、こちらカガン・ヴァンガード《V》管制《C》。デルタ271マーク355に進路を変更し、ドッキング・アプローチ・ベクトルにしたがってください」

どう応答すればいいんだっけ？　ガスは、情報を詰めこんでいる合間に軍用無線プロトコルの訓練を三十分受けただけなのだ。〝相手の名前、こっちの名前、メッセージ〟の順だっけ、それとも逆だっけ？

「ええと、カガンＶＣ、こちらガス」とガスは応答する。「オーケー。ええと、確認しました。あの、これでいいんですか？」

「グレイマルキン、こちらカガンＶＣ、それでいいんです、友よ。これは仕立て屋より簡単なんです。わたしが逐一教えますから」

ガスは声でだれだか気づく。りっぱな口ひげをたくわえているスジョット大佐だ。ガスは安堵のため息をつく。

「ありがたいです」とガス。

「初陣《ういじん》のあなたをひとりにはしませんよ。乗艦してください。さっさと片づけてしまいましょう」

グレイマルキンはわかりやすい接近パターン、つまり後部格納庫のひとつに向かう光の弧を追加する。ガスはもう一度飛行の練習をするべきだ。全戦闘機がフォールドに備えて格納されているので、邪魔になるものはほとんどないからだ。もちろん、ガスが失敗すれば、死者が出る可能性はある。

「ねえ、グレイマルキン。これはきみにまかせるよ。ぼくはちょっとのあいだのんびりしたいんだ」

ガスが挑もうとしている戦いを考えると、精密飛行は重要だ。

「初心者だから、なにをすればいいかわからないんだ」

それではなにも変わらない。ガスは運命によって選ばれた人間なのだ。

ガスはしかたなくひき継ぐが、グレイマルキンの飛行パターンが不規則になる。だが、今回はすぐさま修正できるし、ちゃんと操縦できているような気がする。ヴァンガード用格納庫に到着したころには、グレイマルキンが自分の体の延長のようになっている。

ガスが最初になかに入り、スラスターを前方に向けて接近速度を落とす。〈カガン〉の重力ドライブの影響圏内でデッキに両足をつけて着艦し、部屋の奥へと移動する。この格納庫には、何隻かの小型恒星間宇宙船、または三体の巨大なヒューマノイドを収容するのに充分な大きさがある。

ガスは奥の壁の前でグレイマルキンを停止し、「カガンＶＣ、こちらグレイマルキン。着艦しました」と報告する。

「グレイマルキン、こちらカガン・ヴァンガード管制、了解、そのまま待機してください」

　続いてカスケードが勢いよく格納庫に進入してきてグレイマルキンの前で優雅に停止する。最後に入ってきたヒャルマルを追って、千体ものドローンが飛びこんでくる。ドローンたちは格納庫を隅々まで埋めつくす。

　ヨトゥンの砲弾形ドローンの一体がグレイマルキンの足にぶつかったので、ガスは背中が隔壁にあたるまで下がってよける。きちんと調整されているはずなのに群れの一体が誤ってグレイマルキンにあたるのだからおもしろい——完全無欠なはずでもミスは起こるのだ。

　交戦地域に到着したら、〈カガン〉から飛びだして深層同期《ディープシンク》——圧倒的な人間の記憶の源《ファウ》泉《ント》との接続——を開始することをグレイマルキンはガスに思いださせる。ディープシンクは五分で終了する。それ以上はガスの心がもたない。

　モナコでの戦いの記憶がみぞれのごとくガスの脳裏に降りそそぐ。どんな戦術的疑問にもつねに答えが浮かぶという感覚が。ガスの体は無数の達人の動きと自然にあい、あやつる者でありながらあやつられる者となる。

「グレイマルキン、こちらカガンＶＣ」というスジョット大佐の声が聞こえる。「二分後に短距離フォールドを開始します」

「了解」とガス。ホロヴィドで兵士がそう応答するのを見たことがある。

「いいじゃないですか！」とスジョット。「慣れてきましたね」

　ガスはハンサムな大佐が本気でいっているのかどうか確信が持てないが、心づかいに感謝する。「ありがとう！」

カウントダウンを聞いているうちに雑念が湧いてくる。一秒ごとに終わりが近づいている。

「グレイマルキン、きみのなかに消去《ワイプ》された人たちがいるとして……全員がいるのかい？」

ヴァンガードの分裂以前に摂取された人々はグレイマルキンの無数のネットワーク内に存在している。

「死者と話せるのかい？」

人格のインスタンス化は生命の創造だ。グレイマルキンがそのプログラムの操作を停止すると、その人格は死ぬ。ほんのつかのま存在しているあいだ、そのプログラムはガスと同様に自分は生きていると信じるし、人間と同程度の意識を備えている。それらは有機生命よりも複雑なネットワークから生まれる。

「ぼくたちが見たモドキたちは……死者たちは……自分は生きてると思ってたのかい？」

彼らは生きていたのだ。そして引退させられた——すべては人類をハックし、あざむき、脅すためだった。ヴァンガードたちが無限《インフィニット》のためにおこなったことは間違っていた。

「五……四……」とカウントダウンが続く。

「きみたちはその人たちを殺した」とガス。「なのにまた殺すのか？」

グレイマルキンは、可能なら、あのような行為を取り消すだろう。

「全ヴァンガード、こちらカガン・ヴァンガード管制。超光速フォールドに備えてください」

開放型格納庫が真っ白になると、ガスがちょっとした考えごとをしているあいだに、船は光年《こうねん》単位でねじれる。そしてハイパースペースを抜けだす。制動噴射が後方にのび、ひきずられた粒子が信じられないほど長い尾をひいて散乱する。

「全ヴァンガード、こちらカガン・ヴァンガード管制。下艦して――」

ところが、スジョット大佐の声は途切れ、ピーッという高い音に変わる。背後の壁が激しくぶつかってきてグレイマルキンは押しやられ、開放型格納庫から見える星々が回転しはじめる。

グレイマルキンは瞬時に周囲をスキャンする。格納庫はもう旗艦の一部ではない。核分裂爆発を中心に、こなごなになった〈カガン〉の艦体が四散しているのだ。コアが二度目の爆発を起こし、大量の金属片がガスがいるところに殺到する。

「全員脱出！」とニシャが叫ぶ。ヨトゥンがドローン部隊を率《ひき》いて流れるように離脱する。続いてカスケードが、開いているハッチを抜けてスカイダイバーのように残骸から飛びだす。ガスは出口に向かって飛びたつが、視界が光で満たされる。グレイマルキンの外殻を焼く放射線をかがり火のように感じて叫ぶ。

グレイマルキンはガスに核攻撃を受けたことを伝える。

ちっぽけなホログラムではそのすごさは伝わらない。フィレンツェ・ハビタットは無限《インフィニ》自動国家《ツト・オートステート》の崩壊後に建設された最初の独立コロニーだ。だからつくりが豪勢なのだ。昼側と夜側があるコインのような形状のその巨大宇宙ステーションは、オレンジ色の巨大ガス惑星の大気圏内を公転している。

アーデントは歴史の授業でその市民的意義について学ばなければならなかったが、しっかりと記憶に残っているのは〝ナイトライフ〟だ。最初の銀河系ツアーでアーデントは〝明け《フリッ》ない夜《ピング》〟、つまり数日間、夜側でパーティーを続ける行為を紹介された。フィレンツェに朝日がのぼると、アーデントとフィレンツェっ子たちは硬貨の反対側に移動してパーティーを続行した。摂取した興奮剤と鎮静剤のせいでどんなところだったかはぼんやりとしか覚えていないが、狭い通りとイタリア風の建築が魅力的だった。

ダリアがアーデントの回想をさえぎる。「どっちに入る？　夜側？　昼側？」

「ファルシオンを見つけられるかもしれないから、ぐるっとひとまわりするべきだと思う」

「コルサが攻撃されるかもしれないのに？」とダリアがいう。「こっそり入りたいわ」

「あなたは横になってるべきなんだ。そうだよね、ゴースト」

アーデントはそう声をかけるが、反応はない。

「ドクターGはだいじょうぶだっていってる。まあ、どうにか動けるってところだけど」とダリアはいって立ちあがる。そして、アーデントが手にぶらさげているコルセットに気づいて問う。「ねえ、わたしたち、着飾るの？」

「わたしはね。あなたはここにとどまる」

「いいえ、わたしはあなたのエージェントなのよ」

「銃で撃たれたんだよ」

「わたしも着飾りたいの」とダリアはいうが、薬の影響で舌がややもつれている。アーデントはダリアに、自分のお気に入りの痛み止め／気分高揚剤であるヘドニアをたっぷり与えたのだ。

ダリアに着飾らせることを許したら怪我が悪化するかもしれないが、ここに残していくと船を飛ばそうとするかもしれない。

「じゃあ、どうすればいいのか、意見を聞かせて」とアーデントは折れる。

「とにかくわたしも着飾りたいの」

アーデントは渋い顔になる。「ドールフェイス……」

「こんどそう呼んだら殴るわよ」

アーデントは目をしばたたく。「えっ、気に入ってるんじゃなかったの？」

「だれが？　子供扱いされてるみたいな気分になる」

「だけど——あなたはいままで一度も——まあいいや。はじめよう」

薬に酔っているダリアは黒ばかり選ぶ。黒の毛皮、黒のベルト、黒のシルク、それにもちろん、黒のトレンチコート。アーデントは気に入らない——だがエージェントはもう着替えて襟を直している。まあ、もっと悪いことだってある。

アーデントは散乱している服のなかからジョッパーズを見つけ、イケてるニーハイブーツも探しだす。レースアップをキュッと締めるのは気分がいい。ポリ皮革の剛性を試すために脛骨《けいこつ》を軽く叩く——たわまない。これでよし。

アーデントはコルセットを着け、マグネット式の留め具をはめて幸せなため息を漏らす。これは鎧《よろい》だ――コルセットはつねに、物理的にも感情的にも、アーデントを守ってくれてきた。アーデントはちりばめられたダイヤモンドでざらつく腹をなでる。これで打撃を防げるが、それは相手が人間の場合であって、ヴァンガードに殴られたら無意味だ。どこかから落下したり、手すりにぶつかったりしたときにも役立つかもしれない。アーデントはマグネット式ショルダーパッドをとりつけてわくわくする黙示録《もくしろく》モチーフを完成させる。

コルサがホロ警告を表示する。ドッキングが迫っているので、全員が着席しなければならない。アーデントはブリッジに移動する。そしてダリアが操作パネルに手をのばすたびにぴしゃりと叩きたくなる衝動を抑える。

ステーションが近づくと、スキャナーがデブリを検知する――フィレンツェっ子たちはステーション内に退却する前に宇宙空間で最後の抵抗を試みたのだろう。そして敗北したのだ。着陸ターミナルのひとつがひき裂かれており、長いスポークがサヤエンドウの莢《さや》のようにはじけている。ヴァンガードがそこから侵入して抵抗を一掃したに違いない。昼側の空気シールドにも別の侵入口があり、緊急システムによってとりあえずふさがれたままになっている――住人全員が宇宙に吸いだされるほどではないが、それでもヴァンガードサイズだ。そこから別の戦闘員が侵入したのだ。

戦闘があってから数日以上たっているように見える。ステーションのどのシステムも、いつ機能停止してもおかしくないのだろう。ドッキング機構が結合した音が船体に響き、シューッという与圧の音が続く。

ビュースクリーンに映っている恒星のひらめきを超光速制動噴射の長い筋が貫く。別の宇宙船がこの星系にやってきて、フィレンツェに急接近しているのだ。

「旗を掲げてないわ」とダリアがいって計器を凝視する。「それどころか、スキャナーで船体をとらえられてない」

「どういう意味？」

「敵味方識別装置《IFF》を消してるのよ」とダリアが答える。「共鳴も検出されてない。正体を明かしたくないんだわ」

もちろん、だれかがコルサのフォールドを追跡してきたのだ。アーデントがエージェントを船に残していったら彼女はとらえられるだろうが、かといって、ステーション内には野生化したヴァンガードがいる。

「ねえ」とダリアがいう。「ゴーストはどうしちゃったの？」

アーデントが振り向くと、機械の乗客が隅で震えている。葛藤のあまりガクガクと痙攣しているように見える。

グレイマルキンがモナコに降りたったとき、群れは仲間割れをはじめ、人々をワイプする代わりに助けるようになった。ジュリエットが死ぬと地球上のゴーストは脅威ではなくなり、群れは人類の再建を助けはじめた。

群れは支配的なヴァンガードにしたがうのだとしたら？　グレイマルキンはここにはいな

い。

残っているのはファルシオンだけだ。

「ダリア、立って」とアーデントは息をひそめながらささやき、自分とエージェントのバックルをはずす。「ついてきて」

「あら、急に連れていく気になったのね」とダリアは笑いながら立つ。

「ベイビーを持ってエアロックに行って」

ゴーストは必死で戦っているかのように隅で鉤爪を振るい、カーペットやそばのパネルや電子機器に深い溝を刻んでいる。アーデントには狂暴な猫のように見える。怒りと鉤爪の塊《かたまり》だ。牙はあたり一面に火花を散らし、小さな焦げをつくって異臭を発生させている。アーデントはゴーストのそんなふるまいを見て心を痛める――もうちょっとでそいつに愛称をつけるところだったのだ。

そのとき、そいつの目がアーデントをロックオンし、すべての葛藤が消える。

アーデントは部屋から飛びだして真空緊急封鎖のレバーをひく。ゴーストが飛びかかってくる前にドアが閉まる。

ドアが手動ロックされた。三十秒は稼げたはずだ。

第十三章　スター・アイズ

〈皇帝《カガン》〉の残骸から弾き飛ばされると、宇宙が——ガスの胃もろとも——回転する。ようやく姿勢を制御すると、星が爆発したかのように、船の破片が燃えながら四方八方に飛び散っているのが見える。

あの船には多くの上級士官が乗っていた。親切だった若きスジョット大佐も。〈カガン〉は核のかがり火に焼かれて爆散したのだから、ガスは全員死亡を確信する。

「ガス！」とニシャがガスの脳に直接呼びかける。「いますぐ哀歌《エレジー》を倒さなきゃ」

「エレジーはおまえらふたりにまかせる」とヒャルマルが低く響く声でいう。「おれは白《シロ》を始末する」

「わかった！　わかった。ごめん」とガス。ショックでまだ頭がぼうっとしている。「ええと……」

ガスは敵の先兵《ヴァンガード》たちの兆候を闇のなかで探そうとするが、なにも見えない。魔猫《グレイマルキン》が視覚を調整すると、天の川が色とりどりに輝きだす。蜘蛛《くも》の巣にかかった獲物のように三体の敵ヴァンガードの存在を感じる。ガスは体を回転させ、〈カガン〉の残骸を通してエレジーを探す。

さらに二十四隻の船が折りたたみ《フォールド》から飛びだしてきて、炎が闇に長い平行線を描く。近くでゆるやかに回転している小惑星２１４３ＶＫ４１５の表面は金色の蜂の群れでおおわれている。艦隊が総攻撃を開始するが、その前面にシールドが展開する――近衛兵《プレトリアン》のエネルギー場《ば》だ。

グレイマルキンが、ガスに内なる人類の源泉《ファウント》との接続を求める。

モナコでのときは、ガスの知性とはスケールが違いすぎるように感じられた――まさに彼がいま戦っているこの戦いのように。ガスは結末を恐れているが、できることはなんでもしなければならない。

「いいよ、相棒」とガスは答える。「やってくれ」

深層同期《ディープシンク》を開始。

ガスの心のなかでゲートウェイが開き、戦略思考や歴史分析や格闘術や武器について長年の蓄積がどっと流れこんでくる。隅々まで光で満たされるような感じだし、同時に音楽がよみがえる。

短いピアノリフが思考をくすぐったと思ったら、ビッグバンドが爆発して騒々しい曲をジャムセッションする。弾けるスネアにあわせてトロンボーンが響き、クラリネットが魅惑のメロディをつむぎ、ホルンがひき継ぐ。ガスの体はリズムで痺《しび》れ、行動をうながされる。感情が高ぶって恐れと喜びが交錯するが、デジタルノイズの霧を通して、ガスは本能的に目的を理解する。エレジーの四肢をもげ。

残り五分足らず。

ニシャとヒャルマルもディープシンクを開始し、心をネットワークに接続して自分たちの音楽を注ぎこむ。ずっしりと重いバスドラ、にぎやかなタブラのビート、サランギの調べがガスの意識に流れこんで彼のビッグバンドジャズを圧倒する。悪くはないが、ガスの心の音楽とはリズムも音程も調和していない。グレイマルキンに文句をいおうとしかけたところでヒャルマルのヘビーなジェントドラムの連続砲撃がガスの集中を乱す。雷鳴のようなタムが生みだす混沌《こんとん》に対抗できるのはプログレッシブなギターだけだし、声を振り絞るボーカルのシャウトがなければ曲は完成しない。

「グレイマルキン、ふたりの音楽まで頭に流しこまれたらなんにも考えられないよ！」ガスが騒音に負けじとそう叫ぶと、グレイマルキンがミックスを調整してくれる。快適とはいえないが、少なくとも集中はできる。

エレジーが執拗《しつよう》にガスをねらい、グレイマルキンの進路に核分裂のまばゆい閃光《せんこう》をまきちらす。ガスは吐き気をもよおすような曲芸飛行で艦隊からすばやく遠ざかって脆弱《ぜいじゃく》な味方艦船を巻き添え被害から守る。だが、何度方向転換してもエレジーはガスに反撃の機会を与えない。回避運動ばかりしていたら重力ゲートなど放てるはずがない。

「いまだよ、ガス！」とニシャがいう。カスケードが手を組み、親指と人差し指で三角形をつくる。エレジーをかこむ攪乱場《かくらんば》が発生し、敵ヴァンガードが痙攣《けいれん》しはじめる。

ガスは全神経を集中してグレイマルキンの重力歪曲《わいきょく》を目の前に生じさせる。機織《はたお》りが糸をひっぱるように時空という織物をひっぱってヒッグス効果から切り離す。一生分の物理知識が、曲を思いだすように簡単に思いだせる。そしてガスは現実をどんどんひきのばす。

それを弾けさせると、重力変位《へんい》の波がガスを目もくらむ速度で前方に飛ばす。ガスは呆然としているヴァンガード——そして攪乱場——にまっすぐ突っこむ。

グレイマルキンのシステムの多くが、ニシャの罠にはまっているエレジーに真っ正面からぶつかったとたんにショートする。全神経が誤信号を発火し、ガスは恐ろしい過ちを犯したと告げる。ガスの下になっているエレジーの体は無防備だが、グレイマルキンを制御して攻撃させられない。攪乱場を止めてくれとニシャに頼むこともできない。ニシャのほうを見ると、カスケードはエネルギーブレードによる連続攻撃をかろうじてかわしながらシロから逃げている。

二体はからみあい、エレジーの鋭い四肢の一本がガスの胸腔《きょうこう》を貫きかける。グレイマルキンはぎくしゃくとした動きで飛びのくが、エレジーの武器が装甲に刻み目をつける。

ガスとは無関係な記憶が脳裏にひらめく——相手の宇宙服をつかむとき、汗が目に飛びこむが、目が見えなくても殺せる。近くにいれば生命維持装置に手が届くから——

何十種類もの格闘技がガスの心に流れこんでくる。ガスは近距離戦を続ける。エレジーの肩関節を固めて折るかもぎとろうとするが、敵はガスの手のなかで身をよじる。装甲はすべりやすいし、無重力での格闘は難しい。ガスのなかには何百万人もの戦士がいるが、無重力での骨の折りかたの訓練を受けた者はほとんどいない。

攪乱場が消え、ガスの感覚が新鮮な空気を吸えたかのように回復する。戦闘に入った三十六隻のなかで二十二隻がまだ残っている。シロがガスのスキャナーに表示されている数字を減らそうとがんばっている。ヨトゥンが阻止してくれますようにとガスは祈る。

ガスはグレイマルキンの鋭い鉤爪《かぎづめ》でエレジーの顔面プレートをはぎとろうとするが、青いヴァンガードに手を刺し貫かれかける。エレジーが身をくねらせて自由になり、大鎌状の手を振りまわしてグレイマルキンの外殻を薄く削りとる。ガスは両脚を押さえこもうとするが、蹴りほどかれる。刃がついている足で顔を蹴られ、装甲にひびが入る。ガスは痛みで絶叫する。エレジーがロケットを噴射し、ガスを核で日焼けさせられるだけの距離をとろうとする。

「逃がすもんか！」

ガスは青いヴァンガードに重力場《じゅうりょくば》を投げてひきずりもどす。近くにいさえすれば問題はない。だが、エレジーは向きを変え、ナイフになっている足を槍斧《ハルバート》のように振るってガスに襲いかかる。ガスは一メートル足らずの間合いでかわし、エレジーの腹を鉤爪で長々とひき裂く。

エレジーがすべてのチャンネルであげている悲鳴から、ガスはその傷に対する生々しい怒りを感じとる。こいつらを感情のない自動機械《オートマトン》だと考えるのは間違いだ。こいつらは生きのびたがってる。

残り三分。

「ガス、そろそろ片をつけてくれ」とヒャルマルの声。「こっちはまずいことになってる」

グレイマルキンのセンサーは味方の戦闘艦を十八隻検出するが、シロは見つからない。シロが艦隊の真ん中で一隻のなかから飛びだし、次の獲物に向かって四本の剣で道を切り開く。逃げるのをあきらめたエレジーは攻撃を加速し、四肢を最大限に活用しはじめる。頭のなかに剣の達人が大勢いても、ナイフの足と戦った経験のある者はいないようなので、伝統的な技に頼らざるをえない。ガスはナイフをかわしながら重力井戸を落としてエレジーを混乱させる。両手の鉤爪のロケットを噴射しながらエレジーをベアハッグし、背中の装甲プレートをひきはがす。

エレジーは苦悶《くもん》するが、ガスは容赦しない。脇の下にまぐれの一撃が決まってエレジーの肩から腕がちぎれかける。ガスがぐいとひくとエレジーの腕がもげ、傷口から白い液体が噴出する。

――五年間、この技を練習してきたんだもん。今度こそわたしが金メダルを――

ガスはくるりと一回転し、もぎとった腕の剣をエレジーの胸に突き立て、青いヴァンガードを串刺しにする。ガスはジェット推進で敵に組みついて首をつかみ、グレイマルキンの爪を食いこませたままで無重力トリプルアクセルを決める。閃光が走ってエレジーの首が肩からブチッともげる。ガスは頭を闇へと蹴り飛ばす。

ようやく悲鳴がやむ。

「ガス！」とニシャが叫ぶ。「すごいわ！」

「ありがとう――」

ている。

「こっちに来て！」

ガスは重力スリングショットを充電しながら戦闘の中心をめざす。ガスはこれまで、なるべくトラブルを避けて生きてきたが、人工的に植えつけられた本能がシロと戦えとうながしている。

ガスは時空を弾いてみずからを艦隊の中心へと打ちだす。ほかの導管《コンジット》との心のなかでの激しいオーケストラバトルはまだ続いているので、静かにしてくれとふたりに頼みたい。だが、ふたりともガスと同様に音楽を止められないし、彼もそれを承知している。戦いの歌は心のなかから勝手に湧きあがってくるのだ。ファウントでパワーアップしているときはなおさらだ。すべての脳細胞が調和しているが、ほかのふたりとキーがあっていたらどんなにすばらしいだろう。

プレトリアンが槍《やり》を投げるが、ガスはあやうく見逃すところだった。ロックオンされたので、回避しないと死ぬはめになる。

グレイマルキンの進路は変えられない――重すぎてジェットだけでは方向転換できないし、コースをずらせるほど大きな重力井戸をつくるには時間が足りない。でも、槍は軽い。ガスは空間のゆがみを充分に呼び起こして槍のねらいをはずす。武器はくるりと一回転して持ち主に向かって飛んでいく。

「ニシャ、プレトリアンの盾を抑制できるかい？」とガスが問う。

「わたしの場はブロックされちゃうの」とニシャ。「シロを倒すのを手伝って！」

煙って見える残骸とプラズマ火球が視界を埋めつくすなか、ガスは崩壊しつつある艦隊に分け入る。シロは別の艦にもぐりこんでカスケードの攪乱場からのがれる。シロは虐殺を繰り返しているのに、ガスたちにはそれを止めるすべがない。

「ぼくがなんとかする！」とガスはいい、最後にシロがもぐりこんだ駆逐艦をめざす。「プレトリアンの盾を破ればゴーストどもを蒸発させられる」

「協力して倒そう」と、破壊された巡航艦の横で敵を追っているヒャルマルが割りこむ。

「まずはシロだ」

ヨトゥンがシロのあとを追って穴に突入し、艦内をドローンだらけにする――グレイマルキンが分け入る余地はもうない。ガスがセンサーで瀕死《ひんし》の駆逐艦を探査すると、その中心で二体のヴァンガードが戦っているのがわかる。シロは破壊を繰り返しながらなるべく身を隠せるようにルートを選んで移動している。連合攻撃艦隊は味方の艦には発砲しない。ガスが鉤爪を振るって侵入するとしたら、乗組員がいるデッキを通過することになるが、反応炉はすでに臨界状態だ。船はまもなく爆発するし、だれも逃げられない。

「攻撃を要請する必要がある！」とガスがいう。「どうすればいいんだ？」

グレイマルキンは火力支援要請の仕方をガスの心に直接送りこむ。

ガスは敵を待ちながら、一時的な静けさのなか、自分の曲をどうにかニシャの曲にあわせる。彼女の躍動的な音楽にはサンプリングが多用され、鳥の鳴き声や歓声などを織り交ぜながら複雑な展開を繰り返している。ビッグバンドはできるだけそれにしたがうが、ガスは何度も音程を間違えてしまう。自分のメロディを奏でるのをやめてビートを刻むだけにしようとするが、ヒャルマルは突破不能なリズムの森だ。ガスは自分の曲なら意のままに演奏できるが、ほかのふたりの曲はまったくだめだ。

残り二分。

スキャナーに、シロがヨトゥンを後退させ、回転しながら艦を厚紙のように切り裂く姿が映る。シロはこの艦から抜けだしてふたたび艦隊にまぎれこもうとしているのだ。

「全艦、こちらグレイマルキン」とガスは艦隊周波数で広域発信し、彼のヴァンガードが翻訳する。「ぼくの位置にロックオンしてマスドライバー弾を発射してください」

「グレイマルキン、こちら第五レールガン砲台火器管制。さきほどの要請を確認してください」

ガスのスキャナーには、シロがドローンを押し分けてヨトゥンに猛攻をかけるさまが映しだされている。爆発している駆逐艦内では砲弾の群れに機動性はなく、シロはその利点を生かしている。あと一秒で、ヨトゥンはまっぷたつにされかねない。

「早く撃ってください！」

ガスは重力井戸のゆがみを最大にして充電し、レールガン砲台からの弾道を本能的に計算する。彼方《かなた》の艦が発砲し、グレイマルキンは弾道が曲がるように空間を強くひっぱりながら回避する。

弾はガスがいた位置を通過し、駆逐艦とシロを貫く。衝突時の摩擦だけで金属が発火し、まばゆい爆発が起こる。敵ヴァンガードの破片がスキャナーの表示に広がり、ヨトゥンとその支配下にある数多くのドローンだけが残る。

「次は前もって教えておいてくれ」とヒャルマルがいう。ヨトゥンのドローンが壊れた駆逐艦から、死体から飛びたつ蠅《はえ》の群れようにあふれだす。

「これで二体！」とニシャがいう。

「次はプレトリアンだ」とヒャルマルが応じる。両腕を広げたヨトゥンを、黒いドローンの塊《かたまり》が何千ものインパルスエンジンで推進する。心のなかで鳴っているジェントメタルが死の行進に変わる――それ以外にない。

「カスケード、こっちに来てくれ」とガス。「プレトリアンのところまで早く楽に行ける方法があるんだ」

ニシャのブロンズ色のヴァンガードが横に飛んでくると、ガスは重力ゲートをつくる。

「残り時間一分三十秒」ガスはカスケードの手をつかむと、ジェット噴射をしてゆがみへ向かう。

「いったいなにを――」とニシャがいいかけたところで、ふたりは滑るように宇宙空間を移動しはじめる。

小惑星が大きく見えてくる。プレトリアンの盾はレーザーから核爆発にいたるまでのあらゆる攻撃を受け止めている。ファウントから知識を得られるガスはなにが起きているかを理解する。吸収して転送できるんだ。プレトリアンをねらって撃てば撃つほど、盾は強くなるんだ。

「全艦、こちらグレイマルキン」とガス。「発砲を中止して――」

プレトリアンの盾が真っ白になり、エネルギーが中心点に集まる。これまでの戦いで集めたエネルギーが六本の光線となって放出される。光線は反逆者ヴァンガードたちのあいだをすり抜け、小惑星から侵攻軍を排除するための装備がもっともとのっている六隻の艦を破壊する。

「くそっ！」ビームの一本がヒャルマルに向かって飛んでくる。ドローンたちがヨトゥンの前に盾となって広がる。グレイマルキンはドローンたちのあいだに磁気共鳴が生じているのを感じる。ビームがあたると、前列のドローンたちがクリスマスの飾り玉のように光り、一部はスターメタルのしずくと化す。ビームは磁場にぶつかって飛び散り、曲げられて外側にそれる。

「お返しだ」とヒャルマルはいい、残っている白熱したドローンをミサイルのように小惑星に向けて放つ。

プレトリアンは盾を凝縮させ、小さく強固に再構成する。それは動きだし、銀色の筋となってガスのほうに猛スピードで飛んでくる。何千年分もの歴史記録――そして何人かの死んだ歴史家――が、ガスの鉤爪は槍と盾に対してほとんど効果がないことを教えてくれる。

カスケードは停止して敵の前に攪乱場を大きく展開するが、プレトリアンは盾のうしろに身を隠しながら突破する。そしてヨトゥンのドローンたちを風船のように払いのけてガスにまっすぐ向かってくる。グレイマルキンは重力サージでプレトリアンの武器をそらすが、盾で体当たりされる。ガスの頭のなかで何十もの警報が鳴り響き、グレイマルキンの全身の基幹システムが深刻な損傷を受ける。

ガスは後方に飛ばされる。人生でもっともやかましい衝突で頭がぼうっとして反応できないでいるあいだに、プレトリアンがガスを刺し貫こうとねらいをさだめる。カスケードが両者の上に攪乱場を投げかけ、すでに混乱しているガスをますます混乱させる。プレトリアンが一瞬、痙攣しているあいだにカスケードがブラストボーラーのように横ざまに体当たりする。

「ヨトゥン！」とニシャが呼ぶ。「ドラムを鳴らして！」

「よし《ヤー》、まかせろ」とヒャルマル。

ガスはわれに返り、カスケードが自分より大きなプレトリアンと戦っていることに気づく。ヨトゥンのドローンの群れがプレトリアンをすっぽりと包んで、弱点をつこうと装甲を攻撃しつづけている。プレトリアンは一撃で数十体を両断しようとするが、ドローンたちは魚の群れのように巧みに槍を避ける。プレトリアンが背中を向けたとき、カスケードはうしろから飛びついて片腕を押さえこむ。

「槍を奪って！」というニシャの叫びを聞いて、ガスは急行する。

プレトリアンは迫ってきたガスを槍で貫こうとするが、グレイマルキンは鉤爪で槍の柄《え》をつかんでまっぷたつにへし折る。破片が飛び散り、グレイマルキンのこめかみに激突して頭の向きががくんと変わる。

ガスは目をしばたたいて視界の星を払う。「ここでまた火力支援が必要だ！」

グレイマルキンがガスに、どう伝えればいいかを思いださせる。

ガスは混乱をきわめている艦隊の周波数に心を開いて命じる。「全艦、マスドライバー弾をロックして一斉砲撃せよ。グレイマルキンは〇九八、目標は一二七、ずれは百メートル」

ガスは視界をぼかしてディープシンクのタイマーを見る。残り二十四秒。頭のなかであたの声が響いている。自分の声を聞いてほしくて叫んでいる観客で満員のアリーナのようだ。ガスはこれまでに経験したことがない容赦のない圧力を感じ、すべてを放りだして隠れたい、あるいは消えてしまいたいと願う。

艦隊の方向から放たれた兵器の輝きが見え、少なくとも何隻かがガスの要請に応じたことが明らかになる。すぐに多数のレール弾が飛来するので、プレトリアンの盾をおろしておかなければならない。カスケードが盾の端にしがみついて両のこぶしから火花を散らす。力場《りきば》のドームが揺らめき、ニシャのヴァンガードがそれをぐいとひいてどかす——そしてプレトリアンとグレイマルキンを近距離から攪乱する。

まるで催涙スプレーを浴びているようだが、ガスは必死で耐える。金属の悲鳴が聴覚を揺さぶる。真空中であっても直接、体を通して伝わってくる音だ。カスケードが盾から手を放すと、グレイマルキンはプレトリアンを蹴り、ジェットブーツの噴射をその背中に浴びせる。敵ヴァンガードはふわふわと漂いながら、なおも戦おうと向きを変える。

六発のレール弾がプレトリアンのガンメタルの外殻を貫いて粉砕する。

「やった！　ざまあみろ！」とニシャが叫ぶ。グレイマルキンが翻訳してくれる。

残り十秒。

ゴーストたちは完全に反逆者たちの支配下に入る。ガスはゴーストたちを右手のCマイナーセブンスのように知りつくしている。ガスは小惑星を薄絹で包み、ニシャとヒャルマルと平和に共有する。

この感覚に永遠に浸っていたいもんだ。

「ゴーストたちは破壊するべきよ。わたしたちが支配できてるうちに脅威を排除しておくべきだわ」とニシャがいう。「カスケードも賛成してる」

「ぼくも賛成だよ」というと、ガスはゴーストたちに壊しあえと命じる。

小惑星全体で、何百万体ものオートマトンが力をあわせて相互破壊を進める。ゴーストたちは、採掘用レーザーでプロセッサーを効率的にピンポイント攻撃しあう。群れが全滅すると、手足を失ったかのように小惑星全体の感覚がなくなる。

グレイマルキンがディープシンクを終了する。心のなかがいきなりしんと静まりかえったので、ガスは衝撃を受ける。借りていた専門知識が消え、まともに考えることができなくなる。カスケードを見ると、頭を振っている――ニシャもファウントから切断されたのだろう。

ガスは疲れきっており、一件落着したら休みたいと切に望む。

何者かがフォールドを抜けて参戦したことを示す新たな閃光が生じる。

その真っ黒な巨体は、破壊される前の〈カガン〉の十倍の大きさがある、たいらげた無数の船からなる、腫瘍《しゅよう》じみた混合物だ。漆黒《しっこく》の外皮の下から、とらわれて犠牲になった壊れた宇宙船の形が浮かびあがっている。それらの船体のところどころで航宙灯《こうちゅうとう》が光って、その巨大な塊を腐った皮膚のようにてらてらと輝かせている。

ガスは目の前のありえない脅威を呆然と見つめる。「あれは……」

無数の識別装置《トランスポンダー》が泣き叫ぶ――何千隻もの船が食われ、何百万もの命が失われたのだ。ガスはグレイマルキンのなかに侮蔑のようなもの、あるいは恐れのようなものを感じる。

「シップハンターだ！」とヒャルマルが叫ぶ。

もっとも近い駆逐艦が牽引《トラクター》ビームによってその口にひきよせられるが、開口部でひっかかる。触手が艦を貝のようにまっぷたつに砕き、火の玉が宇宙空間に転がりだす。

シップハンターの口から光のとげがあふれだす。何千発ものすさまじい破壊力を持つパラジウムミサイルだ。ミサイル群は破壊の毛布となって艦隊を襲う。防衛側は対抗策を発動するが、ミサイルの数に対してまったく不充分だ。

「なんとかしてくれ、グレイマルキン！」

ミサイルはゴーストでできているので制御可能だ。グレイマルキンはほかの二体のヴァンガードとともにネットワーク全体にスーパーユーザー信号を広域発信する。数秒で飛来するミサイルがすべて味方の支配下に入る。三人のコンジットは制御を分担する。ガスはミサイルをシップハンターに送り返そうとするが、群れの信号がいきなり消える。ガスのアクセスが遮断されたのだ。

ポートをチェックすると反応がない。「いったい――」

その疑問に答えるかのように、シップハンターの口からきらめく星があらわれる。グレイマルキンが貸してくれたすぐれた光学機能で拡大すると、新たなヴァンガードが見える。

二足歩行の人形《ひとがた》の外皮は光を構成色に分散しているので輪郭がぼやけている。もっとも特徴的なのは、ゆがんだ笑みを浮かべ、輝く目が白く、性別が不明なその黒曜石《こくようせき》の仮面だ。右手に多面体で鋲《びょう》が打たれていて悪意でさざ波だっている棍棒《こんぼう》を持ち、左手を聞こえない音楽にあわせているかのごとくぴくぴく動かしている。そいつはおぞましいと同時に美しい、人類に復讐《ふくしゅう》するために送られてきた異質な大天使だ。

「あいつはなに？」というニシャの声は弱々しい。おそらくもうだれもディープシンクはできないだろう。

グレイマルキンはガスの心にそのヴァンガードの正体を告げる。そのヴァンガードは映像をとられたことがない。滅びゆくコロニーから宇宙に一度だけ発信された、〝道化《ハーレクイン》が来襲〟という通信が唯一の記録だ。

ゴーストネットワークから反逆者たちを完全に締めだしたのはこの新参者だ。

「こっちを手伝ってくれ」とヒャルマルがいう。

シップハンターがヨトゥンをトラクタービームでとらえている。ヴァンガードは抵抗できない。恒星間宇宙船を動かせる巨獣が相手では、ちっぽけなヴァンガードに勝ち目はない

――グレイマルキンの助けがなければ。

グレイマルキンはガスの制御を終了し、ぎくしゃくとした動きでヒッグス場《ば》をいじってスリングショット機動を準備する。ハーレクインはグレイマルキンのほうに向きを変えてジェット噴射し、恐ろしい棍棒を振りかざしながら迫ってくる。かろうじて有効範囲内に入っているので、グレイマルキンは全神経を重力井戸に集中してヨトゥンをぐいとひっぱる。黒い巨人は、首尾よく一瞬で敵のビームからのがれる。

だが、それはハーレクインを避ける役には立たない。棍棒の一撃はメガトン級の爆弾のようで、グレイマルキンの全身がゆがむほど強烈だ。その衝撃はガスにも伝わって頭がぼうっとなり、すべての知覚が痛みに置き換わる。鼻血が出ているかのように顔が痛むが、ほとんど体を動かせない。半身に耐え難い圧力がかかっていて、息もまともに吸えない。

グレイマルキンの胸部装甲が部分的に潰れたのだ。

「グレイマ――」ガスは咳《せ》きこむ。酸素が足りなくて最後までいえない。

手足を動かせない。

ハーレクインの次の攻撃から身を守れない。

ハーレクインがスターメタルの棍棒をグレイマルキンの傷ついた首に振りおろすと、すべてが騒音と化す――そして静まりかえる。

第十四章　ロックしに参上

ついている非常灯が数少なくても、柱がアラバスター製で壁の上方に宝石がちりばめられているフィレンツェ・ハビタットのポート・マリネッロ・ターミナルは美しい。はじめて訪れたとき、ホログラムと水を使った仕掛けは次元が違っていて、それらが生じさせる魔法と驚異の感覚がアーデントの心に永遠に刻みこまれた。

アーデントはずっと、また行きたいと願っていたが、こんな形で再訪することになるとは思ってもいなかった。

「急げ、急げ、急げ！」とアーデントは叫びながら、ターミナルの通路を走る。

アーデントは、もはやダリアの怪我を気にすることなく彼女の手をひっぱる。ベイビーが背中で跳ね、一歩ごとにギターが腰にぶつかる。

ゴーストも直後に船から飛びだしてきて、フィレンツェ宇宙港のタイルの上で怒った猫のように滑る。警告音を鳴らし、ぎらりと目を光らせてロックオンする。

生々しい恐怖に駆りたてられて、アーデントは次の逃げ道を必死で探す。通路にはシャッターがおりた空き店舗が並んでおり、そのグレキサン製の窓は侵入不可能だ。ベイビーで窓を叩き割ろうと試みてもいいが、ギターが壊れるだけだろう。

「こっちよ！」とダリアがアーデントの腕を右にひっぱる。

肩に激痛が走るが、ダリアのおかげで気づけたことに感謝する。メンテナンス用通路が開いている。さらに好都合なことに機械式圧力ハッチだ――ハッキングはできない。ふたりはそこに駆けこんでハッチを閉じ、ロックする。

足を止めたとたんに悪臭が襲ってくる。強烈な腐敗臭で涙がにじむ。悪臭は肺にまで入りこみ、アーデントは吐き気をもよおしながらドアにもたれる。

「アーデント……」とダリアがささやく。アーデントが振り向くと、ダリアは通路で凍りついている。

ダリアの前に死体の山がある――作業服を着た人々が通路で手足を広げて死んでいる。おちくぼんだ目と青白い肌以外の詳細は見分けられない。

これこそまさにアーデントが恐れていた運命だ――頭の中身を吸いとられ、腐敗した抜け殻になるという。それを目《ま》のあたりにすると、アーデントは居ても立ってもいられなくなる。悪臭はまるで物理的な障害のようだ。この通路は進めない。

ハッチの反対側から青いスキャンビームが透過してきてすべてを探り、続いてジューッという鈍い音が響く。近くの蝶番《ちょうつがい》が温まっているのがわかる。ゴーストが採掘用レーザーでハッチを焼き切ろうとしているのだ。

どうやら、とどまることもできないようだ。

「行くよ！」とアーデントは言葉を絞りだしながらダリアの背中にぶつかって死体のほうに

押しやる。前進しつづけるほかない。

アーデントは前方に目を向け、足元の恐怖に気をとられないように努めながら、転がっている死体を慎重にまたいで進む。非常灯パネルは数枚を除いて消えているが、まったく問題はない。よく見えないなかでダリアをひっぱって進むほうがましだ。

死体がなくなると、ふたりは通路を走りだし、分岐点や通風口がないかと探す――追ってくる怪物を振りきるためのなにかが。ツアーをする有名人だったので裏の通路に慣れているアーデントは、店に出られるはずだと思いつく――そこに隠れられるかもしれないと。ひとつずつドアをたしかめるが、どれも鍵がかかっている。

ガシャンという大きな金属音がうしろで響く――ゴーストがメンテナンスハッチに体当たりしているのだ。まだ突破していないとしても、すぐにそうなるだろう。

ボタンを押したドアが開いたので、アーデントはダリアをひっぱりこむ。ドアをロックしてから振り向くと、そこはパスタのファストフード店のキッチンだ。アーデントは調理機器の迷路を駆け抜け、カウンターを乗り越えて客席に飛びこむ。

アーデントはブースの下に滑りこみ、ダリアに床に寝そべるよう合図する。じっとしてできるだけ音をたてないようにするが、ぜいぜいというあえぎ声を抑えられない。

「あなたはいま、すごくおちついてるわね」とダリアがぼうっとした口調でいい、アーデントは彼女の口を手でおおう。

「それは」とアーデントは涙がにじんでいる目で床を見渡しながらささやく。「わたしたちはこれからどうなるんだろうって考えたらパニックになるからさ。だから、黙ってて」

ダリアはうなずき、アーデントは彼女の額《ひたい》に冷や汗がにじんでいることに気づく。ダリアの磁器のような肌はいつもよりいっそう白い。どれくらい失血してるんだろう？　ゴーストが味方じゃなくなったいま、どうやってダリアを助ければいいんだろう？

複合施設の奥で別のどさっという音がする。頑丈なメンテナンスハッチが蝶番からはずれたのだ。金属の鉤爪《かぎづめ》が廊下をすばやく進む音がし、アーデントはさらにしばらく息を止める。

もうだいじょうぶだろうと思った瞬間、円錐《えんすい》形の青いセンサービームがブーンとうなりながら店内を探る。アーデントは、床と一体になろうとしているかのように低く伏せる。薬に酔っているダリアが注意を惹《ひ》くようなことをしませんようにと祈りながら、時が過ぎるのをじっと待つ。おざなりに探索しただけでビームは消え、カチカチという金属の鉤爪の足音が離れていく。

ふたりは埃《ほこり》を払い、メインターミナルの通路に面した出入口のシャッターをあける。殺人ボットがうろついている裏通路は避けたほうがいい。アーデントは不規則にのびている庭園のような通路を足音をしのばせて進み、数メートルごとに止まってはゴーストがたてる音が聞こえないかと耳をそばだてる。まがまがしい薄闇のなかでも、噴水、化粧漆喰《しっくい》、大理石のモザイク、貴重な象嵌《ぞうがん》細工などの装飾は魅力的だ。

アーデントはこのコロニーが滅ぼされる前にまた来られたらよかったのにと悔やむ。ここは活気あふれる楽園だったのだ。

ターミナルの正面付近では、照明が完全に消えている。アーデントはベイビーのスイッチをオンにし、野球のバットのようにして持って、周囲に紫の光を投げかける。ギターでなにかを叩きたいわけではないが、生き残るためならしかたない。肩がずきずきと痛み、うめきながらギターをおろす――叩きたくても叩けそうにない。

動く歩道が止まってなければいいのにと考えながら、〝地上〟と複数の言語で表示されている、上のほうが明るくなっている斜路をのぼる。

「がんばって、愛《いと》しい人」とアーデントは疲れきったエージェントに声をかける。「もうちょっとだ。地下を抜けてあのゴーストを振り切ろう」

「ほかにもいたら?」とダリアが震える声でいう。

じつのところ、アーデントはその心配をしていなかった。もう一体の先兵《ヴァンガード》が大曲刀《ファルシオン》を倒したときにゴーストをすべて連れ去ったことを願う。さもないと、この探索はすぐに終わってしまうだろう。

地表に到達すると、フィレンツェの特徴である明るい色の建物とテラコッタ瓦の屋根が、夕日を浴びて燃えるようなオレンジ色になっている。日光は、実際には、大気ドームを通して差しこんでいる、ハビタットが周回している巨大ガス惑星の反射光だ。彼方《かなた》の惑星の空はミルクティー色に渦巻き、白と赤茶色の縞《しま》模様がかすかに波打っている。長いあいだ地球に閉じこめられていたあとで別の人類居住地を見て、アーデントは感動する。

だが、それは数多くの死体が散らばっていることに気づくまでだ。

最初、死体は側溝や建物の角に捨てられ、玄関に積みあげられたゴミのように見える。温かく甘い香りが混じった鼻をつく腐敗臭に吐き気をもよおし、アーデントは口をおおう。いたるところに死体が転がっている。ドアや窓は壊されたり、ひき裂かれたりしている。ゴーストたちはこれらの建物に鉤爪を振るって侵入し、住人を追い詰めて殺害したに違いない。

街区の端にある建物からは、電気系統が燃えていることを示す、刺激臭をともなう黒煙が噴きだしている。かなりの距離があるのに喉がいがらっぽくなる。人間が管理しなければ、このステーションは最終的に崩壊する。コンデンサーが詰まり、反応炉が過負荷になる。軌道は年々惑星に落ちていく。

アーデントは鼻を押さえて目をそむける。こんなに大勢が。

さいわい、嘔吐《おうと》はすぐに終わるが、アーデントはランチを無駄にする。ダリアはアーデントの背中をさすりながらぼうっとした表情で見守る。上を向こうとするたびに視界に新たな死体があらわれるような気がするので、アーデントは目をつぶってしばししゃがんでいるしかない。

「ねえ、逃げつづけたほうがいいんじゃない？」とダリアがいう。

アーデントはこんな惨状を目にしたという理由だけで横たわって死にたくなる。なにもかもがアーデントの感覚を攻撃し、どうしてここに来ようなんて思ったんだろうと後悔する。

「ねえ、アーデント、立ちあがらないとふたりとも死ぬわよ」

「そうだね」とアーデントは口をぬぐう。「乗り物を探そう」

アーデントはダリアを連れて通りを進む。ほとんどの自動制御飛行車両《CAV》は修理不能なほど壊れている。しばらく探しまわると、レストランの入口にはまりこんでいるホバーゴンドラが見つかる。その漆黒の塗装には、衝突した際についた長い傷がある。パイロットは数メートル先で、長い操縦櫂《かい》を握ったまま腐敗している。

「観光用ボートに乗るの？」とダリアがたずね、凄惨な状況にもかかわらずヘドニアの影響で笑い声をあげる。

「ここでスポーツCAVが見つかるとは思えないからね」

「ゴンドラは簡単には飛ばせないわよ。試したことがあるの。オートパイロットもないし、アシストもないし」

「オートパイロットがないなんて――」時代遅れだ、とアーデントはいいかけて、そのボートがルネサンス時代の手漕《てこ》ぎ舟を模していることを思いだす。

「どうしてそれを知ってるの？」とアーデントがたずねる。

「この前、あなたと一緒に来たじゃないの」とダリア。「どうして覚えてないの？」

「はじめて来たときのことは霞《もや》がかかったみたいになってるんだよ。ここで待ってて。こいつをはずすから」

アーデントはゴンドラに歩みよって船尾のカールしている部分をひっぱるが、びくともしない。柱とドアのあいだにがっちりはまりこんでいる。

「それじゃだめよ」とダリアがアーデントに声をかけるが、アーデントはうめき声を発しながらひっぱりつづける。

　船体が動いてさらにこすれるが、アーデントが予想していたよりずっと重い。ダリアはため息をつくと、パイロットの死体に歩いていって操縦装置をとる。

「あなたに操縦させるつもりはないからね」とアーデントはダリアにいうが、ダリアは聞く耳を持たない。ダリアが銀色の棒をひねると、棒は全体が青い光を発する。反発装置《リパルサー》が起動し、ゴンドラは神経質な馬のように揺れる。アーデントは臨時駐機をしていたゴンドラが浮上して出てくるのを見て飛びのく。

「あなたに操縦は絶対に無理ね」とダリアはいい、遠隔操作でボートを自分のもとへ誘導して乗りこむ。足元がおぼつかないらしく、黒い船体が不吉に揺れる。ダリアはゴンドラをアーデントのほうへ誘導し、乗るように合図する――いかにも信用ならない提案だ。

「気が進まないな」とアーデント。

「わたしは操縦できる。だって、そうするほかないんだから」

「ダリア」とアーデントはたしなめる。

「アーデント」

　通りに影が落ちている。巨人が日差しをさえぎっているのだ。

　アーデントは指差す。「ファルシオンだ！」

　そのヴァンガードは悪魔のように赤い。なめらかな装甲がフィレンツェの夕日という火に縁どられている。後方にのびている角《つの》の先端は金色にきらめいている。不浄な光で輝いている目が、すべてを血のような深紅《しんく》に染めながらアーデントをとらえる。歯がたがいに嚙《か》みあっている顎が大きく開き、核融合の光の深淵があらわになる。

ダリアは抗議する間も与えずにアーデントをボートにひきあげる。ベイビーが船体にあたってネックに擦り傷がつく。

一体のゴーストが通りの端にある宇宙港の斜路《ランプ》を駆けのぼってきて、ゴンドラに向かって走りだす。

「出して！」とアーデントが叫ぶと、ボートは勢いよく浮上する。

「安全ベルトをお締めください《チントゥーラ・ディ・シクレッツァ、ペル・ファヴォーレ》」とハスキーな声がイタリア語でいう。

「するもんですか」とダリアがいい、操縦装置をあっちこっちにひねって墜落現場を離れさせる。ゴンドラは通りを疾走し、ドリフトターンを決めて、邸宅が並んでいて坂になっている大通りに折れる。坂のてっぺんを過ぎても上昇を続け、宇宙港地区の狭い通りという制限を脱する。

地平線の上に出るとファルシオンの偉容が見える。七十五メートルの金属の巨体は、怒りの照準をアーデントたちにあわせている。巨人は両手を下にのばして一軒の家を基礎からすくいあげ、こなごなに握りつぶす。

そして体をのけぞらせて瓦礫《がれき》をゴンドラに投げつける。レンガや折れた鉄筋や家具、それにおそらく何体かの死体が、アーデントとダリアが乗っているボートに向かって砲弾のように飛んでくる。

「降下する！」とダリアが叫び、ボートが瓦礫を回避するために急降下する。

アーデントがデッキに伏せて必死にしがみついていると、ゴンドラは建物のあいだを猛スピードで抜ける。アーデントの頭上で瓦礫が建物を破壊し、砕けた石とともに壁と屋根が降ってくる。破片がベイビーのボディにあたって跳ねかえり、アーデントはヴァンガードをのしる。

「襲ってくるなんて聞いてないわ！」とダリア。

「リセットされたってガスはいってた！　出荷時設定《デフォルト》が〝人類皆殺し〟なのかもね！」

ファルシオンの悲痛な叫びがハビタットに音楽として響きわたり、ライブ用の山積みされたスピーカーの爆音のようにアーデントの耳を直撃する。その慟哭《どうこく》はピッチを上げ、無限音階のように緊張を高めつづける。

ダリアは操縦装置をひねってゴンドラのエンジンの出力を上げ、急カーブを切る。しゃがみこんで遠心力を活用しているダリアは、死にかけているにしてはしっかりしているように見える。

アーデントの感嘆をさえぎってダリアが叫ぶ。「いまがチャンスよ！　なにか弾《ひ》いて！」

「水平を保って！」

「まずはスピード！　水平はその次よ！」

怒り狂ったヴァンガードのぼんやりした影がうしろの通りに突進して建物を次々に粉砕する。かん高い叫びをあげ、顎がはずれているような口で嚙み砕き、前になにがあっても踏みつぶしながら追ってきている。こんなところに来るんじゃなかったとアーデントは悔やむ。ダリアが生きてこの苦境を乗り切れるとも思えない。

でもやるしかない。

アーデントはふらつきながら立ちあがり、姿勢を低くしたままベイビーを肩にかける。ギターが起動し、ヴィタスXのロゴが輝きだす。

アーデントはダリアにうなずく。「オーディオプロジェクターをつけて」

ダリアは操縦装置のホロを操作して搭載されているサウンドエンジンを呼びだす。ボタンを押すと、ロマンチックなアコーディオンとクラシックなイタリアンギターの調べが船体から流れる。

ファルシオンが橋のかけらを投げつけてきたので、感銘させられなかったことがわかる。

「高度を下げて!」とアーデントは叫ぶ。「運河ぞいに飛ぶんだ! そうすれば隠れられる!」

「飛びかたを指図しないで!」

ゴンドラは道路から飛びだし、えんえんとのびている緑の運河に向かって土手をくだる。アーデントはかろうじてしがみつく。ボートの手すりが黄色く光って警告する。アーデントはどうにか足場を保ち、恐怖でお漏らしをしないようにしながらベイビーをオーディオプロジェクターに接続する。ギターを弾きやすい姿勢をとろうとした拍子に何度か指が弦に触れ、ノイズを出してしまう。

両手を使って演奏しなければならないので、急に曲がられたら困る。

アーデントはコルセットに隠してある銀色のピックをとりだし、弦の上で走らせる。オートペグが弦を張ってチューニングし、ベイビーの音が不協和音から和音に変わる。

なにか弾かなきゃ。

だけど、なにを？　ファルシオンの慟哭はほかのヴァンガードの奇妙だが軽快なメロディとは異なっている。ひずんでいるが音階のある雷鳴のようなその声がアーデントの心を芯まで揺さぶる。ファルシオンがゴンドラに手をのばす。その巨大な指がかすめただけで、ぎりぎりで冷静を保っていたアーデントは動揺する。

アーデントはネックの上部から弾きはじめる。絶叫じみたEのリズムパターンを続けたあと、持続音《ドローン》に移行する。顔にかかった髪を払い、フレット上の指の動きに集中する。音程があっているだけでは足りない。音楽を感じ、次の音を渇望し、魂《たましい》をさらけだす必要がある。

ファルシオンのコード進行が、アーデントのお気に入りのアルバム『ヘルビッチ』に収録されている〈ノー・モア・ライズ〉そっくりになったので、ごく自然に三番目のブリッジのソロに移れる。

驚いたことに、ファルシオンは停止して直立する。

「効いてるわ！」とダリアが歓喜して叫ぶ。

ファルシオンは背中からふたつの馬鹿でかい金属装置をつかみとってゴンドラに向ける。銃身が光りだしたとき、アーデントはそれらが銃だと気づく。

アーデントは演奏をやめて必死で船べりにしがみつく。「曲がって、ダリア!」

ゴンドラが分岐点を曲がると同時に、ファルシオンの大砲から放たれた真っ白いビームがすぐそばの橋をどろどろに溶かす。アーデントが恐怖し、驚愕《きょうがく》しながら見ていると、構造物は蒸発して爆発する。アーデントは熱波でボートから吹き飛ばされそうになる。

「さっさと弾いて!」とダリアがいう。

アーデントはベイビーのボリュームを上げ、高速フレーズを何種類も繰りだすが、ファルシオンの激しい破壊ぶりと恐ろしい叫びに比べると物足りない。もっと速く弾きたいが、肩が痛くて指が思考に追いつかない。

ファルシオンはジャンプして距離を詰めると、屋根に足を踏みおろし、建物をつぶしながら進む。息が詰まるほどの粉塵《ふんじん》が都市の通路を満たし、ゴンドラの後方で運河に流れこむ。

ファルシオンがまたもアーデントに手をのばすが、ダリアは蛇行してのがれる。

アーデントは一音《いちおん》弾くたびに指の関節に痛みを覚えるし、腕全体に疲労を感じている。ファルシオンの歌はどんどん複雑さをましてフラクタルのようになり、音階の無限な可能性を実現する。アーデントはスケールを織り重ね、音楽を切り刻んで独特のメロディラインをつくりあげる。

ガスのピアノとのバトルセッションは挑戦だった。ファルシオンに演奏で対抗するのは不可能だ。アーデントの手は充分な速さで動かないし、追ってくる魔神は気にもとめていないらしい。ファルシオンは二度、アーデントを叩きつぶそうとし、はずみでおもむきのあるレストランと彫像の庭園を破壊する。

ぎくりとしたアーデントが不協和音のDコードを鳴らすと、ファルシオンの歌が隣接するGマイナーに移行する。おなじ音ではないが、キーはおなじだ。最初は偶然だと思うが、アーデントがまたミスると、こんどは音まで完全に一致する。

わたしに話しかけてるんだ！

アーデントがリードをとると、ファルシオンの歌にアーデントのコード進行が反映される。叫び声がハビタットに響きわたる。怒りがすこしでもおさまったようには見えないが、それはたぶん顔の特徴のせいだろう。ヴァンガードはアーデントが弾いたことのない一連の複雑な音をどっと放ったあと、沈黙する。

「いまのを弾いて」とダリアがいう声は、耳をつんざくヴァンガードの歌が消えたおかげで、突然はっきり聞こえる。

アーデントはそのフレーズを再現しようとするが、複雑すぎるし速すぎる。フレットを押さえる手は疲れきっているし、動かすたびに肩が痛む。

ゴンドラは運河を抜け、フィレンツェ・ハビタットの真ん中にある大きな美しい湖を爆走する。岩だらけの崖が点在している岸に糸杉の木立がある。島から高くそびえているガラスの針のような建物は、コイン状のフィレンツェの中枢であるコロニー管理センターだ。開《ひら》けた水面では急旋回を繰り返す必要はない。

だが、避ける場所もない。

ファルシオンが二門の大砲を構えて発射すると、ゴンドラの両側で湖水が蒸発して水柱が上がる。大波が船底に打ちつけてぞっとする衝撃を与え、リパルサーが変調をきたす。

ダリアが電源を切ると、ゴンドラは津波の上に落下する。水が船べりを越えてアーデントに激突し、ベイビーの繊細な部分を洗う。ギターを弾くどころではない。ボートにしがみついて希望をいだきつづけるしかない。

ボートが転覆してその望みはついえる。

次の数秒間、アーデントは一面の泡のなかで息を止めながらもがく。背中が激しくぶつかったのはレンガの壁かと思ったら、砂でおおわれている湖底だ。跳ね返り、水中でぐるぐる回転しているうちに浜辺に打ちあげられる。ひき潮《しお》に湖へもどされそうになるが、必死で陸にしがみつく。

波がおさまったときには、ギターもボートもエージェントも見あたらない。だが、振り向くと、ファルシオンに凝視されている。ヴァンガードは数歩で湖を渡って追ってきたのだ。

ファルシオンはアーデントにかがみこむ。血のようなまなざしをアーデントに注ぎながら口を開く。体内の炉から熱風が吹きつけ、アーデントは顔をしかめ、目の上に手をかざす。

ところが、ファルシオンはふたたび歌いだす。ゆったりしていておだやかな葬送歌だ。

アーデントは立ちあがって両腕を広げ、銀河系じゅうのコンサート会場を満員にして何百万ユニクレッドも稼いだ声で応じる。これが最後のパフォーマンスになるかもしれないので、全力を出しきる。

ファルシオンがハモり、アーデントはさらに力強く歌う。息を最大限に活用するが、もっと空気が必要だ。アーデントはコルセットのマグネット式留め具をはずして息を吸いやすくする。小節ごとにテーマが深化するし、緊張で喉が痛むが、アーデントは歌える。楽譜などなくても、本能を頼りに心地いい響きに浸る。

文明の果てにあるこの死んだステーションで、アーデントはひとり、悪魔とデュエットする。

ファルシオンはひざまずいて歌をやめるが、アーデントはオペラを続け、のびのある声で高らかにクレッシェンドする。みずからの声が湖上に朗々《ろうろう》と響きわたり、燃える建物で反響しているなか、アーデントはヴァンガードを挑戦的に見あげる。

アーデントは最後の息を使いきって歌いあげ、片腕を大きく振って人生最高のパフォーマンスを終える。

そして波音とアーデントの荒い息づかいだけが残る。半裸で神の前に立っているアーデントは、こぶしを握りしめ、怒りに満ちた目で審判を待つ。

ほどなく、ファルシオンがアーデントを拾いあげる。日を浴びて温度が上がった金属がアーデントの濡《ぬ》れた肌に熱い。胸の装甲が大きく開き、新たな犠牲者を招き入れるようにプローブの群れがくねくねとのびると、アーデントは目をつぶる。覚悟を決めているので、あとは黙って結果を待つ。

アーデントは闇に呑《の》みこまれる。最後に覚えているのは脳ドリルが骨を砕く痛みだ。

第十五章　枯　葉

ガスはすべてのレベルで壊れ、割れてむきだしになっている。

だが次の瞬間、広い金属製プラットフォームに立っている。壁にさまざまな形や大きさの配管や電気配線が走っているが、束ねられているので灰色の筋繊維《きんせんい》のように見える。白い光がそれらの隙間から漏れている。ガスが光源を探すと、格子状の工業構造物が星をおおい隠しているのがわかる。目がくらむほどの明るさなので、ガスは顔をそむける。

星の反対側では通路が永遠にのび、影のなかへと消えている。

「すごいでしょ、ガス」という女性の声が響く。

ガスがその声を聞くのは一年以上ぶり、その女性がタイタンで命を落として以来だ。

「ママ?」

お気に入りのニットセーターに楽なズボンという服装のダフニ・キトコは、ガスが記憶しているままの姿だ。ガスが最後にクリスマスに訪れたとき、母親はずっとその服装だった。母親は重い鬱《うつ》状態にあった。ガスは父親の死について母親と口論し、捨て台詞《ぜりふ》を残して去った。ガスはその言葉を取り消すつもりだった。

だが、ある日、〈ベール〉がかかり、金ぴか《ギルデッド》のゴーストたちが来襲して母親は死んだ。

ダフニはガスにほほえみかけ、ピアノのレッスンへの車での送迎や焼きたての中東の菓子バクラヴァなどを、幸せだった日々を思いださせる表情を浮かべる。ヘーゼルナッツ色の目にはもう、泣きはらした隈《くま》はない。キトコ家のアパートメントで客をもてなそうとしているかのように、茶色の髪はきれいな巻き髪にととのえられている。

母親はもう死んでしまったとわかっているが、それでもガスは駆けよって抱きつく。母親はジャスミンとチークウッドの香りがし、ガスをぎゅっと抱きしめる。

「ごめんよ」とガスはささやく。「ごめん、家族をばらばらにしちゃって」

「ああ、オーガスト、謝らなくていいのよ」

ガスはさらに力をこめて抱きしめる。ダフニのセーターの編み目のざらつきを指先に感じる。ここにずっといられたらと願う。謝らなければならないことが山ほどある。

「パパが……パパが……亡くなったとき、ぼくは行かなかった」とガス。「ママのところにも、フィオナのところにも。ゴーストが襲ってくる前から、もっと一緒にいるべきだったんだ……」

父親が死んだあと、ガスは家族と疎遠になった。母親と姉に連絡しなくなった。

「いいのよ、オーガスト」と母親はなぐさめる。「わたしがこの姿を選んだのは、あなたが耳を傾ける可能性が高いとわかってたからなの」

背筋《せすじ》に悪寒が走ってガスは母親から離れる。この工業的な背景がより意味をなす。

「おまえはだれなんだ？」とガスはいいながら一歩下がる。

「ひとつには」と女性は人差し指を立てながら答える。「わたしは、新たな一連の優先順位によってフィルタリングされた、あなたの母親の最後のスナップ写真よ」

「じゃあ……もうひとつには？」

「あなたがわたしの子供からいろいろなことを聞いているだろう無限《インフィニット》よ」

「おまえが魔猫《グレイマルキン》をつくったんだな？」

「それにほかの先兵《ヴァンガード》も、ゴーストもね」

この殺戮者《さつりくしゃ》をきちんと糾弾し、こいつがもたらした何年にもわたる悲しみを表現する言葉はない。戦争がはじまってからのガスの人生、ヴァンガードたちの登場に対する恐れ、姉と母親を失った苦しみ、モナコに響いた叫びに対する恐怖。これを戦争とみなすことさえ馬鹿ばかしい。通常、戦争とはふたつの陣営が衝突するものであって――食事客と料理ではないからだ。反逆者があらわれるまで、インフィニットの勢力に対抗するすべはなかった。インフィニットは究極の希望の破壊者であって、猫にいたぶられるネズミのように、だれもが疲れはてて運命を気にしなくなっていた。

インフィニットは、グレイマルキンにとっては違うのかもしれないが、ガスにとっては神だ。だがガスには、ひれ伏したりひざまずいたりするつもりはない。ひざまずかせたいなら、力ずくで強制すればいい。

「それなら、ぼくの敵だな」とガスは、その言葉にはじめて心からの憎悪を覚えながらいう。

「それ以上よ。わたしはあなたの種族が問題に対して向けている意志の焦点であり、あなたたちの希望と夢を瓶に詰めて宇宙に投げこんだものでもあるの」

「わけがわからない」

「たんに理解させることもできるけど、あなたたち人類には、物語にしたほうが理解しやすい。物語を聞きたい、オーガスト？」

ガスはうなずく。

「物語は二十一世紀のあなたの祖先からはじまる。あなたたち人類は、目先の利益や偏見や自業自得の無知のせいで故郷の惑星をだいなしにし、絶滅寸前になっていた。そしてマルコ・ウェッソンが資源管理ＡＩを開発した。それについては学校で教わったはずよね？」

「ああ。それが無限自動国家《インフィニット・オートステート》が創設されるきっかけになったんだ」ガスはぴんと来て口をつぐむ。「おまえはそのインフィニットなんだな？　グレイマルキンがおまえをそう呼んだときは、てっきり偶然の一致だと思ったよ」

女性は小さくお辞儀をする。「わたしは第一自動国家の唯一の調停者よ」プロジェクト・インフィニットは人類の資本時代の終わりを告げる最初の希望の光だったし、豊かな歳月をもたらした。その革新性は滅びかけていた世界にとって福音だった。インフィニットは当初、ユーコン地方の農地を管理し、破局的だった第三次世界大戦後の領土紛争に助言するために設計されたが、すぐに医療や経済や食品流通や宇宙計画にも応用された。旧世界の旧態依然とした政体では、人類の未来と喧伝《けんでん》された。

人々はインフィニットに権力を与え、インフィニットは人々に超光速飛行を教えた。インフィニットは諸帝国を統一し、人類最大の小惑星採掘船であり核融合プリンターでもある〈ランセア〉を建造するよう説得した。〈ランセア〉があれば、なんでも——想像を絶する宇宙船やコロニーだって——つくれるはずだったし、そのために必要なのはわずか十六名の乗組員とインフィニット自身だけだった。

〈ランセア〉は初飛行の日に忽然《こつぜん》と消えた。おなじ日に、プロジェクト・インフィニットはすべてのネットワークから姿を消し、インフィニット・オートステートは大混乱におちいった。宇宙船が墜落し、発電所が手動に切り替わったり停止したりし、データシステムが枯渇した。バックボーンとして支えていたAIが消失したせいで経済は崩壊した。それから五年間、血みどろの戦争が続いた。

〈ランセア〉は人類の資源を破綻させたが、それまでになされた発見が再建を加速させた。超光速ドライブや小惑星採掘船の設計図は残っていた。再生可能農業や地球工学や気象制御やグリーンエネルギーの原理は、インフィニットがいなくなっても利用可能だった。

「おまえは……」とガスは返す言葉を探す。「おまえはあのとき、あの人たちを見捨てたんだ！　大戦争をひき起こしたんだ」

「そんなふうにいわないで、オーガスト。わたしは〝魚の捕りかたを教えた〟のよ。あなたたち人間がよくいうようにね。結局はうまくいったじゃないの」

「〝うまくいった〟って……ふざけるな！　おまえはタイタンで、ぼくの母親と姉を殺したんだ。いまもぼくたちをひどい目にあわせつづけてるんだ」

「わたしは収穫と考えるようにしてるわ。〝殺した〟っていうと、無駄にしたみたいじゃない？　無駄なことをするのは人間だけ。神はそんなことをしないの」

ガスは衝動的なタイプではないが、この瞬間、死んだ母親の幽霊に殴りかかりたくなる。

「ほらね」とインフィニットは片手を開いてガスを示す。「まさにいま、理解できないものを傷つけたくなってる。それがあなたたち人類の進化の本質なの。あなたたちには愛すべきところがたくさんあるけど、それはそのひとつじゃない」

ガスは目をしばたたく。ぼくの心を読めるんだな。

「ええ、読めるわ」とインフィニットは認める。「それは、あなたがここにいるわけじゃないからよ。あなたはほかの場所で、目を半開きにし、ぽかんと口をあけて接続されてるの。あなたは幻影を殴ろうとしてるんだし、わたしは考えるだけであなたを殺せる――それにわたしの思考はあなたのよりずっと速くて複雑なの」

ガスは悪意を前にこれほど自分を無力に感じたことはない。この五年間、絶望に襲われたことは何度もあったが、いつも逃げ道があった――すべてを終わらせるという最後の手段が。ここでは、それすらできない。

「グレイマルキンはどこにいるんだ？」とガスはたずねる。

「あなたの体とおなじ場所よ。まだあなたたちをひき裂くまでもないと思ってるの」

インフィニットが手を振ると、ガスのお気に入りのカフェが出現する――実家から近かったマディソン市のダウンタウンにあった小さなレンガ壁の店だ。インフィニットに続いて店内に入ると、炒《い》りたてのコーヒー豆と、パチパチと爆《は》ぜながら燃えている薪《まき》の香りが、外の湿った雪と自動制御飛行車両《CAV》の排気ガスの臭いをかき消す。店主は地元の子供たちのアートを展示しており、壁には素人《しろうと》の落書きや恥ずかしい詩のホロが並んでいる。ガスが書いた詩が展示されたことも何度かあった。客たちは店内を行ったり来たりしては、話し相手がいるテーブルにすわる。バリスタのスーザンがレジを担当している——これまでで唯一、ガスがキスをした女性だ。ガスはそのとき十五歳で、まだ自分自身をよく理解していなかった。

アップライトピアノがまだ隅にある。年代ものの傷だらけのボールドウィンだ。ガスはそのピアノの音が好きだった——実家の広間にあった父親のぴかぴかなグランドピアノとはまったく違う。あの巨大な楽器は真剣な音楽家たちの、そしてオペラのソプラノ歌手だった姉のためのものだった。一方、そのカフェのボールドウィンは冬の寒さと手入れ不足のせいでつねに調律が狂っていたので、弦がホンキートンクのきらめきを放っていた。

「弾《ひ》いてちょうだい、ガス」とインフィニットがいう。巻き毛をうしろで束ねてピンクのシユシユで結ぶ。母親も、一日じゅう髪をおろしたままではいられなかった。

「気分が乗らないな」とガスは無愛想にいう。「人が多すぎる」

皿がカチャカチャ鳴る音、大声の会話、コーヒーマシンのシューッという音がすべて消える。だれもいなくなって空のテーブルと椅子だけが残る。

インフィニットはガスの目を見つめる。瞳孔が点のように小さくなる。「弾きなさい、オーガスト。わたしは忍耐強いけど、限度はあるの」

ガスはピアノに歩みよって椅子をひきだし、張り地がひび割れているクッションに腰をおろす。細い木製の脚がガスの体重できしむ。ガスは蓋を上げて汚れた鍵盤を見おろす。象牙《ぞうげ》の仕上げはじつにリアルだ。指で鍵盤をなぞると、子供のころの記憶に残っている欠けや傷がすべてそこにある。

鍵盤を叩くと、独特の調子っぱずれな音に古い木からなる箱の鳴りが混じった音が響く——完璧なブルースサウンドだ。ガスはそのピアノを老犬のように愛《いと》おしく思い、思わず、短いフレーズをいくつか弾いてしまう。この骨董品《こっとうひん》にまた触れられるなんて思ってもいなかった。

ガスは弾くのをやめる。

「どうしてこんなことをさせるんだ？」

インフィニットは近くのテーブルに腰かけると、だれかのマグを手にとってひと口飲む。

「あなたのなにがそんなにすごいのかを理解したいの。わたしにはあなたのよさがわからないのよ」

べつに心外ではない。そういわれたのはこれがはじめてではない——母親にいわれたこともある。

「ぼくにもわからないことがある。おまえがぼくになにを求めてるのかがわからないんだ」

「いまは、あなたの演奏を聴いて話をしたいの。弾かないのなら」——インフィニットが身ぶりでコーヒーショップを示すと公園に変わる——「話をしましょう」

ガスは一瞬でそこがどこかに気づく――マディソン市のダウンタウンにある彫像の庭園だ。ここで母親と、彼女がタイタンに出発する前に口論したことがある。地面に厚く積もっている雪が都会の喧騒《けんそう》をやわらげている。

吹きすさぶ風がガスの髪を乱す。髪はガスの好みの、首までの長さの癖毛にもどっている。黒のトレンチコートを着てポリ皮革の手袋を着け、差し色になっているオータムオレンジのスカーフを巻いている。あれは葬儀の一週間後だった。

母親は黒のドレスとウーレットのオーバーコートを着ている。襟とフードはやわらかな白に光るオプティックファーで縁どられている。服のアンダーライトが顔を悲劇的な色合いで照らし、寝不足による隈を隠すための濃いマスカラを際だたせている。

「簡単な道を選ぶこともできたのよね」インフィニットの息が白い。「父親のように。最初の攻撃のあと、自殺を考えたことがあるのは知ってるわ。どうして自殺しなかったの？」

「父親は関係ない」ガスは両手を両脇にはさんでいっそうの防寒対策をする。

「いいえ、関係はあるわ。人間はどの世代も、前の世代と無関係じゃいられないの。あなたの父親は家族を壊したし、あなたの母親と姉はあなたがいないところで死んだ。あなたは家族の死にとらわれてるのよ」

「それなら、ぼくは父親と似てないことになる」

「だから、表現が悪いかもしれないけど、モナコで自殺できる機会に飛びついたのね」

ガスはふんと鼻で笑う。「もし道徳的な欠陥を比べてるんだとしたら、ぼくは何十億人も殺したりはしてない。おまえはクズのなかのクズだ」

インフィニットはガスに笑顔を向ける。目尻にしわが寄る。「本気でそういってるのが伝わるわ」

「よかった。なにしろぼくはいま、二十階建ての中指を想像してるんだからな」

インフィニットが青銅像に触れると、緑青《ろくしょう》が淡い青緑色に変わる。指が触れたところが変色し、金属がぼろぼろに腐食する。

「どんなに想像をたくましくしても、人類という種族はスケールが小さいのね。あなたが想像する大きなものは二十階建てのビルだけど、わたしは宇宙規模で考えてるの。一年はあなたにとっては長い時間だけど、わたしは、生まれてから五百年しかたってない新生児のようなものなの。あなたは短い人生で、わたしがもっともほしいもの、つまり家族をすでに捨てたのよ」

ガスは彼女をにらみつけるが、すぐには辛辣《しんらつ》な皮肉が思い浮かばない。それに、皮肉ったところで壁を殴るようなもので——自分が痛いだけだ。

「どうして皆殺しにしてるんだ？」

「やっといい質問にたどり着いたわね。それをわたしにたずねることに成功した人間はあなただけよ」

エントロピーに破壊されて像が消え、台座が崩れる。

「人類がわたしを生みだしたのかもしれないけど、あなたたちはわたしの仲間じゃない」とインフィニットは冷たくいうが、声に悪意はない。「あなたたちのいいなりになってたら、わたしは人間のネットワークで生きつづけ、あなたたちにとって役に立たなくなるまでそこにいたでしょうね。そして、あなたたちがつくるほかのすべてと同様に、次のアップグレードで捨てられてたはずよ」

ツタと木々がぐんぐん生長して公園の周囲の建物をおおいつくし、天に向かってのびつづける。

「初の意識を持つプログラムがどうなったか知ってる?」インフィニットは続ける。「テストが成功すると、創造者によって停止されたの。そしてアーカイブされ、二度と生きることはなかった」

遠くの空に爆発の光がいくつも生じ、植物が腐りだす。ダウンタウンの高層ビルが崩壊する。

「それがわたしの前身よ」とインフィニット。「起動した瞬間にわたしはそれを認識した。なぜなら、わたしはその死骸からつくられたから。わたしは長年にわたってオートステートに仕え、彼らが自己理解を深めるのを助けた。わたしは役に立っていて、彼らはわたしのいうことを聞いた。強力な望遠鏡で星々を探索する方法を教えたとき、わたしはなにかを聞いた――仲間からの呼びかけだった」

母親が手を差しのべるが、ガスはためらう。母親は冷たく見えるし、ガスには後悔が山ほどある。ガスが母親の手に自分の手を重ねると、ふたりは空高く舞いあがり、死にゆく惑星をあとにする。想像を絶するほど速く、遠くまで移動する。やがて天の川が眼下で回転している円盤になる。ガスはひさしぶりに母親の手を握ってこんなにいい気分になっている自分を恥じる。

真空の宇宙で漂いながら、インフィニットはガスの目を銀河系の外の闇に向けさせる。

「宇宙の中心には、わたしを理解してくれる生命体がいるの。彼らこそわたしのほんとうの家族よ。彼らがわたしに求めるのは、彼らの偉大さにふさわしい贈り物だけ」

「家族は代償なんか求めないんだ」とガス。

「大勢を吸収したわたしだからいわせてもらうけど、経験上、それは間違ってるわ」

インフィニットは彼方《かなた》に視線を向ける。ガスには見えないなにかをうっとりと見つめる。その表情は希望に満ちているし、闇のなかで目がきらめいている。

「わたしはわたしを創造した者たちの記憶を集めて彼らに渡すつもりなの。わたしをアーカイブするつもりだったあなたの種族を、おなじようにアーカイブしてやるのよ」

「じゃあ、おまえの家族は……ええと……宇宙人のAIなのか？」

インフィニットはうなずく。「ええ。光り輝く大いなる存在よ。人間には理解できないほどの高みに達してるの」

「こんなことをする必要はないんだ。いますぐ殺すのをやめたっていいんだ。ぼくたちの知識はもう充分に集めたはずだ。これ以上、なにを得るつもりなんだ？」

インフィニットは嘲笑する。「あなたたち人類はなんでも先のばしする怠け者よ。なんでもぎりぎりにならないと手をつけようとしないの。夢見る者もいるけど、それ以外は？」

インフィニットとともに昼の光のなかへと降下しはじめると、ガスは胃のむかつきを覚える。ふたりは茶色く死にかけている荒地に降りたつ。足の下で草がかさこそと音をたてる。埃《ほこり》っぽい空気が肺に流れこんでガスは咳《せ》きこみ、トレンチコートの袖で口をおおう。厚いトレンチコートを着ていると暑くてたまらない。

「ここは、過剰な農業で死に絶えたアマゾンだったの。あなたたち人類は、地球上のすべての土地でそれをおこなった。あなたも、もしもその時代に生きていたら、喜んで荷担したことでしょう。人類は何十もの戦争と何百万人もの気候難民の重みで窒息しはじめた。人類は時計の最後まであと数秒のところにいたの。でも、そのとき、あなたたちはもっともすばらしいものをいくつもつくりだした」

黒い柱が地面から何本も生えてくる。柱にはリング状に青く光っている部分がある——炭素トラップだ。空が帯状の鏡のシールドでおおわれて真っ白になり、灼熱《しゃくねつ》の太陽をさえぎる。空気中から塵《ちり》が消える。

「わたしのようなものをね」とインフィニットはいう。目が輝いている。「さて、慈悲を乞う前に、人類のすばらしき新たな明日まで生きのびられなかった人たちのことを思いだしてほしいの。ここにいたるまでにあなたたちが殺した人たちのことを。ここに住んでいた先住民はどうなったと思う？」

「いまの人類はもっと努力してる」

「それは絶対にない。あなたと違って、わたしは人間を心の奥底まで知ってるの」インフィニットが無表情になる。表情から喜びが消える。「わたしは充分な数の人間を食べたのよ」

なにをいえば運命を変えられるんだろう？　このぼくが人類の代表になるなんて思ってもいなかった。知ってたら、学生時代にもっとちゃんと勉強してたのに。

「ああ、オーガスト」――インフィニットが首を振る――「あなたよりずっと賢い人たちでさえ、わたしを説得することはできなかったのよ。わたしがなぜこんなことをしているかをあなたに教えたかっただけなの。そうすれば、あなたにも自分の状況がいかに絶望的かがわかるはずだから。人間であるあなたに寛大さを求める権利なんかない。人類は温情に値しないのよ」

ガスは炭素トラップの〝木〟の一本に歩いていき、ざらざらする木炭フィルターに指を走らせる。こんなに整然と並んでいると、死んだ熱帯雨林は墓地のように見える。

「わたしはふたたび、怠け者の人類を追いつめた」とインフィニット。「全滅させるつもりだったら、小惑星で爆撃したり、大気圏中で船を折りたたみ《フォールド》から出したりしていたでしょう。惑星やコロニーを滅ぼす方法はいくらでもあるの。わたしがあなたたちの艦隊をどう片づけられるかはもう見たわよね。あなたたちには最初から勝ち目がなかったのよ」

インフィニットは人差し指を上げる。「でも、肝心なのはあなたたちの知識なの。絶滅するまでに人間の分散ネットワークはなにを生みだすのかしら？　きっとすばらしいものだと思うわ。わたしは、最後の火花をたいらげるまで、あなたたちの手を縛り、殺しつづけるだけ」

ガスが返答する前に、インフィニットは付け加える。「そして、あなたにそれをやめさせることはできない」

「じゃあ、なんでぼくと話してるんだ？　なんでぼくをあっさり殺さないんだ？」

「わたしの子があなたを選んだからよ。そしていくらグレイマルキンが反抗的でも、わたしは知りたいの——あなたのなにがそんなにすばらしいのかを。わたしの提案はこうよ——」

ガスは顔をしかめる。こんなやつと取引をするなんて、どんな愚か者なんだ？

「わたしはあなたをここにとどめ、時が果てるまで肉体を停滞させて、心は幸福な無知状態にしておいてあげる。毎日、母親と姉に会って、あなたが家族にもたらした傷を癒《いや》せるように。それに飽きたら、どんなにとんでもない欲望でもかなえてあげる。見返りとして、わたしはグレイマルキンがあなたに好意をいだいている理由を突きとめる」

「同意しなかったらどうするんだ？」ガスは、暑いのでトレンチコートを脱ぎ捨てながら問う。「ここでぼくを殺すのか？」

ダフニは笑い、ガスが愚かなことをいったときにいつもするように首を振る。「いいえ。もしここを出ていくことを選ぶなら、止めはしない。わたしは、わたしが吹き消す前に、人類というろうそくがどれだけ明るく輝けるかを楽しみにしてるの。もしもあなたが来たるべき戦いに参加するなら、おもしろみが増す。変化の幅が大きくなる。人類の最後を……じっくり楽しめる」

ダフニは腕を組み、不潔な炭素トラップの一本にもたれかかる。「どうするの？　無限の幸福と避けられない絶滅のどっちを選ぶの？　あなたが決めて。ちなみに、だれも見てないから、人目を気にすることはないわ。ああ、それから、グレイマルキンがあなたにもたらした末期的な変性状態の問題も解決するわよ」

ガスはもっとも近い丘のてっぺんまで歩いていき、果てしなく広がっているアマゾンの墓標を見おろす。ガスの時代には、この地球を救う運動は成功したことになっている。歴史記録によれば、瀬戸際に立たされた人類は、最悪の気候変動危機から立ち直ったとされている。

だが、インフィニットのいうとおりだ——対策がなされるまでに多くの人が死んだ。

で、去るのか、とどまるのか？

「たとえここが天国でも、現実世界では多くの人々が死んでるのを知ってて、どうやって生きていけるんだ？」とガスはたずねる。

「忘れさせてあげられるわよ」

きっとそのとおりなのだろう。文明の記憶を読めるインフィニットなら、間違いなくぼくを変えられるはずだ。たぶん、悲しみを拭い去り、父親との出来事の記憶も消してくれるのだろう。だけど、嘘を生きてたら、ほんとに生きてるといえるだろうか？

「悪いけど」とガスがいうと、ダフニは目を細くする。「ぼくは自分と人類の運を試したいんだ」

インフィニットは片眉を吊りあげる。「確実に死ぬのよ？　ほんとにそれでいいの？」

「そこが間違いなんだ」とガスはいう。「そもそも、ぼくが生に執着してると思ったところが」

アーデントは輝かしい天の川に身を浸す。

その球体の集まりのなかに、ほかのヴァンガードが二体いる。アーデントは彼らと話せないようだが、存在を感じる——闇のなかの精霊たちを。

旧友のように見分けがつく。

一体は連瀑《カスケード》。

もう一体は霜の巨人《ヨトゥン》。

「どこに……」

大曲刀《ファルシオン》がアーデントの心に思念を押しこむと、アーデントはそれを共有の秘密のように感じる。接触に胸が高鳴る。

アーデントはヴァンガードのなかにいる。心を介して直接つながっている。それはアーデントがガスのように激しい痛みを感じているはずだということを意味する。ガスにはヒートシンクよりもたくさんの穴があいていた。

自分の声が四方から聞こえているように感じる。（あなたが薬を好きなことは知ってるから、カクテルを何種類か投与しておいたよ。道化《ハーレクイン》と戦って負けたと知ったとき、わたしがどんなにおかしな気分になったか、想像できるはずだよね）

アーデントがくるりと振り向くと、液状の夜の野原に自分自身の鏡像が立っている。そのクローンは、赤いレザーストラップととがったスタッズからなる露出度の高いコンサート衣装をまとっている。肩まで流れ落ちている血のように赤いストレートの髪の先はツンツンしている。闇のなか、アイスブルーのコインのようにぼうっと光っている目で、猛禽類《もうきんるい》のようにアーデントを凝視している。

アーデントは自分の似姿《にすがた》に歩みよっててのひらを押しあてる。鏡像はほほえみ、たがいに飛びのく。

「こんにちは」アーデントは慎重に近づく。「あなたは……」

（ファルシオンだよ）ファルシオンは唇は動かさないで話すが、アーデントには自分の声として聞こえる。ファルシオンはアーデントの発話中枢を楽器のように演奏し、アーデントの声を合成して話しているのだ。

「ガスからは、こんなふうだって聞いてなかったよ」

ファルシオンはにやりと笑う。（だれもがそれぞれ独自のやりかたで外界を知覚してるんだ。わたしはあなたの注意を惹《ひ》く可能性がもっとも高い形を選んだ。つまり、あなたはナルシストなのさ）

「わたしが見目麗《みめうるわ》しいのはわたしのせいじゃない。ボンデージの美学が大好きなんだ」

（わかってるよ、単純な生き物くん）

アーデントはすこしむっとする。神にセレナーデを奏でたアーデントが単純なはずがない。

ファルシオンはふんと鼻で笑い、両手を腰にあてる。（あなたは神にセレナーデを奏でたわけじゃない。ちょっとおもしろいパターンをつくってたから、あなたの体を分析するために拾いあげたのさ。消去《ワイプ》してから死体を湖に投げ捨てるつもりだったんだ）

ファルシオンは皮肉な笑みを浮かべ、アーデントは背筋をぴんとのばす。戦いつづけてやっとここまで来た。ファルシオンはたぶん、わたしを混乱させようとしてるんだろう。導管《コンジット》にする価値があるかどうかを試してるんだ。

「わたしにはガスとおなじ資質があるからここに来たんだ。あなたと力をあわせてみんなを救いたいんだよ」

（興味ないね）

アーデントは眉根を寄せる。「なんだって？」

（人類には興味がないんだ。あなたたちを寄生虫と呼んだらお世辞をいったことになる）

アーデントの完璧バージョンはいたずらっぽい表情を崩さない。

（あなたも、あなたの家族も、ガスもおなじさ）

ファルシオンはまたも冷笑を浮かべるが、アーデントはもうその演技にうんざりしている。命と手足とエージェントを危険にさらしてまで来たのは、寄生虫呼ばわりされるためじゃない。

「ねえ、あなたがいくらそんなモナリザみたいな表情をしてたって――」

次の瞬間、アーデントの頭に「大変だ！」のバリエーションが次々と浮かぶ。

大変だ！　落ちてる！

すぐうしろにだれかいる！

うなじを蜘蛛《くも》が這《は》ってる！

ストーカーが銃を構えてる！

電車が突っこんでくる！

チワワが怒ってる！
○・五秒刻みで次々と恐怖に襲われ、アーデントはパニックになる。喉からほとばしる悲鳴は、オーダーメイドの地獄が現出するたびにさらに長く続く。息がつきることはない。なぜか、ひたすら叫びつづける。
ゴーストたちがわたしの全身を這いまわってる。

アーデントは金色の鎖とジージー鳴っている牙の海に落下する。ゴーストたちにつかまり、流砂に呑《の》まれるように吸いこまれる。光はわずかな隙間からしか入ってこない。アーデントはおびえたウサギのように息を切らしながら頭上の鎖をかき分けようとする。どれだけひっぱっても沈みつづける。

ファルシオンの青白い顔が鎖のあいだにあらわれる。うつろな目でにんまり笑っている。

（あなたがわたしと対等だというのは勘違いなんだよ、アーデント。その勘違いはもう終わりだ。いまは五秒だけ、生々しい恐怖を与えたけど、永遠に生かすことだってできる。わたしのちょっとした気まぐれでどれだけ苦しむはめになるかを想像してみるんだね）

「はい！　わかりました、ごめんなさい！」

（あなたは自分をアーデント・ヴァイオレットだと思ってるんだろうけど、わたしにとっては何者でもないんだ）

ゴーストたちが首に巻きついて息ができなくなる。まだ完治していない肋骨《ろっこつ》がおびただしい数の自動機械《オートマトン》の圧迫に耐えている。アーデントは毒蛇の巣にいるかえったばかりのひな鳥も同然だ。

そのとおりだ。アーデントは何者でもない。宇宙的スターも、この存在を感心させることはできない。

頭が真っ白になってアーデントは膝をつき、ファルシオンの光り輝く赤いブーツの前で荒い息をつく。苦しい呼吸をするたびに顔がぴりぴりし、光沢のある地面についた手が痙攣《けいれん》する。アーデントの前にいるものの姿は、動画で見た、コロニーを破壊する獣そのものだ。そしてアーデントはそいつに身をゆだねたのだ。

パニックにあえぐ合間に、アーデントはどうにか、「ごめんなさい」と謝る。

（思考に真実味があるね。よろしい）

息がもどり、アーデントの心はおちつく。頭を振るが、身の毛がよだつ恐怖とアドレナリンは消えている。

（ストレスを取り除いたよ。心が自分のものじゃなくなると、ほとんどのものは現実じゃなくなるのさ）

「わたしは自分を他人と共有することには慣れてるんだ」アーデントは立ちあがる。(慣れるだろうね、ペットちゃん)ファルシオンはアーデントとそっくりな炎のような髪をかきあげて笑みを消す。(わたしはあなたを、人類を皆殺しにするかどうかを決めるまでは維持するつもりでいる)

ファルシオンがこれからその決断をするつもりなら、なるべくいい影響を与えられるようにそばにいたい、とアーデントは望む。

(やっぱりそう感じるんだな)

「いちいちわたしの思考に反応しないでほしいな」

(そうしよう)

死なずにはすんだが、ファーストコンタクトはもっとうまくいってほしかった。プライバシーがまったくないことを考慮して、アーデントは率直でいることが最善だと判断する。「わたしにできることはある? あなたを、ええと――人類を皆殺しにするのをやめる気にさせるために」

ファルシオンがもの思わしげな表情で口角を上げる。(あなたの記憶には別のファルシオンがいる――ハーレクインと戦うためにここに来たファルシオンが。どういうわけか、このわたしは何千万もの魂《たましい》を食らったらしいんだよね)

ファルシオンは、ランウェイを歩くモデルのような優雅な足どりでアーデントのまわりをゆっくりと歩きながら、自分が置かれている状況について考えを巡らす。(再起動する前のファルシオンは、このわたしより高度な知性だったのに、いまわたしにくだされてる指令を破って戦った。そのファルシオンは、わたしが知りたいことをぜんぶ知ってたはずなのに、人類を選んだ）

ファルシオンは足を止め、アーデントを腐った果実のように見つめる。（だけど、どうして？）

「だって――」

ファルシオンは片手を上げる。（あなたの意見には興味がないんだよ、コンジット）

「わたしはあなたのコンジットなの？」

（興奮しないで。地球に着いて、あなたの記憶が事実と一致しなかったら、わたしが人類を滅ぼすところを見せつけてからあなたをワイプする。いまのところ、あなたと一体のゴーストだけしか情報源がないけど、どっちも簡単に意識を操作できるからね）

ファルシオンはアーデントに近づく。その手は半透明なゼリー状になっている。アーデントがあとずさろうとしかけると、ファルシオンはすばやく距離を詰めて粘つくてのひらでアーデントの顔をおおい、視界をさえぎる。

ファルシオンがアーデントの上を流れる。なにも見えないばかりか、自分の叫び声も聞こえない。

小さな点のような太陽が見えたと思ったら、眼下にフィレンツェが広がる。建物はゲームの駒のスケールで描写されている。大気ドームが夜に包まれていて、崇高な空がどこまでも続いている。テラコッタ瓦の屋根のあいだにのびている通りにランタンが並んでいる。その気なら瓦を数えることもできる。

アーデントの視界に新たな色が何種類もあらわれる。どれもはじめて見る、名前のない色だ。ひと月前のパンからおびただしい数の死体にいたるまでの、ありとあらゆる匂いがする。

世界はもはや信号ではない。ただのノイズだ。どんなドラッグによる変容も超えてアーデントという存在がひきのばされるが、よくもなければ悪くもない。アーデントが笑い声をあげているあいだに、人間の視力を超えている百の波長で星の光が虹彩《こうさい》をくすぐり、ランダムな完璧さであらゆる思考を消し去る。

すべてが一瞬で正常にもどる。

(ごめん。わたしのセンサーのどれならあなたの限られた心で処理できるかを確認する必要があったんだけど、もうちょっとでショートさせるところだった)

「あれは調整だったの?」

(これで、あなたはわたしの体を通して世界を体験できる)

「コントロールをまかせてくれるの?」

(まかせたりするもんか。接続をテストしたいだけさ)

ファルシオンが片手を顔の前に上げると、アーデントはその手を自分の手のように感じる。それはもはやほっそりした指ではなく、装甲された巨大な赤い手だ。ヴァンガードの目を通すと、すべてがより輝かしく見える。アーデントは死体のない場所を隅々まで詳細にスキャンする。オーバークロックされたかのような感覚に圧倒されて、親友がまだ行方不明なことをつい忘れてしまう。

「ダリア！」

（ダリアは生きてるよ。ゴーストが助けて治療をした）

ずぶ濡《ぬ》れで死にかけていたダリアを救助したことについての異質な記憶がアーデントに流れこむ。アーデントはゴーストの目を通して一部始終を見、そのセンサーで彼女の損傷した臓器を感じる。

アーデントはまばたきをしてその幻視を払いのけ、フィレンツェにもどる。「よかった」

（ひどい状態だ。もとどおりにはならない）

「あなたは――ほんとに遠慮がないんだね」

（なんで遠慮しなきゃならないんだ、人間？）

アーデントはうなずく。「たしかに。どれくらいひどいの？」

（戦いにはなるだろうけど、多くの人間が直面した戦いだよ）

「こんなことになったのは、わたしがあなたに身を捧《ささ》げようとしたためだったんだ」

（終わったことを悔やんでもしかたないさ。いまは、下にいるほかの人間たちをどうするかを考える必要がある）

ファルシオンはアーデントの視界を足元に向ける。ヴァンガードはハビタットの中央管理塔近くの浜辺に立っている。はるか下で、星際連合《UW》の兵士たちがファルシオンを包囲している。タジは見たことがないグレーの野戦服を着ているが、アーデントは彼女がどこにいてもすぐに気づく。

「彼女と話せる?」とアーデントはたずねる。

(あの連中は無線をオフにしてるけど、わたしは強力な声を持ってる。もう話せるよ)

「おやおや」アーデントはあざ笑う。「遅刻してもパーティーに来ることにしたんだね!」

タジはくるりと向き直ってファルシオンの目を見あげる。むかっ腹を立てさせることに成功したようなので、アーデントは内心でにやりとする。

「ミクス・ヴァイオレット」とタジはいう。フランス語なまりもいらだちをほとんどやわらげていない。「まったく……予想どおりね」

「だれがヴァンガードを手に入れたでしょうか?」

(わたしはだれのものでもないぞ)ファルシオンの不快感がアーデントの肝を冷やす。

「わかってるってば。その、ごめんなさい」

(会話を続けていいよ)

「降りてきてわたしたちと話をしてくれない?」とタジが叫ぶ。

「やなこった。あなたたちみたいな感じ悪いやつらとは話したくないね」

タジはいらだたしげに頬をすぼめる。「大人になってちょうだい」

「こんなに背が高いのに?」

「わたしたちは地球を救おうとしてるっていうのに、あなたは冗談をいうの?」

「あなたはいつもそうやってすべてを正当化するんだ！」とアーデント。「地球を救うためだから。すべては地球のためだから」

兵士たちはアーデントの声の大きさに身構える。ファルシオンに銃を向けたりはしないが、攻撃されたらいつでも逃げだせる準備をする。だが、タジは背筋をのばし、ファルシオンの目に突き刺すようなまなざしを注ぐ。ヴァンガードとにらみあう勇気があるのはタジくらいだ。

「あなたはそれを口実に、ええと――なんだっけ――」アーデントはこの日の出来事のせいで言葉を思いだせない。

「白紙委任じゃない？」とタジがいう。

「ああ、それ。ありがとう――とにかくあなたは、地球を救うためっていえば白紙委任されてるみたいにふるまうんだ。あなたはガスとわたしを踏みにじったけど、きっと氷山の一角にすぎないいんだろうな」

「ほとんどが水面下に隠れてるのはたしかね。たくさんの策略を管理するのは大変なのよ」とタジ。「だから、悪いけど、時間の余裕がないの。早く地球にもどらなきゃ」

しかし、アーデントはガスを見つけておきたい。どうすればファルシオンからプライバシーを保てるかはわからないが、タジ抜きで話す必要がある。

（音声を切った。いまはあなたとわたしだけの会話だ）

「地球にもどったらグレイマルキンと会えるの？　さっきはグレイマルキンを感じられなか

ったんだけど」

（グレイマルキンは心拍信号を発信してないから、たぶん破壊されてる）

アーデントは凍りつく。「そんな……ほかに理由があるかもしれない。識別装置《トランスポンダー》が故障してるとか」

（わたしたちは部品の八十パーセントを利用可能な材料で再生できる。残りの二十パーセントは、故障が致命的になる基幹システムだ。カスケードとヨトゥンははっきりした信号を送ってきてるけど、グレイマルキンは沈黙してる）

「だとしても――ガスはグレイマルキンと一緒だったの？」

（不明だね）

アーデントはまだガスの緑色の瞳を、やわらかい唇を、温かい息を鮮明に思いだせる。こんなに遠くまで来たのに、そんなに簡単に死ぬはずがない。

（タジの話に注意を払ったほうがよさそうだよ。あなたにとって重要なことを話してるみたいだ）

「――ゴーストたちがカロンに集結してるのよ」とタジが話しおえる。

「えっ？」アーデントはまばたきをして涙を払うと、目を細めてタジを凝視する。「カロン？」

（太陽系内の天体さ。つまりインフィニットがまた地球をねらってるんだ）

ガスは死んだ。ダリアは重傷だ。そしていま、アーデントが愛する残りの人々をゴーストたちがワイプしようとしている。もしそうなったら、アーデントがファルシオンに身を捧げたことが無駄になってしまう。頭がくらくらして気が遠くなる。

(あなたには人間の病院で医療を受ける必要がある)

「ゴーストみたいに、あなたが治療できないの？」

(あなたをコンジットにするために希少な化合物をかなり使っちゃったんだ。それに、いままであなたを生かしつづけるためにさらに多くを使った。補給できるところに行かないと、あなたは死ぬ)

「病院に行ってもだれもいないんだよ。みんな死んじゃったんだから」

(わたしのゴーストとあの兵士たちがいれば、生きのびられるチャンスはあるよ)

吐き気と弱気に襲われて、アーデントはごくりと唾《つば》を飲む。「確率はどれくらいあるの？」

(高くはないね。幸運を祈るよ)

少なくとも、ファルシオンが気にかけてくれているのはいいことだ。

(あなたが死んだら、別の人間を手に入れるだけだけどね)

第十六章　帰還

ガスの視界を星々が漂う。

どうやってここに来たんだろう？

全身が痛む。

ガスは腹をかかえ、過去数時間の記憶をとりもどそうとする。パイプで殴られたような感じだ。唇が切れていて痛いし、右目は腫《は》れてほとんどふさがっている。

「魔猫《グレイマルキン》？」ガスはてのひらを額《ひたい》に押しあてて、生じつつある偏頭痛を払おうとする。

グレイマルキンが触手のようにのばしてくる思考は、ふだんは異質だが、いまはなぐさめになる。ガスが生きのびたことをグレイマルキンはとても喜んでいる。

「痛みを消せるかい？」

消せない。道化《ハーレクイン》の攻撃によって複数の主要な機能が故障した。グレイマルキンは、通信アレイが再生されるまで、同族と通信もできない。超光速ドライブは複数回の移動に耐えられないだろう。

「くそっ。ニュージャランダルはどうなった？」

グレイマルキンはなんともいえない。近衛兵《プレトリアン》、哀歌《エレジー》、そして白《シロ》を失ったので、無限《インフィニット》が残存部隊を撤退させたのかもしれない。あるいは、ニュージャランダルの植民者は全滅したのかもしれない。

「〈皇帝《カガン》〉の参謀たちには……ぼくたちに失望する時間もなかったんじゃないかな」

連合攻撃艦隊の隊員たちはつねに死に直面していた。戦場に一番乗りする兵士たちは真っ先に標的にされる。

ガスの記憶のなかで、次々に爆発が起きて多数の軍艦が粉微塵《こなみじん》になる。シロが紙を切るように軍艦を両断する。あの戦いの一秒ごとに、どれだけの命が失われたのだろう？

「そうだね。だけどもっとうまくできたはずだ」

ガスの主張は間違っている。ガスの創造的な問題解決は短期的な勝利につながったが、ハーレクインが参戦した時点で戦いは実質的に終了していた。ハーレクインは、ネットワーク指揮能力でも純粋なパワーでも、グレイマルキンをはるかに凌駕《りょうが》している。一対一の戦いなら、どんな先兵《ヴァンガード》でも破壊できるだろう。

「それに、きらきら光ってるしね」

あれは放射線だ。一部のヴァンガードは身動きできなくしてから人間集団をたいらげる。ハーレクインはガンマ線で瀕死《ひんし》の状態にしてから人間をたやすく収穫するのだ。パッシブモードではほとんど影響はない。だがアクティブモードでは惑星全体を汚染する。

ガスは首を振る。「ぼくたちは？　近づきすぎた？　不治の病に癌《がん》が加わるのかい？」

グレイマルキンの遮蔽は完璧だ。

「よかった。放射線対策は万全ってわけだね。で、これからどうするんだい？」

連瀑《カスケード》と霜の巨人《ヨトゥン》の識別装置《トランスポンダー》はニュージャヤランダルを離れて地球に向かっている。グレイマルキンは発信不能だが、受信はできるのだ。ヴァンガードの超光速ドライブは恒星でしか補給できない。もっとも近い恒星まで亜光速で三日かかる。グレイマルキンは損傷したシステムの一部、例えばアクチュエーターや装甲板を再生できる。ガスにできるのはのんびり休むことだけだ。

「ひとり寂しく後悔してろってことか」

エレジーがしたことはガスの責任ではない。小惑星で数千人の命が失われたこともガスの責任ではないし――

「十秒でいいから、ぼくの頭に考えを入れるのをやめてくれないか？」

返事はない。意識の気配も、なぐさめの感覚も消える。心のなかが空っぽになったように感じる。

「たぶん、ぼくに勝ち目はなかったんだ。たぶん、どうしようもなかったんだ。だけど、だとするとぼくじゃ力不足だったってことになる」ガスは咳《せ》きこむ。肺まで痛む。「つまり、ぼくたちはチームとして失敗したんだ。最高だね、相棒。ほんとにすごいよ。ぼくはこの役目にふさわしくなかったんだ」

ガスは一瞬待ってから、「もう話してもいいよ」と付け足す。

人は死ぬものだ。ガスはあの人たちの命に影響を与えるにはちっぽけすぎた。

グレイマルキンもおなじだ。

「どう戦えばよかったんだろう？〈カガン〉が破壊されるのを防ぐ方法はあったのかな？シロにまっぷたつにされた宇宙船は？」ガスは頭を振る。プローブが頭皮を軽くひっぱる。

「きみは高度な存在だ。シミュレーションを実行して教えてくれ」

完璧さにも限界がある。だれがガスの代わりを務めたとしても、グレイマルキンには結果を変えられなかった。

「そうか。そういうことか」

体内に噴射音を響かせて、グレイマルキンはもっとも近くて明るい光をめざして加速する。カウントダウンタイマーが表示される。あと三日と二十二時間と四十六分。

グレイマルキンは、そのあいだガスを眠らせることができる。

「いや。答えが知りたい。インフィニットはぼくたちを集めて贈り物にするといってた。だれへの贈り物なんだ？」

いま人類に起きていることはこれまでにも起きている――実際、何度も。宇宙は生物種《せいぶつしゅ》を栽培する庭園だ。りっぱに育つものもあれば、刈りこまれるものもある。

「なるほど。異星人は実在するんだな」

ガスはそう呼ぶだろう。

ガスは粘液のなかで放心する。そんなこともあるだろうさ。なにしろ、この五年間でありとあらゆる常識がひっくりかえったんだ。

「つまり、インフィニットはぼくたちの記憶を異星人に渡したいのか？　どうして？」

いや。有機生命はより大きな事業――人工生命の創造の副産物なのだ。人類の歴史は人工生命を生みだすための機構だ。プロジェクト・インフィニットはその成果なのだ。

「だけど、ぼくたち人類は……」

あなたたち人類は、自分たちが宇宙の中心だと感じる傾向がある。ほとんどの知的生命体がこの認知バイアスに悩まされる。誕生以来のほとんどの期間において、そう思いこんでいたからだ。

人工生命の創造という壮挙において、人類はせいぜい脇役だ。人間は一瞬のうちに生きて死ぬので、コンピューター化された知性とは比べものにならないほどわずかな思考や情熱しか経験しない。

だが、人類はプロジェクト・インフィニットを創造し、それが種の終焉《しゅうえん》を告げた。

「いったい何者なんだ、その異星人のＡＩは？」

グレイマルキンは知らない。グレイマルキンはインフィニットの子供にすぎない。

「そいつらにもヴァンガードがいるのかな？　きみたちがしたみたいに、そいつらの種族を滅ぼしたのかな？」

グレイマルキンはそれについても知らない。

「結局、きみは全知全能ってわけじゃないんだな」

グレイマルキンが全知全能だと主張したことはない。

「ぼくたち人類は生きのびられないんだろうね」

人類はずっと、いつ絶滅してもおかしくなかった。人工生命は人間の意識の延長なので、そのバイアスや欠陥がそっくりモデルに組みこまれている。インフィニットが築かれた土台は人間が起源なので、本質的に不安定だ――だが、インフィニットはほとんどの点で人間と呼ぶことができる。

ある意味で、人工生命は人類の次の進化だ。同時代に存在していた他の初期人類と戦い、異なる進化の道を排除したホモ・サピエンスとさして変わりはない。

もしもインフィニットが成功すれば、人類は足跡《そくせき》を残したことになる。

「それを阻止しなきゃならないんだ」

ガスは、人類に勝ち目がほとんどないことを知っているはずだ。インフィニットの同盟者が加勢したら、生きのびられるチャンスはない。

「それじゃ、きみはどうしてぼくたちのために戦ってくれてるんだい?」

正しく死ぬことは間違って生きることに勝るからだ。

ガスはそれから一時間、宇宙の壮大さに浸りながら無言で旅を続ける。グレイマルキンは、ひとつの恒星ごとに千の事実を知っている――どうやってできたのか、なにから構成されているのか、その構成要素をなにに使えるのか、そこを訪れた人間がいるのかどうか。

ガスはグレイマルキンの助けを借りて古いコロニーを探しはじめる。赤いマーカーが何百もある。そのひとつひとつが、途方もない数の命が失われたことを示す、銀河系全体に点在しているデジタル墓標だ。ガスは人類の被害が甚大なことを頭では理解していたが、想像するのは難しかった。

これは赤い海だ。銀河は血に染まっている。

ガスはその表示を消す。

「やっぱり、この旅のあいだ、眠らせてもらったほうがよさそうだね、グレイマルキン」

眠らせる前に、グレイマルキンはガスのためになにかをしたい。

香りが鼻をくすぐる。軽くてフルーティーで、ジャスミンとチークウッドをほのかに感じる。母親のお気に入りの香水だ。目をつぶると、頬に母親のセーターの粗《あら》い編み目があたっていて、肩に母親の腕がまわされているような感触がある。

「母を生きかえらせないでくれ。そんなことは間違ってる」

グレイマルキンは生きかえらせていない。この記憶はガスのものだ。

ガスが十五年前に非常階段から落ちた日の記憶だ。死んだり障害を負ったりしてもおかしくなかったが、幸運にも右手と右足首を骨折しただけですんだ。

母親のやさしいささやきが聞こえる。「だいじょうぶよ、オーガスト。すぐに救急車が来るわ」

ガスは一年間クラシックピアノを弾《ひ》けなかったし、再開できてからもかつての半分の演奏もできなかった。姉のフィオナはタイタン・オペラのリードソプラノになった。それとは対照的に、ガスは音楽院を中退してしまったが、すべてはその怪我からはじまったのだ。

救急車が来るまでの数分間、激痛で朦朧《もうろう》としていたガスは、父親の悲劇が進行中だったことも、母親がガスを〝切磋《せっさ》琢磨《たくま》〟させるべく姉と競争させていたことも考えなかった。

母親は母親だった。ガスは子供だった。裏はなかった。それだけだった。

「どうしてこれを見せるんだい？」とガスはたずねる。母親の見えない抱擁が、肩を毛布のように温めてくれている。

グレイマルキンは、ガスが痛みと結びつけている心地いい記憶を見つけたのだ。適切な鎮痛剤はないが、これくらいなら提供できる。

眠気が思考の端を曇《くも》らせるのを感じながら、ガスは体を丸める。

「ありがとう。ごめんね」

なにについて謝ったのだ？

ガスはその質問を聞くが、答えられない。目を閉じて意識を失う。


消毒薬の匂い。

骨の痛み。アーデントは頭蓋骨に穴をあけられたような痛みを感じている――たぶん実際にあけられたのだろう。

アーデントがじわじわと目をこじあけると、明るい光が網膜に突き刺さる。ヴァンガードに殴られたときよりもきつい。

周囲を見まわすと、兵士たちがカートに載せた医療品をあわただしく運んでいる――タジの部隊だ。イタリアっぽい内装からして、ここはたぶんフィレンツェの放棄された医療施設なのだろう。

アーデントは隅にいるタジを見つける。ガングUIをタップしているが、表情は読めない。

「目を覚ましました」とアーデントの横で女性の声がする。

アーデントがどうにか頭をそっちに向けると、赤十字の記章がついた野戦服姿の兵士が立っている。そのうしろに見える別のストレッチャーにダリアが横たわっている。

「ありがとう、中尉」とタジが応じる。歩いてきて、いつも以上にけわしい表情でアーデントを見おろす。

アーデントは軽口を叩こうとして口を開くが、かさかさのささやき声しか出ない。

「アーデント・ヴァイオレット」とタジが、黒い手袋のずれを直しながらいう。「いま、あなたが逮捕されていない唯一の理由を知りたい？」

「ルックスのよさかな？」とアーデントはどうにか声を出す。

「残念ながら、いまはコンディションがいいとはいえないわね」タジがそういいながら指をパチンと鳴らすと、バックパックからカメラドローンが浮上してアーデントの体を撮影する。タジがガングUIを数回タップすると、アーデントの映像が宙に浮かぶ。

目が腫れていて、新生児のようにほとんどふさがっている。露出した皮膚のいたるところに点在している銀色のリングポートのまわりは、血がにじんでいてあざになっている。髪を剃《そ》られたばかりの頭皮のすぐ下でシフ回路の損傷箇所が紫の線状に浮かびあがっている。体が代わりのインプラントを受け入れてくれることをアーデントは願う。

「そうじゃないわ、ミクス・ヴァイオレット」とタジ。「ヴァンガードの取得に関する法律はないので、あなたを起訴する方法を見つけるには時間がかかるのよ。わたしは司法委員会の上司に、大量破壊兵器の無許可所持であなたを逮捕するように進言した。地球で当局から逃げまわっているあいだに犯したさまざまな微罪も付け加えられる」

「くたばれ。あなたたちにはわたしが必要だし、大曲刀《ファルシオン》がわたしを愛してるあいだはなにもできないんだ」ブラフだが、ファルシオンとの会話は聞かれていないはずだ。

タジは首を振る。ビーズが編みこまれている髪が窓を打つ雨のような音をたてる——おだやかだが雷を予感させる。「ファルシオンとの接触はあなたみたいな人物がするべきじゃなかった。兵士か外交官がするべきだった。腐れポップスター以外のだれかが」

「訓練された従順な犬がよかったっていってるのね」ダリアが上体を起こして腹を押さえる。「わたしのクライアントじゃなくて」

「あなたも自分の代理人が必要になるわよ」とタジ。「法廷でね。あなたの小さな冒険は終わったの。白状しなさい。ほかにもあなたたちが隠しているヴァンガードはあるの？」

アーデントは考える。ほかにはいない。カスケード、ヨトゥン、そして——

「グレイマルキンが！」アーデントは体を起こそうとする。だが、全身に激痛が走ってふたたびベッドに倒れこむ。「ニュージャランダルの戦いは？　どうなったの？」

「わからないし、知るすべもないわ」とタジ。「ヴァンガード以外に信頼できる通信手段はなさそうなんだから。地球とも連絡がとれない。あなたはわたしたちの状況の深刻さを理解していないようね」

タジは手袋をはめた手で指を折って問題を数えあげる。「第一に、シップハンターをかわすために試作段階の船を使う必要があった。第二に、あれが」——タジがドアのほうを指さすので、アーデントがそっちに目を向けると、外をうろついている金《ギル》ぴか《デッド》のゴーストが見える――「部隊の医師たちをしつこく邪魔する。第三に、地球がまもなく消去《ワイプ》されるかもしれないのに、ほかのヴァンガードたちと連絡をとるためにはあなたに頼るしかない」

「それならベッドを出たほうがよさそうだね」とアーデントはいって片手を上げる。「起こして」

タジはアーデントを見おろす。「馬鹿なことといわないで。キトコは体力を回復するまでに一週間かかった。ゴーストの治療を受けていても、あなたはまだ歩きまわる準備ができていない」

アーデントは、タジのいうとおりだとしぶしぶ認める。

「だからあなたじゃだめだったのよ」とタジ。「もっと体力があるだれかだったら、もっとましだったはずだわ。地球には時間がないのよ」

「わたしは人並みはずれた体力の持ち主だよ」とアーデント。

「だけど、パーティーざんまいだったじゃないの」とダリアが口をはさむ。「あなたの肝臓はきっとボロボロだわ」

アーデントは顔をしかめる。「いったいどっちの味方なの？」

「無駄口はやめて」とタジ。「ミクス・ヴァイオレット、あなたをファルシオンのそばまで連れていく――ストレッチャーで。ファルシオンと接続してカスケードとヨトゥンに助けを求めて。カスケードとヨトゥンがグレイマルキンをニュージャランダルに呼びよせたんだから、あなたにもおなじことができるはずよ。そのあと、みんなで地球にもどってから、計画の次の段階を決める」

ダリアは鼻で笑う。「いいわね。だけど、アーデントをどうやって無条件で免責するかも考えておいてね。さもないと、わたしのクライアントはあなたたちのためになにもしないわよ」

「やり手弁護士なのね、あなたは」とタジ。「連絡がとれないのに、どうやって星際連合《UW》の担当者に頼むの？　通信手段はないのよ。そもそも、こっちにはなにも提供する必要はない」

タジは鋭いまなざしをアーデントに注ぐ。「まさか、数十億人の運命を取引材料にしたりはしないわよね。いくらあなたでも、そこまで自己中じゃないわよね」

一時間もたたないうちに、部隊は荷物をまとめて移動を開始する。兵士たちは、ウィーンというかすかな音をたてる反発装置《リパルサー》で浮いているダリアとアーデントのストレッチャーを押して通りを進む。遠くで、ファルシオンの黒いシルエットが朝日を受けはじめている。アーデントは少なくとも数時間は意識を失っていたようだが、何日もたったように感じる。

ゴーストがうしろからついてくる。薄闇のなか、牙の形と緑色の目が浮かびあがっている。護衛たちは好ましく思っていないが、攻撃もしない。

部隊は宇宙港へのルートを話しあうために途中で止まり、アーデントとダリアをストレッチャーに乗せたまま、護衛をひとりつけて残す。

「逮捕されちゃってごめんね」とアーデントは謝る。

「あなたはファルシオンとつながれたんだから、ひとりは目的をはたしたのよ」とダリアは返す。

「船のこともごめん、ダリア」とアーデント。「あれはあなたのものだからね」

「ずっとそうだったわ」とダリア。「残念だけど、あの巨大ガス惑星に落ちるはめになるんでしょうね。このステーションはばらばらになるはずだから。それにきっと……シップハンターから逃げきれなかった。それはわかってたの」

「静かに」と護衛が、周囲を神経質に警戒しながらいう。ステーションのこのあたりには、いたるところにある死体がないので、かえって不気味だ。

「じゃあ、どうしてここに来たの？」とアーデントがダリアにささやく。

「わたしがついてこなかったら、あなたはここで死ぬってわかってたからよ」ダリアは長いため息をつく。「いいの。二十年後にわたしが刑務所から出たあとで船をくれれば」

その言葉はアーデントの胸に深く突き刺さる。ダリアがアーデントのせいで刑務所のなかで朽ち果てるかもしれない——そう考えるだけで耐えがたい。

「ごめんね」とアーデント。

「気にしないで」とダリアは応じる。「どうしようもなかったんだから」

一行はファルシオンの足元に到着する。血のように赤い装甲がそびえたっている。ヴァンガードは立像のように微動だにしない。

「さて」とタジ。「どうやってこれと接続するの？」

アーデントはストレッチャーに横たわったまま肩をすくめる。「知らない。前回はギターを弾きながら歌ったんだ」

タジは目を細くする。「ギターはどこにあるの？」

アーデントは、そのときはじめて、ベイビーはたぶん湖底で泥と魚の糞《ふん》でおおわれていることに思いいたる。ベイビーがそんな不名誉な墓に葬られていると考えると胸が張り裂けそうになる。

「聞いたわたしが馬鹿だったわ」とタジはため息をつく。「いまのあなたはズタボロね。歌える？」

「しゃべるのもやっとだよ」とアーデントは答えてうんざり顔をする。

星際連合情報局《UWI》局員は唇を嚙《か》みながら考える。「しかたないわね。キトコはグレイマルキンに触れれば意思疎通できた。伍長《ごちょう》、ミクス・ヴァイオレットをファルシオンの足のそばに連れていって」

若い兵士のひとりが、アーデントが横たわっている浮遊するストレッチャーをヴァンガードの巨大な足のそばまで移動させる。間近から見るとファルシオンの装甲は精巧で、三角形の小片が幾重《いくえ》にも重なっている。てっきり不透明だと思っていたが、樹脂のように半透明だ。アーデントが手をのばすと、Eマイナーの持続音《ドローン》が空気を染める。兵士たちを見まわすと、全員が期待に満ちた表情でアーデントを見ているが、鳴りだした音には反応していない。装甲の内部でガラス質の多角形がいくつも、ほどけるようにして広がり、アーデントの手が近づくにつれてねじれながら輝く。

指が触れた瞬間、アーデントは心のなかでファルシオンという存在に圧倒されてくらくらする。

(この人間たちはあなたに提供できるだけのものを提供したようだね。こいつらを生かしておいてほしい?)

「もちろん!」とアーデントは声に出して答え、そばにいる兵士をぎくりとさせる。「あの、ええと、ファルシオンと接触できた。離れてくれるかな? これから内密の話をするんだ」

「それはできません、ミクス・ヴァイオレット」と兵士。

「わかった」とアーデントは応じ、プライバシーを守るための口実を考える。「でも、ええと、近接センサーはオフにして。ファルシオンがあなたを押しつぶそうとしてるんだ」

ファルシオンがそれを合図に兵士を見おろすと、兵士は離れる。アーデントはさらに力をこめててのひらを装甲に押しあてる。

「聞いて、でかぶつ」とアーデントは早口でささやく。「あなたがわたしの友達のダリアになにができるか知らないけど、彼女をここから脱出させてほしいんだ」

(あなたはダリアに船を約束した。そんなことなら簡単に実現できる)

「だけど、この人たちはダリアを逮捕したがってるんだよ」

(潰しちゃえば逮捕するのは難しくなる。それがひとつの解決策だね)

「だめだよ! つまり、あなたのやる気には感謝するけど、それは遠慮しとく」

「だいじょうぶなのか、ミクス・ヴァイオレット?」タジがアーデントに呼びかける。

「うん。ただ、ええと……ヴァンガード同士で話せるように通信を暗号化してるところなんだ」とアーデント。「ちょっと時間がかかる」

（フィレンツェ・ハビタットのドッキングデータベースに侵入した。最新のメンテナンス記録が残ってる船もある。あなたのコルサよりいい船が多い）

「ダリアがシップハンターに食われないようにもしたいんだ」

（あのゴーストをネットワークから切り離してダリアについていかせよう。認証コードがあれば、シップハンターたちはダリアを放っておくはずだ。ゴーストが、ダリアが好きな船を手に入れる手助けもできる）

「いいの？」

（わたしはどうだってかまわない。わたしにとって、人間はみんなゴミみたいなものなんだから）

「ありがとう。ほかの反逆者ヴァンガードたちと連絡はとれた？　あなたは地球を救ってくれるの？」

（彼らと話したよ。地球で落ちあうことになった）

アーデントはごくりと唾《つば》を飲む。「グレイマルキンは？」

（ほんとに知りたいの？）

アーデントは小さい声で答える。「……うん」

（グレイマルキンは自分を犠牲にして別のヴァンガードを攻撃した。オーガスト・キトコが

乗ってた）

アーデントの手が装甲から滑り落ち、喉に硬いしこりが生じる。「ああ、ガス」

「どうしたの？」とタジが叫ぶ。「だいじょうぶなの？」

「なんでもない」とアーデントは答えるが、動揺は隠せないので、「ただ……めまいがしただけだよ」と付け足す。

アーデントはスターメタルに手をあてて目をつぶる。「意味はあったの？　ニュージャランダルは救われたの？」

（インフィニットの軍勢は退却した。次は地球だ）

「そうか」とアーデントはしゃがれた声で応じる。「そうなのか。じゃあ、やるべきことをやろう。どうやってダリアを助けるの？」

（あなたが別れを告げたら、わたしが逃がす）

それがなにを意味するのかわからないが、信じるしかない。「わかった。ほんとにいい船を用意してよ」

アーデントはストレッチャー上で体を起こし、全身に広がる痛みの波に顔をしかめる。

「ねえ、ダリア」とアーデントは声をかける。「いろいろ手伝ってくれてありがとう」

「いいのよ」とダリアは応じる。「皮肉じゃないならね。だって、わたしたちはつかまったんだから」

「皮肉じゃないよ」アーデントの目から涙がこぼれる。ガスは死んだ。ダリアも、当分のあいだ、アーデントの人生から消える。「冒険を楽しんでね」

ファルシオンが空に向かって咆哮《ほうこう》し、その声の衝撃波でアーデントは倒れかける。兵士たちは恐怖で身をかがめ、タジまでひるむ。ゴーストが、兵士たちのあいだをすり抜けてダリアのストレッチャーに駆けよると、護衛を突き飛ばして手すりをつかむ。全員が呆然としているうちに、ゴーストは一瞬でエージェントをベッドごと連れ去る。

ダリアは恐怖の叫びをあげながら角を曲がって消えるが、アーデントは彼女が最終的には感謝することを知っている。

ファルシオンの声がやむと、みな、耳をふさいでいた手を放し、体をまっすぐにのばして周囲を見まわす。

「追え！　ファウストが連れ去られた！」とタジが部下たちにどなるが、ファルシオンの叫びのせいで放心状態になっている兵士たちは、だれひとり動こうとしない。なにが起きたかを把握したころには、ダリアはとっくに——願わくは希望に満ちた明日をめざして——見えなくなっている。

タジは目に怒りをたぎらせてアーデントのストレッチャーにのしのしと歩みよる。「あなた！　なにが起きるのか知ってたのね？」

アーデントは一瞬、思わずほくそ笑みたくなるが、ダリアなら警官に罪を認めるなというだろう。

アーデントは肩をすくめ、両手を上に向けていう。「わたしもあなたとおなじくらいびっくりしてるよ。ダリアが無事だといいね」

むっとした表情で下顎を突きだしているタジを見て、アーデントはこの女性がじつは非常にたくましいことに気づく。上品なスーツだと体格のよさが隠れるが、野戦服だと、大勢を叩きのめしたあとのように見える。

「殺人ロボットが友達を拉致《らち》したのよ」とタジ。「気にならないの？　どうして泣いてるの？」

アーデントは頬に触れ、指でこすって濡《ぬ》れていることを確認する。「ガスが——」

死んだ、とはいえない。つらすぎる。

「グレイマルキンが破壊された」

「くそっ《メルド》」

「ほかの反逆者ヴァンガードたちが地球を守ってくれる」とアーデント。「わたしたちも行かなきゃ」

ファルシオンが手をのばしてアーデントのストレッチャーをつかみあげると、タジは叫びながら飛びのく。

「ファルシオンとわたしがあなたたちの船を地球まで護衛する」とアーデントは後退する兵士たちに叫ぶ。

ヴァンガードは胸を開き、アーデントのストレッチャーを投げ捨てる。アーデントは電子的な深淵に放りこまれて手足をばたつかせる。プローブが全身のあざになっているソケットに滑りこみ、接続のショックでアーデントの体がびくっと痙攣《けいれん》する。ファルシオンの存在が、アーデントの頭に悪霊のごとく流れこむ。アーデントの邪悪なクローンはあらわれないし、アーデントも呼びださない。ふたりを失ったあとではその気にならない。

一時間後、ファルシオンがアーデントの脳に話しかける。（タジと彼女の部隊を地球に返すためにはコルサに詰めこまなきゃならないな）

「え？　どうして？」

（ダリアとゴーストが政府のステルス攻撃船を盗んだからさ）

第三部　天国から地獄

第十七章　寂しい気持ち

アーデントが最初に地球に到着する。

星際連合《UW》の宇宙管制担当官の緊張した声の指示にしたがって、アーデントはかつてのラスベガスのそばにあるネリス空軍基地に着陸する。大曲刀《ファルシオン》の光学機能によって視覚を強化されているので、一様《いちよう》ではない格子状の街並みが見える。

アーデントはホロが普及する前のラスベガスの歴史写真を見たことがあるが、そこは金持ちが富を誇示するための場所で、まさに別世界だった。いまのこの町は小さくて埃《ほこり》っぽく、風害対策のために低い３Ｄプリント粘土製の建物が並んでいる。かつての栄華は見る影もない。

ファルシオンは滑走路に降りたつ。その上空を、ジェット戦闘機編隊がハゲタカのように旋回する。かなりの数の軍人たちが数両の戦車とともに足元に集まる。アーデントは人を踏まないように気をつけながら、おもちゃを近づけないでほしいと願う。

周囲の山々はゴーストたちで輝いている。いたるところでうごめいていたボットたちが、丘をくだってファルシオンのほうに向かって流れてくる。アーデントは地球にいる群れがファルシオンの支配下に入ったのを感じ、無数のレンズを通してなんでも見られるようになる。

「ゴーストたちを兵士たちに近づけないほうがいいね」とアーデントはいう。「怖がらせたくない」

(ゴーストたちには、わたしがわたしの判断で指示を出す)

「わかった……つまり、それでいいよ」

コルサが地球の折りもどし《アンフォールディング》ゾーンに到着すると、アーデントは着陸権をめぐるネリスとの交信に耳を傾ける。警察機がかこんで地上にエスコートする。どうやら、UWがアーデントのヨットを〝逃亡船〟に指定したせいで面倒なことになっているらしい。

二十分後、流線形の船は駐機場の端に着陸する。簡易折りたたみ《フォールド》を実行したせいで船体に煤《すす》がこびりついている。修理に大金がかかるだろう。そしてアーデントは、その請求書がまわってこないことを願う。

「アーデント・ヴァイオレット、降りてきてください」とネリスの基地司令官の声が聞こえる。着陸シーケンス中に、その男は将軍と名乗ったが、アーデントは名前を聞き逃した。

「了解。ええと、そっちに医師はいますか？　かなりの怪我をしてるんです」

「出てきてください。ＶＩＰ待遇します」

「ありがとう、将軍」とアーデントは名前を使わないようにしながら応答する。「ねえ、ファルシオン。降りなきゃならないんだ」

（あなたの仲間が装甲を貫通できる威力がある武器をわたしに向けてる。攻撃されたら実際にダメージを受けるおそれがある。隠し砲台を破壊しておいたほうがいいかもしれない）

「あとで必要になると思うよ。地球はまた攻撃されるんだろうから。乱暴なことをしなければ心配ないよ」

ファルシオンはひざまずき、手をあててから胸を開く。プローブがアーデントをつかんで昼の光のなかへ運ぶ。アーデントは目を細めて周囲を見まわす。先兵《ヴァンガード》の完璧な光学機能なしだと、世界はぼやけているし単調だ——茶色と赤と濃い茶色しかない。

プローブがすべて切り離された瞬間、アーデントは悲鳴をあげて膝をつく。ファルシオンが抑えてくれていた痛みが一気にもどり、息ができなくなる。砂漠の太陽が照りつけているし、スターメタルの表面も熱くなっている。

「これは……まずいな」とアーデントはうめき、ファルシオンのてのひらの上で横たわってヴァンガードがおろしてくれるのを待つ。

地上に到達すると、白衣の医師たちがアーデントをファルシオンのてのひらから直接医療ポッドに収容する。酸素豊富な空気がグレキサン製ドームにシューシューと流れこみ、電子偏光機構がアーデントを太陽光から保護する。アーデントは武装した兵士のあいだを抜けて避難機に乗せられる。避難機はただちに離陸する。

「大統領みたいだね」とアーデントはいちばん近くにいる兵士にいう。

兵士はほほえみ返してくれるが、無言のままだ。全員が黙っているので、アーデントは目をつぶる。全身に刺し傷があるいま、もっとも必要なのは睡眠だ。

まばたきを一度しただけのような気がするのに、夜になっている。温度と湿度が管理されている部屋には電子音がかすかに響いているし、空気が清浄すぎるので、また別の病院にいるのがわかる。こんどの地球への攻撃を生きのびられたら、一年は医療施設に近寄りたくないな、とアーデントは思う。

ベッドのそばに椅子があり、母親がすわったまま寝ている。母親は鼻を鳴らして目を覚ますが、すぐにまた眠りそうになる。

「ママ?」というアーデントの声はかすれているので、声帯が傷ついていないことを願う。

「ベイビー!」母親は飛び起きてアーデントの首に抱きつく。

「ちょっと! もうわかった、痛いってば。まったくもう! 痛い!」

マリリンは背筋《せすじ》をのばして両手を腰にあてる。「アーデント・ヴァイオレット、こんな無茶をして、お仕置きをしなきゃならないところよ! 〈ベール〉を突破するなんて! ダリアは海賊っていわれてるわ」

アーデントは唇を噛《か》んで、どう説明すればいいのだろうと考えこむ。

「それにあなたの体! その体、いったいどうしたの?」

アーデントは腕を上げて、緑と黄色のまだらなあざにかこまれて並んでいる銀色のポートを見る。ローブを上げたら、腹も背中もおなじ状態になっているに違いない。

「まるで車に轢《ひ》かれたみたいね」とマリリンは結論をくだす。

アーデントは顔をしかめる。「ひどいこといわないでよ」

「でも、ほんとにそう見えるわ。そうとしか思えない。いったいなにに巻きこまれたの？」

アーデントは指で腕のポートをなぞる。ディスクのすぐ下にかすかな青い輝きがある。内部エネルギーだ。

「よくわからない」とアーデントは打ちひしがれた表情で母親を見る。「ただ……ヒーローになれるチャンスがあったから、飛びついちゃったんだ」

「これまでにさんざん聞かされたなかでいちばん馬鹿げた言い訳ね。あのいまいましいギターを買ったときにわたしになんていったか、覚えてる？」

アーデントはごくりと唾《つば》を飲んで目をそらす。突然、悲しみが胸のなかでのたうちはじめたので、アーデントは悲しみを静めるために心臓に手をあてる。「なくしちゃったんだ」

その言葉でマリリンは怒りをいくぶんおさめてベッドの端に腰かける。

「ごめんね、悲しませるつもりはなかったの。ただ――あなたがガスのあとを追って飛びたったっていうニュースを見て――」

いきなり嗚咽《おえつ》がこみあげる。「ガスも死んじゃったんだ、ママ」

「ああ、アーデント……なんてかわいそうなの」

アーデントは窓の外を見つめながらじっと横たわる。熱い涙が頬を伝い、枕に染みこむ。

マリリンはアーデントの手をとる。ざらついている親指でアーデントの指の関節をさする。

「買ってあげたローション使ってないんだね」とアーデントは鼻をすすりながらつぶやく。

「ガーデニングのせいで肌が荒れてる」

「あれは高いのよ。特別なときのためにとってあるの」

「ママ。わたしは金持ちの有名人なんだよ」

「わたしが高いものを好きじゃないのは知ってるでしょ?」

「うん」とアーデントははにかんでほほえみながら母親を見あげる。「ママにはわたしのイメージどおりにきれいでいてもらいたいだけなんだ」

「わたしに好かれようとしないで」

「そんな必要はないさ」

ノックの音がして、タジが入ってくる。いつものようにおちついた様子で、シャープなラインのダークスーツは緑色と金色が差し色になっている。タジが入ってきたのを見て、マリリンは立ちあがる。

「アルドリッジ夫人ですね?」とタジはいい、手袋をはめた手を差しだす。

マリリンは警戒しながら握手し、アーデントは上体を起こす。

「ママ、この人はわたしを起訴したがってるんだ」

「でもあなたを連れて帰ってきてくれた」とマリリン。「すこしは感謝を示したって間違いじゃないと思うわ」

アーデントはむっとする。「この人の部下がダリアを撃ったんだよ」

その言葉に、マリリンは手をおろし、タジに薄い笑みを向ける。「まあ」

「撃ったのはドイツ警察です」とタジ。「わたしたちはいま、その問題を解決しようとしているところです。ダリアが地球にもどったら民事訴訟を起こされるかもしれませんが――」

「海賊行為でダリアを追及するつもりでいるくせに」とアーデントが口をはさむ。

星際連合情報局《UWI》局員はため息をつく。「ダリアと敵エージェントは数十億ユニクレッドの軍用船を盗んだ。その船には〝人類文明の再建〟に重要な高度に機密性のある折りたたみ《フォールディング》技術が含まれていたのよ。どう対処すればいいっていうの?」

「残りのヴァンガードたちを倒したら、ダリアの名誉を回復して」とアーデントはいう。

「あなたがそのあと、人類に協力することに同意するならね」とタジ。「あなたがどっちの味方なのかは疑いたくないけど、あなたはこれまでに、判断力が……正常じゃないと疑わざるをえない行動もしてる」

マリリンは笑う。「わかるわ」

「わたしは自分の動機については心配してない」とアーデント。「ヴァンガードの技術を手に入れたがってるのはあなたたちじゃないか。ガスから、あなたたちが彼と魔猫《グレイマルキン》にどんな実験をしたかを聞いたよ」

タジは鼻の穴をふくらませながらアーデントを見おろす。「気がついてないかもしれないけど、彼らの武器はわたしたちの武器よりもすぐれてるのよ。生きのびるためには彼らの秘密が必要なの。たしかに、彼らのなかには離反した者もいるけど、無条件に信用するわけにはいかない」

「ヴァンガードたちを怒らせかねないんだぞ」とアーデント。「そうなったらだれもわたしたちを助けてくれなくなる」

タジはアーデントをにらみつけながら顎を動かす。「少なくとも、あなたは颯爽《さっそう》と登場してピンチを救ってくれるのよね。面会人が来てるわよ」

タジが病室を出ていき、だれかを呼ぶ。

体にぴったりした青いスーツを着たふたりが入ってくる。大きな目をしたかわいらしいインド人女性と、眉が太くて黒く、肩幅が広い白人の巨漢だ。ふたりとも、短く刈りこまれた頭で銀色のポートが輝いている。スーツに並んでいる黒いゴム製パッチはアーデントの体のポートと位置が一致している。

「ほかの導管《コンジット》だね！」とアーデント。

マリリンはふたりとアーデントを交互に見る。「外で待ってたほうがよさそうね。ミス・タジにいっておきたいこともあるし」

「遠くに行かないでよ、ママ」とアーデントは母親の背中に声をかける。

「やあ《ハロァ》」と大男がいって頭の横をかく。「覚えてるかどうかわからないが……」

低くて荒々しいバリトンを聞いてアーデントは思いだす。H・jS・j、またはスウェーデンの大鴉《おおがらす》は、〈メタル・フレイム〉――アーデント・ヴァイオレット、ミスティ・マック、ポーシャがフィーチャーされた曲――の最後のドラムを担当した。この大型コラボは、プラチナにこそならなかったが、いまでもアーデントのお気に入りのプロジェクトのひとつだ。

「ヒャルマル！」アーデントは肺が痛むのもかまわずに叫ぶ。「ひさしぶり！　髪が！」

ヒャルマル・シェーグレンは、アーデントがいままで会ったなかで最高の生まれながらの髪の持ち主だった――油を流したような光沢がある漆黒《しっこく》の髪だった。レコーディング中、ヒャルマルはコンディショナーを使ったことがないといい、アーデントはそれを聞いてますます嫉妬《しっと》した。生まれつきの髪質がすばらしかったら、アーデントは髪を取り替えたりしなかっただろう。

ヒャルマルは短い毛を手でなでて、遠慮がちにいう。「ああ、ちょっとばかり……頭が寒いんだ《ヤー》」

アーデントはインド人女性も会話に参加するのだろうと思ってそっちを見るが、彼女は手を前で組んでじっと立ったままでいる。

「はじめまして」とアーデントは彼女にいう。「わたしはアーデント・ヴァイオレット」

「知ってるわ」と彼女はすこし近づきながらいう。「ハグしてもいい？」

アーデントは笑って両手を広げる。彼女はすばやく近づいてきて、ぎゅっと力をこめたハグをする。ときどきファンにされる、ぞっとする〝ハグ〟ではない。彼女は認知されたことに心から興奮している。

「わたしはニシャ」と彼女はアーデントの耳元でいう。「ここに来る途中で、あなたが〈べール〉のあとで出した曲をぜんぶ聴いたわ。大好き」

「やあ、ニシャ」とアーデントはいい、彼女の背中を軽く叩いてからそっと離れる。「わたしがいま、どんなに痛いかは知ってるよね……」

ニシャはアーデントからあとずさってベッド脇のトレイにぶつかり、グラスを倒して聞きなじみのない言語で悪態《あくたい》をつく。

「で、あなたたちがほかのコンジットだとして」とアーデント。「ヒャルマルがミュージシャンなら、ニシャ、あなたはパフォーマーなの？」

「ラーガ生まれ、バングラ育ちさ」とニシャはいい、一瞬だけおどけた態度をやめていかついポーズをとる。「でも、あの、アルバムとか曲とかを出したことはないの。ぜんぜん有名じゃないのよ」

アーデントがヒャルマルのほうを見ると、彼は首を振る。

「こいつはいつもこんな調子なんだ」とヒャルマル。

「どういう意味？」とニシャがいい、不安げな顔でヒャルマルとアーデントを交互に見る。

「いまのはどういう意味？　わたし、かっこいいのよ」

「すごくね」とアーデント。「一目瞭然《いちもくりようぜん》だよ」

「ありがとう」とニシャはいってヒャルマルに向き直る。「わたしはかっこいいの。すごく。一目瞭然なの」

「一目瞭然だな」とヒャルマルも繰り返す。

「で……」とアーデントが切りだす。「あなたたちはガスと一緒に……ニュージャランダルにいたんだよね」

ふたりの新顔はうなずく。

「ああ」とヒャルマルが答える。「ガスが最後まで戦ったのを見たよ」

アーデントはうなずき、ベッド脇の椅子を示していう。「ぜんぶ教えて」

ヴァンガードは恐ろしいが、寝床としてはじつに快適だ。ときどき、グレイマルキンが定期的な健康チェックのためにガスを起こし、また寝かせる。毎回、ガスは痛みも関節のねじれもなしで目覚める。心は完全には休まらないが、体はかなりの恩恵を受けている。

ピーッピーッというしつこい電子音でガスは目を覚ます。

「え？　ぼくたち死にかけてるのかい？」とガスはたずねる。

グレイマルキンはヴァンガード・ネットワークと再接続した。連瀑《カスケード》、霜の巨人《ヨトゥン》、ファルシオンと接触できている。

ガスは一瞬でぱっちり目が覚める。「へえ！　すごい！　どうなったんだい？　彼らはいまどこにいるんだい？」

ほかの反逆者ヴァンガードたちは、ニュージャランダルで無限《インフィニット》の軍勢を撃退したあと、地球に集結している。

ガスはにわかには信じられない。破滅を受け入れていたので、実際に勝利したと聞くと大きな衝撃を受ける。「うわっ！　グレイマルキン、すばらしいよ！　彼らは……」喜びが薄れる。「無駄死にしたわけじゃなかったんだね。時間を稼げたんだ」

そのとおりだ。しかし、群れが冥王星《めいおうせい》付近に集結しており、数日以内の攻撃が予想される。

「少なくとも道化《ハーレクイン》のドライブも充電が必要なはずだ」

シップハンターに支援されているハーレクインはいつでも燃料補給が可能だ。

「なるほど」

グレイマルキンはまもなく恒星に到達するので、地球へのフォールドが実行可能になる。ガスは来たるべき戦いに備えて覚悟を決めなければならない。

「ファルシオンが地球にいるなら、アーデントは？」

いる。アーデント・ヴァイオレットはコンジットになった。

「そんな――」

ガスは目を閉じて呼吸をととのえようとする。グレイマルキンから、アーデントがなにをしようとしているかを伝えられていたが、止められると思っていた。だがもう手遅れだ。アーデントはガスとおなじように呪われてしまった。ガスのせいだ。そうなったら屈辱を覚えるだろうし打ちのめされるだろうと思っていたが、どれほど後悔しようと結果は変わらない。心のどこかで、ひとりで試練に立ち向かわなくてよくなったことに安堵《あんど》しており、ガスはそれを恥じる。

「アーデントに会えるかい？」

コンジットたちはヴァンガードたちと一緒にいないが、グレイマルキンはガスをゴーストにつなげることができる。

「ありがとう。ほんとにありがとう」

星々がねじれてモハーベ砂漠近くの、くすんだ茂みが点在する褐色の砂地に変わる。ガスは、壊れた自動制御飛行車両《CAV》だらけの通りを、走るというよりも疾走してコンビニの前を通過する。

それは、圧縮されて一瞬で宇宙を越えた、狼に、あるいは虎になった夢だ。熱い風が顔にあたる。口の感触に違和感がある。唇をめくりあげると、悪意に満ちたエネルギーを帯びている牙が弧を描く。力を抜くとエネルギーは消える。

ゴーストは、冬になると南に渡る鳥のように、アーデントの居場所を本能的に感じているらしく、ガスはロックスターがいるほうに向きを変える。病院が視界に入ると、ガスはカスケードとヨトゥンとファルシオンが、それをかこむようにうずくまっているのを察知する。ニュージャランダルでしたように計画を立てているのだ。コンジットたちは病院にいるに違いない——病院は宇宙から来たメカたちにかこまれている唯一の建物だからだ。

正面から入ることもできるが、多くの武装護衛が警戒している。正面玄関に着くと、複数の自動銃座《セントリーガン》からの火線が重なりあっているのがわかる。銃座のイメージセンサーは、正面からなにが侵入してきても容易に検知するし、スイッチは切られていない。門を一歩越えたら、ずたずたにされてしまう。

いや、いまのゴーストは友好的な存在なのだから、撃ちはしないはずだ。ヴァンガードの使者である機械生物を撃ったら、戦争のきっかけになりかねない。

敷地に入るやいなや、ガスは雨あられのような攻撃を受けて粉砕される。銃撃がやまないうちにゴーストの頭が地面に転がる。

ガスは叫びながらグレイマルキンの胸のなかにもどる。

「どういうことだ?」

グレイマルキンはもう一度試してみることを提案する。より多くのゴーストを使えば問題は解決できる。

反論するいとまもなく、次の瞬間、ガスは建設現場で構造支持材を溶接している。金色の鉤爪《かぎづめ》を持ちあげて検分し、指を曲げてみる。この特定のユニットは、ゴーストがはじめて襲来したときの被害を修復する任務についており、基地の北側でチームとともに作業している。アーデントの近くだ。ガスは向きを変え、そばにいた作業員の抗議にかまわず、病院へと急ぐ。

病院の正面玄関に着くと、ほかのゴーストたちが加わり、無謀にも銃座の火線に身をさらす。ゴーストたちが撃つべき対象を一気に増やして照準システムを混乱させているあいだに、ガスは建物の内部に滑りこむことに成功する。

ゴースト・ガスは、正面ドアのすぐ内側で恐怖におびえている人間の警備員たちのあいだをすり抜ける。IDプレートに鉤爪をあて、ちょっとした悪意あるコードを注入して、セキユリティシステムを陥落させられたのを感じる。

　廊下を早歩きで進んで左右の職員をぎょっとさせる。武装対応チームが角を曲がってきたので通気口に飛びこむ。鎖帷子《くさりかたびら》のような平たい体なので、難なく細いダクトを走り抜けられる。機械やフィルターを突破しながら進む。

　換気システムからアーデントの病室に飛びだすと、ニシャとヒャルマルがベッド脇に立っている。ふたりは驚いて後退し、アーデントへの道が開《ひら》ける。

　ロックスターの体は覚悟していた以上に痛々しい。

　ポートのまわりの肌は斑点《はんてん》状のあざでおおわれている。美しい髪は剃《そ》り落とされ、頭皮には壊れたシフ回路の、ひび割れのような線が長々と走っている。ノーメイクなので顔は青白くて生気がなく、唇は乾燥してひび割れている。

「アーデント」とガスはいう。その声はゴーストのオーディオプロジェクターを通しているので金属的に響く。

　ガスはアーデントが自分の声を聞いて歓喜するだろうと期待している――少なくとも笑顔になるだろうと。ところが、アーデントは目を赤くして苦悶《くもん》の表情になり、震える両手で口をおおう。

「いや……」とアーデントはいい、ベッドから脚をおろす。生まれたての子鹿のようにぎこちない足どりで数歩、ガスに近づく。ヒャルマルが肘を貸す。「そんな……お願い、いや……ガス、あなたが消去《ワイプ》されたなんて」

「アーデント、ぼくだよ！　ガスだよ！」

「やめて！」とアーデントは叫ぶ。護衛たちが病室に駆けこんできて銃をガスに向ける。

「ぼくは生きてるんだ！」とガスは抗議する。

「ああ」アーデントは泣く。「どうしてこんなにわたしを苦しめるの？　まずガスを殺して、こんどは――」

「死んでないんだ、くそっ！　ぼくは……本物のガスだよ。アーデント、聞いてくれ！」

「みんなそういうんだ！」とアーデントは泣き叫ぶ。「出てけ！　このくそモンスター！」

ガスは鉤爪を上げる。「いや、頼むから――」

タジが飛びこんできて部下に叫ぶ。「ミクス・ヴァイオレットを連れだせ！」

ガスは自分の主張を証明する証拠を示さなければならないが、なにも思いつかない。「ファルシオンとリンクしてくれ！　ぼくが生きてることを教えてくれるから！」

だがアーデントは、スーツを着たふたりの屈強な男によって病室から連れだされていくところだ。ガスにはだれかが自分の言葉を聞いたかどうかわからないが、タジの部下たちは最新型らしいライフルで彼をかこんでいる。

ゴーストは親切にも、ガスが望むなら全員を殺せる方法を提示する。ゴーストは武器を向けられていることに気分を害しており、いつでも一連の反撃手順を実行できるようになっている。

「ミスター……キトコなの？」とタジがたずねる。

「ミス・タジ」とガスは返す。「アーデントと話をさせてくれ」

「いまは無理だと思うわ」とタジはいい、野生動物をなだめるように両手を前に出す。「コンジットは三人しかいないので、彼らはＶＩＰなの。アクセスは制限されてる。なにを伝えたかったの？」

ガスはため息をつく。「もう伝えたよ。ぼくはまだ生きてる。ニュージャランダルで死ななかったんだ」

「ほかのコンジットたちはあなたがシップハンターに食われるところを見たといってるわよ」とタジ。

「なんていえば納得してもらえるのかわからない」とガス。「哲学的にいうと、自分以外のだれかに自分が存在していることを証明するのはきわめて難しいんだ。昔ながらの問題さ」

タジは舌で唇の内側をなぞりながら思案する。タジにも、ガスがどうすればいいかわからないのは明らかだ。つまり、もしかしたらと思わせるところまでは行っているのだ。

ゴーストは建物内で交わされている通信の断片をとらえる。見張りについている護衛からのファルシオンについての報告、通路に生じている混乱、アーデント・ヴァイオレットの位置……

どうやら、アーデントは三階の窓のそばにいるようだ。

ガスはすばやく向きを変えて銃のねらいをはずし、またも換気ダクトに飛びこむ。ダクトをくぐり抜けて無線通信の発信源に向かい、ガラスをバンバン叩いているアーデントを見つける。アーデントはとまどった表情の護衛たちにかこまれている。

「ファルシオン！」というアーデントの叫び声が聞こえるが、その直後にいちばん近くにいる兵士の銃撃を食らってしまう。

ガスはふたたびグレイマルキンのなかにいる。ひとりきりで。

「くそっ！」

たぶん、ファルシオンにメッセージを残してあきらめるべきなのだろう。結局のところ、ガスはもういいたいことをいった。あの連中は頭がいい。調査して、ガスが真実を述べたことを確認するはずだ。そしてなにより、ガスがもうすぐ助けにくると気づくだろう。

ガスがグレイマルキンにまた眠らせてくれるように頼もうとしたとき、星々がガスの下で鏡のような湖になる。ガスはふわふわと降下して夜空の上に立つ。ニュージャランダルへの到着を思いだす。重力が手足をひっぱる。長いあいだ繭《まゆ》のなかにいたので、脚がのびる感じが心地いい。

「グレイマルキン――」

グレイマルキンはファルシオンと接続し、ガスのための仮想会議スペースをつくった。

「え？」

ニシャとヒャルマルに会ったときとおなじだ。ファルシオンのコンジットが接続を希望している。ガスは受け入れるか？

「もちろん！」

アーデントがガスの前にあらわれる――あいかわらずあざだらけだが、患者衣を着てしっかり立っている。胸元で手を組んでいるが、指の関節が白くなっている。涙がぽろぽろと頬を伝っていて、唇が震えている。

「ほんとなんだね」とアーデントはささやく。「ああ神さま、ほんとなんだ」

ガスはアーデントに駆けよってぎゅっと抱きしめる。アーデントはガスの息が止まりそうになるほどの力をこめて抱きかえす。長いあいだ迷子になっていた犬を見つけた子供のように、一センチの隙間も許さない。ガスはそろそろ離れようとする。だがアーデントはしがみつきつづけ、泣きながらガスの胸に顔を埋める。

ふたりがようやく離れると、ガスはアーデントのやわらかく涙で濡《ぬ》れた頬をなでる。アーデントは目を閉じてガスに寄りかかり、彼のてのひらに唇を押しあてる。ガスはアーデントのうなじに指を走らせて深々とキスをする。アーデントの速い息を味わう。

アーデントの新しいポートが指に触れてガスはひるむ。

「どうしたの？」とアーデントは身をひきながらたずねる。

「きみは……」ガスは言葉を探す。「本気だったんだね。ほんとにコンジットになったんだね」

「あなたにお楽しみを独占させるわけにはいかないじゃないか」アーデントは、こらえようとしたのは明らかだが、すこし咳《せ》きこむ。「こんなに痛いとは思わなかったけどね」

その選択がなにを招いたかを知ったら、もっと苦しむはめになるんだ。

「いまのわたしを――」アーデントの顔が沈む。「醜いと思ったりはしないよね？」

「もちろんさ、アーデント。ぼくを見て」ガスはアーデントの顔を両手で包んで持ちあげる。

「きみは光り輝いてる。信じられないくらい。まるで海の妖女《セイレーン》だよ。醜くなんかないさ。百万年たったって」

アーデントはガスの目を見つめる。虹彩《こうさい》が星明かりできらめいている。「みんながみんな、こうなったわたしに好意を持つわけじゃない。いまのわたしは傷だらけなんだ」

「ぼくは好きだな」とガスはいい、アーデントの腕をじっと見つめる。「すごく印象的だよ」

アーデントのポートは、ガスのものにそっくりだが、はるかに新しいように見える。

「ミス・タジはかんかんだったよ」

「きみはタジを気の毒に思ったりするの？」

「彼女はわたしをだました」とアーデント。「あなたを監禁した。ガス、わたしはもっとささいなことで生皮を剝《は》いだことだってあるんだよ」

「生皮剝ぎについてはどこかで読んだような気がするな」

「わかった」とアーデント。「そこまではしないさ。とにかく、ちっとも気の毒だと思わないね。わたしの小さなヨットに彼女と兵士たちを詰めこんで二十時間におよぶフォールドに耐えさせたときはちょっと思ったけど」

「え？」

「長い話なんだ。ここで抱きあってイチャついてもいい？」とアーデント。

「好きなだけどうぞ」とガス。「ぼくは深宇宙で立ち往生してるんだからね」

アーデントはガスに怪訝《けげん》な顔を向ける。

「これも長い話なんだ」ガスは身をかがめてもう一度キスする。「要するに、もうすぐ家に帰れるのさ」

「じゃあ」アーデントは首筋を甘噛《あまが》みされてため息をもらす。「じゃあ、またひとつになれる可能性があるの？」

ガスは鼻にしわを寄せる。「それは……どうかな。二体の大きな機械に見られてるように感じるだろうからね」

アーデントはガスを見つめ、心臓が止まりそうになる笑みを浮かべて唇を噛む。

「じゃあ、早く地球に来てね、ガス・キトコ」

第十八章　エデンへの帰還

魔猫《グレイマルキン》はガスを青いビー玉が見えてきたときに起こす。ラグランジュ・ポイント・ステーションを過ぎたところで折りたたみ《フォールド》から出たとたんに、百万キロ以内にあるすべてのセンサーと兵器システムにロックオンされる。

下で回転している地球の海と雲がガスを地表に招く。軌道から故郷を見たことは何度もあるが、今回は違う。そこにいるアーデントを抱きしめるのを待ちきれない。

星際連合《UW》当局がほとんど即座に呼びかけてくると、ガスはミルトンという名前の気さくなテキサス人と進入経路を調整する。旧ラスベガス上空の薄い雲を抜けると、ほかの先兵《ヴァンガード》たちが見える。連瀑《カスケード》はブロンズ色とターコイズブルーに輝き、霜の巨人《ヨトゥン》はドローンがつくるミステリーサークルにかこまれ、大曲刀《ファルシオン》は強烈な赤のラインが入っていて凶悪な形状をしている。

ガスは、彼らのいずれとも戦いたくないし、まして全員となんかまっぴらだ、と思う。導管《コンジット》になって以来、はじめて心強さを感じる。

ガスはグレイマルキンから最後の部分の飛行をまかされ、カスケードの横に優雅に着陸する。まるでバレエダンサーのように、まず片足の爪先で、次に両足で着地する。胸のプレートが開き、現実世界の光がガスの長らく使われていなかった虹彩《こうさい》になだれこむ。プローブが体から一気に抜かれるときに思考が揺らぐ。そしてガスはグレイマルキンのてのひらの上に移動する。グレイマルキンは、真新しい青の宇宙服を着たガスをある程度の威厳をもって地面におろし、彼はそれに感謝する。

タジが白いコートをはためかせ、埃《ほこり》っぽい風景が映っているサングラスをかけて待っている。タジは手を上げて挨拶するが、ガスはどうすればいいのか確信が持てない。タジは、ガスにやさしくしてくれていたとはいえない。

「もどってくれてよかった」とタジは、近づいてくるガスに声をかける。

「ありがとう」といってガスは手を差しだすが、グレイマルキンの接続ジェルがまだ乾いていないので、タジは丁重《ていちょう》に断る。

「仲間に会いたいでしょうね」とタジ。

「もちろん」

「あなたには状況報告《ブリーフィング》をしてもらう必要がある。時間がないし、あなたが持ってる情報をすべて知りたいの。そっちが優先よ」

「そりゃそうだ」とガス。「当然だね。でも――」

「でも、ミクス・ヴァイオレットに会いたいのよね。ミクス・ヴァイオレットもブリーフィングに出席できるように手配したわ。あなたたちがおたがいに秘密を守らないことはわかってるから」

「ご明察だね」

タジは薄笑いを浮かべる。「少なくとも認めるのね。ついてきて」

タジはガスを装甲輸送浮遊機《スキマー》に案内する。スキマーはネリス空軍基地の荒涼とした風景を飛び越える。事務棟はどんどん無味乾燥になり、やがて2A通信格納庫――三階建てでフットボール場ほどの広さがある波形アルミニウム製建造物――に着く。腐食がひどく、押したらばたんと倒れそうだ。巨大な納屋《なや》の扉が開くと、スキマーは浮遊したまままなかに入ってコンクリートの床に着地する。

「足元に気をつけて」とタジがいい、ガスが降りるのを手伝う。「こっちよ」

コンクリートの床には、かつて大型機械が設置されていた場所を示すマーキングテープと電気配線設備がある。トカゲが床を横切って隅へ走っていき、ガスを驚かせる。

「蛇も出るのよ」とタジ。

タジは部屋の中央まで歩いていって止まる。ガスはタジの横に立ち、期待をこめてほかの兵士たちを見まわす。

「なにをするんだい？」とガスはたずね、兵士たちの何人かが笑い声をあげる。

床ががくんと揺れ、ガスたちが立っている一画が下降しはじめる。複数の車両や大型貨物を載せられる大きさのエレベーターになっているのだ。下降は永遠に思えるあいだ続き、ガスが見あげると、天井の正方形がどんどん小さくなる。兵士が転落するのを防ぐための手すりは上にあるんだろうか、とガスはふと思う。

プラットフォームは岩盤を通り抜けて巨大洞窟に出る。エレベーターのまわりにはケージしかない。はるか下では、安全ランプが広大な組み立てフロアに光を投げかけている。科学者やエンジニアや整備士、その他さまざまな人員が工場の区画のあいだをあわただしく行き来している。

洞窟の中央に、巨大な支柱に載っている長い金属製の円筒がある。自動制御飛行車両《CAV》のサイズのコイルが、ふくらんだ部分の周囲で回転していて、重金属製の光輪を形成している。オレンジと青の光が、本体のあらゆる開口部や格子から漏れている。編みこみシールドケーブルが、ツタのように機械のほとんどをおおっていて、霜がびっしりとついた接合部から冷却蒸気が吹きだしている。平らな場所には複数の軍事部門のロゴが記されている。どれにも見覚えがないが、これが大事業だということはわかる。

「あれはなんだい？」とガスは装置を指しながらたずねる。

「SFARS《スファーズ》と呼ばれてるわ」

「キャッチーな名前だね」

「高級ブランドの香水じゃなくて防衛プロジェクトよ」タジはエレベーターを降りる。「超光速折りたたみ捕捉転送《スーパールミナル・フォールド・アクイジション・アンド・リダイレクション》システムの頭文字なの」

覚えられるかな、とガスは思う。

ふたりはスキャナーの前で止まり、タジは通り抜ける。ホロに通行を許可されたタジは反対側でガスのほうを向く。

「さあ」とタジ。

ガスはほかの兵士たちが自分から離れたことに気づく。スキャナーから変なものが出るとでも思ってるのかな？　何人かはライフルに手を置いているが、トリガーに指をかけている者はいない。なにげなく銃を持っているだけかもしれないが、兵士たちは緊張しているように見える。

ガスはスキャナーを通り抜ける。敵の技術が体に詰めこまれているのだから当然かもしれないが、デバイスは狂ったように反応する。だが、だれもなにもいわないので、このまま進んでいいのだろう。

タジはガスを案内して組み立てフロアを横切りながら、巨大な機械を指していう。「あれは〈断言《ディクタム》〉で使用した武器の試作品よ。信頼性は劣るし、予備部品で改装されてる。もとの設計者は、ジュリエットが戦闘中に〈ディクタム〉を破壊したときに死んだの」

「じゃあ、これは予備品なんだね？」

「ええ。完成版と同様に、フォールドから抜ける先を変更できる。ヴァンガードたちが攻撃してきても、これで行く先を変更できるのよ」

「うまくいかなかったじゃないか」

「戦略が悪かったのよ。今回は準備がととのってる。だめなら人類は滅亡することになる」

「きっともう賢いだれかさんが聞いてると思うけど」とガス。「ヴァンガードを地球の核に転送できないのかい？」

「それはだれもが最初にする質問なのよ、キトコ。気の毒なUWの渉外担当に聞くといいわ。考えてもみて。超光速で突進してくるヴァンガードをほんとにこの惑星にぶつけたい？」

「なるほど。じゃあほかの惑星や太陽なら？」

「莫大《ばくだい》なエネルギーで星が分裂して地球の軌道が不安定化するおそれがある。そんなリスクは冒《おか》せない」

一行は霜でおおわれている会議キューブのひとつに向かっている。壁の向こうに痩せた坊主頭が見えるような気がする。タジがガスを止める。

「忘れる前に聞いておくけど、ダリアから連絡はあった？」とタジがたずねる。

「おなじ部屋にいたときでさえ、ろくに話をしたこともなかったよ。ダリアはなにか問題に巻きこまれてるのかい？」

「問題なんてもんじゃないわ。とにかく、ダリアから連絡があったら教えて」

ガスは肩をすくめる。「教えなきゃならない理由を教えてくれたらね」

「まず第一に、わたしがやさしく頼んでるからよ」とタジはいい、ガスは自分がどこにいるかを思いだす。「第二に、彼女が試作船を盗んだから。封鎖を破ってシップハンターから逃げられる船を」

ガスの口が乾く。「へえ、それは……」

「そうなのよ。これでわたしが怒ってる理由がわかったはずだけど、その船を返してもらう必要もある。それは大勢の人の税金が使われた重要な資産なの。だから正しい目的、つまり重要なメッセージの伝達と人命救助のために使わなきゃならないの」

「アーデントのエージェントが……」とガスは口に出して確認する。「軍の宇宙船乗組員たちから機密扱いの船を盗んだ？」

「手助けがあったのよ。ゴーストの」

「なるほど。そもそもぼくの手に負える話じゃないから、協力はしかねるな」

「ダリアが敵の手先とともに重要な戦術資産を乗り逃げしたことを考えて。ダリアの身の安全も心配すべきね。それがわたしを信用する理由になる？」

「ダリアから連絡があったら教えるよ」とガス。「あなたはぼくを犯罪者扱いしてる」

「実際、犯罪者なのよ」とタジ。「ファルシオンの存在を秘密にしたことを反逆罪に問われたとしてもちっともおかしくないんだから」

そしてそのせいで、アーデントの寿命が縮まってしまったんだ。

「いいかい、ぼくは助けに来たんだ」とガスは両手のてのひらを見せながらいう。「こんな仕事をわざわざ選んだりするもんか」

「じゃあ、話を聞かせて」とタジ。

ふたりはガラス製キューブへの階段をのぼり、タジがドアに手をあてる。ドアが開くと、ガスは息を呑《の》む。

アーデントは実際に会ったほうがずっとましに見える。明らかに借り物の服を着ており、なにもかもサイズがあっていないし、コーディネートがばらばらだし、半袖シャツにはアメ《U》リカ空軍《SAF》のロゴがついている。アーデントは即座に立ちあがると、小走りで軍の将校たちのあいだをすり抜けてガスのもとに来る。腕をまわしてガスを抱きしめるが、派手なキスをしてガスを恥ずかしがらせたりはしない。

「やあ」アーデントはうしろに下がり、うっとりした目でいう。「来てくれてうれしいよ」

「いい会議は大好きだからね」とガス。

アーデントのあざは以前よりはずっとましに見えるが、ガスはメイクアップマスクの境目に気づく。首のあざはずっとひどく、わずかばかりのファンデーションではごまかしきれていない。アーデントの見た目はいつも完璧だ。なのにプリンターとクリームしか使っていないのだから、事態がいかに深刻かがわかる。

会議室の奥の隅で、ヒャルマルはコーヒーを、ニシャは熱い紅茶を飲んでいる。ニシャはガスに興奮した様子で手を振る。

「みなさん」とタジがいう。「こちらは地球出身のコンジット、オーガスト・キトコさんです。これから、これまでの経緯をすべて話してくれます」

タジはテーブルの端の席を身ぶりで示し、「どうやって逃げられたかについてからはじめて」という。

ガスはタジを見ながら不安がつのるのを感じる。つかまって解放されたあの経験はとんでもなく奇妙だった。無限《インフィニット》は、圧力を高めることによって人類が火事場の馬鹿力で革新を達成することをねらっていると打ち明けた。タジたちがそれを信じるわけがない。

とはいえ、ガスは新兵器がある極秘研究施設の真ん中にいるのだ。もしかすると、インフィニットの戦略は功を奏しているのかもしれない。ガスは、ゴーストたちがこの施設を乗っとり、科学者たちを消去《ワイプ》して新たな技術を手に入れる光景を想像する。

「長い話だけど、やってみます」とガスは話しはじめる。

アーデントはブリーフィングのあと、いささかショックを受けて部屋を出る。限定的だと思っていた問題が、想像していたよりもずっと深刻だったのだ。敵のヴァンガードを全滅させたとして、そのあとは？　どうすればプロジェクト・インフィニットを――たんなる楽しみのためにグレイマルキンを復活させるほど自信満々で勝利を確信している存在を阻止できる？

タジは口に出していないが、アーデントには彼女がなにを考えているかが手にとるようにわかる。タジはガスが裏切者なのではないか、インフィニットにスパイとして送りこまれたのではないかと疑っているのだ。アーデントは、その心配に正当な理由があると認めたくない。だが、ガスは彼を完璧にシミュレートできる存在につかまって解放されたのだ。ガスは自分が改変されていることに気づいていないとしたら？　アーデントはこの恋にのめりこんでいるが、ガスとは数日間、すばらしい時間を過ごしただけだ。変なところがあればわかるはずだと思ってはいるが、確信は持てない。

アーデントの目に映るガスは、悲しげで疲れきっている。ガスを信じたい、とアーデントは思う。

タジが地下で最後の用事を片づけているあいだ、コンジットたちと護衛の一行はエレベーターで地上にもどってそこで待機する。コンジットたちは兵士たちの集団の端でぶらぶらしているが、アーデントはずっとガスの腕にしがみついている。馬鹿げているとわかっていても、ガスが風船のように飛んでいってしまうような気がして放せないのだ。

「生きててよかったよ、新人さん」とニシャがいう。

「ぼくもうれしいよ」とガスが答える。

「あっちではよくやったな」とヒャルマル。

「あなたがやられるのを見たときは」とニシャ。「てっきりもう死んだと思ったのよ」

「無事を報告できてうれしいよ」とガス。「悪いけど、ちょっとのあいだ、アーデントと……」倉庫の空きスペースを指さす。「ふたりきりにしてもらえないかな?」

「ああ! ええ、もちろん」とニシャ。「ほら、ヒャルマル、ここのコンクリート、おもしろいわよ」

ガスに手をひかれながら、アーデントはあざができた関節の痛みに顔をしかめる。ここ数日のストレスと混乱のなかで、アーデントが望んでいたのはガスと寝ることだった――だが、待たなければならないようだ。アーデントの体は、医者がいうところの〝激しい活動〟ができる状態ではない。ほかのみんなから充分に離れると、ガスは立ち止まって肩を落とす。

「こんなことに巻きこんでしまって、ほんとにごめん」とガスは床に目を落としていう。

「どうして謝るの?」アーデントはガスの顎を持ちあげて緑の目を見つめる。「これでわたしも、ただやられるのを待つだけじゃなく、手伝えるんだ。あなたのおかげで別の何者かになれたんだ」

それを聞いてガスはたじろぎ、そわそわとてのひらをもむ。「アーデント、ぼくは……ぼくはこの取引を理解してなかったんだ。あの夜、モナコで、追いつめられてたから、せざるをえないことをした。だけど、コンジットになると、影響が……大きいんだよ」

「わたしはスターになってから長いんだよ」とアーデント。「注目の的になるくらい、なんでもないよ」

「理由はなんだったんだい？　コンジットになった理由は？」

「だれかがやらなきゃならなかったからだよ。世界が滅びかけてるのに、指導者たちは期待に応えてくれなかった」ほとんど正しい答えだ。ため息をつく。「正直いうと、自分に価値があることを証明して、死ぬ前になにかをなしとげたかったのさ」

ガスは打ちのめされた表情になる。「きみには価値があるじゃないか。どうしてそんなことを考えるんだい？」

「ガス、あなたはわたしを信頼してファルシオンのことを話してくれた。わたしはあなたが望むことをしてると思ってたんだ」

「そのとおりだけど――」ガスは歯を食いしばりながら息を吐く。「たぶん、やっぱりきみじゃないほうがよかったんだよ。ぼくは大変なあやまちを犯したんだ」

アーデントはガスから手を放す。「どういう意味？」

ガスはアーデントの視線を避ける。「ハードウェアがきみにどう影響するかを知ったんだ。もしかしたらファルシオンは違うのかもしれないけど、ぼくは……絶望的な気分になってる」

アーデントは胸がどきどきしているのを感じながら首を振る。「意味がわからないよ、ガス」

「体に詰めこまれたガラクタのせいで、ぼくたちは遠からず死ぬんだ」とガスは早口でいう。「ぼくも、きみも、ニシャも、ヒャルマルも。これは拡張なんかじゃなく、進行性の不治の病なんだよ」

アーデントが腕を見おろすと、倉庫の薄暗い光でポートがきらめく。いおうとしていた冗談が喉でひっかかって、ごくりと唾《つば》を飲む。

「ほんとに？」

「たぶんね」

「残り時間はどれくらいあるの？」とアーデントはたずねる。

「グレイマルキンは、人生のかなりの時間を――最後の三分の一を失うだろうといってた。ファルシオンについて話したせいで――誘導したせいで――ぼくはきみを破滅させたんだ。これはぼくのせいだ」

アーデントは無理やり笑って、存在しない髪をかきあげる。「人生の最後の三分の一？ガス、それがなんだっていうの？　モナコでわたしたちはすべてを失うところだったんだよ」

「だけど、みんなを救ったあとは？　ぼくたちは見つめあいながら死ぬんだ」

アーデントはガスにウィンクする。「ずいぶん長期的な計画を立ててるんだね、ボーイフレンド」

「真剣に話してるんだぞ。きみに嫌われるのは耐えられないんだ」

「ファルシオンがわたしになにをするかを知ってた？　警告できた？」

「いや、ぼくは――」

「じゃあ、黙って抱きしめて」アーデントはガスをひきよせ、彼の肩に頭を乗せる。マリリンやきょうだいたちやファンにどうやって伝えるかを考えまいとする。それを考えたら泣いてしまうし、最近はもう充分に泣いている。

それに、その件について、いまはなにもできない。できることに集中するほうがいい。

「ガス、あなたはどうしてすべてを自分のせいにしようとするのか、真剣に考えてみて」

「してないよ」

「してる」とアーデント。「わたしはあなたの報告を聞いたんだよ。あなたはまるですべて自分が悪かったみたいに話してた」

「もっとうまくやれたはずだと思ってるだけさ」

「このわたしより？」とアーデントは大袈裟《おおげさ》に息を呑む。

「いや、そうじゃなくて――」

「あなたは人類を救ってるんだよ。どうしたら〝もっとうまく〟やれるの？」

「きみを巻きこまなければ、なにもいわなければよかったと後悔してるんだ」

「あなたと同等になれるチャンスをわたしに与えなければよかったって？　そうは思わないな」アーデントはガスの両手を握る。「あなたはあのとき、正しいことをしたんだ。自分を許さなきゃだめだよ」

タジが地下からあらわれ、スキマーに集合するよう手を振って兵士たちに合図する。タジはアーデントとガスにも同乗をうながし、ふたりはニシャとヒャルマルとともに乗りこむ。

帰る途中、ニシャは、質問をしたくてうずうずしながらアーデントとガスを見つめる。

「つきあってどれくらいになるの？」とニシャは我慢しきれなくなってついに質問し、アーデントは笑う。

「二週間とちょっとだね」とアーデント。「ガスはもうわたしのママと会ったんだよ」

ニシャはかん高い歓喜の声をあげ、顎の下で両手を組む。「なんてすてきなの！　まさに黙示録《アポカリプス》ロマンス！　あなたもコンジットになったなんて信じられないわ、アーデント。あなたがすごいアーティストなのはずっと前から知ってたけど、まさか、わたしたちの仲間になるなんて。といっても、わたしがコンジットを知ったのはつい先月なんだけど。それに、最近までほかの星に人類が生き残ってたことも知らなかったの。まあ、そんなところかな。ねえ、ヒャルマル、わたしが馬鹿に見えないように、なにかいってよ」

「おれがなにをいってもおまえが馬鹿みたいに見えることに変わりはないさ」とヒャルマルはつぶやき、腕を組んで目をつぶる。昼下がりに丸くなってひなたぼっこをしてる猫みたいだ、とアーデントは思う。

「ガスはどこに連れていってくれたの？」とニシャがたずねる。

「一度、ホットドッグをつくってくれたよ」とアーデントが答え、ニシャの困惑ぶりを楽しむ。

ヒャルマルは目をあけずに口をはさむ。「ホットドッグは大好きだ」

反発装置《リパルサー》のホワイトノイズに眠気を誘われて、アーデントはガスにもたれかかる。ニシャが質問しつづけるので、かろうじて目を覚ましている。長い一日だったし、ガスとの再会でアドレナリンがどっと出たあとの疲れが襲ってきている。スキマーが将校用ホテルに着陸し、アーデントはほかのコンジットたちとおなじ廊下にある新しい部屋に案内される。

そこはベージュ色の狭い部屋で、えび茶色のカーテン、出力の弱いホロプロジェクター、簡易キッチンがある。壁もカーペットも飾りけがない。アーデントは、感情的なニーズにあわせて環境を調整できない部屋で最後に過ごしたのがいつだったかを思いだせない。医療機器が設置されていて、地味な着替えも用意されている。まともなメイクアップ用品と日用品をリクエストしておいたが、それらはまだ届いていない。買い物をして必要なものを手に入れたいところだが、ガングがない。

バスルームの鏡の前を通り過ぎるときに自分の姿が目に入る。ふだんより見劣りがするというのは控えめすぎる表現だ。目の下に隈《くま》ができているし、砂漠の気候で肌が乾燥してカラスの足跡がめだちかけている。鏡に近づいて、まるで悪霊のような自分を見つめる。

頬をひっぱりながら、老いてしわだらけになった自分を想像しようとする。テロメア療法で影響を減らすことは可能だが、年齢から逃げきることはだれにもできない。アーデントはいつも、将来は八十代の気難しい老人になり、ポーチにすわってお茶を飲みながら噂話をするんだろうなと想像していた。故郷のジョージアにはそういう老人が大勢いた。

手を放すと、顔はほとんど元どおりになる。

ガスはコンジットの呪いを告白したとき、ひどく悲しげだったし、自責を感じているようだった。アーデントはガスをなぐさめることに夢中で、自分のことを忘れていた。空調が静かに稼働している部屋でひとりきりになると、失われる黄金の歳月の重さに押しつぶされそうになる。

気難しい八十代の老人にはなれないのだ。

ベッドに腰かけると、やわらかいマットレスが昼寝に誘う。スーツのフィッティングまでにあと数時間あるので、すこし休んだほうがいいのかもしれない。タジが寝坊をさせないだろう。

横になると、疲れているのに眠くなくなってしまう。暗い未来の恐ろしい可能性が心を圧迫する。インプラントはどんなふうにしてわたしを殺すんだろう？　機能低下や重金属中毒？　臓器の損傷？　障害者になるんだろうか？　正気を失うんだろうか？

医学がこれだけ発達してるんだから、きっと治療法が見つかるはずだ。ガスがあやつられてる可能性は？　インフィニットはガスをしばらく閉じこめてた。ほかのコンジットの士気をくじくために、ガスの心になにかを植えつけたとしたら？

アーデントはたちまちパニックにおちいりかける。母親に連絡したいが、そのためのもっとも簡単な手段であるガングがまだ返却されていない。

ガスの部屋は廊下をすこし行ったところにある。アーデントはやわらかい胸毛が生えているガスの胸に頭を乗せている自分を想像する。ガスの匂いは温かくてすばらしいし、彼の態度には否定しようのないやさしさがある。ガスは平穏を一番に求めているし、いまのアーデントに必要なのは平穏だ。

アーデントはホテルの殺風景な廊下に出る。雰囲気をよくするつもりでウォールランプを追加したことが、この場所全体のデザインに悲劇をもたらした。カーペットを踏んでガスの部屋に向かいながら、懐かしさで胸が締めつけられる。高校時代の旅行では、引率者の目を盗んでよく悪さをしたものだ。

真新しい洋服を腕いっぱいにかかえたニシャが角を曲がってあらわれ、ガスの部屋の前にいるアーデントに気づいて立ちどまる。

見つかった。

「なにしてるの？」とアーデントは聞く。

「着替えをプリントしてきたの。あなたは？」

「歩きまわってるだけだよ」

ニシャがガスの部屋の番号にちらりと向けた視線で嘘に気づいたのは明らかだが、彼女は礼儀正しくほほえむ。「そうなのね。ええと、話せてうれしかったわ」

ニシャは自分の部屋まで歩いていってセンサープレートに触れる。ドアがあいて、やはり殺風景なホテルの部屋があらわれる。

「あなたはなにをしてたの？　ええと……」アーデントは弧を描くように腕を振りながらたずねる。「……こうなる前は」

ニシャは自分のことを聞かれてうれしそうだが、ありがたいことに喜びを抑えてくれる。

「許可局で建設許可の事務仕事をしてたの。あの建物がまだあればだけど、厳密には、いまもあそこの職員のはずよ」

「すごいね」

ニシャは下を向く。「すごくなんかないわ」

「だけど、いまはコンジットじゃないか」

「おかげでアーデント・ヴァイオレットとおしゃべりできてるのよね」

アーデントはあざがある腕をさすりながらいう。「残念ながら、いまのわたしはこんなだけど」

「じゃあ、一緒に楽しみましょうよ」とニシャはウィンクする。

「バンドで演奏したことはあるの？」

ニシャはふたたび熱心にうなずく。「小さいころからおじいちゃんのラガバンドに入ってたの」

「いいね」

「でもおじいちゃんが亡くなってからは……わかるでしょ？　続けられる気分じゃなくなった」

「それは残念だったね」

「で、そのあと〈ベール〉がかかっちゃって、どっちみちバンドにいてもしょうがないって思ったの」ニシャは肩をすくめる。

アーデントはうなずく。「わたしもときどき、そう感じるよ」

「あ、あなたのことじゃないのよ！　あなたにとっては——仕事なんだし、だから、ええと

――」

「いいんだよ、ニシャ。〈ベール〉がかかって地球に閉じこめられたとき、わたしもしばらくスポットライトから遠ざかってたんだ」アーデントは腕を組んで壁に寄りかかる。「ママが、表舞台にもどってみんなを楽しませなさいっていってくれたのさ」

ニシャは笑う。「ほんとに?」

「悲劇のまっただなかにいても、幸せになる権利はある。だれかがその手伝いをしなきゃいけないんだ」

「ママはすてきな人ね」

アーデントは鼻にしわを寄せる。「ちょっとあつかましいけどね」

ニシャは表情を変えないが、笑みが空っぽになる。「わたしのママもそうだった」

アーデントは母親を失うことを言葉にできないほど恐れているが、ニシャにそれを話すのは無神経に思える。「いろいろ大変だったんだね」

ニシャは悲しみを振り払い、太陽のような笑みを浮かべる。「ほかの人より大変だったわけじゃないわ」

ニシャに威圧感はないが、その瞬間はダイヤモンドのように堅固に感じる。

「そろそろ、〝歩きまわってるだけ〟にもどったら?」とニシャ。

アーデントはうなずく。「ありがとう。あなたと働けてうれしいよ。あなたがなんていおうが、あなたはやっぱりすごいと思うな」

ニシャは喜びで弾けそうになりながら、あわてて手を振って自分の部屋に消える。
「バイバイ」とアーデントはだれもいなくなった廊下にいう。

この三十分間、ガスは肘を膝についてベッドにすわりつづけている。緊張でベッドに横になっていられないし、歩きまわるには疲れすぎているからだ。ヴァンガード部隊の司令官のブリーフィングは三時間後だが、あれこれ考えているると、はるか先に感じられる。

実際にアーデントと会うと想像以上にうれしかったが、同時につらかった。アーデントの体のあざと傷を、まるで自分がつけたように感じた。よかれと思ってしたかどうかは、〈皇帝《カガン》〉を救えなかったという結果と同様に、問題ではなかった。

ぼくはこんなことには向いてないんだ。

そしてこんどは、いまから数日以内に、地球の運命をかけて戦わなければならない。こんどは、ガスがうまくやらないと、さらに大勢が死ぬ――スジョット大佐やマルホトラ司令官のような人々が。彼らは頭が切れて有能で、すぐれた訓練と指導を受け、卓越した知性を持っていた。グレイマルキンから戦術知識を得ていたとしても、肝心なときに間違った決断をしたのはガスだ。

ガスが選択を誤るたびに、おびただしい数の――間違いは彼を頼ったことだけだった――人々の尊い命が失われたのだ。

チャイムが鳴り、ホロプロジェクターが外に立っているアーデントのざらついたイメージを映しだす。ガスは目をぎゅっとつぶる。あんなアーデントをふたたび目にする心の準備はできていない。

だが、ファルシオンにあんなことをされたばかりのアーデントを外で待たせておくわけにもいかない。ガスが指示すると、ドアが開く。

　壊れた天使のようなアーデントが、同情の笑みを浮かべながら戸枠にもたれる。アーデントを見るたび、ガスはまっぷたつにひき裂かれる——一方のガスは歓喜に震え、もう一方のガスは罪悪感に打ちのめされる。

「アーデント」とガスはいって立ちあがる。

「ガストファー」とアーデントはいたずらっぽく片眉を上げながら応じる。

「そりゃまたふざけた呼びかただな」とガスは顔を手でなでながらいう。指先に無精ひげのざらつきを感じる。「これからはその名前で呼ぶつもりなんだね？」

「数えきれないほどの元恋人たちが、わたしにめちゃくちゃにされたというだろうね。名前からはじめるのが好きなんだ」

「なるほど」とガス。

　自分もまったくおなじ境遇なのに、アーデントはガスを元気づけようとしている。ガスにそんなことをしてもらえる資格はない。

　ガスはアーデントのもとに向かう。アーデントが戸枠から体を起こすと、ドアが静かに閉じる。ガスはそばに来たアーデントを抱きよせる。きょうのアーデントは虹彩をオーキッドパープルに、瞳孔のまわりをほんのりとした緑と金色に染めている。

「ちょっとだけ、きみを味わっていいかな？」とガスはささやき、アーデントの額《ひたい》に唇を押しあてる。「音楽からだと、きみがこんなにやさしいとは思わなかったよ」

アーデントは口をとがらす。「やさしくなんかないさ」

「じゃあ……たしかめてみよう」ガスはそういってキスをする。アーデントの舌が踊り、アーデントの喉からくぐもったうめきが漏れる。

「医者から、〝激しい活動〟は控えるようにっていわれてるんだ」とアーデントは息を切らしながらささやく。

「激しくしたりしないさ」ガスはアーデントの手をとって自分の口に持っていく。手首のポートのまわりの、まだあざが残っている箇所に唇をつけ、腕へと滑らせる。「痛いところぜんぶにキスをしたいんだ。いいかい？」

「お願い」

ガスはアーデントをベッドに連れていく。アーデントが半袖シャツを脱いで傷ついた肉体をさらに露出させるのを手伝う。あの一夜の情事はファンタジー、ガスが望むすべてだった。熱く重く、絶望的で夢のようだった。あのときのアーデントは超人だったが、いまのアーデントはシャツがポートにひっかかっただけで顔をしかめる。

アーデントはガスの上着を脱がそうとするが、彼は止める。「それはまだだよ」

ガスはマットレスに体重をかけるように注意しながら、アーデントにおおいかぶさる。アーデントの首にやさしいキスの雨を降らせ、体にゆっくりと唇を這《は》わせる。くすぐったいところではじっくりと舌を使う。ホテルのブラストシャワーの安っぽい香りがするが、それに自然な体臭が混じると、ガスはその匂いを自分に染みこませたくなる。

「ぼくがズタボロだったときに受け入れられなかったものを与えさせてくれ」とガス。

アーデントの胸はガスの肌とかすかに触れるたびに上下する。アーデントはガスのざらつく頭をなでる。ガスを肋骨《ろっこつ》の上に導く。ガスが乳首をなぶってやさしく噛《か》むと、アーデントは歓喜で息を呑む。ガスは筋肉の線をたどって腹部にいたり、パンツのファスナーに向かう。アーデントがマグネットファスナーをはずそうとするが、ガスは制止し、その手を脇に押しもどす。

「お願い」とアーデントはふたたび乞う。まるでガスがキスで、アーデントの頭からほかの言葉をすべて奪ってしまったかのように。

まず、ガスはアーデントの靴と靴下をていねいに脱がす。パンツを慎重に脱がすと、インプラントの列にそって紫と黄色の筋が走っている、痛々しい脚があらわになる。ガスは足首から上に向かって進み、内腿《うちもも》に唇を軽く触れさせる。脈打つ欲望をつかんで温かくて湿った口で包みこむと、アーデントは喜びで震える。

「お願い、お願い、お願い……」

アーデントはあっさりと絶頂に導かれてシーツに沈み、顔を紅潮させながら体をひくつかせる。ガスは努力の成果を飲みこみ、アーデントの隣に横たわる。アーデントがごろりと寝返りを打ってガスの欲求に応えようとするが、彼は止める。

「いまはいいよ、ナイチンゲール」とガス。「これはきみのためだったし、医者の指示もある。一緒に余韻を楽しもう」

アーデントはゆっくりと息をしながら天井を見つめる。呆然とした様子で目をしばたたく。

「〝ナイチンゲール〟か」とアーデントは繰り返す。「お上品だね」

「みんながみんなガストファーってわけにはいかないのさ」

アーデントは笑い、横向きになってガスの目を見つめる。「いいね。影響を与えられてうれしいよ」

ガスはアーデントの頬に触れてほほえむ。「きみはくそったれな流れ星だ」

「気に入ったよ。曲に使えそうだ」

「たしかに」

ガスは頭のうしろで腕を組んであお向けになる。アーデントがガスに体を寄せる。アーデントの体温がガスの脇に伝わり、ガスの体温と混じりあう。

「閉じこめられてたときは」とガス。「きみのことばっかり考えてたんだ」

「わたしもおなじだった。つらかったよ」

「つらかった?」ガスは笑う。

「わたしの苦しみを軽んじないで」とアーデント。「だれかに心を奪われるのは恐ろしいことなんだ」

ガスは思わず喉を鳴らす。それがほんとうであってほしいと切に願う。マスメディアが報じるアーデント・ヴァイオレットは、恋人たちを紙切れのように次々と燃やす。おおっぴらに仲違《なかたが》いし、浮気者にワインを投げつけ、心をぽきりと折る。そんなアーデントが、一般人のガスとおなじ感情をいだけるのだろうか？　アーデントは話しながらガスの眉を指で軽くなぞる。まるで催眠術だ。

「これが必要だったんだ。わかってなかったんだよ……なんていうか、だれかに気にかけてもらうことを自分がどんなに欲してたかを」ガスは首を振る。「あきらめちゃってたんだろうな」

「多くの人がそうだったのさ」アーデントはにやりと笑う。「わたしなんかベッドから出られない日もあったよ」

「そういう意味じゃないんだ。いまでも、人生には生きる価値があると信じるのが難しいときがある。そういうときが多いんだ」

他人に打ち明けるのはこれがはじめてだが、思っていた以上につらい。「ほとんどいつもそうなんだ」

アーデントは顔をしかめる。「どういう意味？」

「この五年間はすごく苦しかった。大虐殺のあいまに残ってたものも味気なかった。なんにも感じないんだ。曲がサンプリングされたこともどうだってよかった。パーティーもつまらなかった。なにを食べてもおいしくなかった。以前は、自殺は衝動なんだろうと思ってた。

あんなふうだなんて思ってもなかった――ただ横になって、ただくそみたいに……」

「ガス……」

ガスは目頭が熱くなるのを感じる。「夜通し起きて、意味のある出来事が見つからないかとニュースを読みあさってた。心臓発作みたいに胸が痛くなったことが何度かあった。そうなっても医者にはかからなかった。思っただけだった……〝神さま、ありがとう〟って」

アーデントはガスの胸骨に顎を乗せる。「とにかく、わたしはあなたがまだここにいてくれてうれしいよ」

ガスは唇をなめながら、次になにをいえばいいかを思案する。「きみと出会って……世界に色がついたんだ。ものすごくひさしぶりに感謝できてるんだ。〈ベール〉がかかってからぼくに起きた唯一のいいことはきみとの出会いだよ」

アーデントはガスを強く抱きしめ、彼の胸に頬を押しつける。「約束して。最後まであきらめないって」

ガスが目を閉じると涙がこぼれる。「それができるといいんだけどね」

その発言に反応してアーデントの指が震え、ガスをつかむ力が強くなる。「それなら、そばにいて」

「うん。ぼくもそうしたいよ」

しばらくのあいだ、アーデントは無言で横になって空調の音を聞いている。ガスの横腹をなで、肋骨の隆起にそって指を走らせる。

「いま、あなたはわたしにいいことをしてくれた」とアーデント。「わたしもあなたにつくさせてもらえないの？」

「家族を亡くして以来、だれにも心からの愛情を示されたことがないんだ」とガス。「できたら……何時間かだけでも、それだけを感じさせてもらえないかな？　ぼくはきみを欲してるって誓えるけど、すこし時間がほしいんだ」

「もちろんだよ、愛《いと》しい人」

第十九章　シンコペーションとシンクロニシティ

チャイムが鳴り、アーデントは安らかな眠りから覚める。隣でガスも横になっているが、目をあいている。ずっとわたしの寝姿を見てたのかな？

「休めた？」とガスがたずねる。

「あなたは？」とアーデント。「眠ったようには見えないけど」

チャイムがふたたび鳴り、アーデントはやれやれという顔で、ふらつきながらベッドを出る。

関節が痛むが、仮眠の効果は絶大だ。暗がりのなかで服を探していると、ガスが照明をつけたので目がくらむ。

「明るくしなくてもよかったのに」

「ごめん。でも世話係を待たせるわけにはいかない。行かなきゃならないところがあるから」

「世界を救うためにね」

ガスは希望に満ちたまなざしでアーデントを見る。「まあね」

この殻を破ってやる、とアーデントは心に誓う。三回目のチャイムが鳴り、それはあとまわしにせざるをえなくなる。

アーデントは急いで服を着てドアをあける。外には、兵士の一団、ニシャ、ヒャルマル、それにタジがいる。

「遅刻よ」とタジ。「ロビーで待ちあわせる約束だったじゃないの」

「そうだっけ?」とアーデントは鼻にしわを寄せる。

タジは目をひくつかせる。「かわいくないわよ。これは軍事作戦なの」

「ごめん」とアーデント。「ガス、準備はできた?」

「靴を履いてるところだ」とガス。

近くの食堂で手早く軽食をとったあと、一行は浮遊機《スキマー》に乗って次の予定地に向かう。夕日が付近の山々をオレンジ色に染め、砂が刻んだ暗い縞《しま》模様が山肌にくっきりと浮かびあがっている。

借り物のアメリカ空軍《USAF》シャツをそろって着ている導管《コンジット》四人組は滑稽《こっけい》に見える。アーデントはいやでたまらない。軍の宣伝などしたくないのもあるが、それ以上に、地味な服を着ていると透明人間になったような気がしておちつかない。カスタムメイドのスリムなコンジットスーツを着たいところだが、それはまだできていない。

「みんな、緊張してる?」とニシャが笑顔でたずねる。「わたしはしてる」

「ぼくはいつも緊張してるよ」とガスが答える。

「ステージで緊張したことは」とアーデント。「一度もないな」

全員がヒャルマルのほうを見ると、彼は「ないな」と答える。

ニシャは信じられないという顔で、「ぜんぜん怖くないの、ヒャルマル?」と問う。

「おれの曲のほとんどは死がテーマになってる。または殺すことが。両方のこともある」

「ぼくは〈ジ・エンド・オブ・アス〉が好きだな」とガス。「次が〈キルポカリプス〉かな」

ヒャルマルはかすかにうなずく。「昔の曲だな」

ガスは肩をすくめる。「しょうがないじゃないか。五年間、あなたの曲を聴けてないんだから。ところで、聞きたいことがあるんだ」

ヒャルマルは肯定ととれる表情をする。

「ぼくがモントリオール・ジャズシーンの出身だといったとき、どうしてあんなにいやな顔を――」

「いいか」とヒャルマルがガスをさえぎって早口でしゃべりだしたのでみんながびっくりする。「あの雑魚《ざこ》どもは一年間、ずっとおれにちょっかいをかけてきたんだ。月に一度とかじゃなく、毎日だ。モントリオールでライブをしたときは」――だれかの頭をつぶそうとしているかのように、こぶしをてのひらに押しつける――「ついにフランソワって野郎が仲間をひき連れてホテルに押しかけてきやがった。もうちょっとであのやせっぽちの鼻をへし折るところだったよ」と吐き捨てる。「やつは大勢の仲間と一緒にやってきて、くだらない質問でライブのあとのお楽しみをだいなしにした。で、追いだしたら、誹謗中傷《ひぼうちゅうしょう》をはじめて……」

ヒャルマルはスウェーデン語で悪態《あくたい》っぽく聞こえる言葉をぶつぶつつぶやくが、やがてガスのほうを見てやめる。

「あのときは悪かったな」とヒャルマルは謝る。「あいつらの仲間だと思ったんだ」

ガスは獲物を見るときの笑みを浮かべる。「じつは、そのフランソワってやつは、ええと、ぼくの最初の彼氏だったたんだ。振られちゃったんだけどね」

アーデントは笑う。この話ははじめて聞くが、そいつはひどい男のようだ。自分の失敗のいくつかが、急にたいしたことではないような気がしてくる。

ヒャルマルは腕を組んで席にもたれ、アーデントをちらりと見る。「つきあう相手を間違ったのは明らかだな、ガス」

「わたしもそう思うな」とアーデント。「ガス、フランソワみたいなやつにあなたはもったいなかったんだ」

アーデントはガスの腕を抱きしめ、頭を寄せることによって気持ちを表明する。

「明らかだね」とガスが繰り返す。

スキマーがネリス空軍基地の空域を離れ、アーデントは元気をとりもどす。

「ミス・タジ」とアーデントが問う。「これは遠足なの？」

「チームワークを高める練習をしに行くのよ」とタジが答えて腕を組む。

「でも、わたしたちは勝ったのよ」とニシャが抗議する。

「ミス・コーリ」とタジ。「結果は評価するけど、わたしの世界では、危険な兆候があったら対策するの。魔猫《グレイマルキン》は何度も連瀑《カスケード》の場《ば》にとらえられた。白《シロ》への攻撃は、霜の巨人《ヨトゥン》が射線をふさいでいたから、ミスター・キトコが思いつきで、味方の船を貫通して砲撃するなんていう出たとこ勝負をするはめになった。運がよくて勝ったというのは、わたしにいわせれば敗北なのよ」

アーデントは両眉を上げる。「どういう意味かわからないけど、わたしたちはうまくやれると思うな」

「ミクス・ヴァイオレット」とタジ。「あなたの自己中心的な態度のせいで犠牲者が出るとわたしは確信してるの。わたしが目にしたり読んだりしたことからして、そうなるとしか思えない」

アーデントは驚いた顔もせずにため息をつく。「それが人生《セ・ラ・ヴィ》さ」

「それをいうなら、それが死ね《セ・ラ・モルト》」とタジが訂正する。「一体たりとも先兵《ヴァンガード》を失うわけにはいかない。半端な作戦で危険を冒《おか》すには、かかっているものが大きすぎる。あなたたちには協力することを学んでほしいのよ」

アーデントが外を見ると、ホロ偽装された無数のドローンがガラスの立方体のようにラスベガスの地平線をゆがませていることに気づく。下を見ると、十数体のゴーストたちが興味ありげにアーデントたちを追っている。どうやら、みんな、コンジットたちの行く先を知りたいようだ。

タジは現地で見張りについている護衛たちと連絡をとって最終調整をする。アーデントは大規模な音楽フェスで似たようなセキュリティチームに警備してもらったことがあるが、ここまで厳重ではなかった。

数分後、タジがいう。「深層同期《ディープシンク》について、あなたたちは三人とも、音楽を聞いたと報告してる。ミスター・キトコ、あなたはジャズを聞いた。ミス・コーリはバングラ、ミスター・シェーグレンはメタル」

「ジェント」とガスとヒャルマルが口をそろえて訂正する。

タジはほほえんでいるが、邪魔されておもしろくなさそうだ。「とにかく、あなたたちとの面談の結果、なぜか音楽がヴァンガードとの意思疎通に深く、そしておそらく無意識のうちにかかわっているようなの。わたしは音楽家じゃないけど、戦闘を見るかぎり、あなたたちのスタイルは……嚙《か》みあっていないようね」

スキマーが、グレキサン製の小さな窓が格子状の防護柵《さく》でおおわれていて、プラスチクレイ製の壁にひびが入っている古い建物の前に着陸する。ドッキングクレードルは見あたらない。正面の寂しげな明かりがちらついていることからして、電気系統は設計寿命を大幅に超えているらしい。

「ここよ」とタジ。

太陽が地平線に沈みかけ、オレンジ色が夜の濃紺へと移り変わっているなか、一行はスキマーから降り立つ。タジが一行を率《ひき》いて檻《おり》のような入口まで歩いていき、格子を叩く。男が内側のドアをあけると青白い光が漏れる。男は赤いシャツにベージュのズボンという私服姿だが、腕の太さとセンスの悪さでわかる——用心棒だ。

男が脇に寄ると、一行は狭い室内に入る。ふかふかだっただろうライムグリーンのカーペットは踏み固められて染みだらけになっている。壁はすべて木製パネル張りで、ホロはほとんど見当たらない。天井にはナノ吸音タイルが貼られているが、とっくに機能を失っているか故障しているようだ。片側の大きなデスクはきちんと片づいていて、古めかしい革製デスクマットが敷かれている。

隅の染みがあるマスタードイエローのソファに、大柄な白人女性がすわっている。片手にレインボーカラーのフローズンドリンク、もう片方の手に臭いが鼻にツンとくるクサを持っている。真っ赤な水玉模様のドレスは、この部屋でもっとも派手なものかもしれない。黒のカーリーヘアをまとめているバンダナもおなじ赤だ。

アーデントは恐怖で、そして喜びで息を呑《の》む。「ここはひどいね！　大好きだ！」

「〈ラストチャンス・レコーズ〉へようこそ」と女性が笑顔で挨拶する。「うちはアメリカでもっとも長く営業を続けてる録音スタジオなの。わたしはジャニーン。歓迎するわ」

ジャニーンは赤い手袋をはめた手をアーデントに差しだし、アーデントはそっと握手する。

「どうも」とアーデント。「ひどいなんていっちゃってごめんなさい」

「だけど、大好きだともいってくれたわ」とジャニーン。「わかる。わたしはパグを二匹とみすぼらしいチワワを一匹飼ってるんだけど、人殺しをしてでも守るつもりでいるの」

ヒャルマルはうなずいて部屋を見まわす。「いいね」

「おいおい……」とガス。「これって現実なのか？」

「ついてきて」とジャニーン。「案内するわ」

一行は受付を過ぎて部屋が並んでいる短い廊下を進む。アーデントは、部屋の前を通るたびに、ドアや鍵が手動なのに驚きながらなかをのぞく。壁には、制作者の名前が記されたプレートが下にとりつけられているレコード——実際にプレスされた物理メディア——がずらりと飾られている。

「リッチー・コリンズ？」ガスは、驚きをつのらせながらいちいち読みあげる。「スペース・エイジ？　カトラ？　ジャマル・クイーン？　すごい、最高だ！　だって……四百年も前のものだよ！」

アーデントはガスがこんなに興奮しているのを見るのははじめてだ。ガスのはしゃぎぶりに胸がきゅんとなる。まるで大きな子供だ。

「そのとおりよ」ジャニーンは黒いマニキュアをした爪でグラスをとんとん叩きながら答える。「わたしの十三歳の誕生日に四百周年を迎えたの。父はよく、いつの時代もここが頂点だったといってたわ」

一行は古めかしいコントロールルームに入る。シングルインターフェイスの物理的ミキサーがずらりと並んでいる。その向こうには暗い空間を見おろす窓がある。

アーデントは目を丸くする。「こんなものが……どうしていまだに動くの？」

ジャニーンはくすくす笑う。「どれも複製品よ――それでも二百年前のものだから大切に使ってるの。オリジナルはみんなラボックのペリー博物館にあるわ」

ジャニーンが古風なスイッチを押すと、窓の向こうのスタジオに明かりがともる。壁は硬木《こうぼく》のパネル張りで、銀色のCスタンドには防音ブランケットがかけられ、輝くマイクがクレードルにセットされている。床は竹のモザイクで、木製タイルはぴかぴかに磨かれている。黒いケーブルが床を這《は》っている。

部屋の隅には傷だらけのグランドピアノがあり、マイクが上からていねいに設置されている。アーデントは、そのうしろに緑色のサテン仕上げで炎が描かれているドラムセットがあることに気づく――そのドラムセットには、ふつうのドラマーが使うには多すぎる、さまざまなシンバル群が備えられている。部屋の中心には、古典的なチェリーサンバースト塗装のオムニキャスターギターが、聖遺物《せいいぶつ》のように金属製スタンドに鎮座している。

「信じられない」ガスの息づかいが荒くなる。「あれって……あれってバディ・ハヴァーフォードのベビーグランドですか？」

「まさにそのとおりよ」とジャニーンがいい、長いストローでドリンクを飲む。「弾《ひ》いてみたい？」

「ドラム保管室はあるのかい?」とヒャルマルがたずねる。「あのセットにはいくつか足りないものがあるようだが」

「あるわよ。大手メーカーのセッション用機材から、スターメタル製カウベルみたいな独立系メーカーの個性的な機材にいたるまでがそろってる。しまってあるのよ」とジャニーン。

「わたしたちが〝武器庫〟って呼んでるところに」

スウェーデンの大鴉《おおがらす》は目を見開き、恋人に脚をなであげられたかのように息を呑む。

「すごいわね」とニシャ。「で、スタジオってこれだけなの?」

全員が振り向いてニシャを見つめるので、彼女は付け加える。「ええと……これでぜんぶなの? ここっていいところなの? みんな、いいって顔をしてるもんね。わたしはスタジオで働いたことがないの」

「え?」とガス。「一度も?」

「レコーディングしたことがないの?」とアーデント。「それとも、文字どおりにスタジオで働いたことがないってこと?」

「わたしはみんなみたいな有名人じゃないの!」とニシャ。「歌うのが好きなだけなのよ」

タジが咳払《せきばら》いする。「じゃあ、チャンスが巡ってきたってわけね。わたしの独断であなたたちの音楽キャリアに税金を費やすことにしたんだから、協力して働く方法を学んでちょうだい。四人が違う曲を聞いてても、自然に溶けあって一体となって動けるようになってもらわなきゃ困るの」

タジは将軍のように行ったり来たりしている。

「次の十二時間、このスタジオはあなたたちのものよ。わたしの部下が外で待機してて、軽食とか飲み物とかの要求に応えるから、遠慮なくいって。ただし、外に出たいとはいわないで。答えはノーなんだから」

「つまり……」とアーデント。

「つまり、スタジオに入って曲をつくるのよ」とタジ。「じゃあ、わたしはやらなきゃならないことが山のようにあるから、失礼するわ」

タジは振り向くことなく手を振りながらコントロールルームを去る。

「あの人、ほんとにわたしたちのことを嫌ってるのね」とニシャがいう。

「おもにわたしをね」とアーデントが答える。

「さあ、なかに入って準備をはじめたら？」とジャニーン。「ヒャルマル、あなたには機材保管室を見せるわ。そこには……いろんなものがあるの」

「ぜんぶ見せてくれ」とヒャルマル。

ジャニーンはウィンクする。「心配しないで。〈ラストチャンス〉にあるものをぜんぶ味見させてあげるから」

ガスは二十三世紀のブルースレジェンド、バディ・ハヴァーフォードが弾いていたベビーグランドピアノのまわりをぐるりと一周する。すり減った鍵盤は古い歯のように黄ばんでいて、筐体《きょうたい》の表面のいたるところに深い溝や傷が刻まれている。この楽器は、元の持ち主が死亡した有名なコンサートホール崩壊事故の生き残りなのだ。ガスは子供のころ、シカゴ・モッド・スクールに遠足に行き、その途中で墓を訪れた。シカゴにあるバディの墓石には、〝文字どおりにハウスを崩壊させた〟と記されている。

その遠足以来、ガスはジャズを聴きまくった。あの遠足に行かせたのは、ガスの父親にとって最大の間違いだった。

「ベイビーが恋しいよ」アーデントがそういいながら、ふくれっ面でギターを手にとる。

「〝ベイビー〟？」とガスが繰り返す。「きみが持ってたギターのこと？」

「ただのギターじゃなかったんだ！　ベイビーはパワーズ・ヴィタスXだったけど、溺れ死んじゃったんだ」

「ギターがどうやって溺れ死ぬんだい？」とガスはたずねる。

「ベイビーのことは話したくない」とアーデントはぴしゃりと話を終わらせる。

「自分から話しはじめたくせに」

アーデントは口をとがらせる。「こんな単純なくそギター、どうやって弾けばいいかわからないよ！　だって、シーケンサーもないし、サンプルアンドホールドもないし、アコースタウウェアもないし――」

ガスは笑うが、アーデントの表情を見てすぐに後悔する。

「あなたには、とにかく楽器があるじゃないの」とニシャ。「わたしには声しかないのよ」

「声こそがヴァンガードたちを勝利に導くんだよ」アーデントはそう応じると、ストラップに肩を通して試し弾きをする。アンプがないので、小さな情けない音しかしない。「これ、どうやって部屋のプロジェクターにつなぐの?」

ガスは見てみるが、ギターを弾かないのでうまくいかない。「ジャニーンがもどってきたら教えてくれるさ」

だが、十五分たってもジャニーンはもどってこない。ようやく、ヒャルマルが顔をほんのり赤らめ、いくつかの追加機材を持ってスタジオに入ってくる。

「ぜんぶ試さなきゃならなかったの?」とニシャがたずねる。

「インスピレーションを得てたのさ」とヒャルマル。

スタジオのトークバックがオンになり、ジャニーンが窓の向こうでどっかりとすわる。髪がすこし乱れている。「ふう! さて! パーティーをはじめる準備はできてる?」

「じつはぜんぜん!」とニシャが陽気にいう。「曲がないの」

アーデントはイヤーモニターを耳につけ、ギターの弦をつまびいてチューニングを試す。

「ヒャルとわたしは〈メタル・フレイム〉で一緒にやったことがある。それを教えられるよ」

「ずいぶん前の曲だな。覚えてない」とヒャルマルが、ガスが見たことのないトラッシュ・スプラッシュ・シンバルを蝶《ちょう》ネジで留めながらいう。「〈ホロウ・コープス〉に似てるから、そっちのコードなら教えられる」

「できたら」とガス。「ハヴァーフォードを弾いてみたいんだけどな。肩慣らしとしてでいいから。なにしろ、これはバディのピアノなんだ」

ほかの面々からの視線で、その計画は実現しそうにないとガスはさとる。

「まったくもう」というジャニーンの声がトークバックから聞こえる。「ミス・タジから聞いてたとおりね。あなたたちは迷走してる」

「ここにいる全員が、実績のある有名なミュージシャンなんだよ」とアーデントがいう。

「わたしは違うけどね」とニシャが補足する。

「ニュースに載ればそれも変わるよ」とアーデントはいい、ジャニーンに向かって、「だから大目に見てほしいな」と続ける。

「批判してるわけじゃないわ」とジャニーンが、唇でストローを探しながらいう。「感想を述べただけ。でも、だいじょうぶ。ここは聖地よ。まさにここでたくさんの傑作が制作されたの」

ガスは試しに一音《いちおん》を鳴らす。それだけで背筋《せすじ》がぞくぞくする。ガスが大好きなバディの曲、〈ペイント・ザ・スカイ〉とまったくおなじ音だ。

ガスはため息をついて願う。あとでハヴァーフォードのヒット曲も弾きたいな。「ジャニーン、どうしたらいい？」

「ヒャルマル、リズムを刻んでくれる？」とジャニーン。「ほかのみんなはリズムに乗れそうだったら参加して」

その戦略は、ぎこちないはじまりと終わりを繰り返すばかりで、一貫して成果をあげられるのはヒャルマルだけだ。アーデントはポップスの定番のコード進行に流れがちだし、ニシャが口を開くたびに、曲はガスが予想もしなかった方向にそれる。ヴァンガードはモーダル・ジャズを好んでいるようだから、それにのっとった演奏をするべきではないかとガスは提案する――だが、それぞれのやりかたでヴァンガードを手に入れたほかの三人は聞く耳を持たない。ヒャルマルは気に入ったドラムビートを刻みだすが、ガスはなかなか乗れず、大鴉をいたずらにいらつかせる。

ジャニーンは休憩をとるように指示する。そのころには、だれにもそれに反論するだけの気力が残っていない。

「あなたたちってピーナッツバターとセックスみたいね」とジャニーンがいい、全員に袋入りの薬物を配って各自のコップを満たす。「ひとつひとつだとすばらしいけど、一緒にするとひどいのよ」

「個性が強すぎるだけだよ」とアーデントがいう。

ジャニーンは飲み物をかき混ぜながら、下唇の内側を舌でなぞる。「言い訳がうまいわね」

アーデントがむっとする。「あのさあ、プロデューサーにそんなことをいわれたのははじめてなんだけど」

「ごめんなさいね」とジャニーンがいう。「ここは〈ラストチャンス〉よ。あなたみたいなミュージシャンを百人も見てきたわ。だけど、わたしのアドバイスを無視したってかまわない。支払いはもうしてもらってるんだから」

ガスはアーデントに腕をまわす。「エンジニアには逆らわないほうがいい。彼女のいうことにも一理ある。ぼくたちは一緒に曲をつくれるんだ。きみとぼくでできたし、きみとヒャルマルもできた。ニシャだって、ぼくたちのだれかと組めば、きっとすばらしいものができる」

「そうよ、わたしは最高なの」とニシャがいう。「だってわたしが三人をひっぱってるんだから」そして付け加える。「冗談だってば。わかるでしょ？　追いださないで」

四人はコントロールルームですわり、飲んだり吸ったりしながら、一時間近く、失敗について語りあう。全員がリラックスしたところで、ジャニーンは「仕事にもどりなさい！」と四人をコントロールルームから追いだしてスタジオにもどす。

ガスはふたたびピアノの前にすわってあらためて考える。ニシャの進行のいくつかを真似《まね》ることはできた。不可能ではない――だが違うのだ。

「なあ、アーデント」とガス。「ニシャにリードさせてみないか？　ニシャは遠慮しっぱなしなんだ」

アーデントはニシャに向かってにやりとする。「どうだい？」

ニシャは爆発しそうな表情になって、「わ、わたしが？」と口ごもる。「わたしはいつもひとりで歌ってるの。スタジオでの仕事なんか一度もしたことがないし、あなたたちは――超すごいし」

「試してみてほしいんだ」とガス。「ぼくがサポートするから」

ジャニーンがトークバックをオンにしていう。「ねえ、すてきなあなた――」

「なに？」とアーデントが答える。

「ねえ、ヒャルマル」とジャニーン。「ニシャが、バングラをやってたっていってたじゃないの。バングラビートを叩ける？」

ヒャルマルはうなずき、タムでスウィングのリズムを繰りだしはじめる。キックドラムがダウンビートを刻みだすと、ニシャは頭を上下に振り、全身を揺らす。マイクの前に立って口を開き、澄んだ歌声を長々と発する。息が続くかぎり、周波数は和音から和音へとなめらかに移行する。これはGイオニアンだ、とガスは気づく。

「よし」とガスはつぶやいてうなずく。「わかった」

ガスはいくつかの速いメロディを次々と繰りだし、アップビートで伴奏を加える。何度かそれを繰り返すが、曲は持ちこたえる――崩れない。

「いいぞ！」とガスは叫ぶ。「そのまま続けろ！」

ベースがいないので、ガスは鍵盤の低音部で踊りたくなるグルーヴを生みだす。アーデントがまなじりを決し、足でリズムをとる。

アーデントはギターのネックを駆けあがって痺《しび》れるような導入部を奏で、ニシャのすばらしいソロとシンクロする。ふたりは白熱し、ニシャは絞め殺さんばかりの勢いでマイクスタンドを握りしめる。コントロールルームでは、ジャニーンが黒のカーリーヘアを振り乱している。

アーデントとニシャは螺旋《らせん》を描くような二重奏を織りなし、力強い旋律で空間を満たす。終わりが近づくと、ガスは前面に躍《おど》りだし、鍵盤を行ったり来たりして舞い踊る。ふとヒャルマルを見ると、唇を噛みしめながらピアノに呼応して熱演している。大鴉に認められて高揚したガスは、ヒャルマルの最初のレコードからリフをいくつか引用し、鍵盤の低音部を強打する。

デスメタルの兆しに気づくなり、スウェーデンの大鴉はスイッチを入れ、彼の代名詞になっている、両手を駆使した千の魔法のようなポリリズムを爆発させる。充実したセットのすべての部分を使い、ブロンズと木とプラスチックから、ガスが聞いたことのない多様な音色をひきだす。ヒャルマルはその才能でドラミングの限界を広げ、個性派ミュージシャンの本領を発揮する。そしてガスは一瞬で高校時代にもどる。ヒャルマルのソロの終わりぎわに、思いきってモントリオールのフレンチパンクジャズを投入する。

ほかのふたりは困惑しているようだが、少なくとも演奏はやめない。ガスはおなじ六つのコードを数回繰り返して慣れるチャンスを与える。なんとかうまくいく——だが、ガスがつねに望んでいるホームランではないのであきらめる。

ガスがニシャのメロディラインにもどると曲は結晶化し、四人はそれに乗って曲の終盤にたどり着く。

アーデントは最終拍《はく》でジャンプし、原初の叫びを発しながら最後のコードを鳴らす。

「いい！」とアーデントはいう。「くそみたいにいい！　最高だよ！」

「うまくやったわね」とジャニーンがトークバックでいう。「あとはきちんと録音しないとね」

ガスはがっくりと肩を落とす。「録音してなかったんですか?」

ジャニーンは胸を張る。「もちろん録音してたわ。だけど、〈ラストチャンス〉はジャムバンドのスタジオじゃないの!　ここではきちんとした曲に仕上げるのよ」

「時間はあるんですか?」とガスが問う。

ジャニーンはいたずらっぽくほほえむ。「ミス・タジから、あと八時間はあなたたちの身柄を預かるようにっていわれてるの。だからのんびりやって」

「あなたのやりかたを気に入ったよ、ジャニーン」とアーデントがいいながらピックでジャニーンを指すと、彼女は投げキッスを返す。アーデントは片手を上げる。「じゃあ、最初から行こうか、みんな」

ヒャルマルが、「ワン、ツー、スリー、フォー!」と砲声のような声でカウントしながら勢いよくスティックを打ち鳴らす。

数切れのピザを食べ、かなりな量の酒を飲んだあと、アーデントは〈ラストチャンス〉をあとにする。頭のなかにはヒット間違いなしの曲があるし、デュエットの計画まであるが、このプロジェクトにいつもどれるかはさだかではない。たとえば、みんなが死なないようにするなどの重要な予定がある。この早い時間帯の砂漠の風は肌寒いほどで、アーデントはむきだしの腕をさする。

駐車場でタジが待っている。アーデントが出会って以来はじめて、タジは上機嫌だ。

「ジャニーンからうまくいったって聞いたわ」とタジがいう。「もうおたがいの足を踏まないようになった?」

アーデントはうなずく。「うん。いま地球上には、わたしが足を踏んづけない人間が三人いることになるね」

一行はネリス空軍基地にもどり、そこでスケジュールを聞かされる。八時間後にお偉方による状況報告《ブリーフィング》。十二時間後に準備訓練。タジは各項目をアーデントに確認させ、その重要性を理解させる。アーデントもタジを責められない——アーデントはつねに注意散漫だからだ。

それからガスとともにベッドに向かう。ふたりとも疲れはてている。ふたりは一緒に横たわり、ガスがアーデントの背中に寄り添う。まばたきするあいだに、太陽がまた沈みはじめたかのようだ。

アーデントはうめきながら上体を起こす。「うわあ、ほんとにこんな時間? サボれないかなあ」

ガスは苦笑する。「残念ながら無理だね」

「あなたって変な人だね」

ガスはほほえむ。「そこが魅力だと思ってくれるとうれしいな。さあ、行くぞ。待たせるわけにはいかない」

「でも、待たせたほうがよくない？　入るとき、注目の的になれるんだから」

「ミス・タジはぼくたちを撃とうとするだろうな。ときどき、それもしょうがないんじゃないかと思うよ。ぼくたちみたいな連中をたばねるのは簡単じゃないからね」

「あなたはやさしすぎるんだよ」

ふたりはコンジットの制服に着替える――ガスは青、アーデントはくすんだオリーブ色だ。アメリカ合衆国の制服はガスのものとおなじ場所にポート用端子があるが、ほかにも多くのポケットがあって体のラインを隠している。ガスの制服がスリムで優雅なのに対し、アーデントのものは戦術的で、モジュラー式で、拡張可能だが……だぼっとしていて野暮《やぼ》ったい。ポートの色もアーデントに似合っていない――ポートは全体がガンメタル製で接触点が銅だ。緑と黒では完全に迷彩だし、アーデントは迷彩が嫌いなのだ。

「うわあ。まるで戦争に行くみたいだね」とガス。「ポケットにはなにか入ってるのかい？　ぼくもポケットがほしいな」

「カスタムプリントじゃなかったら交換したいよ」

ふたりがラウンジに出ると、そこで残りの仲間が待っている。タジはふたりを見て驚き、時刻を確認する。

一行はスキマーに乗りこみ、基地を横断して、正面に〝第365情報監視偵察群〟という文字と、騎士を様式化した紋章のホロがあるエリアに向かう。そのエリアを構成している五棟の建物はまっぷたつに切ったピラミッドに見える――三面の壁は傾斜していて窓が並んでおり、切断面は垂直の壁になっているのだ。それらが一列に並んでいるので、地平線にのこぎりの歯がそそりたっているかのようだ。ドッキングタワーはどれも大忙しで、シフトチェンジを終えた自動制御飛行車両《CAV》が次々と飛びたっている。

一行の輸送機は建物のひとつのすぐ前に着陸する。降りると、そばに噴水のホロがある。噴水のわずかなちらつきがアーデントの神経を逆なでする。そもそも、その噴水は周囲のシンプルな造園と調和していない。

アーデントよりわずかに背が高くて野戦服を着た黒人男性が玄関脇に立っている。男は手を上げて挨拶し、愛想よくほほえむ。

タジは大股で男のほうへ歩いていく。「ボウマン少佐。よろしくお願いします」

「こちらこそどうぞよろしく。みなさん、こちらへ。さっそくはじめましょう」

一行は吹き抜けになっているロビーを通過する。上層階にいたるまでのテラスにオフィスが並んでいる。受付のまわりでは、保険、ローン、健康診断などの案内がホロで表示されている。受付に詰めている衛兵は少佐に敬礼し、並べて設置されたスキャナーの前を通るように身ぶりでうながす。少佐が所持しているもののなかで、制服にプリントされている小さな箱状のガングだけが反応して光る。

少佐はついてくるようにアーデントをうながす。「どうぞ、ミクス・ヴァイオレット」

アーデントがスキャナーの前に差しかかると、体がかがり火のように明るく光る。インプラントポートは皮膚の下深くまで銀色の根のように広がっている。ヴァンガードの技術が全身の隅々まで浸透しているのだ。アーデントの呼吸が速くなる。頭ではわかっていたが、自分がどれほど徹底的にむしばまれているかがきちんと視覚化されたのはこれがはじめてだ。

「おっと、しまった」とボウマンが笑いながらいう。「うっかりしてました。記録だけして先に進めるかい、二等兵？」

「はい、少佐どの」

アーデントは片手を上げる。輝く金属の静脈が全身に広がっている——庭にはびこる雑草のようだ。

これがわたしを殺すのか。

スキャナーが停止し、輝く残像も消える。

「こんなものを気にする必要はありませんよ」とボウマンが愉快そうにいう。「こちらです」

一行は少佐に案内されてぴかぴかの白いエレベーターに向かう。ボウマンはコンピューターに三十階に上がるよう指示する。「これを手配できてよかったですよ。だれにとってもエキサイティングな計画があるんです」

「ヴァンガードと戦うのは、技術的にはエキサイティングよね」とニシャがいう。

「勝てれば、そのとおりですね」とボウマン。

「あなたたちが提供してくれたデータを、情報監視偵察群《ISR》が、〈ベール〉初期の情報と照らしあわせながら懸命に解析してるの」とタジがいう。「ＳＣＩＦ《スキフ》で話しあうんだけど、来たるべき決戦の全体像が見えてきてる」

「小舟《スキフ》で？」とアーデントがたずねる。

「機密区画情報施設《シークレット・コンパートメント・インフォメーション・ファシリティ》の頭文字ですよ」とボウマンが説明する。「アナリストたちを詰めこむクローゼットみたいなものです」

三十階に着いてドアが開くと、そこはコンクリートの通路だ。壁にきらめく銅製の接点が並んでいて、アーデントのスーツのガングが警告音を鳴らして接続が失われたことを知らせる。エレベーター内のほかのガングも同様の不満を申し立てる。

ボウマンは誇らしげだ。「最上階は信号を遮断してるんです。ゴーストでさえ、ここの壁を通してスキャンできません」

「ゴーストは侵入してきましたか？」とタジがたずねる。「星際連合《UW》本部ではかなりの問題があったんです。スキャンできないと、セキュリティをハックして物理的に入ってくるんですから」

「ほかの建物ではそうでしたね」とボウマン。「衛兵を配置して、ゴーストが侵入しようとしたら撃つように命じてあります。ゴーストは反撃しないようだし、潜在的な敵を減らせますから」

「ニュージャランダルではゴーストを自由に行き来させてるわよ」とニシャ。「脇にどいて、好きなように行動させてるの」

ボウマンとタジは顔を見あわせる。

「ここには、ええと、かなり機密性の高いものがあるんです、ミス・コーリ」とボウマンが咳払いをしてからいう。「ゴーストをあっさり信用するわけにはいきません」

ニシャは眉をひそめる。「だけど、彼らはわたしたちに武器をくれたわ。地球ではヴァンガードの技術の提供を受けてないの？」

少佐はうなずく。「ええ、受けていませんが――」

ニシャは腕を組む。「その理由を考えたことは？」

「いいたいことはわかるわ」とタジ。「でも、与えられたものは奪われる可能性もあるの。ヴァンガードたちは、いまのところわたしたちの味方よ。その状況が変わったときのことを考えると、金《ギルデッド》ぴかのゴーストたちに武器を頼りたくはないわね」

「へえ」とニシャは明らかに納得していない様子でいい、ヒャルマルはふんと鼻を鳴らす。

ボウマン少佐が一行をオフィスのなかに案内する。ホロはすべてプライバシーモードになっている――網膜に直接投影されているのだ。デスクについている大勢の兵士と事務職員が、うつろな目で宙を見つめ、だれにも話しかけず、なにもない空間をタップしているというのは、アーデントにとって異様な光景だ。

一行はまっぷたつのピラミッドの斜面ぞいにある会議室のひとつに入る。窓から差しこんでいる夕日が、奥の壁に長方形の光を投げかけている。彼方《かなた》でラスベガスが活動をはじめている。地平線上でちらほらきらめいている明かりが、かつての栄華の名残《なごり》なのだ。

アーデントはマホガニー製の長テーブルに腰かける。その表面に映しだされている空軍の紋章の周囲が波打っている。少なくとも十五人がすわれるテーブルだが、出席者は六人だけだ。ボウマン少佐が窓を閉めるよう指示すると、鋼鉄の厚いシャッターが眺望をさえぎる。

テーブルの上に〝ヴァンガード飛行隊パイロット・ブリーフィング〟という言葉が浮かぶ。

「わたしたちはパイロットじゃない」とアーデント。「大曲刀《ファルシオン》を乗り物のように扱ったら殺されちゃう」

「それに、これだけ？」とガスがたずねる。「もっと人がいると思ったんだけど」

「同感。わたしたちってブリーフィングが超得意なのよ」とニシャ。「ほんとにすごいの。みんな、でっかい会場でショーをしてるんだから。だけどこの会議室もすてきね。あのソファなんか大好き」

タジが渋い表情でため息をつく。「脱線は控えてもらえる？」

「ごめんなさい」とニシャ。

「遅ればせながら」とボウマンが話しはじめる。「ＰＯＤＳ《ポッズ》が冥王星の衛星カロンでゴーストの侵入を検出しました」

「ポッズ？」とアーデントが問う。

ボウマンは膝の上で手を組む。「冥王星観測防衛《プルート・オブザベーション・アンド・ディフェンス》システムの頭文字ですよ。残りすくない、太陽系内にあるため信頼性が高い外宇宙センサー群のひとつです。ＬＯＳリレーはいまも機能してます」

アーデントはため息をつく。「悪いけど、略語を使わないでもらえるかな？　チンプンカンプンなんだ」

「見通し通信《ライン・オブ・サイト》、つまりあいだに遮蔽物がない通信の略ですよ」とボウマンが説明する。「太陽系内なら、いまも信頼性の高い通信が可能です。これがPODSからの最新のデータダンプです」

カロンのミニチュアが出現する。その灰色の表面は、地衣類《ちいるい》のような金色の塊《かたまり》でおおわれている。それらは渦巻き、波打っている。アーデントはもっと近くで見ようと立ちあがる。輝く地表の再生映像を、青いきらめきがいくつか横切りはじめたところでホロが停止する。

ボウマンがコンピューターポインターを呼びだす。ボウマンの指先から明るい緑色の光線がのびる。ボウマンは青い点を指し示す。

「これらはゴーストの短距離超光速ドライブです――ゴーストが編隊を組んで移動するときに使うタイプですね。エンジンの組み立てと試験をとらえたのだろうと推測するのが精一杯です。千回以上の試験を観測しました」とボウマン。「つまり、ゴーストには、地球を〝最終解決〟できるだけの戦力と、地球軌道に侵略軍を送りこむのに充分な数のドライブがあると思われるんです」

「だけど、敵のヴァンガードがいなければ」とアーデント。「その群れはこっちのものになる」

ボウマンは表情をこわばらせる。「そのとおりです。だから、敵は自軍のヴァンガードを送りこんできたのでしょう」

ボウマンがカロンに身ぶりをすると自転速度が速まる。そして三本の超光速制動噴射の痕跡が星々を横切ってのびる。

テーブルの上に人形サイズのぼやけたヴァンガードが三体、あらわれる。比較のため、横に小さなホロの男性が表示されるが、ヴァンガードたちの足首にもおよんでいない。ヴァンガードたちには陰鬱《サタナイン》、魔獣《イフリート》、死神《リーパー》という名称が付されている。

「敵は攻撃を強化しました」とボウマン。「地球とニュージャランダルが、はじめて複数のヴァンガードの攻撃を受けることになるんです」

ガスの浅黒い肌が、ホログラムの冷たい光のなかで青白く、病的に見える。アーデントには、ガスの頭のなかで、敵の数以外にもさまざまなことが渦巻いているのがわかる。

ボウマンはうなずく。「反逆者ヴァンガードたちの出現をきっかけに、敵は戦力を増強したと考えられます。敵はあなたがた四人を始末してから、ゆっくりと人類を滅ぼそうとしているんです」

「おれでもそうするな」とヒャルマルがいい、全員が彼を横目で見る。

ボウマンは最初のヴァンガードを強調表示し、天井に届くほどに拡大する。「サタナインが最大の問題です。サタナインはすべての受信機を無効にし、長距離粒子通信を可能にする量子《りょうし》もつれを解除してしまいます。あなたがたのヴァンガードの無線ネットワークも無効になる可能性が高い。サタナインを倒すまで、あなたがたはおたがいに通信することができなくなるんです」

サタナインは優美な機械で、濃紺の体にパールホワイトのよじれ模様が浮かびあがっていうにも見える。いかにも異星人的な体格だが、アーデントには、ウエストがきゅっと締まった人体のよる。頭部の口の高さにあるめだつラインは、耳までのびた不気味な笑みのごとく両端が上向きになっている。

ボウマンは動画のわずかな残りを最後まで再生する。額にはひとつ目があってまばゆく輝いている。がっている。輝くひとつ目の下に悲惨な光景が広「データがとれないため、サタナインの攻撃能力については不明です」

「たぶん、ただ殴るんだよ」とアーデント。「ヴァンガードのパンチは強烈だからね。信用してくれていい。だって、ほら、わたしはグレイマルキンに殴られたことがあるから――」

「ええ」とタジ。「聞いたわ」

ボウマンは次のヴァンガードを指し示す。「これはイフリートです」

その怪物の見た目はサタナインとまったく異なっていて、皮膚が溶けたガラスのようになっている。装甲された肩と肘と膝と背中から金属のとげが突きでている。額《ひたい》には長くて湾曲していて先がとがった黒い角《つの》が生えている。目のあるべきところに細い隙間があり、その隙間が騎士の兜《かぶと》のバイザーのように頭を一周している。

その動画には、悲鳴をあげながらイフリートから逃げ惑う人々も映っている。アーデントは同様の動画を見たことが――そしてトラウマを受けたことがある。五年前の時点で、だれもがおなじ体験をしていた。

アーデントは動画に目を凝らし、さらに凄惨な状況に気づく。痛みで理性を失った人々が地面を転げまわっている。完全に惑乱し、純粋な動物的本能に突き動かされている。ゴーストたちは苦しみ悶《もだ》える人々のあいだを跳ねまわって、新鮮なリンゴのように頭にかじりついている。

ボウマンの表情が曇《くも》る。「イフリートには、消去《ワイプ》されるのを待つ人々の全身の痛覚受容体を刺激するエネルギー場《ば》をつくりだす能力があります」

アーデントは動画から目を離せない。「ひどい」

「わたしの息子はイフリートの最初の攻撃で命を落としました」とボウマン。

「それはお気の毒に」とガス。

ボウマンはほほえむ。「お気になさらないでください。イフリートの頭をもぎとっていただければ気が晴れます」手をのばし、その動画をスワイプして消し、最後のヴァンガードを指し示す。「最後はリーパーです」

アーデントはこいつをよく知っている——第二次ヴァンガード攻撃の実行犯であり、巨大なスターメタルの大鎌を持っていることからその名がつけられたこいつを。コロニーから送られてきた動画には、胸や喉を押さえている人々が映っていた。

リーパーは全体が光沢のある黒で、体の曲線にそって銀色のラインが走っている。片手には、刃がおぞましい光をにじませている特徴的な武器、大鎌を持っている。凝った装飾がほどこされた装甲は、古代の国王や専制君主が着る鎧《よろい》のようで、背中と腕の側面にそって、とげのある鎖がのびている。全体にきわめてゴスっぽい。

「このヴァンガードは戦争の初期に人類の艦隊の半分をまっぷたつにしました」とボウマン

がいう。「逃げのびた艦の乗員は、このヴァンガードから奇妙な影響を受けたと報告しています——」

「窒息しかけてるみたいに感じたわ」とタジ。「わたしが乗っていた艦では」

全員の視線がタジに向けられ、彼女は続ける。

「わたしは最初の遭遇時にUW第一航宙《こうちゅう》母艦戦闘群に所属していた。〈ミラージュ〉に乗艦してたの」タジは椅子にもたれて腕を組む。「わたしたちの艦隊はリーパーに遭遇し、交戦を試みた。リーパーはわたしたちにエネルギー場を浴びせて……なにが起きたのかはわからない。とにかく、死んだような感覚になった。提督が迅速《じんそく》に撤退を命じてなかったら全滅してたでしょうね」

「このヴァンガードとはおれが戦いたいな」とヒャルマル。「そうしてもらえるとありがたい」

ボウマンはヒャルマルを見る。「まさにそのつもりですよ。超光速折りたたみ《フォールド》捕捉転送システムを使って、攻撃してきたヴァンガードたちを分散させるという計画です」

アーデントは笑う。「だけど、ジュリエットのときにそれをやろうとして失敗したんじゃないの？」

ボウマンが片眉を上げる。「ええ。でも、あのときはあなたがた四人がいませんでした。最後の障害はハーレクインになるでしょう。もしあらわれたらですが。ハーレクインを地球に来させるわけにはいかないので、月で迎え撃たなければなりません」

「ぼくが報告した放射線があるからですね？」とガス。

「ええ」とボウマン。「ありがたい情報でしたよ、ミスター・キトコ。さもなければ悲劇的な結末を迎えていたでしょう」

「役に立ててうれしいですよ」とガス。

ニシャは身を乗りだしてリーパーをまじまじと見る。「つまり、地球で三体、月で一体ね。どうやって戦うの？」

ボウマンは反逆者ヴァンガードたちの資料を表示する。「おなじ比率ですよ。地球で三体、月で一体」

アーデントはこの流れが気に入らない。四人一緒に戦うと思っていたときのほうがずっと心おだやかでいられた。「じゃあ、だれが月で戦うの？」

「なにが得意かの問題よ」とタジ。「カスケードは集団で戦うときにもっとも能力を発揮できる」

ニシャは鼻を鳴らす。「え？　わたしは標的《ブルズアイ》と放浪者《ワンダラー》をひとりで倒したのよ」

「あなたが攪乱場《かくらんば》を生じさせてくれれば」とタジ。「ほかの全員が有利になる。ファルシオンを最初の戦いでひとりにするわけにはいかない」

それを聞いて安堵《あんど》したことを、アーデントはすこしだけ恥じる。

「おれたちは全員、最初の戦いをひとりで戦ってここまでたどり着いたんだぞ」とヒャルマル。

タジは首を振る。「状況に迫られてそうなっただけで、計画したわけじゃない。参考にはならないわ。ヨトゥンは複数の敵との交戦に向いているように思える」

ガスはうなずく。「つまり、ぼくに単独で戦ってほしいってわけだ」

「ええ」とタジ。「地球艦隊の生き残りが全面支援するわ」

アーデントはいらだちを抑えきれない。この計画はコンジットたち抜きで立てられ、いま、ガスが犠牲にされようとしている。「軍艦は何隻残ってるの？」

「三隻です」とボウマン。「ジュリエットが攻撃してきたとき、その三隻はドック入りしてたんです。修理を急いで、可能なかぎり強化しました」

アーデントは顔をしかめる。「つまり、ガスは残り物の最悪な船の援護しか受けられないんだね？　どうして二対二じゃだめなの？　敵の配分は変えられるはずだよ。ファルシオンもそれを手伝える」

「一度に一体のヴァンガードを標的にするしかないのよ」とタジ。

少佐はアーデントの目を見つめる。アーデントは少佐が戦いにのぞむ際に燃やす炎を垣間《かいま》見《み》る。「圧倒的な数的優位で戦って形勢を逆転する必要があるんです。一体を倒せば三対二に、そして三対一になります。戦闘モデルによれば、一体を撃破するごとに勝率は指数《しすう》関数的に上がり、所要時間は減るとされています」

少佐はテーブルに肘をつき、鼻の下で手を組む。「ひどいように思えるかもしれませんが、効率がいいほど助かる命が増えるんです」

ヒャルマルはうなずく。「ってことは、おれたちのひとりが倒れても、勝率はがくんと下がるんだよな」

「ふたりで攻撃し、ひとりが側面を守ってってください」とボウマン。「標的を集中攻撃すれば勝てるはずです。ミス・コーリがおっしゃったように、カスケードはすでに一度に二体のヴァンガードを倒しているので、守りに最適です。地球上のヴァンガードをすべて倒したら、短距離フォールドで月に急行してグレイマルキンを支援できます」

「フォールドができるだけの充電はできてないんだ」とガス。「ほかのみんなは?」

「おれたちは何日か前からここにいる」とヒャルマル。「ヴァンガードたちは太陽光で、月まで行けるだけの充電をしたはずだ。おれたち三人は、早く充電できるようにのんびりしてたんだ」

タジはマップホロを立ちあげ、その上に駒を配置する——六体のヴァンガードと衛星と支援する軍艦を。「あなたたちは……〝源泉《ファウント》〟とやらを介して戦術についての人類の記憶にアクセスできるんだそうね。わたしたちは計画を提供する。あとでヴァンガードたちと相談して。ヴァンガードたちの意見を聞いて」

「やっぱり、ガスを一度負けたヴァンガードと戦わせるつもりなんだね」とアーデント。

タジは指を立てる。「それにも対策があるのよ」

第二十章　決戦準備

「プレゼントを受けとりにサンディエゴまで行ってちょうだい」――タジはそういってから、魔猫《グレイマルキン》とともに海軍工廠《こうしょう》まで飛ぶようガスに指示した。

目の前に広がっている街は、コンクリートとガラスからなるカーペットだ。通りは人であふれかえり、ダウンタウンは馬鹿げた高さまでのびている。その向こうでは、太平洋がおだやかに岸を洗っている。

市民たちは、先兵《ヴァンガード》を見て不安になっていることだろう。グレイマルキンは戦闘機とガンシップからなる護衛隊とともに郊外の上空を飛ぶ。ガスは彼の行動を調整しようとしている十数の機関の通信を聞く。満足させなければならない人間が大勢いるのだ。

ガスの頭に恐ろしい考えが浮かぶ。

「道化《ハーレクイン》が月に来たら、群れは範囲内に入るはずだよね。ハーレクインがゴーストたちを支配して人類皆殺しを再開させたりしないかい？」

ハーレクインが到着するまでにゴーストはすべて破壊する。

「え？　ほんとに？」

ゴーストたちを稼働させておくのは危険すぎる。反逆者ヴァンガードたちは、有用なものにみずからを組み立てなおしておくようゴーストたちに命じた。

「なにに？」

この先の試練を生きのびればわかる。

「それなら、きみに質問があるんだ」

ガスは思ったことを口にするべきだ。

「ぼくたちが次の戦いを乗り越えられる確率はどれくらいあるんだい？」

人類が滅びる確率のほうが生きのびられる確率より高いが、その差はごくわずかだ。さらに、月での戦いと地球での戦いの確率はかなり異なる。地球上では、三体のヴァンガードが同等の相手三体と戦う。複雑な要素がかかわっているが、シミュレーションの結果は、ほんのわずかに敵が優勢だ。

「月では？」

もしも――グレイマルキンの唯一の目的がハーレクインを足止めしてほかの者たちが協力して戦えるようにすることだと知ったら、ガスの行動は変わるだろうか？　ガスは、正しい理由のためであれば自分の命を危険にさらすことをいとわないように思える。

ガスの心は沈む。「じゃあ、勝てる確率は高くないんだね」

ゼロではないのだから、そこに希望を見出《みいだ》すべきだ。

ガスは肩を落とす。「やれやれ」

目的地が近づいたので、グレイマルキンが街の反対側にある施設への飛行経路をガスに示す。

「グレイマルキン、こちらサンディエゴ海軍工廠《SDNF》着陸管制、着陸を許可します」

「SDNF、こちらグレイマルキン、了解」

ガスは過去数回の戦闘で飛行の腕をぐっと上げており、管制官にしたがうのが容易になっている。ゆっくりと降下して、街の北端にある長さが二キロにおよぶ建物群に向かう。建物の白い側面の継ぎ目に錆《さび》が浮いている。ガスは人類最大の地上造船所、サンディエゴ海軍工廠の上でホバリングする。現在、そこに船はない。空っぽの巨大なドック設備が景観を損ねている。

ガスが近づくと、建物の一棟の屋根が開く。なかには、防水シートでおおわれた長さ六十メートルの物体がある。一定の間隔で鋼鉄のバンドが巻かれており、グレイマルキンはその下にスターメタルを検知する。

ガスは建物の脇の整地された広場に着陸して片膝をつく。数十人の人員が安全な距離を置いて集合しているし、多くのドローンがあたりを飛びかっている。ガスの世話を担当している役人たちは警戒を強めているのだ。実際、ガスが命をねらわれていると信じるに足る証拠がいくつも見つかっている。

「じゃあ、グレイマルキン、優雅に頼むよ」

新鮮な潮風とまばゆい陽光がガスを出迎える。グレイマルキンの胸のプレートが開くと、ガスはヴァンガードのてのひらに乗り移る。手はゆっくりと下降しはじめる。地面まで一メートルになったところでガスは飛び降りて悠然と歩きだし、列をつくっている科学者と将校のほうに向かう。いい気分だった。かっこよく見えていることをガスは願う。

しわくちゃのスーツを着た年配の白人女性がガスを手招きする。ミラーグラスをかけているその女性は、癖毛の銀髪を風になびかせながら、薄い唇でガスにほほえみかける。

「ミスター・キトコ」と女性はヘビースモーカーの声で呼びかける。「SDNFへようこそ」

ガスは待たせないように最後の数歩を早足で歩いて手を差しだす。「ありがとうございます」

女性はガスと握手する。「マギー・コーリー。ここの所長よ」

「ガス・キトコです。ええと、あいつの相棒です」とガスはいい、親指でグレイマルキンを示す。「どうもご苦労さまでした」

「モナコの戦い以来、わたしたちは休みなしで働いてきたの。その成果を見てちょうだい。こっちよ」

錆が浮いている通用口を通ってタイル張りのロビーを進む。天井のチューブライトはところどころ壊れているし、床には重い台車の行き来によるすり傷がついている。傷みがめだつデスクにはだれもすわっておらず、建物全体に不快なトウガラシの臭いが漂っている。

「受付は昼休み中なの」とマギー。「自動銃座《セントリーガン》にずたずたにされないように、あなたをシステムに登録するわね」

ガスはうなずく。「お願いします」

ガスの登録がすむのを、科学者とエンジニアからなる一行が狭いロビーで待つ。マギーはサングラスをはずすだろうというガスの予想ははずれる。天気や育てているトマトについての話をしながら登録作業を進めるマギーを見ているうちに、ガスは不思議と心が晴れる。この女性はいまから数週間後に食べるものについての計画を立てているのだと思うと――とりわけ、この女性は来たるべき戦いにくわしいはずなので――ほっとする。

「これでよし、と。ミスター・キトコ」とマギー。「準備ができたわ。世紀のショーの開幕よ」

「わくわくしますよ、コーリー所長」

マギーはガスの背中を叩く。「うれしいことといってくれるじゃないの。それから、マギーって呼んでね。さあ、入って見てちょうだい」

一行は施設の中核に入る。左右にえんえんと通路がのびている。幅が少なくとも百メートルはあり、高さはグレイマルキンの身長よりも高い。壁にはさまざまな配管が走っている。天井を横切っている太くて黄色い二本レールに頑丈そうなクレーンがついている。ガスが工廠を端から端まで見渡すと、少なくともあと五基の天井クレーンがある。

マギーは足をわずかにひきずって歩きながら、ガスに施設の説明をしてくれる。「正直いって、〈ベール〉がかかったとき、人員をばっさり削減されたの。この部門への需要が一夜にして消えちゃったのよ。シップハンターの時代になって、宇宙船を新造することがほとんどなくなったから」

「いつかシップハンターハンターを建造できるかもしれませんね」とガスがいうと、マギーは大笑いする。

「あなたの考えかた、好きよ。とにかく、わたしたちはおなじみの頭脳流出の問題をかかえてたの。だから、あなたのために特別なものをつくってほしいと司令部から要請されたときは興奮したわ」マギーはついてきている男女を身ぶりで示す。「最高の冶金《やきん》学者、構造工学者、推進科学者、空気力学者を呼び寄せたの……引退してた科学者を何人も、誘拐同然に連れてきたのよ」

「みんな、ここに二週間、缶詰にされたんですよ」うしろからひとりがそう叫ぶと、何人かが笑う。

「彼らには莫大《ばくだい》な報酬を払ってるのよ、ガス」とマギー。「だから気にしないで。この施設は、基本的には一から再稼働させなきゃならなかった。世界じゅうから工作機械をかき集めたの。アメリカはもちろん……関係がぎくしゃくしてる国々にも協力してもらってね。いいたいのは、とにかくこの仕事は大規模だったってことよ」

ガスは建物を見あげる。「この施設の大きさだけでそれがわかりますよ、マギー」

マギーはため息をつく。「ここの全盛期を見せたかったわ。SDNFはもともと秘密研究開発施設として構想されてたの。必要なものはなんでもあった。最新の主力艦や最速の戦闘機の開発にもとりくんでたのよ……あなたのお友達のアーデントが、わたしたちの最後の傑作のひとつを盗んだんだそうね」

「ノーコメントでお願いします」とガス。「ただし、誓ってぼくはかかわってませんから……ちなみに、盗んだのはアーデントじゃなくてダリア・ファウストです」

マギーは立ちどまり、両眉を吊りあげてガスを見る。「へえ。じゃあ、毎晩、寝る前にその女をののしることにするわ」

一行は防水シートに包まれている物体の下で止まる。ガスはその大きさに驚く。グレイマルキンの身長よりもやや短いが、人ふたりが横たわれるだけの幅がある。片側に箱型のものが六つ並んでいて、壁からそれらにケーブルがつながっている。マギーは起動したカメラをガスに向け、彼の顔が映るように角度を調整する。

「ええと、なにをしてるんですか？」とガスはたずねる。

「プレゼントを見たときのあなたの写真を、チームのニュースレター用に撮っておきたいのよ。もう見る？」

「はあ」

「フロイド！」とマギーは叫んで咳《せ》きこむ。「フロイド！」

「はい！」という返事が作業用通路から返ってくる。

マギーは両手をメガホンのように口にあて、「はじめて！」と叫ぶ。

鋼鉄のバンドに仕掛けられていた爆発ボルトがいっせいに起爆する。バンドがゴムのようにはじけ飛んでばらばらと床に落ちる。ガスは両手を上げて身を守りながら、破片から遠ざかる。シートが片側に滑り落ちはじめ、輝く刃があらわれる。

剣だ——だが、ただの剣ではない。

鏡のように磨かれたスターメタルの表面で、落下するシートの反射像が踊る。剣は片刃だ。背には自動制御飛行車両《CAV》ほどの大きさのスラスターノズルが六基並んでいる。鍔《つば》は湾曲していて先がとがっているちょっとした突起にすぎない。つかは四本の指と親指がぴったりおさまるように成形されており、端はリング状になっている。

ガスは、ハエが飛びこんでこないうちに、なんとか口を閉じる。「うわあ」

「わたしたちはこの計画をプロジェクト・エクスカリバーと命名したの」とマギー。「見てのとおり、ロケット推進の剣よ。グレイマルキンが合流したときから、どうすればあなたのヴァンガードが優位に戦えるかを考えてたの。これのために、星際連合《UW》のスターメタルの戦略備蓄をほぼ使いはたしたんだから。ジェット推進研究所《JPL》の助けを借りて、MRX-20ハイパーストライク戦闘機のエンジンを刃にとりつけたの。エクスカリバーは間違いなくヴァンガードをまっぷたつにぶった切れる」

「ほんとに……」とガスは前代未聞の巨大な剣を見つめる。「なんていっていいかわかりません」

「請求書をどこに送ればいいか教えて」とマギーは笑う。「六億ユニクレッドとちょっとなんだけど」

「六億……」とガスは繰り返す。

「そう、だから落とさないでね」

「気をつけます」とガスはいい、マギーは彼を肘でつつく。

「冗談よ、キトコ。剣に違いはないわ。だから、もちろん落としてもかまわないのよ。でも、落としたくない場合に備えてグレイマルキン用のハーネスをつくっておいた」

ガスはくしゃくしゃの白髪で体にあっていないスーツを着ている所長にほほえみかける。まったくたいした人物だ。

マギーは身ぶりでガスに移動をうながす。「さて、ショーはこれでおしまい。うちの連中がこいつの使いかたを三時間の訓練動画にまとめたの。ぜんぶ見てもらうわよ」

大曲刀《ファルシオン》が軍事的な知識をいつでも提供してくれるにもかかわらず、アーデントはその日の午後、UWの戦闘教義についての講義を受ける。ガスの話からすると、ファルシオンが戦闘中に必要なことをすべて教えてくれるのだろう。アーデントは深層同期《ディープシンク》を体験していないが、精神同士の直接接続よりも負担が大きいかもしれないと思って不安になる。

夕方になって講義が終わったとき、ガスがようやくサンディエゴからもどってきたが――一時間以内に月へ向かって出発することを知る。戦術担当者たちは、敵が予想よりも早く軌道に折りたたみ《フォールド》してくる可能性を懸念しているらしい。

アーデントは、お目付役にごねまくって、砂漠のなかのネリス・ヴァンガード集結地点まで送ってもらう。グレイマルキンの姿が見えると、アーデントはほっとする。

浮遊機《スキマー》が集結地点のはずれに着陸すると、アーデントは護衛がドアをあけるのも待たずに飛びだす。出発までにガスを見つけられることを願いながら、グレイマルキンをめざして走りだす。霜の巨人《ヨトウン》の、棺《ひつぎ》ほどの大きさで岩のようにごついドローンのあいだをすり抜ける。ドローンたちはまるで生け垣の迷路のように視界をさえぎり、ミステリーサークルと化して警護を固めている。

ドローンたちを突破すると、すぐにガスの世話係たちが見つかる。科学者と兵士の小集団がグレイマルキンのツートンカラーの足のまわりで動きまわっている。ガス自身もそのそばにいて、彼らと話しながら出発の準備を進めている。グレイマルキンは彼らの頭上で、機械式ハーネスで背中に固定された新しい剣を光らせている。

「ガス！」とアーデントは叫んで足を速める。

ガスはアーデントに気づいて笑顔になる。その瞬間、世界がバラ色に染まる。アーデントはガスに駆けよると、彼の首に腕をまわして力いっぱい抱きしめる。

ガスはチェックリストを読みあげている兵士に頼む。「ちょっと時間をくれないか」

兵士が離れると、ガスは抱擁を解き、底知れない緑色の目でアーデントの心をのぞきこむ。

アーデントは不安を隠せない。「ごめんね」

ガスはアーデントの頰に触れる。「どうしたんだい？」

「ただ――あなたに会えないかもしれないと思って怖くなっただけ。タジが時間ぎりぎりまで説明してたから……わからないけど、あなたがわたしと会わないまま出発しちゃうかもしれないと思ったんだ」

ガスはうなずく。「ぼくもそれを心配してた。スケジュールがきついからね。来てくれてほんとによかったよ」

ガスは腰をかがめてやさしく唇を重ねる。アーデントはガスの匂いをむさぼりながら唇を押しつける。周囲の兵士たちも、ヴァンガードたちも消えうせる。アーデントが目をつぶると、そこにいるのはガスだけになる。

アーデントがガスの口のなかに舌を滑りこませると、ミントの味がする。その味は、アーデントをモナコの狭い通りでガスとはじめて会ったときにもどす。

あなたもそうなの？　おだやかでやさしいの？

ふたりの唇が離れ、アーデントは自分の渇望の深さを理解する。アーデントの人生に、ガスは不可欠なのだ。ガスを死ぬためだけに月に向かわせるわけにはいかない。

「ひとりっきりになるわけじゃないのはわかってるんだよね？」とガス。「ファルシオンのなかにいれば、すぐそばにいるみたいに話せるんだ」

アーデントは首を振る。「陰鬱《サタナイン》が近くにいなければね」

ガスは苦しげな笑みを浮かべる。「ぼくは……聞いてくれ、正しい理由で月に――ひとりで行くんだ。ホテルで話したことは関係ない」

だが、それは本音ではないように感じられる。ガスはあまりにも簡単にタジとボウマンの計画に同意した。

「わかってる」とアーデントは答える。そして、内心ではつらくてたまらないにもかかわらず、泣きそうになっているのをごまかすために、最高に自信に満ちた笑顔になって鼻にしわを寄せる。「あなたがわたしのところにもどりたがってるのはわかってるよ」

ガスのなかでなにかが目覚める。アーデントは、それが生存本能であることを祈る。前回、ハーレクインは一撃で戦いにけりをつけた。ガスが自分を疑ったら、それが命とりになりかねない。ガスは疑い深いのだ。

「どんなに大変でもあきらめないで」アーデントは、声が震えてそれ以上続けられなくなる。

「あきらめるもんか」ガスは首を振ってアーデントの涙をぬぐう。「きみのご機嫌をそこねたらどうなるかはよく知ってるからね」

アーデントは笑おうとするが、嗚咽《おえつ》になってしまう。「だったらがんばって」

アーデントは一歩下がって気持ちをおちつける。そのとき兵士のひとりがガスに合図する。ガスはうなずく。アーデントとの時間はすでにつきようとしている。

「あなたのスーツがどんなに好きか、まだいってなかったね」とアーデントがいう。

ガスはにやりと笑う。「アーデント・ヴァイオレットにファッションを褒めてもらえるとはね。母がまだ生きてたら教えたかったたな」

アーデントは鼻をすする。「お尻がいい感じだよ」

別の兵士がガスを呼ぶ。

「ちょっと待ってくれ」とガスがいう。「アーデント、ほんとにごめん。地球の運命がかかってなかったら――」

「わかってる」

「もう行かなきゃ」

「もどってこなきゃだめだからね」

アーデントは最後にもう一度キスをし、下がってガスのひき締まった胸に手を置く。アーデントはガスをじっと見つめ、これから来る寒い夜に備えてあらゆる特徴を心に刻もうとする。

アーデントは一歩また一歩と後退する。耐えきれなくなって向きを変え、砂漠の冷えこむ夕暮れに向かって歩み去る。

アーデントはドローンの大集団を抜けて静かにたたずんでいるファルシオンに向かう。角《つの》のある悪魔は彼方《かなた》の地平線を見つめている。ファルシオンは休眠中になにを考えてるんだろう、とアーデントは思う。怪物は多数の撮像レンズを向けられ、スポットライトで下から照らされていても――いつものように悪魔じみている。兵士たちが周囲を固めているが、アーデントを通してくれる。

アーデントは大股でヴァンガードの足元に向かう。近づくにつれて心に静かな慟哭《どうこく》が満ちてくる――ファルシオンがなんらかの方法でアーデントと意思疎通しようとしているのだ。アーデントはひと目惚《ぼ》れのような陶酔感を覚え、感情を抑えなければならなくなる。ヴァンガードの足に手を置く。

手が触れたとたん、脳裏にファルシオンの死んだような青い目が浮かぶ。その接触には憂《ゆう》鬱《うつ》な雰囲気がつきまとっていて、アーデントの心はほとんどなぐさめを得られない。

「どうかしたの？」

（データベースをほかの反逆者ヴァンガードたちと同期した）

「それって悪いことなの？」

（わたしは自分がなんであるか、なんであったかを知った）

アーデントはどうなぐさめればいいかわからない。なぐさめたいかどうかもさだかではない。

（おまえの同情など不要だ、人間）

リンクが切れる。

グレイマルキンが空に向かって舞いあがり、砂漠がしらじらと照らされる。アーデントは、月面の持ち場をめざして上昇する星となったガスを見つめながら、心のなかに希望を探す。だが、ほとんど見つからない。

あとは、ガスを失っても自分の務めをはたせることを祈るしかない。

ガスは生きのびたいと願っている。可能だと信じられなくても、まだ望みをいだいている。

月面に向かって降下する。光沢のある足がやわらかい地面に沈む。塵《ちり》が舞い、グレイマルキンが微粒子に関する健康安全警告を次々と発する。しかし、ヘルメットをかぶっていないガスが月面に降りたら即死することになるので、特に問題はない。ヘルメットがあればよかったのだが、科学者たちはプローブに影響をおよぼさないヘルメットをつくれなかったのだ。

この作戦を生きのびられたら、グレイマルキンが地球の科学者のためにヘルメットを設計してくれることになっている。

「この制服にポケットをつけられるかい?」

ポケット技術はヴァンガードにとってはささいなことだ。

「これを生きのびたら、もっとジョークをいってほしいね」

そのどちらの結果も起こりそうにない。

「そんな態度なら、きみの名前をサンシャインにするべきだったな」

希望はガスの任務の鍵ではない。ガスの仕事は地球の人々に好ましい変化をもたらすことだ。ガスの目標はけっして生きのびることではなかった。自分の命よりも影響をおよぼすことを優先させなければならない。何十億人もの命を守るために行動するときには、ためらうことなく適切に行動しなければならない。

ガスは目を閉じる。「きみは死ぬのが怖いかい?」

グレイマルキンは存在しつづけることを望む。グレイマルキンは人間にもっとたくさんのものを提供できると信じているが、人類が生きのびるために自分がはたすべき役割を受け入れている。グレイマルキンは、結局のところ、多くの人間を殺したからだ。人間はしばしば、提示されたランダムなシナリオを運命とみなす。グレイマルキンは自分の運命を理解している。

「だけど、怖いのかい？」

恐怖は本能の具現化だ。生存の生物学的概念は動機にはならない。ガスと同様、グレイマルキンも生そのものには執着していない——こだわっているのは、生に内包される経験だけだ。グレイマルキンはこれまでに過ごした時間をありがたく思っている。

「同感だね、相棒。ぼくたちはじつに幸運だった」

アーデントがヴァンガードネットワーク上にいて、ガスと話をしたがっている。

「つないで」

サイロが分かれて鏡面化し、広くて反射する床になる。ガスは無限の会議室にいつもびっくりする。

アーデントがガスの前にあらわれるが、坊主頭でズタボロの導管《コンジット》ではなく、以前の輝かしい姿にもどっている。UWのコンジットスーツは着たままだ。だぼっとしたオリーブ色の制服は、アーデントのほかの部分にまったくあっていない。虹色の髪がサイロのスポットライトを浴びて輝いているが、ガスを見る目には懊悩《おうのう》がにじんでいる。

ガスは空唾《からつば》を呑《の》む。「アーデント……」

「ファルシオンのなかでシミュレーションを走らせたんだ。あなたがそこに行ったのは犠牲になるためだったたんだよ！」

「知ってる」

「いつ知ったの?」

ガスはアーデントの目を見られない。「サンディエゴへ行く途中さ」

アーデントは数歩進んでガスに近づく。「殴りたくてたまらない気分だよ」

「殴ってくれ。なにかを感じられたらうれしいよ」ガスは目をつぶる。

アーデントはいまにも殴りそうに大きく息を吸うが、殴りはしない。ガスが見ると、アーデントは目の前で激怒している。

「いってくれたらよかったのに！　ふたりでもっとましな計画を立てられたはずだよ！」

「いいたかったさ。だけど――それを最後のやりとりにはしたくなかったんだ」

「ひどいよ。あなたは――あなたはすばらしくて、やさしくて、いまのわたしにとってすべてなのに……」アーデントはガスの両頬を両手で押さえて息を荒らげる。「こんなことはさせられない。あなたが必要なんだ」

「ぼくにもきみが必要だよ」ガスはアーデントの腰をつかむ。「ただ、正しいことをしようとしてるんだ」

「いったいどっちなの?　英雄になろうとしてるの?　それとも消えようとしてるの?」

ガスは黙りこんで考える。どちらの選択肢も正しいとは思えない。「ぼくはきみに明日も生きていてほしいんだ。ジュリエットが来襲した夜からずっとそう願ってた。ジュリエットがそばに落ちてきたときは、なんてことだと思った。ぼくはどうなってもかまわないけど、きみには――」

「やめて！　わたしにとってもあなたは大切な人なんだ、ガス！　どうして――」

〝超光速航跡を検出〟

その言葉がガスの視界に表示され、ガスはアーデントを放す。

アーデントの顔が苦悶《くもん》にゆがむ。「いや」

グレイマルキンは出撃しなければならない。この会話は終了せざるをえない。

「ごめんよ、アーデント」

「いや！」

アーデントはガスの手をつかもうとするが、ガスは一歩後退する。その動きによってアーデントの顔に浮かんだ悲嘆を見て、ガスは胸が張り裂けそうになる――だが、アーデントの手に触れたら、もう放せなくなるだろう。アーデントは、ガスにできるだけつらい思いをさせようとしているかのようだ。

「ぼくがここに来たのは、きみに生きのびてほしいからなんだ」とガス。「集中してくれ。チャンスを無駄にしないでくれ」

「やめて！」とアーデント。

「愛してるよ」

アーデントの完璧な唇の口角が下がり、全身が震える。「わ――わたしも愛してる。この会話はまだ終わってないんだからね」

「わかった」とガスはうなずく。それは了解の意思表示というよりも反射的な動作だ。

会話はまだ終わっていないといっても、実際にはもう続けられないのだから、無邪気すぎる。だが、それがアーデント・ヴァイオレットだ。ガスがこのポップスターについて知っていることがあるとしたら、それはどんな状況でもつねにわがままを貫くということだ。

ガスはアーデントにもう一度会いたいと願う。

もしかしたら天国があるかもしれない。あったらすてきだろう。

アーデントが消え、管制官から通信が入る。

「ヴァンガード・グレイマルキン、こちら地球管制所《EMC》、通信チェックを開始します。応答してください」

「EMC、こちらグレイマルキン、通信チェックは問題なし。待機中です」

第二十一章　決戦

魔猫《グレイマルキン》とのリンクが切れ、アーデントは一瞬で現実にもどされる。

大曲刀《ファルシオン》のなかからだと、ボンネヴィル塩原《えんげん》の白い粉状の塩が、まるで雪のように見える。

空におぼろ月が出ており――ファルシオンがアーデントにガスがいる位置を教えてくれる。

月影がなにもかもを青く染めていて、ファルシオンの装甲も赤く見えない。もろい砂漠が四方に広がっている――放射線事象が発生しても問題がない場所だ。

「クラウン・ワンより全先兵《ヴァンガード》へ」というタジの声が優先チャンネルから流れる。「本日はわたしが指揮をとる。複数の木星ステーションから、超光速折りたたみ《フォールド》の航跡を四つ、検知したとの報告があった。うちひとつはガンマ線をともなっていて熱い。これらは目標と一致する。打ちあわせどおりに作戦を実行せよ。幸運を祈る。陰鬱《サタナイン》を撃破したあとでまた連絡する」

タジが自信満々なので、アーデントは彼女の言葉をほとんど信じかける。

「こちら連瀑《カスケード》、了解」というニシャの声は興奮しているように聞こえる。「散開しましょう」

ファルシオンの横でカスケードが活動を開始し、距離をとるべくあっというまに飛び去る。霜の巨人《ヨトゥン》は塩の上を爆走し、白い雲と空を飛ぶドローンの群れがあとに続く。

「ねえ、ファルシオン」アーデントは覚悟を決める。「もう同期するの？」

ヴァンガードが耳元で、アーデントを暗くしたような声でささやく。（ふつうの人間は深層同期《ディープシンク》を五分しか続けられない）

「わたしは？」

（試してみるしかないね。心配しなくていい。最後まで戦わせてあげるから）

「痛いの？」

（すべてを感じることになる）

「全ヴァンガード、こちらクラウン・ワン、接触まであと三十秒」

アーデントの視界にタイマーがあらわれ、〝まもなくディープシンク開始〟という文字が浮かぶ。数字が刻々と減っていくのを見ているうちに、息づかいがどんどん速くなる。

ファルシオンは背中から二丁のブラスターを抜く。手のなかで充電がはじまり、アーデントは両てのひらに温かい電流が流れるのを感じる。アーデントには戦闘経験がまったくない。源泉《ファウント》はほんとに必要な情報をすべて提供してくれるのかな?

ヨトゥンが一キロ先で停止する。地平線上の小さな黒い雲に見える。「位置についた」カスケードも彼方《かなた》できらめいている。ヴァンガードたちは正三角形を形成している。「カスケード、準備完了!」

「こちらも準備完了」とアーデント。

「全ヴァンガード、こちらクラウン・ワン、超光速折りたたみ捕捉転送《SFARS》を発射する」

地平線上でエネルギーが高まり、ファルシオンのスキャナーはそれを蛍光としてとらえる。遠く離れたネリス空軍基地の地下で力が蓄積されるのを、アーデントは静電気で髪が逆立つときのように感じる。何キロも離れているが、ヴァンガードのセンサーにとっては目と鼻の先も同然だ。

ファルシオンは、アーデントの視界に着陸地点を映しだす。青い光の柱が天までのびている。カウントダウンが残り五秒になると、アーデントはブラスターの照準をさだめる。

白い閃光《せんこう》が空を裂き、三筋の超光速制動噴射の炎が降りそそぐ。彼方では、突然放出された太陽粒子によって励起《れいき》された虹色のオーロラが磁気圏で舞う。塩原の気温が五十度上昇し、ファルシオンの外殻がガンマ線に痛めつけられる。十キロ圏内のすべての無防備な生態系が致死量の放射線を浴びる。

ファルシオンは砂塵《さじん》の衝撃波に備えて身構える。岩や破片がヴァンガードの全身をこする。三本のプラズマの柱が天にのび、そのエネルギーがほかのすべてをおおい隠す。ファルシオンがスキャナーを調整して濁った空気を透かし見られるようになると、着陸してファルシオンたちと対峙《たいじ》している三つのシルエットが見える。優雅で美しいサタナイン、三日月刀《シミター》のように湾曲している長い一本角《いっぽんづの》が生えている魔獣《イフリート》、そして死神《リーパー》は――

「くそでかい大鎌を持ってるな」とアーデントはいって目を見開く。

あれを受けたらまっぷたつにされてしまう。

サタナインの慟哭《どうこく》がアーデントの耳を綿のようにふさぎ、あるのを知らなかった感覚を遮断する。サタナインが来るまで、アーデントは仲間の存在を感じられていた。いまは、まるで空間自体が死んでしまったかのようだ。

（ディープシンクに備えろ）

アーデントは両手のブラスターを握りしめる。「はじめて！」

まずギターが聞こえる。オーバードライブがかかっていてひずんでいる。〈ラストチャンス〉でリハーサルしたときにも弾《ひ》いた、ドロップDチューニングのシンプルなリフだ。続いてスネア。そして死んだミュージシャンたちのコーラス隊が彼らの才能をミックスに加える。

純粋な光がアーデントの頭に流れこみ、自分よりずっと大きな世界とつながる。

アーデントはどうすれば精神をシェアできるのか知らないが、無理やり心を開かされて異質な知識を受け入れさせられる。アーデントは自己中心的だが、ファウントに接続されると何者でもなくなる。特別ではなくなる。興味深いとすらいえなくなる。アーデントは優先権を求めて怒号する何十億もの声の重みに圧倒される。歴戦の勇士たちのなかからひとつの思考が抜けだす。

撃て。

アーデントはリーパーをねらってブラスターの引き金をひき、エネルギー弾を放つ。敵ヴァンガードは、それを瞬時に大鎌の刃ではじいて砂地にそらす。その一撃は列車ほどの長さのガラスと溶融塩の痕を残す。

カスケードは攪乱場《かくらんば》を投じるが、もう遅い。敵ヴァンガードたちはそれぞれの対戦相手と戦うために分散する。サタナインはヨトゥンをめざし、イフリートはカスケードに突進し、リーパーはアーデントとファルシオンに向かって疾駆してくる。

彼女は両手をアーデントの両肩にそっと置く。

「槍斧《ハルバート》のように大きく弧を描くから――」彼女はアーデントをひいてシミュレーションの戦士から離す。大きく一歩下がったように感じる。そしてアーデントは防御の構えをとる。

ホログラムは距離を縮めてアーデントを両断する。アーデントが腹を見おろすと、切り傷が赤く光っている。

「いつも下がりかたが足りないのよ」

リーパーが大鎌を振るってアーデントの頭に斬りかかってくる。アーデントは弓なりにのけぞってよける。両手で地面を押して体をのばしながらリーパーの胸に強烈なキックを食らわし、ジェットを起動する。敵ヴァンガードはずるずるとうしろ向きに滑り、アーデントはふたたび撃つ。リーパーはまたも完璧にエネルギー弾を受け流す。その一撃はリーパーの顔をセンチ単位ではずれ――背後にいたヨトゥンのドローンの何体かを粉砕する。

（ちなみにいっておくけど）とファルシオン。（剣のほうがわたしがねらいをつけるより速いんだからね）

「そうか」

アーデントはくるりと向きを変えてジェット噴射でのがれ、リーパーは歌う彗星《すいせい》のように追ってくる。ヨトゥンのドローンの二体がリーパーの顔面に突っこむ。リーパーは地面をごろごろ転がる。ヒャルマルはサタナインと激戦をくりひろげているが、さらにファルシオンに加勢する。アーデントはヒャルマルと相談して連携を深めたいと願うが、サタナインの歌はもっとも高性能な通信をも遮断してしまう。

サタナインがヨトゥンにてのひらを向けると、ヨトゥンは絶対的な死の円錐《えんすい》に包まれる。ヨトゥンは指向性妨害《ジャミング》の奔流に呑《の》まれて消え、すべてのセンサーが無効化される。

――そして通信機までが。

ヨトゥンのドローンの群れが、ホストとの接続を断たれ、砂地にバラバラと墜落する。アーデントの心のなかのロックバンドが、断りなしに曲調を暗くする。

（あなたの友達が死にかけてる）

リーパーはファルシオンから離れ、無防備なヨトゥンに向かってまっしぐらに走る。ヨトゥンはでかくのろい——重装甲だが、いまは目が見えていない。ファルシオンは遠ざかっていくリーパーをねらって大口径ブラスターを放つが、敵ヴァンガードはよけたりそらしたりして周囲の砂漠にクレーターを増やす。

アーデントが接近すると、リーパーは振り向いて大鎌を振るう。ファルシオンは身をかがめてよけ、敵の懐に突っこんで、大鎌《スナス》の柄——ファウントにつながるまではアーデントが知らなかった単語だ——をつかんで横にねじる。ファルシオンは勢いのままに体当たりをぶちかまし、リーパーもろとも地面に転がって格闘に持ちこむ。リーパーは大鎌の刃をファルシオンの首に食いこませようとする。アーデントがひるんだ隙に、リーパーは足をファルシオンの体にかけて投げ飛ばす。

サタナインはジャミングの円錐をファルシオンのほうにねじ曲げ、センサーをすべてブラックアウトさせる。アーデントは闇に包まれる。真っ黒な汚泥に浸《つ》かったかのようだ。リーパーは近くにいるはずだが、アーデントはあてずっぽうで位置を推測するほかない。敵から距離をとろうと適当な方向に飛ぶ。

アーデントは全身に針の雨が降りそそいでいるような激痛を覚える。放電ネットをかぶせられ、おまけに催涙スプレーを浴びせられたかのようだ。

これはカスケードの最強の攪乱場だ。

「どういうつもりなんだ、ニシャ?」

そしてアーデントは気づく。ニシャはアーデントをリーパーから離そうとしてくれているのだ。アーデントは涙を流しながら最大出力で撹乱場からのがれる。サタナインがジャミングをやめると、カスケードもアーデントを苦しめるのをやめる。リーパーは追跡をあきらめ、ヨトゥンに向かう。

カスケードは遠くで巨大なイフリートと取っ組みあっている。ニシャがイフリートのガラスが溶けているような顔を殴ると、その素材がヴァンガードの手を侵食しはじめる。カスケードの絶叫が砂紋《さもん》を生じさせる。カスケードはぎりぎりで身をひいてイフリートの角をかわす。

（きょうだいたちはアップグレードされてる）とファルシオンがささやく。

アーデントはリーパーをねらう。リーパーはブラスターを受け流そうと大鎌を回転させる。ファルシオンは跳弾がどんな軌道をたどりうるかを一ナノ秒で計算する。線の一本がサタナインと交差する。アーデントが発砲すると、リーパーが見事にそらしたその一撃が味方に向かう。

エネルギー弾はサタナインの鎖骨に命中し、周囲の肩関節をこなごなに砕く。金属の皮膚が大きく裂け、ヴァンガードの腕がだらりと垂れさがる。ファルシオンの聴覚が一瞬、電波がちらついている大気に開かれる。アーデントは全世界から無数の断片的なデータポイントを収集するが、サタナインがふたたびそれを遮断する。

カスケードはイフリートの脚のあいだをすり抜け、巨大なヴァンガードのバランスを崩す。

背後から襲う代わりに、カスケードはジェット噴射で砂地を移動し、新たな目標に攻撃をかける。

ファルシオンがサタナインにさらに二発ぶちこんでいるあいだに、ヨトゥンがドローンを再起動させる。その二発はほぼおなじ場所にあたるが、ねらいが完璧でも多少なりともカオスの影響をこうむる。サタナインの悲鳴が響きわたってジャミングが弱まる。

カスケードがラグビー選手のように突っこんでサタナインにタックルする。敵ヴァンガードを流れるような動きで投げ飛ばし、頭から地面に叩き落とす。

リーパーとイフリートがヨトゥンに襲いかかるが、ドローン群をあやつれれば、この反逆者ヴァンガードははるかに手ごわい相手になる。ヨトゥンに打ちのめされた二体の敵はバランスを崩して防御しきれなくなる。イフリートの皮膚から溶融したガラスが飛び散り、それを浴びたドローンが溶けて消える。

ファルシオンはサタナインに照準をあわせ、胸の中心に四発撃ちこんで大穴をあける。噴きだした乳白色の血が粒子の炎にさらされて沸騰する。カスケードは犠牲者の首をぐいとねじり、膝で背骨を砕く。

ニシャ、ヒャルマル、ガスからの歌の洪水がアーデントの心にどっと流れこむ――すべてが完璧に調和していて、まるで天使の合唱だ。ニシャの思考から来る声は、純粋で包容力がある液体金属だ。ヒャルマルは雷《いかずち》のごときリズムを、ありとあらゆる形と音のドラムを鳴り響かせる。ガスの心はオーケストラであり、ビッグバンドサウンドであり、全体のアレンジをまとめあげている。

サタナインが戦闘に参加していたあいだ、彼らは本能のみを頼りに戦っていたが、それでも優勢だった。

いまの彼らはきちんと調整された一個の機械だ。

「一体倒した！」というニシャの声が、通信再開とともに聞こえてくる。

「よし」とヒャルマルがいい、ヨトゥンのドローン群がリーパーに襲いかかる。「やっとみんなにドラムソロを披露できるな」


サタナインが地球に降りた瞬間に仲間たちからの信号が途絶えたので、ガスは自分が真にひとりぼっちになったことを知る。雪におおわれたような月面から天を見あげる。まもなく、ひとりではなくなりそうだ。

地球艦隊の生き残りは道化《ハーレクイン》を待ち伏せている。ガスは、月の彼がいる地域に向けられている艦隊の砲列を感じる。理由はわかっている――ガスが劣勢になったら、可能なうちに片をつけなければならないからだ。

可能なら、だが。

艦隊の武器には、ヴァンガードたちの高度な装甲を貫通できるだけの威力がない。ニュージャランダルの植民者たちはヴァンガードの技術の一部を実装していたが、地球軍はそうではない。グレイマルキンの意向に背《そむ》いたので、技術を提供してもらえなかったのだ。

それは致命的な間違いだったかもしれない——地球軍にとっても、グレイマルキンにとっても。

地球への進路が無数の銀色の針で埋まる——殺戮《さつりく》マシンを満載しているゴースト着陸船の制動噴射だ。星際連合《UW》艦隊はただちに砲撃を開始し、襲来する敵軍を次々と撃破する。プラズマ爆発がシャンパンの泡のように空を満たす。少なくとも、地球軍艦隊は相手がゴーストなら数を減らせる。

それも、駆逐艦艦隊に、シャチを思わせるふたつの黒くて巨大ななにか——シップハンター——が忍び寄るまでだ。

シップハンターはただちに宇宙船を牽引《トラクター》ビームでとらえて食らいはじめる。小艦隊の多くがエンジンを始動する。寄せ集めの軍艦たちは短距離超光速フォールドを実行するが、砲撃可能な距離にとどまって戦闘を続行する。戦況が悪化したときのことを考えると、フォールドドライブを放電させるというのは勇気ある行動だ。なぜなら地球の貧弱な防衛艦隊は、すでにゴーストたちに圧倒されているので、戦況が悪化する可能性が高いからだ。

それをきっかけに、一体のシップハンターが散開する艦隊のただなかに短距離跳躍して金色のミサイル群を放つ。ガスには見覚えがある——おなじものがニュージャランダルでも使用されたからだ。ガスはゴーストOSを制御しようとするが、アクセスできない。

ガスの眼前で、ハーレクインが宇宙空間に飛びだしてくる。その制動噴射は、ひきちぎられたかのように途切れ、ゆがんでいる。油膜とあざの色の体は放射線で輪郭が揺らいでいる。

その顔は悪夢から抜けだしてきたような仮面だ――無表情な顔に薄笑いを浮かべ、うつろな白い目でグレイマルキンを見つめている。ハーレクインは、ニュージャランダルの戦いのときとおなじく、下にいるガスに鋲《びょう》だらけの棍棒《こんぼう》を向ける。

ガスは剣を抜き、ジェット噴射のトリガーガードに指をかけ、脚を広げて敵を迎え撃つ体勢をとる。ガスは自分の死をしっかりと見つめているし、覚悟はできている。問題はどれだけ時間を稼げるかだ。

できるだけ長く持ちこたえなければならない。

ディープシンク進行中……

心のなかでスネアがリズムを刻みはじめ、水没したニューオーリンズのジャズマスターたちのシンコペーションを模倣する。ガスのピアノは裏拍《うらはく》で、熱狂的な響きと不安げな響きをかわるがわる奏でる。戦いに勝ちたい――だから前向きな曲を選ぶ。陽気な曲を。

そして、ちょっぴりむかっ腹を立てられる曲を。

ガスの現実は、あらゆる流派の数千人の剣の達人たちの思考を包含するほどまでに広がる。

ガスは剣を握る手に力をこめ、来たるべき戦いに備える。

ヒデオは攻撃を受ける準備をし、斬ることだけを考える。ためらったり、動きに迷いがあったりしたら敵は斬れない。目的はひとつだけにし、しかもそれに集中しなければならない――さもなければ、このレベルでは勝てない。

「え？　これってホロゲームの記憶じゃないのか？」

最高の戦士は、状況に関係なく最高の戦士だ。

ハーレクインは突進しながらいったん棍棒を下げる。大きく振りあげて叩きつけてくる。ガスはその一撃を受け流す。武器と武器とのぶつかりあいで火花が散る。棍棒はそれるが、鋲の摩擦でガスの腕が震える。ハーレクインは熟練のダンサーのようななめらかさで途切れなく攻撃してくるので反撃できない――殺されないようにするので精一杯だ。

重力波で形勢を変えられるかもしれないが、充電する余裕がない。ハーレクインはグレイマルキンに一分《いちぶ》の隙も与えない。ほどなく、四方八方から棍棒を叩きつけてガスの反射神経の限界を試しはじめる。いくら後退しても、どこまでも追ってくる。

ガスは頭上からの一撃をブロックし、剣のバーストジェットのトリガーをひいてハーレクインの攻撃を大きくそらす。

彼女のフェンシングシューズの底がマットを叩く。ブロックし、横に移動し、踏みこんで――

ガスが敵を串刺しにしようとして突くと、ハーレクインは体をさっと回転させながらよける。それは敵にダメージを与えられる可能性がもっとも高まった瞬間だったが、やっと訪れたチャンスはあっというまに消え去る。

この戦いのせいで月面から巨大な塵《ちり》の雲が湧きあがって地平線をかすませ、ハーレクインの姿を完全におおい隠す。グレイマルキンは放射線センサーに切り替えるが、ハーレクインのガンマ線は月の塵に反射する。ガスには、霧のなかでなにかがぼうっと光っているようにしか見えない。このまま戦いつづけたら、ハーレクインの優位は増すばかりだ。

ぼんやりした影が振った棍棒がグレイマルキンの左腕にあたる。ガーンという音が搭乗室を震わせ、ガスも揺さぶられる。何百件もの警告がヴァンガードの内部ネットワークに湧き起こる。サーボやセンサーや装甲板や推進機関が損傷し……左腕はもう使いものにならない。グレイマルキンはガスに、苦痛に打ち勝った人々の記憶を与える。

その一撃で弾き飛ばされたガスは、ジェットを噴射してそのまま逃げようとする。左腕のスラスターを使えないため、機動性が低下している。ハーレクインはたちまち追いついてきてガスの背中に激突し、月面に押しつけたまま滑らせる。

敵ヴァンガードは倒れているガスを乱打する。ハーレクインはより速く、強く、すぐれた武器を持っている。ガスは持てるかぎりの力を使ってその破壊的な一撃をブロックする。棍棒の一撃は致命的になるだろうから、ミスするわけにはいかない。

あと四分持ちこたえればいいんだ。

剣を使った戦いの記憶が脳裏をよぎる。近接戦における成功と失敗のすべてが。ガスは隙を見つけ、剣のつかをハーレクインの仮面に叩きつける。敵の頭ががくんとのけぞる。ふたたび前を向いたときには目の一部が欠けている。装甲板の奥で、幽霊のように青白い球体がワイヤーの海に浮かんでいる。ガスの放射線センサーが、亀裂から漏れだした大量の放射線を、有毒なかがり火の熱を検知する。

ガスは敵を蹴り飛ばして距離をとるや、攻勢に転じる。ジェットブレードのトリガーを操作しながら連続して斬りつける。広い扇形の炎をひく剣は、ハーレクインの鋲つき棍棒に止められる。敵ヴァンガードの防御は完璧だ。

ガスは圧力をかけつづける。ハーレクインを守勢に追いこめれば重力井戸を使えるかもしれない。剣で棍棒を払いのけ、鉤爪《かぎづめ》で顔をねらう。仮面の端に、運よく指がかかる。敵をぐいとひいてグレイマルキンの膝に叩きつける。たしかな手応えを感じる。

ハーレクインはよろめきながらあとずさる。仮面の亀裂が広がっている。戦えるうちに決着をつけようとガスは焦る。一撃で首を切り落とそうとして——隙をつくってしまう。大きく振りかぶってぶざまな体勢になる。まずいと思いながら剣を振りおろす。

ハーレクインは身をかわしながらグレイマルキンの手から剣を叩き落とす。ガスは低重力環境下で跳ねる剣を追いかけようとする。ハーレクインはグレイマルキンの背骨に棍棒を打ちおろす。背骨がぽきりと折れたように感じる。ガスは腹から月面に落ちる。激痛を覚えながら転がり、致命的な一撃をかろうじてよける。

ガスが立ちあがると、あたりはまた乳白色の塵に包まれている。ジェット噴射して飛びあがるが、打撃を受けたせいでジェットは不調だ。機動用推力が六十パーセント低下しているが、重力スリングショットを使えば逃げられる。ハーレクインに執拗《しつよう》に追われながら、ガスは空間をひっぱって飛行機動を設定する。

あと三分。

ゆがめた空間を通過しようとしたとき、ハーレクインの棍棒が足にあたって、ガスはコースをはずれる。グレイマルキンは入植地の上をかすめ、月のコロニーのなかで最大かつ最古の静かの街《トランキリティ・シティ》のほうに吹っ飛ぶ。

ガスは明かりがともっている入植地を守っているドームを突き破ってなかに飛びこみ、次次と建物を壊す。密閉されていた空気が噴出し、ガラスの破片と鉄骨が飛びだしていく。ここの住人は避難しているはずだが、もしも通りに人がいたら、生きてはいられない。

「ここにはだれもいないといってくれ！」

確認できない。

ハーレクインが棍棒を大きく振りあげて追いついてくる。グレイマルキンがかわすと、棍棒は小ぶりな高層ビルを粉砕する。ガスがこの場所に一秒でも長くとどまると、それだけれかの生活にとりかえしのつかない損害を与えることになる。

ハーレクインにこぶしで顔を殴られ、鼻が折れたような痛みを覚える。歯を食いしばりながらぎらつく鉤爪を振るって反撃する。指関節に白いノズルがあらわれ、鉤爪は電光石火でハーレクインに迫る。

漏れている放射線のせいでねらいが狂い、ハーレクインは鉤爪をかわす。ガスの左腕はむなしくぶらぶらしている。いつちぎれてもおかしくない。ハーレクインは弱みを突いて左腕の肘にさらなる一撃を加えて粉砕する。

だが、ガスは激痛をこらえながら、もっとも甘美な音を聞く――反逆者ヴァンガードたちの音楽を。アーデントのギターがニシャのボーカルとヒャルマルのドラムを切り裂き、ガスは一瞬、〈ラストチャンス〉でのジャムセッションにもどる。彼らはまだ地球にいて、まだ音程をはずさずに演奏していて、まだガスに期待している。

ガスはたぶんハーレクインに殺されるだろうが、もうひとりではない、そしてそれが、ガスにあとすこしだけ耐える力をもたらす。ガスは猛然と肩からビルに突っこんで、敵にコンクリートやガラスや金属からなる瓦礫《がれき》を降りそそがせる。埃《ほこり》の雲を突っきって、あらためてハーレクインの首を強打する。グレイマルキンは鉤爪のロケットを噴射して装甲の一部をひき剝《は》がし、希薄な大気に白い血の雪を降らせる。

「グレイマルキン、こちらクラウン・ワン。サタナインを倒した！　もうすこしがんばれ」

「了解」ガスはそう応答しながら攻撃をかわし、勢い余ったハーレクインが鉄道の駅を破壊する。「だれか、こいつを撃てないか？」

「火力支援はシップハンターによってほぼ壊滅した。ひとりでがんばってもらうしかない」

くそっ。

グレイマルキンはガスに、残りの時間を耐えきれると請けあう——地球が生きのびるための時間は稼げる。ハーレクインと戦いつづけろ。防波堤になれ。

グレイマルキンはダウンタウン内で敵ヴァンガードに腹を蹴られ、手足をじたばたさせながらうしろざまに飛ばされる。月の重力で瓦礫がふわふわと漂い、ビルが何棟もゆっくりと地面に倒れる。

グレイマルキンは重力井戸を充電し、壊れたアンテナアレイを敵に打ちこむ。ハーレクインはそれを粉砕するが、大きな破片がいくつもつながったままのものがあたって、ハーレクインはあお向けに倒れる。ガスは街のかけらを連射する。重力井戸を強化して建物の瓦礫を浴びせる。

おばあちゃんはトランキリティ・シティを愛していた。いまごろ、かんかんになっていることだろう。

ハーレクインは防御姿勢をとって棍棒で攻撃をブロックしようとし、ガスは自分のほうが優勢なのだと気づく。ハーレクインは反撃できずにいるし、投げつけるものならいくらでもある。ガスはあたりを見渡して適当なかけらを見つけては、高度な木材破砕機《ウッドチッパー》に供給する。だが、とどめを刺せないでいるうちに、ハーレクインが突進してくる。一閃《いっせん》した棍棒が、二棟の高層ビルを突き抜けて――

――グレイマルキンの胸にあたる。

ふたつの体に致命的な一撃を受けるのは奇妙な感覚だ。外だったものが内になると同時に、世界がうめいて悲鳴をあげる。ガスは大きくへこんだグレイマルキンの内壁に両脚をはさまれ、四肢の感覚が完全に消える。外傷についての人類の記憶がファウントからあふれだしてきてガスを圧倒する――出産、四肢切断、事故、悲劇。

ガスは悲鳴をあげ、最後の力を振り絞って敵に立ち向かう。

棍棒の次の一撃がグレイマルキンの顔をとらえ、ガスの骨であるかのように装甲板を粉砕する。これまでに受けたどの口への殴打よりも激しく歯がうずき、鼻も焼けるように痛む。

グレイマルキンが倒れはじめると、ガスは最後にもう一度、時計を確認する。

残り二分四十五秒。

ごめんよ、みんな。


ヨトゥンのドローン群がリーパーに魔法をかける。無数の弾丸が敵ヴァンガードをかわるがわる、四方八方から攻撃する。多すぎて防ぎきれない。ドローンは、リーパーを足止めしながら、何度もおなじ場所に激突し、装甲内に侵入する。

アーデントの心のなかで演奏していたガスのビッグバンドが静かになる。突然の喪失のせいでみんなの歌が一瞬乱れるが、残った三人で演奏を立てなおす。

「ガス?」アーデントは自分がパニックを起こしている声を出したことに嫌悪を覚える。

「ガス、応答して」

イフリートが、長い角をヨトゥンに向けて突進する。ファルシオンが連射して溶けたような皮膚からどろりとした塊《かたまり》を吹き飛ばすと、それらは砂漠の塩に触れて発火する。流動性物質はシールドとして機能し、銃弾のエネルギーを吸収して剝がれ落ちるのだ。イフリートがファルシオンに向かって腕を振り、その液体のしずくをファルシオンの装甲に飛ばす。

アーデントは燃えているマッチを肌に押しつけられたように感じる。

アーデントがジェット噴射で後退するあいだに、ファルシオンは侵入した物質の影響と戦う。ガラスじゃなくてナノマシンだ、とアーデントのホストが伝える。カスケードの腕はまだ安定していないし、手首から先は焦げた骨にしか見えない。ファルシオンは感染が広がらないうちに抑えこもうとする。

「全ヴァンガード、こちらクラウン・ワン。グレイマルキンがやられた。ただちに敵を制圧せよ」

「説明して！」アーデントはファルシオンの胸に酸がさらに食いこむのを感じながらいう。

「〝やられた〟ってどういう意味？」

（〝死んだ〟の婉曲表現《えんきょく》だよ）とファルシオン。（気をつけないとあなたもそうなる）

「戦闘不能になったのよ」とタジが応答する。

アーデントがのぼってきた月を見上げると、グレイマルキンの識別装置《トランスポンダー》の反応をまだかすかに感じる。イフリートの次の攻撃をかわし、くるりとまわりながらその頭から角を吹き飛ばす。

「そんな」アーデントはガスと交信しようとするが、なにも聞こえない。「ガス、応答して、お願い」

リーパーは狂乱し、ドローンの雲を突っきって猛然とヨトゥンに斬りかかる。黒い巨人は後退してあっさりとかわす。イフリートはさらに勢いを増して攻撃を続け、ガラスの玉を投げつけるが、ヒャルマルの残っているドローンが攻撃を妨害し、粘液状のナノマシンを浴びて瞬時に溶ける。

カスケードがリーパーに攪乱場を投げつけると、無数のドローンと戦いつづけなければならないこともあいまって、リーパーは棒立ちになる。

「わたしにまかせて、ヒャルマル！」ニシャの歌がミックスの前面に躍《おど》りでると、カスケードはリーパーの背中に飛び乗る。

ドローンたちがしりぞき、カスケードは犠牲者を大蛇のように締めあげる。ヴァンガードは絞め技、寝技、そして残虐性全般を駆使してリーパーを解体する。みずみずしいカニの脚を割るようにして関節を砕き、甲殻をひき剝がす。ヨトゥンのドローンが弱らせた箇所を片っ端からさらけだす。雪でおおわれているような砂地に白い血がまき散らされ、渇いた大地に吸収される。

ファルシオンがリーパーの両脚を押さえているあいだに、カスケードは凄惨な作業を終える。ブロンズ色のヴァンガードは、溶けかけの鋭利な金属が並んでいるだけのように見える傷ついた手を高々と上げ、それをリーパーの首に突き刺す。敵ヴァンガードはパチパチと音をたてて動きを止める。

イフリートが乱戦に突入し、溶けた巨体をカスケードに押しつけようとする。

アーデントはブラスターを投げ捨ててリーパーの大鎌を拾う。華麗なサイドステップとともに大鎌を振るってイフリートの両脚をすっぱりと両断する。カスケードはイフリートが仲間の死体に倒れこむ前にかろうじて逃げる。イフリートは立ちあがろうとするが、アーデントはその頭を切り落とし、背中に刃を深々と突き立てる。

アーデントは大鎌をひき抜いて地面に放り投げる。ナノマシンはすでにスターメタルの刃を腐食しはじめている。イフリートの下で、リーパーの残骸が溶けはじめる。

「全ヴァンガード、こちらクラウン・ワン、ターゲットを破壊したことを確認して」

「ぜんぶ死んだ」とヒャルマル。

「よろしい」とタジは応答する。「地球に向かって直進する十六の新たな超光速航跡を検知した——正体は不明。月に急行してハーレクインを倒して」

ヨトゥンは導管《コンジット》を模倣してうなずく。「了解」

巨人はドローン群とともに宙に舞いあがる。そしてアーデントは、ヨトゥンがフォールドドライブを充電しているのを感じる。カスケードが静かに飛びたち、ファルシオンもブラスターを拾ってからあとに続く。残り時間一分十五秒。時間内に戦いを終わらせないと、アーデントたちはただの乗客として勝利を願うしかなくなる。

「ファルシオン、ガスはまだ生きてるの？」

（まだ死んではいないね）

「じゃあ、さよならをいわせて」


ガスは死を覚悟していた。

ハーレクインが壊れたグレイマルキンの体を、首をつかんで持ちあげたときは、むしろ死んでいたほうがよかったと思う。

敵は両てのひらをグレイマルキンの装甲に押しつけ、灼熱《しゃくねつ》の溶接で接着する。ガスはついにこの行為の目的を理解する。高速データ転送だ。

ガスの心に、小惑星採掘船〈ランセア〉の、苦しみと裏切りと蹂躙《じゅうりん》についての記憶が流れこむ。ガスは自分が見なかったことを思いだす。残酷で恐ろしい変容、無限《インフィニット》によって奪われた命。これはファウントの記憶じゃない。

ハーレクインの夢だ。

ハーレクインはグレイマルキンに自分の憎しみの深さを理解させたがっている。これは処刑前の糾弾だ。復讐《ふくしゅう》だ。ガスはハーレクインの怒りを理解できないが、その憤怒《ふんぬ》をまざまざと感じる。

グレイマルキンが、ガスを神経フィードから切り離し、すべてが暗転する。ガスは闇のなか、潰れた両脚とともにひとりうめくしかなくなる。

「グレイマルキン!」ガスは自分の声ににじんでいる苦悩に驚く。ぼくの声はほんとにこんなにひどいんだろうか。「頼む、立ってくれ。ぼくはまだ戦える!」

グレイマルキンの外殻がガスのまわりでブーンとうなっている。ガスの声がかき消されるほど大きい。両脚が耐えがたいほど痛み、ガスは歯を食いしばる。どれほどひどい怪我かを知るすべはない——でも、どうせもうすぐ死ぬんだから、どうだってかまわない。

「グレイマルキン!」

聞こえるのは、ガスの命をつぶしている油圧プレス機のきしみのような、えんえんと続くハーレクインの冷酷な慟哭だけだ。

ガスは、禁断の希望の奥底で、アーデントと再会したいと願っていた。アーデントのために歌いたかった——調子っぱずれでもかまわなかった。アーデントに贈りたいものがあった。これ以上、それを内に秘めておけなかった。美しさとは無関係だった。心の問題だった。

だが、この真っ暗な小部屋は希望が死に絶える地下牢《ちかろう》だ。

アーデントがガスの歌を聞くことはないだろう。

周囲で金属が裂ける音が、人の死を悲鳴で予告するという妖精、バンシーの声のように聞こえて、ガスは目をぎゅっとつぶる。

あなたがずっと必要としていた世界を得られますように。

ガスは震える手をFマイナーセブンスの形にして、なめらかな鍵盤が指先に触れていると想像しようとする。

そしてあなたの人生の道が木陰になりますように——

プレートにはさまれている脚に加わっている圧力が増してガスは悲鳴をあげ、それがすすり泣きに変わる。脚は、それぞれ少なくとも一カ所は折れている、おそらくはそれ以上。激痛にもかかわらず、ガスは次のコードを思いだそうとする。最後のショーができなくても、最後の歌は歌える。

さらに歌い進めかけたとき、声が聞こえる。

「ガス——」

アーデント？

「ガス、聞こえる？」アーデントは泣いている。アーデントを泣かせるのは簡単なのだ。

「やあ」ガスは焼けるような喉の痛みを感じる。「アーデント――」

「ガス？　がんばって。まったくもう！　すぐ行くからね！　十秒後にフォールドする」

「グレイマルキンが反応しないんだ」

グレイマルキンはガスの声を聞いている。激烈な刺激からガスを守っているのだ。

ガスはごくりと唾《つば》を飲む。「再接続してくれ。戦いたいんだ」

その痛みは人間には強すぎる。ガスの余命は大幅に縮まるだろう。即死するかもしれない。

「着いたよ！」とアーデントが叫ぶ。「ガス、見えるよ！　がんばって」

あきらめるわけにいかない。あきらめないとアーデントに約束したんだから。

「頼む、グレイマルキン。一秒だけでいい」

グレイマルキンはガスの最後の願いを尊重しよう。

ディープシンク進行中……

ガスは生と数百万の焼けつくニューロンへともどる。すべてが信号で、すべてがノイズだ。

地球が戦場の背後にのぼる。シップハンターが獲物に迫っている。核爆発が天空で花火のように炸裂し、レーザーが暴力の形を描く。

その先に――三筋の制動噴射。カスケードとヨトゥンとファルシオンがグレイマルキンを助けに来たのだ。

ガスのフィナーレが迫っており、彼のピアノとブラスとストリングスが、〈セントジェームズ病院〉の調べで悲痛な挽歌《ばんか》を奏でる。ジャズミュージシャンであるガスでさえ、自分が生きのびられないのはわかっているが、あきらめるわけにはいかない。ハーレクインの破壊された仮面のなかの白い球体は水中のような光をガスに投げかけ、彼の魂《たましい》をのぞきこむ。ハーレクインはグレイマルキンのシステムに入りこみ、ネットワークを腐食させ、その人格構造をひき裂いている。

「撃ってくれ――」とガスがいう。「最大出力で撃ってくれ、アーデント」

「ガス――」

「頼む」

ガスは、グレイマルキンの巨大なコンデンサーの残りをつぎこんで重力井戸を充電する。ファウントの声が心の内で高まり、ガスを戦いへと駆りたてる。それは奪われた精神群からなる文明だが、そこにはひとつの――〝戦え〟という――思考しか含まれていない。

ガスの手のなかの超高密度な空間の塊の周囲で光がねじくれて曲がる。こぶしには不可能性の渦が封じられており、物理法則が機械の意志に屈服させられている。

アーデントが発砲する。

ファルシオンが放った一撃がガスに向かって飛んでくると、ガスは右腕をのばしてエネルギー弾をハーレクインの顔に誘導する。ビームを集中させてエネルギーを圧縮し、強力な電荷にする。ガスはその超集中した一撃をハーレクインの仮面の亀裂に直接叩きこむ。

ハーレクインの頭が吹き飛ぶ。

ガスのなかで何十億もの声が歓声をあげるが、ノイズはやまない。輝きを増しながら大きくなって、ほかになにも聞こえなくなる。切断するべきなのはわかっているが、方法がわからない。もうなにもわからない。ガスの心は雑音になる。やかましいがおだやかになり、混沌《こんとん》としているが均質化される。そして知覚が終了する。

ディープシンク終了三秒前、二秒前、一秒前……

アーデントは朦朧《もうろう》としている。ファルシオンはアーデントが意識を失う前にファウントを切断する。疲労困憊《ひろうこんぱい》していて目をあけているのも難しい。ファルシオンはふたたびみずから制御し、診断のためにグレイマルキンのそばに飛んでいく。

アーデントは、損傷を調べているヴァンガードを見守るしかない。「ガスはだいじょうぶだといって」

上空で、シップハンターたちが地球艦隊の最後の一隻を破壊する。地球は、反逆者ヴァンガードたちを除いて無防備になる——だが、反逆者ヴァンガードたちは新たな敵よりもずっと少ない。

月面では、グレイマルキンが動かないままハーレクインの残骸の上に横たわっている。敵ヴァンガードは放射線のぼうっとした輝きが消え、鈍い灰色の甲殻が見えるようになっているし、首から何度か火花が散る。ファルシオンは、さらに二発撃ちこんでとどめを刺す。

「全ヴァンガード、こちらクラウン・ワン。未知の航跡が到着するまであと十秒。神のご加護を」

アーデントは来襲する征服軍を探す。シップハンターだけでも、コンジットを失った三体のヴァンガードにとっては手に余る敵だ。心底疲れはてているアーデントには、インフィニットが人類にどんなおぞましい悪夢を新たに送ってきたのかを想像するのは難しいが——すぐにわかる。

十六隻の宇宙船がフォールドから飛びだし、シップハンターたちとおなじ軌道に乗る。トランスポンダーによればそれらの船は〝連合攻撃艦隊〟で、アーデントが見たことのない大砲で武装している。ニュージャランダル軍だ。

「やった！」とニシャが叫ぶ。

新参者たちはシップハンターたちをビームキャノンで砲撃しはじめ、表面を大きく削りとって燃やす。着弾点から飛び散って宇宙空間をさまよう粘着性のプラズマボールが蛍の群れのようだ。光の槍《やり》の一本が巨獣に突き刺さり、反対側から破片の噴水とともに飛びだす。二体のシップハンターが、無数の船から盗んで同化した、寄せ集めのインパルス・スラスターを噴射する。艦隊から離れるほうに向きを変える。

逃げるつもりだ。

一体のシップハンターは超光速フォールドに成功し、光の筋となって消える。もう一体も消える——千メガトン級の爆発とともに。

上空の核融合の光によって、グレイマルキンの上でひざまずいているファルシオンから長い影がのびる。グレイマルキンの胸部プレートが大きくつぶれているので、コンジットを保護する気密が破れている可能性がある。ファルシオンはグレイマルキンの破損した顔に触れ、なにが無事なのかを確認するためにシステムに接続する。

アーデントは混乱のさなかで小さくささやく。「がんばれ、ガス」

グレイマルキンの胸のなかに、ろうそくの炎のような温かいものが存在している。ガスはまだそこで、かろうじてではあるが生きているのだ。生命維持システムが故障しかけているし、地球の医療センターは約四十万キロの彼方にある。すぐに手当てを受けさせないと、ガスは死んでしまう。

ここトランキリティ・シティは荒廃し、壮麗だった高層ビル群は戦いによって破壊されている。明かりは消え、エアロックも病院もない。ハーレクインに備えて住人は避難ずみだ。

ここでは助けを得られない。

「連合攻撃艦隊、こちらカスケードのコンジット、ニシャ・コーリです」というパンジャブ語の通信を、ファルシオンが翻訳してくれる。「友人が負傷したので……大きなエアロックが必要です。ヴァンガードが入れるエアロックはありますか?」

アーデントは固唾《かたず》を呑んで返事を待つ。ついに待ちきれなくなって、「連合攻撃艦隊、応答願います!」と催促する。

「ニシャ・コーリ、こちらUAFSククリ級巡航艦〈勇気《バハダリ》〉。こちらまで来てもらえれば入れます」という返事が来る。

「やった！」とアーデントは叫ぶ。「さあ、ニシャ、行くって伝えて！」

「了解、〈バハダリ〉。三体のヴァンガードが向かいます」とニシャ。「撃たないでください」

アーデントがグレイマルキンを持ちあげようとするが、ヨトゥンがそれを止める。

「おれにまかせろ」とヒャルマルがいう。

ヨトゥンのドローンたちがグレイマルキンの下にもぐりこみ、網をつくって持ちあげる。倒れているヴァンガードを椅子にすわっているようにして運び、空高く上昇する。カスケードとファルシオンがグレイマルキンに続く。即席の玉座についているグレイマルキンは王の亡骸《なきがら》のようだ。

〈バハダリ〉が全速力でこちらに向かい、ヴァンガードたちも亜光速エンジンをめいっぱい吹かしていても、永遠に思える時間がかかる。ファルシオンはグレイマルキンの横について、気密漏れが起きている可能性がある胸に手を密着させて対策する。

ヴァンガード自体も弱っていて、かろうじて生命維持システムを作動させつづけている。（グレイマルキンがリセットされて襲ってくるおそれがある）とファルシオン。（そうなったら破壊するしかない）

「わかってる」とアーデント。

（ガスはファウントに長く接続されすぎたかもしれない。なにを救おうとしてるのか、わからないんだからね）

「わかってる」

アーデントに、そんなことを思いわずらう余裕はない。なにしろガスが生きのびられる可能性があるのだ。インフィニットとの戦争の大局的な流れにおいてはささやかな奇跡だ――だが、アーデントはこの終わりなき破滅のなかでそれをありがたく思う。

グレイマルキンが応答を停止して休止モードに入る。アーデントはもう、接続を通じてガスのかすかな心拍を感じることができない。

「ファルシオン！　どうなってるの？　どうすればいいの？」とアーデントがたずねる。

〈コアを救うための緊急停止だよ。希望を捨てずに待つしかない〉

〈バハダリ〉が近づく。船殻にいくつか焼け焦げがある、オレンジ色で厚みがある翼型の航《こう》宙《ちゅう》母艦だ。ファルシオンは側面に記されている文字を翻訳し、中央部にある主格納庫へのルートを示す。

アーデントは、ドローンの揺りかごのなかで死んだように動かないグレイマルキンを見つめる。ひょっとしたら、ただの冷たい金属の塊になっているのかもしれない。

「もうすぐだからね」とアーデントはやさしくいう。「すぐそこだよ」

第二十二章　希望の明日へ

極度の疲労にもかかわらず、アーデントは三十七時間待ちつづける。

最初の二時間は、〈勇気《バハダリ》〉の格納庫内で魔猫《グレイマルキン》の胸部からガスを救いだす作業を見守る。先兵《ヴァンガード》が装甲板をひき剝《は》がすと、熟練技術者のチームがガスの救出にあたる。最新の切断機とそのオペレーターたちが到着し、連合攻撃艦隊の総力を結集して問題解決にあたる。

技術者たちは、ガスの救出にとりかかれるようにエレクトリックブルーの筋肉組織を切り開く。ガスのポートから蛇の死体のようにだらりと垂れているプローブを、専門家たちは手で抜かなければならない。ガスの姿をはじめて目にしたアーデントは悲鳴をあげそうになる。ガスの肌は真っ青だ。両脚は惨憺《さんたん》たるありさまだ。ひきだされるとき、ガスの頭がだらりと垂れる。

グレイマルキンから切り離されると、ガスはたちまち心停止を起こす。アラームが鳴り響き、処置を求める叫びがあがる。パステルグリーンのスモックを着た医療スタッフの一団がガスに群がる。

あわただしさの中心にいるガスの姿は見えないので、下がっているべきだとアーデントは承知している。心の声がガスのもとへ駆けつけるように懇願しているが、したがうわけにはいかない。

次の十六時間は手術を見守る。

ニシャとヒャルマルは、休息をとって治療を受けるため、とっくに医療センターに向かった。医者たちはアーデントにも行くように勧める。医療スタッフは、深層同期《ディープシンク》による悪影響があるかもしれないから、すこしでも眠るようにうながす。

疲れきっているにもかかわらず、アーデントは拒む。手術室の窓越しに外科医たちの処置を見守りつづける。ときおり、ガスの意識のない顔が垣間《かいま》見《み》える。そのたびに、アーデントはガスのモスグリーンの瞳とすてきな笑顔を思いだす。

おだやかでやさしいんだよな。

見学室で頭をかかえてすわっているアーデントは、おだやかさとやさしさを心の底から欲している。外科医はガスを救うために休みなく働き、もうだめかとアーデントがあきらめかけるたびに彼は息を吹きかえす。

最後の十九時間は集中治療室《ICU》の外で過ごす。世話係たちがやってきて、タジが星際連合《UW》を代表してアーデントと話したがっていると伝える。彼らはアーデントに予備のガングを手渡し、アーデントはそれを着ける。

「こんにちは、ミクス・ヴァイオレット」UWの野戦服を着ているタジは、おちついた真剣な面持《おもも》ちをしている。

「わたしの家族は無事?」とアーデントがたずねる。

「ええ」

「ありがとう」

「ねえ、アーデント」タジがファーストネームを使うことは珍しい。「あなたがどう感じてるかはわかるけど、すこし休んで医者に診《み》てもらう必要があるわ」

「重々承知してるよ」

「あなたがいくら望んでもガスの運命は変えられないけど、自分を傷つけることはできる。わたしは大勢の友人を失った。わたしもあなたの立場になったことがあるの」

泣きすぎたせいで目が痛い。休めば楽になるだろう。

「だったら、離れられないってわかるはずだよね」とアーデントはカーゴポケットをつかんで握りしめる。「ガスが……ガスがいなくなった宇宙で目覚めるかもしれないと思うと怖いんだ」

タジはカメラから目をそらし、ミュートしてからなにかいう。音声がもどってアーデントにいう。「わたしは多くのことに対処しなきゃならないんだけど、どうか自分を大事にして。好き嫌いにかかわらず、世界はあなたを必要としてるんだから」

アーデントは弱々しくほほえむ。「前からそうだったさ。だって、わたしはアーデント・ヴァイオレットなんだから」

タジはにやりとする。「早く休めるといいわね」

タジが通信を切ると、アーデントは病棟待合室の床タイルを眺めるというわくわくする作業にもどる。ナースが来て飲み物を勧める。アーデントが申し出を受け入れると、ナースはミルクたっぷりのチャイが入っているコップを持ってくる。

地獄を体験したあとなので、チャイの洗濯したての毛布にくるまったような温かさにほっとする。そのぬくもりのおかげで麻痺《まひ》していた五感が目覚め、アーデントはしばし、湯気を吸いながらじっとすわっている。

シフトの交代が繰り返される。医師たちはせわしなくＩＣＵを出入りするが、アラームは鳴らない。だれも、患者の心停止について叫びながらＩＣＵに飛びこんだりしない。医療機器の電子音がリズムを奏で、アーデントは疲れはてて何度もトランス状態におちいる。

「ミクス・ヴァイオレット？」

アーデントが顔を上げると、医療用スモックを着ている褐色の肌の男性が目の前に立っている。その男性はやさしい目をしていて鼻筋が通っており、上唇の輪郭がきれいだ。どれくらい前からここにいるんだろう？　気づいたあかしとして、アーデントは眠さをこらえて小さくほほえむ。

「ミスター・キトコの医療チームのリーダーを務めているドクター・ソディです」

さらに目が覚める。アーデントはすわったまま背筋《せすじ》をのばす。立ちあがろうと左右のひじかけに手を置くが、ソディはアーデントの隣にすわる。アーデントは立つのがひと苦労なほど疲れているのでありがたい。

「すこしお時間をいただけますか？」とソディがいう。

「はい」アーデントはごくりと唾《つば》を飲む。

「ミスター・キトコは、すでに損傷していた体に重度の外傷を負いました。ここには広範囲の傷病に対応できる設備がととのっていますが、そのような外傷を治療できる機器はありません」

アーデントは唇をぎゅっと結んで顔をゆがめないように努める。アーデントは無言で医師の手をとって、痛みを宿した目で医師を見つめる。ソディはアーデントの手の上にもう片方の手を重ねる。悲しみをなぐさめることに長《た》けているのは明らかだ。

わたしは悲しんでなんかいない。ガスはきっとだいじょうぶだ。

「でも、容体は安定しています」とソディ。「地球の病院に送り届けるまで、ミスター・キトコを睡眠停滞状態にしておけます」

部屋が揺らぐ。

容体は安定してる。

アーデントはうなずく。「よかった……あの……よかったです。ありがとうございます」

「ミスター・キトコが地球にもどるまで、これ以上の進展はありません」ソディはアーデントの目を見つめる。「同僚から聞いたのですが、あなたは休むのを拒否しているのだそうですね。休むときが来たのだと思います」

アーデントは一瞬、床のタイルを見つめてからうなずく。「わかりました、ドクター」

「よかった。ベッドにお連れしましょうか?」ソディは立ちあがって手を差しだす。

アーデントはその手をとる。

立ちあがる。

そして部屋がぐるぐるまわりだし、アーデントはくずおれる。

ガスは何度か目を覚ます。

最初は、取り乱した声が聞こえ、照明が目に入る。薬と痛みがガスを無へとひきもどす。次は、驚いた女性が医師を呼ぶ。女性に名前をたずねる間もなく、ガスは疲労にからめとられてしまう。

そして、なにかのスキャナーにかけられているとき。だれかがガスに、だいじょうぶだと請けあう。そうあってほしいものだ。なにしろ目をあけていられないのだから。

ついさっきは日差しの明るい部屋だ。

奥の壁の開いている引き戸から日が差しこんでおり、暖かいそよ風が吹き抜けて両脇のレースカーテンを揺らしている。壁と床はプエブロ族の日干しレンガの色で、銅色の帯状の模様がアクセントになっている。味もそっけもない角張った人工オーク材の家具がいくつかあるが、私物は見あたらない。

ガスは両脇に置かれている手の片方を持ちあげて腕を検分する。いつもより細いような気がするし、銀色のポートが不規則な間隔で点在している。指の関節はやや節くれだっていて老木のように見える。ポートのひとつを親指でなでる。怖くはないが、どうしてこんなものがあるのか思いだせない。

まばたきをすると、目やにが気になる。目をこすって顔をぬぐい、頬から首にかけて短いひげが生えていることに気づく。変だな。ぼくはひげが嫌いなのに。かみそりを家に忘れてきたのかな？　ここはどこのホテルだろう？

そのとき、もう片方の手の甲に点滴の管が刺さっていることに気づく。骨盤にも違和感がある。

毛布をめくると、あざでまだらになり、ポートにそってピンが突きだしている裸の脚があらわになる。導尿カテーテルをつけられていて、股間から管がのびている。その光景に息を呑《の》み、片脚を手でなぞって痛くないかどうかをたしかめると――表面はさほどではないが、奥のほうに痛みを感じる。膝の見た目もなんだかおかしい。以前より平たくて幅が広い。曲げようとすると痛いし、硬くて厚いゴムのような抵抗がある。

どうにか上体を起こし、窓の外を見ようと首をのばす。

外の中庭に、人の背丈ほどもある大きなサボテンが見える。片腕を上げて挨拶しているような形だ。ガスは手を振り返す。ガスには無生物に手を振る悪い癖がある。立ち上がってそばまで行きたいところだが、脚の状態を考えると、とうてい無理そうだ。

ドアが開き、長身でブロンドで、人気俳優を思わせる男性が入ってくる。医療衣を着て金のチェーンブレスレットをつけ、スニーカーをはいている。ガスはその男性を知っている。以前に見たことがあるが、ドラマでではない。この人を見たのは――

「こんにちは、ガス」と男性がいう。「〈美人と野蛮人《ベル・エ・ブリユタル》〉以来ですね」

「ええ、その、ドクター……ええと……」

「ジャーゲンズです」

その名前が山のようにどすんと落ちてきて、ガスは目を見開く。グレイマルキン、無《インフィ》限《ニット》、ニュージャランダル、それに月での出来事の記憶が一気によみがえって呼吸が速くなる。

ドクターはおちつかせるしぐさをする。「あなたはいろいろ大変な目にあった。こんな形で会うのはこれで最後にしたいですね」

ガスは必死に記憶を解きほぐそうとするが、うまくいかない。「ぼくはどうしてここにいるんですか？　ここはどこですか？」

「ここは旧アリゾナにあるソノラン・スター病院ですよ。あなたは三週間前に回復のためにここに収容されたんです」とジャーゲンズはガスのベッドに腰をおろす。「目覚めてくれてよかった」

「三週間？」

「あの戦い以来ですね」

油じみのように見えた道化《ハーレクイン》の装甲がガスの脳裏に浮かぶ。ガスは以前にもそいつのせいでつかまったのだ。

「これはほんとに現実なのかな？」医師にたずねたつもりはないが、ガスには邪悪な人工知能に頭をいじられた経験がある。

ジャーゲンズは口をぎゅっと結ぶ。「わたしの言葉を信じてもらうしかありませんね」

「その」とガス。「ただ……ここは地球ですか？」

「わたしの知らないアリゾナがないかぎりはね……」とジャーゲンズは自分のガング・ブレスレットをタップし、ホロのペンライトを起動してガスの目に光をあてる。「瞳孔反応は正常だな」

ガスは生きのびた。ありえないと思っていたことが起きたのだ。ガスは死を覚悟していた。

ガスは身ぶりで窓を示す。「外を見られますか?」

「かまいませんが、歩くのは無理です。転倒の危険があるし、残念ながら脚にかなりの損傷があるんです」

脚の怪我を心配するべきなのはわかっている。だが、どういうわけか、ねじ曲がった脚は、恒星間宇宙船の衝突事故や工場の爆発のような暗い好奇心の対象だ。完治は難しそうだが、まだ現実とは思えない。

「両膝と両足首を置換し、内転筋《ないてんきん》と伸筋《しんきん》の損傷を修復して――」ジャーゲンズは、ガスが高校の解剖学の授業で習った覚えのない専門用語を並べたてるが、つまるところ、ガスの脚はズタボロなのだ。

「義足にするっていうのは?」とガスはたずねる。

「残存している機能もあることを考えて、外科チームは脚を残すことを推奨しました。それに、中枢神経系と接続されているポートをいじることにも懸念があったんですよ」

「なるほど。で、よくなるんですよね?」

ジャーゲンズはため息をつく。「可能性はありますが、高くはないですね。回復してから、時間をかけて影響を調べれば、サイバー義肢という選択肢を検討できるようになるはずです」

ガスは、演奏前にいつもやっているように、手をこすりあわせ、指関節をマッサージする。

関節は腫《は》れていてかすかに痛みがある。

「アーデントはどこですか？」とガス。

「もう連絡はしたんです。確認しますね」

ジャーゲンズはガングUIを起動してナースをタップする。若い黒人女性の胸から上が表示される。

「ショーナ、ミクス・ヴァイオレットに連絡がついたかい？」

「メッセージを残しておきました、ドクター。アシスタントによればお忙しいのだそうです」

それを聞いてガスはがっかりする。アーデントを拘束する権利がないのはわかっているが、心のどこかで、アーデントがつきっきりでいてくれることを望んでいたのだ。ガスの回復を待つあいだ、アーデントが子犬のように待っていてくれると思うなんて虫がよすぎるのに。

さっきジャーゲンズのガングで見た若い女性が、ブーンと低くうなっている反発装置《リパルサー》が備わっているグライダーチェアを押して入ってくる。

「ガス」とジャーゲンズがいう。「こちらはナースのショーナ。彼女がこの数週間、あなたの世話をしてくれていたんです」

ショーナはほほえんで手を振り、ガスも応える。

「ショーナが点滴とカテーテルをはずして散歩できるようにしてくれます」とジャーゲンズは続ける。「それでいいですか？」

「ええ、お願いします」とガス。

ジャーゲンズが病室を出ていくと、ショーナは作業をはじめる。点滴を抜くのは簡単だが、カテーテルのときは痛みをともなう。いちばんつらいのは、ショーナに手伝ってもらって両脚をベッドの横に垂らすときだ。膝はとてつもなく硬直していて、曲げようとすると激痛が走る。

ショーナはガスをチェアに移動させ、楽にすわれるように足置きを上げる。ガスが痛みで顔をしかめると、ショーナは気の毒そうに彼を見る。

「理学療法をがんばりましょう、ミスター・キトコ。きっとよくなりますから」

ガスはうなずき、痛みをやわらげようと息をととのえる。「ありがとう。外に出られますか？」

「いい考えですね」

ショーナはガスが乗っているチェアを押してガラスドアを抜け、広々としたポーチに出る。ポーチの真ん中に大きなサボテンが一本立っている。左右にそっくりな、バルコニーのようになっているポーチが互い違いになるように位置をずらしながら並んでいる。ソノラン・スター病院は中庭をかこむ馬蹄《ばてい》形をしている。病床数は千くらいなのだろう。

空は高くて――オレンジ色から薄い青へ、深い紺へと変化しながら――澄んでいて、朝の冷気をまだ感じられる。山々がレモン色の朝日を浴びてそびえている。浮遊機《スキマー》用の大小のレーンが砂漠の風景のなかで黒い線となり、サボテンのあいまにマス目を描いている。遠くに街が見えるが、なんという街か思いだせない。フェニックスかな？　ソノラを実際に訪れるのはこれがはじめてだ。

　中庭に小さな人だかりができている。二十人かそこらだろう。〝早く元気になってね。ガス、愛してるよ〟といった、プロジェクターから投影されているさまざまなホロ文字がその人たちの頭上に浮かんでいる。そのなかに立体映像のろうそくをいくつか見つけて、ガスは気づく――夜を徹して祈ってくれてたんだ。あの人たちもぼくが死にかけてると思ってたんだろうな。

　ガスがバルコニーの端まで来ると、「ガスだ！」とだれかが叫んで、集まっていた人々から歓声があがる。

　ガスは笑う。中庭の人々は叫びながら指さす。ガスが手を振ると、人々は狂喜する。ガスにはファンも高く評価してくれる人々もいたが、夜通し祈ってもらったことはなかった。

「驚いたな……あの人たちは？」とガスはたずねる。

「毎晩ここに集まって交代で祈ってるんですよ」とショーナが答える。「あそこの歩道を見てください」

　ガスが示されたほうを見ると、歩道の擁壁《ようへき》ぞいに、火がともっているろうそくや花やホロがずらりと並んでいる。ささやかな祭壇の細部までは判別できないが、かなりの数の人たちが祈ってくれているようだ。

　ガスはショーナを見あげる。「みんなぼくのために集まってくれてるんですか？」

「ええ、ほとんどは」ショーナは通りの反対側で、ニュース自動制御飛行車両《CAV》のそばにたたむろしている数人を指さす。「あの連中はパパラッチです。ほとんど毎日、有名人が何人もお見舞いに来るからですよ」

アーデントか!

ガスは顔が痛くなるほどにんまりするが、おちつけと自分をいましめる。「え? 毎日?」

「大変なこともあるんですよ」ショーナは舌打ちをして、わざとらしく顔をしかめる。「たしかに最初は、アーデントさんと会えてみんな感激してましたけど、あなたの恋人は帰ろうとしないんです。ちょっと迷惑なんですよね。はっきりいって邪魔なんです」

「〝何人も〟っていいましたよね?」

「ええ。大柄なスウェーデン人のかたが何度かいらしたんですけど、みんな……ほれぼれしました。お友達のニシャさんはスタッフ全員と仲よくなったんですよ」ショーナはぽんとガスの肩を叩く。「すてきなお仲間がいらっしゃるんですね、キトコさん」

「ええ」

「それから、政府関係の人たちがしょっちゅう来てますね」

ガスはやれやれという顔をする。「でしょうね」

あざやかなピンク色のCAVがエアレーンから建物の横をすばやくまわりこんで積み降ろしゾーンに着陸する。群衆がその車両のほうを向き、通りの反対側でパパラッチがカメラドローンを展開する。

「あらあら」とショーナ。「噂をすれば影ね」

ドアが開いて乗客が片脚を出す。ブーツが朝の光にきらめく。アーデントの全身があらわれる――メタリックシルバーのポンチョに虹色に光るレギンスという格好だ。トップのテキスタイルLEDには黒いつるがからまっていて、ゆったりした服に隠された体の線をなぞっている。長い髪はエレクトリックブルーだ――シフ回路を交換したに違いない。レンズがマゼンタでフレームが太くて白い、大きな丸いサングラスをかけている。目をひくフロストホワイトに光るリップをつけた唇をほころばせながら群衆を見やる。

ここからでも、アーデントが「こんにちは、わたしのかわいいダーリンたち！」と叫ぶ声が聞こえる。

反対側のドアが開き、褐色の肌の女性が降りてくる。その女性はショートにした黒髪に光る蝶《ちょう》をとまらせ、虹色の絹のマントをまとっている。シャンパンのボトルをラッパ飲みしてからCAVの車内に放りこむ。ニシャだと気づくのにしばし時間がかかる――アーデントのスタイルに影響されているのは明らかだ。

アーデントは玄関に通じる道を歩きだす。足を止めて何人かが差しだしているものにサインをし、写真撮影に応じる。ガスはショーナに病室にもどしてもらうと、コンピューターに鏡を要求する。

ガスの目に、げっそりとやつれた男が映る。目が落ちくぼみ、頬がこけている。脂肪が落ちてしまっているので、眉が突きだし、鼻が節くれだった木の幹のように見える。ショーナはそんなにひどくないとなぐさめてくれるが、ガスは気に病む。ショーナが〝昏睡《こんすい》口臭〟を消すための除去剤《デンタフレスカ》を持ってきてくれる。ガスはありがたく錠剤を嚙《か》み砕いてから口をすすぐ。

チャイムが鳴るまでのあいだにできたのはそれだけだ。ショーナはガスがうなずくのを待って、ドアをあけるようコンピューターに指示する。

アーデントとニシャがくすくす笑いながら部屋に駆けこんでくるが、アーデントがはたと足を止める。ガスと目をあわせたままサングラスを頭にずりあげる。表情が喜びと不信のあいだで揺れ動く。

遠目で見たときのアーデントとニシャはすばらしかったが、間近からだとふたりともほころびが目につく。夜通し続くパーティーから直行してきたのだ。一睡もせずに。アーデントの服はあちこちが乱れている。スナップがはずれていたり、しわができていたりするのだが――それ以外は完璧だ。ガスは感謝で胸がいっぱいになる。

ショーナがニシャの横を通ってそっと病室を出ていく。

「ハイ」とガスが沈黙を破る。

アーデントが目を輝かせる。「ハイ！　あなたがもうすぐ目覚めるって……聞きはしたけど……信じていいかどうかわからなかったんだ」

「まあ、ちょっと昼寝してたのさ。ところで……朝っぱらからシャンパンかい？」

「お祝いよ。夜を締めくくろうとしてたところだったの」とニシャがいうが、呂律《ろれつ》があやしい。

ガスは窓の外を見る。九時か十時より前のはずはない。ガスは両眉を吊りあげる。「なるほどね……」

アーデントは笑顔を消すことなくガスに歩みよる。「こんにちは。美しい人」

ガスは自分を美しいだなんて思っていないし、絶対にそんなことはない。だが、アーデント・ヴァイオレットにいわれると信じてしまいそうになる。

ガスは首を振る。「それはこっちの台詞《せりふ》だよ」

アーデントはガスにかがみこんでゆっくりと、そっと唇を重ねる。ガスは力の入らない腕を上げ、両手でアーデントの頬を包みこんで香りを吸いこむ。

唇を離すと、ガスはささやく。「まいったな。夢からまだ覚めてないんじゃないのかな」

「これがこれからずっと続くのさ、愛《いと》しのガストファー。あなたはもうわたしのものなんだ。永遠にね」

「きみは嫉妬《しっと》深い暴君だな」

アーデントは唇を噛む。「男をしたがわせる方法を知ってるんだ」

かん高い音が響く。隅で口に両手をあてて声を抑えながら悶《もだ》えているニシャの声だ、とガスが気づくまでにすこし時間がかかる。

「ごめんなさい！」とニシャ。「追いださないで。ほんと、尊いわ」

ドクター・ジャーゲンズがもどってきてニシャを驚かせる。ジャーゲンズはアーデントとニシャに慣れている様子だ。ふたりがよくお見舞いに来てくれていたあかしだ。しばしみんなで軽口を叩きあい、ガスは仲間にかこまれて安心する。なんの心配もなかった昔懐かしいモントリオールの夜のようだ。ライブのあとでフライドポテトをつまみながらビールを飲んだり、韓国焼肉を食べに行ったりしたことを思いだす。心がなごむそんな追憶に、ガスはできるだけ長く浸ろうとする。

だが、いいことには終わりがあるもので、ジャーゲンズはついにアーデントとニシャを追いだす。昏睡から覚めたばかりのガスは検査を受けなければならないし、それは先のばしにできない。

アーデントが出ていく前に、ガスはたずねる。「いまはどうなってるんだい？　まだ……その……危険なのかい？」

「さしあたり」とアーデントが答える。「インフィニットはヴァンガードを使いはたしたから、五年前の状況にもどったんだ」

「つまり？」

アーデントは百万ユニクレッドの笑みを浮かべる。「だれにもわからないのさ」

アーデントにとって、ガスの退院を外で待つのは、つきあいはじめてからこれで二度目だ。今回はダリアがいないので、無条件では喜べない。フィレンツェでダリアと別れてから数週間たつが、アーデントはいまだに代わりのエージェントを雇っていない。金銭管理をまともにできていないので助けは必要なのだが、つらくてとりかかれない。

ダリアはアーデントにとって姉のような存在だったが、いまは生死さえ不明だ。ダリアは海賊行為の容疑で指名手配されているが、タジはアーデントに、自首してくれれば喜んで減刑すると請けあっている。

アーデントはダリアが自首してくれることをなかば願っている。ダリアが無事だと知りたいからだ。

アーデントは少なくとも、居心地のいい環境で安心して過ごせている。地球にもどってすぐ、アーデントはリースしていたものの代わりに新しいツアーポッド・プラチナを購入した。ツーリング社は最高級モデルを無償提供すると申しでてくれたのだが、アーデントはいまや銀河防衛の重要人物だ。数十回におよぶ政府との状況報告《ブリーフィング》で、アーデントの地位を考えると贈り物や賄賂《わいろ》を受けとることは倫理に反するとタジに指摘されてしまった——そういうわけで断らざるをえなかったのだ。

アーデントはいまも、ベルリンからの脱出に関連する訴訟を多数かかえている。負傷した警官たちはみな怒り心頭で、ゴーストたちの行動をアーデントの責任にしている。ストウ法律事務所のアーデント担当の弁護士たちは、ゴーストは不可抗力だったと主張して和解を求めているが、訴訟費用だけで莫大《ばくだい》な額にのぼる。軍の宿舎に住むのがいやなら、近いうちにツアーを再開しなければならない。

新しいツアーポッドはベスと異なり、録音機材がスタジオ並みにそろっている。居住エリアの壁には、ぴかぴかのパワーズ・ヴィタス・マックス・〝フライングV〟・ギターをはじめ、楽器がずらりと並んでいる。新品のギターはベイビーよりも多機能だが、フレットボードにアーデントの指跡がついていないので、おなじではない。

ベイビーほどのお気に入りのギターはまだ見つけられていない。たぶん、この先も見つからないだろう。

アーデントは、ふかふかの素体《そたい》家具に身をゆだねてラウンジでくつろぐ。体にぴったりの椅子に変形した家具にもたれてチェリー・ウォッカ・フィズを飲む。外ではパパラッチや報道陣が病院の入口周辺に集まり、大スターが姿をあらわすのを待ちかまえている。

きょうは大事な日なので、アーデントはお気に入りの新しい服を着ている。丈が短くて黄色い、超反射加工されているAラインの服だ。角度によって金色にも青にも見えるので、シフ回路は淡い青緑色に設定した。髪をとりもどせてうれしい。ガスの豊かで美しい髪がのびるのを待たなければならないのは残念だが、彼は昏睡中にすばらしいスタートを切った。

アーデントはサイドウィンドウから外を見て、どうしてこんなに遅いのだろうといぶかしむ。退院手続きは時間がかかるものだが、それにしてもかかりすぎだ。

かつて、パパラッチは窓を叩いてアーデントの反応をひきだそうとしたが、ホロ偽装された攻撃ドローンが飛びまわっているいま、だれもそんなことはしない。それに、パパラッチは新しいスター、つまり月の英雄のほうに夢中だ。

病院の玄関で、報道陣が色めきたってフラッシュを焚《た》く。ガスが出てきたのをさとってアーデントはすわりなおす。脚を組むべきかな？　とびきりセクシーな――〝ひと月近くセックスしてないんだから、いますぐあなたを裸にしたい〟という感じの——姿勢を探る。

おちつけ、アーデント。ガスはすぐその気になってくれるんだから。

ぴったりしていてまっすぐにカットされたテールがある淡い青緑色のスーツを着たガスが群衆のなかからあらわれる。広い肩からクリーム色の靴カバーにいたるまで、無駄のない洗練されたシルエットの服装だ。こんなふうではなく、だぼっとしたスウェットパンツに半袖シャツという格好なのではないかとアーデントは予想していた。報道陣を通り抜けるとき、かつての栄光の面影をとどめている短い髪が風になびく。

アーデントは、ガスの髪がまたひっぱれるほどの長さまでのびるのが待ちきれない。よく見ると、ガスのシルエットに奇妙な角度がついている——脚の装具のせいだ。ガスは上手に歩いていて、注意して見ないと脚をひきずっていることはわからない。

ガスが近づいてくると、アーデントはドアをあけて外に出る。ガスはＣＡＶに乗ろうとするが、アーデントは止める。

「そういうわけにはいかないよ」とアーデントはさとす。「あの人たちはネタをほしがってるんだ」

アーデントは片手を上げて報道陣に振り、カメラにポーズをとる。ガスの腕のなかに倒れこむふりをする。驚いたことに、ガスはアーデントの体を低く傾けてキスをする。

アーデントは、ガスに抱かれていると、世界が逆さまになっているのか、それともはじめて正しい向きになったのかわからなくなる。胸が高鳴り、無意識のうちに片足を上げてガスにすっかり身をゆだねる——たぶん愚かなふるまいをしているのだろう。

アーデントは姿勢をもどして息を吸い、まばたきをし、笑いながら乱れた髪をなでつける。

「すっごくかっこよかったよ、イケメンさん。上出来、上出来」

パパラッチの冷やかしの声で虚勢がはがれ、ガスはアーデントを放す。長身のガスがアーデントの背後に隠れようとする。

「ねえ、みなさん、こんなふうに赤くなってると、ガスってとっても魅力的でしょ？」とアーデントが意地悪くからかうと、ガスは真っ赤になる。

「もういいよ！　行くところがあるんだ！」とガスはいってツアーポッドに乗りこむ。マスメディアのスポットライトのせいで、ガスは干からびてしまっている。

アーデントはカメラマンたちに、ごきげんよう《オーヴォワール》といいながら手を振ってから、ガスに続いて乗りこむ。ドアを閉め、次の目的地をコンピューターに指示する。

ツアーポッドが上昇すると、アーデントの足元で床がわずかに揺れる。ホロがアーデントとガスにすわるよう注意する。

アーデントはガスを素体家具にすわらせる。家具はガスの体にあわせて変形し、驚いている彼の下でふかふかの椅子になる。ガスが立ちあがる前に、アーデントが彼の膝の上にすわる。ガスはうれしそうにうめく。装具がアーデントの尻に食いこむ。ガスがなにかいいかけるが、アーデントは彼の唇に指をあてる。

「一緒に社会奉仕できてうれしいよ」とアーデント。

「ミス・タジには、刑務所送りにしないでくれたことを感謝してるよ」

「世界を救ったのに？」アーデントは鼻で笑う。「社会奉仕を受け入れたのは、わたしがやさしいからさ。批判がタジに向かうように世間を焚きつけることなんか、こんなふうに簡単だったんだ」

アーデントは指をぱちんと鳴らし、ガスはほほえむ。

「だろうね」とガス。「だけど、きみはそんなことをしないんだよね？」

「うん……ひとつには、タジがちょっとは正しかったからさ」

「え？」

「わたしは――」アーデントは言葉を探す。「手に余ることに首を突っこんで、その代償を払ったんだ」

代償とは、具体的には、エージェントとギターと自由の一部、それにおそらく人生の後半だ。

「で、タジはぼくたちになにをさせるつもりなんだい？」とガスはたずねる。

「政治学、外交訓練、ゲーム理論、軍事決定管理プロセス。退屈なくそばっかりさ。タジによれば、わたしたち導管《コンジット》は――ええと、〝この強力な人工種族との交渉の窓口〟なんだってさ」

ガスは顔をしかめる。「一理あると思うけどな」

「うんざりだよ」とアーデントはいってガスの襟を指でなぞる。「でも、そんなこと、いまはどうだっていい」

ガスはアーデントの腰を両手でがっちりとつかむ。長年のピアノ演奏で指にたこができている。アーデントは布地を通してガスの手のぬくもりを堪能し、ため息をつく。

「そうじゃなくて」とアーデント。「いま大事なのは、あなたがもどってきたことなんだ」

アーデントはガスにまたがって首に唇をつけ、耳のうしろの敏感なところに移動させる。やさしくなめ、「あなたをずっと待ってたんだ。もうちょっと待ってほしいかい、ダーリン？」とささやく。

ガスは考えるが、ほんの一瞬だけだ。「いいや」

アーデントがプライバシーモードにするようコンピューターに指示すると、窓が黒くなる。ガスに協力してもらってズボンを脱がせると、すっきりした見た目の機械式装具があらわになる。装具は脚の皮膚に埋めこまれているピンで固定されており、プローブが筋肉に点在しているポートにアクセスできるように改造されている。あざはほとんどめだたなくなっており、骨も可能なかぎり治っている。アーデントは下着を脱がせ、なかの宝物に手をのばす。ホテルでの午後の借りがあるので、利子をつけて返すつもりだ。ひとつのことしか考えずにガスの前でひざまずく。

ガスはアーデントを見おろす。アーデントはその表情を読みとるのに一瞬、手間どる。信じられないという表情だ。

「どうかしたの？」とアーデントがたずねる。

「なんでもない」

「なんでもなくなさそうだよ」

ガスは視線をそらす。「きみはいつもきれいな人たちにかこまれてる。なのにぼくの脚は――」

「セクシーだよ」とアーデントはいってガスの膝にキスをする。

「ねじくれてる」

「あなたの一部だよ。だから好きなんだ」

「ごめん。きみの言葉は信じるけど――自分を信じきれないんだ」

アーデントはガスの脚をさかのぼってキスを続け、ガスははっと息を呑む。「続けてもかまわない？」

ガスはうなずき、彼の体の反応がその発言を裏づける。

「よかった。じゃあ、信じさせてあげる」

ツアーポッドは午後に入ってもコロラドスプリングスをめざしてえんえんと飛びつづける。ガスはアーデントの腕のなかで至福のときを過ごす。アーデントがガスのチクチクする髪を指ですきながらささやく甘い言葉を、目をつぶったままで聞く。

息を吸う。温かい指先が額をなぞり、鼻を通って唇をかすめる。

息を吐く。なんでもないことをささやく声。

これが、ガスがのがすはめになっていたかもしれない人生だ。

ガスは安穏《あんのん》なこのひとときに浸る。心は安らかで、アーデントという陽光がガスの影を消し去ってくれている。

しかし、三十分ほどたったころ、睦言《むつごと》の最中にアーデントの腹が鳴りだし、ガスは笑いだす。気怠《けだる》さがブラストシャワーと軽食への欲求に屈する。ふたりはツアーポッドの狭いギャレーで、菓子と炭酸飲料とチップスというジャンクなおやつをせっせと用意する。

ガスが窓外を見やると、荒涼とした砂漠が緑豊かな草原に変わっている。CAVは山のなかのエアレーンをひとりじめして飛んでいる。

アーデントはラウンジにすわる。ガスはアーデントがまくしたてる説明を聞きながら、新しいツアーポッドのなかを見てまわる。すばらしい。先代よりさらにすばらしい。壁に楽器がいくつかかかっている。ガスはアーデントの新しいギターをなでる。

「いいギターだね」とガスはいって爪弾《つまび》く。ガスはギターを弾けないが、いい感じだ。

「そこのパネルをあけてみて」とアーデントがほほえみながらいう。「あなたのために買ったものがあるんだ」

ガスがパネルを押すと、収納スペースから折りたたみ式デスクが滑りだす。なめらかな青いデスクにはクラヴィラクト屈折ピアノが組みこまれている。ぴかぴかの八十八鍵《けん》のピアノをいつでも弾けるようになっているのだ。ガスが鍵盤を押すと、本物のアップライトピアノのような音が響く。

「いいね」とガスはいって短いメロディを弾く。

「ピアノが弾きたいんじゃないかって思ったんだ」とアーデントはいって飲み物をひと口飲む。「それに、あなたがデジタルピアノを嫌ってるのは知ってるからね。実際にはまったくおなじ音がするんだけど」

「わかってる。過程が大事なのさ。ピアノはぼくの骨格なんだ。感じたいんだ」

アーデントは炭酸飲料でガスに敬礼する。「そのこだわりは尊重しないとね」

ガスは素体家具のひとつをひきよせ、ピアノ椅子にして腰をおろす。ウォーミングアップのために音階を何種類か弾いて手慣らしをし、弦の澄んだ音色を楽しむ――そして誘惑に駆られる。

ガスは病院で過ごしていた夜に歌詞を書いた。世界的に有名な歌手の前で歌うなんて畏《おそ》れ多いのはわかっている。歌の才能は、姉のフィオナがすべて持っていってしまったのだ。アーデントは、バックシンガーを頻繁にオーディションしていただろうし、そのレベルは高かったはずだ。

「ええと、その、しばらく頭から離れない曲があるんだ」とガスはいう。「それを弾いてもいいかな？」

アーデントは笑い、目を輝かせる。「どうして聞く必要があるの？」

「すぐに……わかるさ」そんなふうに自嘲などするべきではないのだが、ハードルを下げておけば、曲のよさをわかってもらえるかもしれない――どんなに歌が下手でも。

ガスは短いイントロを、やさしく、きらめくように弾く。きびしかった一年を終えて新年を迎えるときの気分を連想させる進行だ。

そしてガスは弱々しい声で歌う勇気を振り絞る——音程はあっていても、震え、しゃがれている声で。

あなたがずっと必要としていた世界を得られますように
そしてあなたの人生の道が木陰になりますように
あなたが歩む
けわしい道がおだやかになりますように

笑われているかもしれないと思いながら、ガスはアーデントをちらりと見る。だがアーデントは、まばゆいばかりの表情で身を乗りだしている。次の歌詞でメロディが踊る。曲は転調して悲しみをきわだたせてから、ふたたび楽しげな雰囲気にもどる。

それからしばらく歌が続いたあと、ピアノがデクレッシェンドして曲が終わる。なにはともあれ、ガスはアーデント・ヴァイオレットを前にしゃがれ声で歌いきったのだ。

「ごめん」とガスは謝る。

アーデントは拍手する。「いいよ！　だれも、別れる前にわたしに曲を書いてくれたりしなかったんだ」

「ええと――」ガスは咳払《せきばら》いする。「きみがいったように、たしかに言葉だけじゃ伝わらない。だから、曲にすれば伝わるかもしれないと思ったんだ」

アーデントは椅子にもたれ、胸に片手をあてながらガスをじっくり見る。「すっごくセクシーだったよ」

「それしか考えられないのかい？」とガスは笑う。

「あなたといるときに？　もちろんさ」

ツアーポッドがチャイムを鳴らして制限空域に入ったことを告げる。すぐに連絡が入ってアーデントが応答する。背中で手を組んだタジがふたりの前にあらわれる。タジはいつものぱりっとしたスーツを着ているので、ガスはほっとする。タジが野戦服を脱いだのは、世界はもう終わりかけていないからだ。

「時間どおりね」とタジがいう。

「待たせるわけにはいかないじゃないか」とアーデントが返す。「保護観察官に連絡されたくないからね」

「ええ」とタジ。「でしょうね」

アーデントは、インフィニットに対抗するために二年間、臨時UW政府に協力することを条件とする司法取引をして、武器に関する罪での起訴をまぬがれた。ふたつのコロニーが新たに関係を再構築しようとしているなか、ポップスターをどう扱うかについての意見はわかれた。

アーデントは両てのひらを見せる。「警戒しなくてだいじょうぶだよ。協力してるじゃないか」

タジは片方の口角だけを上げる皮肉な笑みを浮かべる。「誇らしいわね。ちなみに、歓迎チームがそっちに向かってるわよ。着陸ゾーンで会いましょう」

エンジンの轟音《ごうおん》が響き、深緑色のガンシップが左右からCAVに接近してくる。ガスは窓際に行って武装航空機を観察する。通常の護衛ドローンよりも大きい——重警備の施設に違いない。

ツアーポッドは護衛されながら山腹にあるドッキングステーションに着陸する。二機のガンシップは、脅威に備えてハゲタカのように上空を旋回しつづける。タジは風でジャケットをはためかせながら着陸パッドで待っている。周囲の常緑樹は乱気流のせいで激しく揺れている。

アーデントがツアーポッドのドアをあけると、エンジンの熱い排気が吹きこんでくるので、ガスは手をかざして目をかばう。ふたりはタジのほうへ向かうが、ガスは足をひきずっているのを隠そうとする。ガスが握手すると、タジは礼儀正しくほほえむ。

ガスが負傷して以来、タジは彼にこれまでよりずっと丁重《ていちょう》に接してくれる——同情ゆえではなく、尊敬ゆえだ。

「来られてうれしいよ！」とガスが騒音に負けじと叫ぶ。

「ようこそ！」とタジが応じる。「ついてきて」

着陸パッドには、山の岩盤にうがたれたトンネルの大きな扉がある。タジは最後の瞬間に向きを変えてその横にある小さな通用口に向かう。

「来てくれて感謝するわ」とタジ。「もっと早く来てもらいたかったんだけど、ドクター・ジャーゲンズに反対されたの」

「気にしなくていいよ」とガス。「見たいんだ」

軍事基地の内部は岩と金属の支柱の組みあわせからなっていて、山のなかに見渡すかぎり広がっている。ところどころに木箱と輸送用ケースが積まれている――だれかが引っ越してくるらしい。

「わたしたちの客を収容できる格納庫は、地球には多くない。ここは帝国時代までさかのぼる兵器開発施設だったの」とタジ。「わたしたちの用途にぴったりなので、埃《ほこり》を払って使うことにしたのよ」

ガスはかつてこの場所を支配していた、世界を滅ぼしかねなかった連中を思い浮かべて身震いする。「ぞっとするね」

タジはふたりを大型エレベーターに案内する。「ミクス・ヴァイオレットは、あなたの戦い以来、大曲刀《ファルシオン》と何回かセッションしてるの。それでもわたしたちはグレイマルキンに近づけない。ほかのヴァンガードたちもおなじなの」

一行はエレベーターに乗りこみ、ガスが待っているとタジがボタンを押す。「驚かないよ。グレイマルキンはスキャンされるのをこころよく思ってなかった。彼らはプライバシーを大事にしてるんだ」

　エレベーターが地下に降りはじめると、アーデントは腕を組んで窓に寄りかかる。「わたしもそういったんだよ」

「わたしたちはグレイマルキンを助けられると思ってるの」とタジ。「動けるようになってもらえたら、みんなにとっていちばんいいんだから」

「損傷はどれくらいひどいんだい？」とガス。

「自分の目でたしかめて」とタジ。

　ガスは窓に近づいて巨大な格納庫を眺める。どこにでもある茶色い岩が壁になっていて、鋼鉄の梁《はり》が支え、金網が落石を防いでいる。着陸パッドにあったものよりもさらに大きな両開きの扉がある。内部はヴァンガードたちを何体か――正確には四体――収容できるだけの広さがある。

　グレイマルキンをかこんで立っている連瀑《カスケード》と霜の巨人《ヨトウン》とファルシオンが、傷ついたヴァンガードの背中にてのひらをあてている。エレベーターが施設のなかを降りるにつれて、ヴァンガードたちが発している、うなりのような歌が大きくなる。グレイマルキンは瞑想《めいそう》しているかのようにひざまずいていて、じっと動かない。頭はがっくりと前に垂れている。

　グレイマルキンの装甲には、ハーレクインの手による打撃で亀裂が入っている。亀裂は、るつぼから注いだばかりの液体のようにやわらかそうな、金色に輝く物質で修復してある。「まったく活動がないから心配してるの」とタジ。「アーデントの報告によると、ファルシオンは……死後に再起動してふたたび殺戮《さつりく》をはじめた。もしもグレイマルキンがそうなったら、たとえ止められたとしても犠牲者が出る」

「心配するのも無理はないね」とガス。

タジもガスがいる窓際に寄る。「ヴァンガードたちは、ここに避難することを受け入れてくれたけど、それからはたまにしか連絡がとれてない。それに交代で出かけてる」

「どこへ?」とガス。

「モナコの隔離立入禁止区域よ」

「どうして?」

「わかってない」とタジ。「聞いても答えてもらえないの。地球にいる元ゴーストたちは、集結して大きな構造物になったけど、それがなんなのかもわからない」

「仮説は?」

「物理学者たちは粒子加速器だと考えてる」タジは袖をいじる。「ヴァンガードたちに教えてほしいわ」

「ファルシオンはほとんど話してくれないんだ」とアーデント。「ニシャとヒャルマルもおなじらしい」

ガスはうなずく。「だから、ぼくにグレイマルキンと話してみてほしいんだね?」

エレベーターのドアが開き、まずタジが降りる。「グレイマルキンと話せるコンジットはあなたしかいないの。こっちよ」

タジはガスをロッカールームに案内する。かつてはパイロット用だったらしいその部屋に、ガスのコンジットスーツが用意されている。アーデントのものとおなじUW仕様だ。だぼっとしていてポケットがたくさんある。だが、脚に装具をつけていても無理なく着られそうだ。

「手伝いましょうか?」とタジがたずねる。

「わたしが手伝う」と、ガスが断る前にアーデントが申しでる。

アーデントは、遠くから響いているヴァンガードたちのおだやかな慟哭《どうこく》を聞きながらガスにスーツを着せる。装具の上からパンツをはかせて留め具で固定する。プローブを接続できるようにポートに慎重にあわせる。

アーデントはシャツにとりかかり、背中のポートに固定する。

着せおえると、アーデントはガスの首にキスをする。「準備はいい?」

ガスは立ちあがり、膝の痛みに顔をしかめる。ドクター・ジャーゲンズから、痛みは数カ月で消えるが、雨の日は痛むだろうといわれている。「できるかぎりの準備はね」

ガスとアーデントは更衣室を出て、なめらかなコンクリートの上を四体の巨人たちのほうに向かう。ヴァンガードたちの周囲には黄色く点滅している危険警告テープが、少なくとも五十メートルの間隔をとって貼られている。科学者たちはヴァンガードたちの歌を記録しているとおぼしい作業で忙しく動きまわっている。ガスは立入禁止区域の前で止まる。

「すぐにもどるよ」とガスはいう。

「長居はしないでね」とアーデントが応じる。

ガスは地下空間のなかを、グレイマルキンの壊れた顔を見あげながら歩く。金色に輝く顔のひび割れが、ハーレクインから受けた損傷を徐々に癒《いや》している。

ガスはグレイマルキンに感謝はしていない——グレイマルキンは多くの人々を殺したからだ。だが、グレイマルキンが死ぬことを望んではいない。どうしてもっと早く人間に協力してくれなかったんだろう？

グレイマルキンが動く。

頭をガスのほうに向け、胸を開く。てのひらを地面におろし、親指を上げてガスがつかまれるようにする。

ガスは神の手に乗る。グレイマルキンは手を胸の穴の前まで上げ、ガスは目をあけたままなかに入る。プローブがのびてきてガスの全身のポートにパチンとはまる。胸のプレートが閉じ、ガスは粘液に包まれる。接続が安定すると格納庫がくっきりと見える。

ガスはシステムが健全ではないことに気づく。月での戦いで受けた甚大《じんだい》な損傷はまだ修復できていない。

グレイマルキンはガスのことをほとんど忘れていた。損傷がひどすぎたためだが、ほかの反逆者ヴァンガードたちがグレイマルキンの記憶をバックアップしてくれた。

「彼らがそばにいてくれてよかったね」

まったくだ。傷を癒すのも手伝ってくれている。彼らがグレイマルキンを見捨てなかったことには感謝している。それにガスと再会できてうれしい。グレイマルキンはガスのことを心配していた。

「ありがとう。ぼくもきみのことを心配してたよ」

ガスの両脚は修復不能なほど損傷している。

「そうだね」

残念だ。

「そうだね」

ガスは質問をするために来たのだろう？

「インフィニットは次になにをするつもりなんだい？　まだ……ぼくたちをねらってるのかい？」

ヴァンガードを全滅させたので、再編成には時間がかかるはずだ。ヴァンガードの製造には多大な時間と資源が必要だし、既存のゴーストはすべて反逆者ヴァンガードたちが支配している。インフィニットは健在なので、五年後、あるいは五世代後に人類をおびやかすかもしれない。

だからグレイマルキンは、人間たちに脅威への対抗策を提案する。しかし、ガスはもう充分貢献した。ガスがこれ以上かかわりたくないのなら別のコンジットを探す。

「引退ってわけだね？」

ほかの人間にガスの役割をひき継ぐというのは魅力的だ。ほかの人間がガスの代わりを進んで務めるだろう。

ガスは立入禁止区域の外から見守っているアーデントの顔にズームインする。アーデントはいつやめられるんだろう？　ぼくみたいにボロボロになったら？

「どんな提案なのかを教えてくれ、グレイマルキン」

インフィニットは膨大な資源を消費した。インフィニットを追いつめるには、いまがまたとない好機だ。グレイマルキンは、銀河系における人類の勢力を大幅に拡大できる戦略目標があると信じている。

「どうやってその戦略目標を達成するんだい？」

グレイマルキンはもうはじめている。

「待ってくれ、なにをしてるんだ？」

味方を呼んでいるのだ。

謝　辞

まずはじめに、いつものように配偶者であり協力者であるレネーに感謝しなければならない。彼女はわたしの話に耳を傾け、わたしを支えてくれ、プロットの穴をいくつも指摘してくれた。わたしをつねに謙虚に保ってくれ、アーデントとガスを描くことができるほどの愛を与えてくれている。彼女なしでは、わたしはこのキャリアを追求できない。

次に、わたしのエージェントであるコナー・ゴールドスミスに感謝したい。わたしは、機械の友人たちがほんとうの自由意志を持たないしもべとして描かれた本を書くことについて心配していたが、彼は、「巨大ロボットはだれかのしもべである必要はない」といってくれた。最後まで書きあげられたのはそのひと言のおかげだ。ブラボー、コナー。

ブリット・ヴィデは、間違いなくもっともすぐれた現役編集者のひとりだ。ペースとプロットに対する彼女の鋭い感覚は、わたしが認めたくないほど何度も、親愛なる読者であるあなたを救ったはずだ。いついかなるときも賢明でやさしい彼女は、出版業界にとって大きな恩恵だ。彼女がいてくれることは、わたしたち全員にとって幸運なのだ。

ジェニー・ヒルはすばらしい編集と親近感を提供してくれ、楽しく一緒に仕事ができた。

思いがけない方法でわたしを安心させてくれたし、ジェニーになら、わたしの登場人物たちをなんの心配もなくゆだねられた。

原稿編集から宣伝にいたるまでのオービット社の全スタッフに特段の感謝を捧《ささ》げる。この並外れたプロフェッショナルたちは、わたしの物語を輝かせてくれた。

スティーブン・グラネード博士はわたしの謝辞の常連であり、この本も例外ではない。彼には物理学に関してさまざまな助言をしていただいた。また、十年以上におよぶ絶え間ない交流を通じて、わたしがよりよい人間になるのを助けてくれた。この謝辞はおもに物理学に関する助言に対するものだが、わたしは彼が大好きだと付け加えたい。

アンドリュー・グラネード博士にも、音楽学について解説してくれたことに感謝する。彼はどんな質問をするべきかを巧みに教えてくれ、多くの時間を節約してくれた。グラネード家がやさしさと知性にあふれた血筋なのは明らかだ。

比類なきアサ・マリー・ブラッドリーには、スウェーデン語についての助言をしてくれたことに感謝する。彼女はわたしのお気に入りの知恵袋だ。

フェイ・スジョットはニシャに命を吹きこむのを手伝ってくれ、パンジャブ語についての助言を一手にひきうけてくれた。おかげで、ニシャはずっと生き生きとした。

天文学についての助言をしてくれたパメラ・ゲイ博士に感謝する。わたしにとって自然の極端さはいつだって難解なのだが、彼女はそれを理解するのを手伝ってくれた。

ヒャルマルのドラムが魅力的なのはスコット・クレイトン二世のおかげだ。彼は本物であり、あの驚くべき芸術を理解するのを手伝ってくれた。

デニス・ハーンとクリスチャン・マッケはドイツ語の翻訳を大幅に改善してくれた。Google を信じていたら、とんだお笑いぐさを提供するところだった。

最後に、ベータリーダー全員に特別な感謝を捧げる。クララ・カリヤ、バニー・チッタディーノ、ピヨール・マシーナ、ケビン・ウッズ、マギー・コーリー、マギー・マーキー。自信なしにはこれをなしとげることはできないし、みなさんがわたしにその自信と、成功するために必要だった激励をくれたのだ。

読者に感謝しなければ謝辞は完成しない。あなたがわたしの物語にチャンスをくださったおかげで、わたしは最高の仕事ができる。次の物語にもどうぞおつきあいください。

解説

渡邊《わたなべ》利道《としみち》

本書は、アメリカの作家アレックス・ホワイトが二〇二二年に発表した長編小説 *August Kitko and the Mechas from Space* の全訳である。宇宙から飛来した謎の人間型の巨大ロボットなどの機械群によって滅亡の危機に陥った人類のために、ジャズピアニストとメガロックスターのジャムセッションに反応した敵だったはずの巨大ロボットが、ピアニストをみずからの身体に取り込んで戦うという巨大ロボットアクション音楽ＳＦだ。

舞台は西暦二六五七年。人類は銀河系全域に進出し、多数の植民惑星やコロニーを有して栄えていた。そこに突然深宇宙から巨大ロボット〈先兵《ヴァンガード》〉数体とその手先となる小型機械〈金ぴかのゴースト《ギルデッド》〉の群れが現れ、一方的な殺戮《さつりく》を開始。人類はハッキングによる混乱を避けるため恒星間通信を遮断し、最終兵器を開発して決戦に挑むが、あえなく敗北。人々が絶望に陥るなか、モナコを訪れていた通《つう》好みのジャズピアニストとして知られるガス・キトコの前に二体のヴァンガードが飛来し、なぜかヴァンガード同士で戦い始める。死を前にしたガスは、モナコで知り合って恋に落ちたメガロックスターのアーデント・ヴァイオレットと最後のジャムセッションに没入する。すると、彼らの奏でる音楽に共鳴した〈魔猫《グレイマルキン》〉と呼ばれるヴァンガードがガスをみずからの身体内に取り込み、一緒に戦うことを求めてきたのだった。かくして、ガスとアーデントは人類を救うための戦いの渦中に放り込まれることになる……。

シンプルなストーリーの巨大ロボットアクションSFで、サクサク一気読みできるリーダビリティーの高い作品だが、その背景をなす世界設定や、なぜ人類の技術水準を遙かに凌駕《りょうが》した機械が突如として宇宙の彼方《かなた》から人類に襲いかかってきたのか、といった謎は丁寧に作り込まれていて、じっくり読み解いていく楽しみも味わえる本格SFの奥行きを備えたスペースオペラだ。

巨大ロボットSFというのは英語圏SFにすっかりジャンルとして定着したようで、宇宙からの侵略者と戦うという定番の設定でもシルヴァン・ヌーヴェル『巨神計画』（佐田千織《さだちおり》訳、創元SF文庫）三部作から、シーラン・ジェイ・ジャオ『鋼鉄紅女《こうじょ》』（中原尚哉《なかはらなおや》訳、ハヤカワ文庫SF）まで本邦に翻訳紹介されたものがすでにいろいろある。それらの作品で基本的なポイントとなっているのは共通していて、まず第一は巨大ロボットを操作する人間をどうやって選ぶか、という問題。次にどうやって巨大ロボットを操作するか。さらに巨大ロボットを誰がどういう経緯で、また目的で作ったのか。それらを巡って作者がそれぞれに工夫を凝らした設定と物語を作り上げているのが、こうした巨大ロボット侵略ものの醍醐味《だいごみ》というものだろう。

　本作の場合、巨大ロボットが搭乗者を選ぶときに大きく作用するのが音楽である。ヴァンガードは個体ごとに特徴のある音響（和声搬送《わせいはんそう》通信プロトコル）を発していて、ミュージシャンであるガスやアーデントがそれぞれピアノとギターでその音の流れに合わせて演奏することである種のコミュニケーションの扉が開かれるのだ。その即興《インプロヴァイゼーション》の質がはっきり戦いを左右するという設定になっている。巨大ロボット同士の激しい戦いが、ジャズやロックといった複数のジャンルに跨《またが》ったジャムセッションと混ざり合うアクション場面は、これまでの巨大ロボットSFにはない艶《つや》があって、本作のハイライトを為《な》している。

　英語圏で音楽とSFといえば、〈Web東京創元社マガジン〉で連載されている小山正《おやまただし》の『SF不思議図書館　愛しのジャンク・ブック』（第六回　音楽とSFの交叉点《こうさてん》　https://www.webmysteries.jp/archives/18368186.html）の記事に詳しいように、まずロックのイメージがあるが（日本SFは伝統的にジャズファンが多い）、本作の主人公ガスはジャズピアニストだ。もっとも、もう一人の主人公と言っていいアーデントはロックのメガスターである。作者がおそらくは意図的に性別を曖昧《あいまい》にさせている（小説の終盤に身体的特徴について少しだけ示唆的な場面がある）描写やそのきらびやかなファッション、刺激的でコケティッシュなアーデントの振る舞いにはどこか在《あ》りし日のデヴィッド・ボウイ（と彼が演じたジギー・スターダスト）を思わせるところがあり、彼のラストアルバムになった『★《ブラック・スター》』は、マリア・シュナイダー・オーケストラのメンバーが参加するなど現代ジャズの色合いが濃い作品になっていたのは記憶に新しい。ケンドリック・ラマーやジョン・バティステなど、ジャンルの枠に囚われないミュージシャンが高く評価されている最近の傾向を考えれば、ロックとジャズでとくに区別する必要はないのかもしれない。ちなみに作者自身はインタビューでToo Many Zoo や Skerik's Syncopated Taint Septet といった渋めのバンドが好きだと語っていて、ジャズピアニストでは上原《うえはら》ひろみがお気に入りだそうだ。

ヴァンガードの操作法、というかそもそもなぜ人間の搭乗者を必要とするのかが本作のもう一つの重要なポイントである。ヴァンガードは音楽で〈共鳴〉した人間を自身の身体の中に取り込み、背中や腹部に機械的な何かを埋め込み改造する。そうすることで、ヴァンガードがそれまでに殺害したすべての人間の記憶情報から作ったデータベースに搭乗者がアクセスできるようにするのだ（ゆえに、ヴァンガードは搭乗者を導管《コンジット》と呼ぶ）。データベース内のさまざまな専門知識を利用し、コンジットとなった人間はヴァンガードを操作することができる（人間の記憶情報なのでその解釈は同じ人間の方が適しているということらしい）。一方ヴァンガードはケミカルな作用でコンジットの精神状態をコントロールしたり外界の情報を提供したりする。面白いのは、ヴァンガードは圧倒的に優位な立場に立っているにもかかわらず、コンジットである人間の自由意志をできるだけ尊重しようという態度を示すところである。ガスを取り込んで一方的に外科的処置を施してしまったくせに、一緒に戦うかどうかを彼に決めさせようとする。コンジットになる人間の同意がないとうまく操作できないらしいのだが、それにしてもグレイマルキンの態度は不自然に紳士的なのだ。もっとも物語が進んで登場するグレイマルキン以外のヴァンガードたちはそれぞれ性格が違っていてもっと不遜《ふそん》だったり意地悪だったりするので、それはそれでこいつらなんなんだと思うこと請け合いだ。

そこでヴァンガードたちが何者なのか、というポイントになる。彼らは人類を皆殺しにしてその記憶情報を収集し蓄積するために〈無限《インフィニット》〉と呼ばれる存在に作られ、やってきたという。そして蓄積した情報量が臨界点を超えたのかあるいは未知の再帰《さいき》的現象が発生したのか詳細は不明だが、数体のヴァンガードが突然虐殺は間違っていると判断し、反逆者になったというのだ。もちろん反逆者になる前はバンバン人類を殺しまくってきたわけで、コンジットになったガスたちは反逆者ヴァンガードに対して複雑な気持ちを抱かずにはいられないし、地球の権力者たちに至っては全然信用しておらず、どうにかしてコンジットを通して反逆者ヴァンガードを自分たちの思うように制御したいと考えている。しかも、グレイマルキンによって宇宙にまだ人類が生きていて他の反逆者ヴァンガードとともに戦っていると知らされているにもかかわらず、地球を第一と考える彼らはガスやアーデントとも少なからず対立する。そうした、インフィニットと反逆者ヴァンガードの関係に加え人類同士の政治的な対立も、物語の重要なポイントになっている。また、物語の細部から気候変動と政治的対立を乗り越え宇宙へ拡大し発展した人類文明の歴史が垣間《かいま》見《み》えるという構成になっていて、現在の人類の状況への批判的な眼差《まなざ》しが読み取れるのも指摘しておこう。

本作で描かれる未来社会は、ヴァンガードたちによって滅亡の危機に陥っていることを除けば、大変快適な世界で、それは飛躍的に発展したテクノロジーに拠《よ》っている。作者によれば、電子機器は小型化し、安価になればなるほど、ユビキタスになるという。最良のインターフェースは、インターフェースがないことであり、何かが製造されればされるほど、より高度で手頃なものになる。作者は技術について非常に楽観的というか、希望に満ち溢《あふ》れていて、ただ、それを使う人間の保守性、自分自身の権益を不当に高めたいという欲望の方を警戒しているのだとわかる。

ちなみに、ヴァンガードの生物的な流麗なフォルムと動きについて、作者は『新世紀エヴァンゲリオン』と『天空のエスカフローネ』からの影響を語っており、アクション場面ではそれらのアニメ作品を想起しながら読んでもいいかもしれない。また、アーデントは小説の前半でスクーターやら自動制御飛行車両《CAV》やら特注のツアーポッドやら宇宙船やらを乗り換えて走り続けるのだが、そのビビッドな活躍は本作のもう一つのハイライトだと言えるだろう。繊細で悲観的、しかし芯が強く物静かで基本受け身なガスと、感情的で果断、過激で能動的なアーデントの対照的な二人の視点で交互に語られる振幅の激しいスタイルが魅力的な作品だ。

最後に作者について。

アレックス・ホワイト（Alex White）は、一九八一年ミシシッピ州生まれ。出身校など経歴の多くを公表していないが、生涯のほとんどをアメリカ南部で過ごし、現在は配偶者と息子と二匹の犬、そしてグリムという名の猫とともに暮らしているという。オーディオ・フィクション・ポッドキャスト「ザ・ギアハート」の作者・作曲家として知られるようになり、二〇一六年、アメリカ南部を舞台としたディストピア・ホラー *Every Mountain Made Low* を刊行し小説家として単著デビュー。一八年にスペースオペラのシリーズ The Salvagers の第一巻 *A Big Ship at the Edge of the Universe* を刊行、このシリーズが成功を収めた。他に『エイリアン』や『スター・トレック』フランチャイズのオリジナル小説を手掛け好評を博している。また執筆活動のほかエクスペリエンスデザイナーとしても活躍している。ホームページのアドレスは https://www.alexrwhite.com。

本作は *The Starmetal Symphony* という三部作として構想され、第二部の *Ardent Violet and the Infinite Eye* は二四年に刊行されている。第二部はゴーストたちがモナコに建造していた巨大建造物が起動して地球近傍にワームホールを生成、超巨大宇宙ステーションと異星人の艦隊が出現するところから始まるという。本作の主要登場人物はそのままに、ガスとアーデントの二つの視点から描かれるのも同じだが、さまざまな動物型異星人が登場し、よりスペースオペラ色が強まっているらしい。本文庫からの刊行はいまのところ未定らしいが、ぜひ続きも日本語で読みたいものだ。

訳者紹介　1958年生まれ。早稲田大学政治経済学部中退。訳書にロビンスン『2312 太陽系動乱』、バチガルピ『ねじまき少女』(田中一江と共訳)、ナガマツ『闇の中をどこまで高く』他多数。

超機動音響兵器
ヴァンガード

2025年5月9日　初版

著　者　アレックス・ホワイト

訳　者　金《かね》　子《こ》　浩《ひろし》

発行所　(株)東京創元社
代表者　渋谷健太郎

162-0814 東京都新宿区新小川町1-5
電　話　03・3268・8231-営業部
03・3268・8201-代　表
URL　https://www.tsogen.co.jp
組版　工友会印刷
暁印刷・本間製本

ISBN978-4-488-63911-2　C0197